Tome 2

Dark Psycho : The Devil

Résumé

Le sang qui coule, les membres qui se déchirent, le feu qui crépite... Et le diable qui admire son œuvre.

Samuel est un être dérangé et profondément blessé. Il n'a pas de but précis dans sa vie, jusqu'à ce qu'il la croise. Cette beauté remue des sentiments qu'il refuse de ressentir. Qui est cette femme qui arrive à l'apaiser ?

Lena avait tout pour être heureuse, tout ce qu'elle avait toujours souhaité, jusqu'à ce que son monde bascule. Elle est morte à l'intérieur et depuis, rongée par les remords, elle doit porter son fardeau, mais aussi payer pour ses erreurs. Elle pensait avoir rejoint l'enfer, du moins, c'est ce qu'elle croyait avant que cet homme, dangereux et insaisissable ne lui fasse tourner la tête. Il n'a rien de bon à lui offrir, elle doit le fuir et pourtant, il lui redonne vie.

Le diable aime jouer mais cette fois-ci, le jeu risque de lui coûter cher. Qui des deux remportera la partie ?

Dark Romance

Contiens des scènes de relations explicites, de viols, de violences, de tortures et de meurtres. Ne conviens pas à un jeune public.

Cette histoire est une fiction. Les personnages, lieux, péripéties ne viennent que de l'inspiration de l'auteur. Toutes ressemblances avec des situations existantes seraient inopinées.

Illustration couverture : Adeline R.

E-mail : <u>thaniaodyne@gmail.com</u>

ISBN : 979-10-96798-15-5

Chapitre 1
Samuel

Assis sur un matelas, si on peut appeler ça comme ça, j'attends sagement que le temps passe. Déjà une journée que je moisis dans cette cellule !

Les flics m'ont embarqué par surprise le jour du mariage de mon frère, Kayden. J'aurais préféré que ça arrive avant celui-ci, autant pour ne pas y assister que pour gâcher la fête... Je n'ai pas compris lorsqu'il me l'a annoncé et ne le comprends toujours pas aujourd'hui ! Pour quelle raison s'encombrer d'un boulet ? Il faut être réaliste, c'est tout ce qu'elle représente... Je préfère sortir Éléonore de mon esprit car je suis enfermé et ne peux rien faire contre elle pour le moment.

Je passe une main dans mes cheveux et relève la tête sur les murs recouverts de tas de messages totalement inintéressants. Des numéros de téléphone, des *« je t'aime »,* des insultes en tout genre... Rien qui ne réussisse à vraiment m'occuper. Pourtant je dois bloquer mes pensées et rester calme en toute circonstance, il faut que je sois irréprochable le temps de ma garde à vue...

Lorsque je suis arrivé au commissariat il y a quelques heures, les flics ont directement commencé leur interrogatoire sauf qu'ils n'ont rien contre moi. Je prends toujours mes précautions quand j'exécute quelqu'un ! Il est vrai que si je suis ici, c'est que j'ai loupé quelque chose, sauf que je n'arrive pas à trouver ce que ça peut être.

Je suis accusé d'avoir tué un représentant de la loi près de l'hôpital. Ce flic se trouvait simplement au mauvais endroit au mauvais moment. Ce n'est pas de chance pour lui, mais je devais protéger Kay. Sauf que ce jour-là, il n'y avait personne aux alentours et encore moins quelqu'un qui connaît mon nom... J'ai beau me repasser la scène en boucle, je ne comprends pas ce que j'ai raté.

Des bruits dans le couloir attirent mon attention. Deux grandes vitres m'en séparent, mais la luminosité ne me permet pas de voir ce qu'il s'y passe. Ça me rappelle un peu le sous-sol de la maison, quelque part, c'est réconfortant.

— Samuel Jourdain, interrogatoire ! déclare un homme bien portant en ouvrant la porte.

Je me lève lentement, prenant le temps d'enlever les plis imaginaires de mon pantalon avant de m'avancer.

— Poignets..., débite le flic, désabusé.

Je m'exécute pour qu'il les menotte et le suis dans le couloir jusqu'à la même salle où l'on m'a mis en arrivant. C'est une pièce impersonnelle, uniquement remplie d'un bureau et deux chaises devant. Je m'installe sur l'une d'entre elles avant de fixer mon regard sur la jeune femme qui tape sur son ordinateur.

Ses cheveux blonds, attachés en queue de cheval seraient parfaits à tenir dans ma main alors que je la pilonnerais par-derrière ! Les mains attachées à la table, face à la vitre teintée, je la prendrais vite et fort, faisant claquer son corps contre le bois à chaque va-et-vient. Tout le monde pourrait nous observer alors que je me déchaînerais dans son antre. Tous ses collègues pourraient profiter de ses hurlements de plaisir, que je serais le seul à pouvoir lui procurer. Elle serait entièrement à ma merci, mais tenterait tout de même de m'échapper en tirant sur ses liens. Je ne lui laisserais aucun répit jusqu'à ce qu'elle me supplie d'accélérer pour accéder à l'orgasme qui monterait en elle. Je serrerais un peu plus mon poing dans ses cheveux pour la faire se cambrer et exposer ses seins nus au regard des hommes qui materaient nos ébats derrière la vitre. Je lui accorderais un orgasme, si fort et si violent qu'elle en tremblerait de tout son corps. Je me détacherais de son corps pour me placer devant elle et la forcerais à prendre ma queue dans sa bouche pour montrer aux autres à quel point je l'excite. Ses lèvres pulpeuses s'activeraient autour de mon membre et le prendraient profondément alors que je la retiendrais pour jouir tout au fond de sa gorge.

— Vous allez être plus bavard aujourd'hui ? me demande-t-elle en se redressant, faisant soudain ressortir sa poitrine à l'étroit dans son tee-shirt. Vous savez que si vous parlez, vous serez plus vite libéré… Nous avons simplement besoin d'informations.

Je garde mes yeux ancrés dans les siens en lui offrant mon plus beau sourire. Ma queue frémit, mais je dois me tenir tranquille. Cette femme ne se doute pas une seconde à qui elle a affaire. Je bouge les mains, faisant cliqueter mes menottes avant de poser ma jambe sur mon genou pour m'installer plus confortablement sur la chaise. J'ai tout mon temps alors qu'elle n'a que quelques heures pour me faire parler... Va-t-elle finir par s'énerver ou se faire passer pour la bonne copine ?

— Très bien ! (Elle replonge le nez dans son ordinateur en fronçant les sourcils.) Quelqu'un nous a appelés en nous disant avoir vu le meurtrier d'un de nos collègues et la personne a cité votre nom. Il est plutôt logique qu'on essaie toutes les pistes qu'on peut avoir... Alors, avez-vous tué cet homme ?

Je ferme les yeux, ce qu'elle dit est absurde ! Qui pourrait me dénoncer tout en connaissant mon nom ? Ce jour-là, je suis sorti de l'hôpital pour rejoindre mon frère et Elé... C'est comme si une lumière éclairait mon cerveau. Cette petite salope d'Eléonore est la seule à être au courant de cette affaire et de mon nom ! De plus, c'était une des rares personnes à savoir où je me trouvais au moment où les flics ont débarqué ! La manière dont elle les a prévenus, reste un mystère pour moi, mais je suis persuadé que c'est elle, c'est la seule possibilité !

La chose qu'elle n'a pas l'air d'avoir comprise, c'est qu'il ne faut pas jouer avec moi ! Femme de mon frère ou pas, elle va le regretter ! Je respire un grand coup avant de mettre mon masque d'homme innocent.

— Pourquoi aurais-je fait une telle chose ? demandé-je à la fliquette, en lui souriant.

Elle me détaille avant qu'un léger rougissement envahisse ses joues.

— C'est justement ce que je vous demande…

— Je n'y suis pour rien ! Vous savez, j'ai baisé avec un nombre incalculable de femmes qui veulent me faire payer pour les avoir quittées. Alors je ne serais pas surpris que ce soit une simple vengeance.

Le rouge prend définitivement place sur son joli visage. Elle baisse les yeux sur une pile de papiers pour éviter mon regard.

— D'accord. Sauf qu'il s'agit du meurtre d'un policier ! Je ne sais pas si vous vous rendez bien compte de ce que vous risquez !

Cette conversation commence à me gonfler.

— Est-ce que vous avez des preuves pour me garder ici ?

Sa bouche se pince alors qu'elle fuit mon regard. J'ai assez perdu de temps comme ça, j'ai autre chose à foutre et ils ne vont pas pouvoir me retenir bien longtemps.

— Je vous repose la question, qu'avez-vous fait le 25 juillet ?

Je pose mes coudes sur la table et ma tête sur mes poings serrés. Mes yeux sont fixés dans les siens alors qu'elle attend une réponse qui ne viendra pas.

— Je vous ai posé une question ! me rappelle-t-elle en se tortillant sur sa chaise.

J'aime la rendre mal à l'aise, ça sera mon passe-temps tant qu'ils ne me libéreront pas. J'essaie de rester concentré sur elle pour oublier ce qui m'attend dehors. Que vais-je faire pour faire payer Eléonore ? Ce ne sont pas les idées qui manquent, mais je ne dois pas me mettre Kay à dos, ce qui risque d'être le plus compliqué.

— Vous m'écoutez ? crie soudain la flic devant moi.

Je lève un sourcil, elle perd patience, c'est beaucoup trop simple de l'énerver…

— Vous serez plus vite libéré, si vous vous décidez à me répondre !

Je me redresse et souffle, après tout, elle n'a pas tort et je n'ai aucune envie de retourner dans cette cellule.

— J'étais chez moi avec mon frère toute la journée.

Elle s'empresse de taper sur son clavier, l'air satisfait que je décide enfin à lui parler. Elle est si naïve…

— Il peut en témoigner ?

— Évidemment ! réponds-je sûr de moi.

Elle continue de massacrer les touches pendant quelques secondes. Elle a un charme particulier, bien que pas non plus exceptionnel, mais elle ferait l'affaire pour une nuit…

— Il me faut son nom et y avait-il quelqu'un d'autre avec vous ?

Ouais, celle que je soupçonne de m'avoir dénoncé et qui ne fait que me pourrir la vie !

— Non, nous n'étions que deux.

Je décline l'identité de mon frère, qu'elle note consciencieusement en esquissant même un petit sourire, contente d'elle. Celui-ci s'efface dès qu'elle repose les yeux sur moi.

— Très bien, nous allons le convoquer tout de suite pour avoir sa version.

Elle sort de la pièce pendant de longues minutes, qui me paraissent interminables, je ne suis pas le plus patient des hommes. Je fais cliqueter mes menottes en gardant le regard fixé sur la vitre en face de moi. Je n'aime pas être vu sans voir et j'ai comme l'impression que quelqu'un m'observe…

La fliquette revient et se réinstalle sur son fauteuil alors que Phil s'assoie à mes côtés.

— Vous êtes bien Phil Jourdain, le frère de Samuel Jourdain ?

— Oui, souffle-t-il avant de me fixer.

Elle tape des choses sur son ordinateur avant de lui demander :

— Où étiez-vous le 25 juillet ?

Il hausse un sourcil avant de lui lancer un grand sourire. Il a l'air de réfléchir avant de souffler :

— Je suis resté chez moi…

Elle l'observe en tapant sur son bureau avec un stylo. Serait-elle nerveuse ?

— Vous étiez seul ?

Il passe une main sur son visage et malgré sa surprise, il finit par répondre :

— J'étais avec Samuel… Pourquoi me posez-vous toutes ces questions ? Je ne comprends pas.

— J'ai besoin de vérifier certaines informations.

Elle marque un temps d'arrêt et Phil en profite pour poser son regard sur moi. Je lui fais un rapide signe de tête pour lui faire comprendre que son mensonge m'apporte l'alibi dont j'ai besoin.

— Que faisiez-vous à votre domicile ?

— J'avais besoin de lui pour réorganiser mon bureau, lui répond-il sans hésitation.

Elle note les informations même si elle n'a pas l'air convaincue.

— Il est resté avec vous tout le temps ? Il n'a pas dû s'absenter pour aller faire une course ou autre ?

— Non, sa voiture n'a pas bougé de la journée...

Elle attrape un stylo qu'elle fait claquer à un rythme régulier sur sa main.

— Très bien, vous pouvez signer votre déposition et sortir, j'ai vos coordonnées si nous avons de nouveau besoin de vous voir.

Il hoche la tête et pose une main sur mon épaule avant de sortir. Heureusement que nous avions été prévoyants et nous nous étions concertés pour trouver un alibi en cas de contrôle de police. Nous sommes plus malins qu'eux...

La flic me dévisage avant d'attraper une clé et de se lever pour défaire les menottes qui me serrent les poignets. Elle évite encore une fois mon regard, je la déstabilise, c'est distrayant.

— Malgré tout, ne quittez pas la ville. Nous aurons sûrement d'autres questions à vous poser...

Je me redresse et la suis jusqu'à la porte où je ne résiste pas à me pencher à son oreille.

— Il ne vous faut pas mon numéro de téléphone ?

Son souffle s'accélère, elle a envie de moi, c'est certain, mais elle se recule le plus possible jusqu'à buter contre le mur.

— Je... Nous l'avons déjà...

— Alors, appelez-moi..., susurré-je avec un clin d'œil.

Je ne me dépars pas de mon sourire et passe devant elle en lui faisant un signe de la main pour enfin quitter cet endroit. Une réponse est inutile, je sais qu'elle a envie de moi, même si elle joue l'innocente... Les femmes ne sont que des menteuses ! Elles se mentent à elle-même et aussi aux hommes, constamment. Elles prétendent ne pas être intéressées alors que leurs corps parlent pour elles... C'est pour mieux nous entuber ! Nous aimons les défis et prenons plaisir à les relever, elles en ont parfaitement conscience. Elles jouent avec les hommes plus que nous jouons avec elles.

— Voilà vos affaires ! me sort soudain un homme en posant un sac devant moi sur le comptoir.

Je souffle profondément en récupérant mes affaires personnelles. Je sens mes membres se contracter et ma tête commencer à pulser, je dois sortir d'ici !

Je rejoins la porte le plus rapidement possible et prends une profonde inspiration, faisant entrer l'air frais dans mes poumons. Je recommence plusieurs fois pour me calmer. Trop de pensées traversent mon esprit alors que ce n'est ni le lieu ni le moment de me laisser aller aux pulsions qui couvent sous ma peau.

Phil m'attend devant le poste, je traverse la rue jusqu'à sa voiture.

J'allume mon téléphone en le rejoignant lorsqu'un SMS illumine mon écran.

« Eléonore est à l'hôpital, Kay pète un plomb. Appelle quand tu sors ! »

Je suis étonné de lire ça, mais d'un côté, cette peste n'a que ce qu'elle mérite. En revanche, que mon frère souffre à cause d'elle est une raison de plus pour m'en débarrasser ! Cette femme à la grippe et ça y est, tout le monde est au petit soin ! C'est vraiment incroyable !

Je me redresse pour fixer mon frère. Il a l'air vraiment inquiet, ce n'est pas dans ses habitudes…

— Qu'est-ce que te voulaient les flics ? me demande-t-il.

— Quelqu'un m'aurait vu tuer le flic à l'hôpital, mais ils n'ont aucune preuve…

Ses sourcils se froncent, c'est un problème supplémentaire, mais je compte bien le régler avec celle qui me l'a causé !

— Prends un taxi pour rentrer à la maison. Je dois retourner à l'hôpital avant que Kay le retourne complètement. J'espère qu'il n'a pas fait de connerie en mon absence, on a assez de soucis comme ça…

Je réponds par un grognement.

— Tu veux que je vienne ? Qu'est-ce qu'elle a ?

Je n'en ai aucune envie, qu'elle crève ! Mais pour Kay, je ferais tout. C'est mon petit frère et je l'aime.

— C'est grave Sam…, souffle-t-il en passant une main sur son visage. Elle a un cancer du poumon… Tu ferais mieux de rentrer.

Il monte dans sa voiture alors que j'ai un temps d'arrêt. Je ne m'attendais pas à ça ! Il pourrait la perdre… Kayden ne va pas le supporter !

J'aimerais éviter de me retrouver en présence de cette femme, mais dans ces conditions, je n'ai pas d'autre choix. Il a besoin d'être entouré et peu importe mes ressentiments.

Le temps de reprendre mes esprits, Phil est déjà parti sauf que je ne peux pas les laisser, nous sommes une équipe, une famille. Je prends le premier taxi que je trouve, pour rejoindre l'hôpital.

Je passe les portes vitrées et me dirige aussitôt vers l'accueil. Par chance, la place est libre.

— Bonjour, je voudrais voir Eléonore… Valon, demandé-je à la femme qui se trouve derrière le comptoir.

J'hésite, mais je suis sûr que mon frère s'est empressé de dire au monde entier qu'il était marié. Tout a été beaucoup trop vite entre eux et un jour ou l'autre, il le regrettera, c'est certain. S'enticher d'une femme, lui faire confiance et l'aimer n'apporte rien de bon… Uniquement des problèmes supplémentaires !

La jeune femme redresse la tête pour me détailler et son regard s'attarde un peu trop sur mon visage.

— Vous êtes de la famille ?

Ça m'arrache la bouche de lui confirmer et de le dire à voix haute, mais c'est pourtant le cas.

— Ma belle-sœur.

Elle tape un instant sur son ordinateur avant de me donner le numéro de sa chambre. Je la remercie brièvement avant de monter l'escalier.

Je n'ai pas besoin de chercher très longtemps, car Phil est dans le couloir en train de faire les cent pas. Son visage est fermé, ça n'annonce rien de bon. Il me repère à peine posé-je un pied dans le couloir.

— Kay et Judith sont avec elle. Elle a passé une série d'examens, on attend les résultats. Tu n'étais pas obligé de venir…, débite-t-il à toute vitesse.

Il connaît mon ressentiment à l'égard d'Eléonore, mais je ne suis pas là pour elle.

Le stress le ronge et c'est assez inhabituel de le voir dans un tel état d'anxiété. Lui aussi s'est pris d'affection pour cette femme, je ne comprends absolument pas ce qu'ils lui trouvent tous !

— Kayden est mon frère, nous sommes une famille et je le soutiendrai quoiqu'il arrive.

La seule chose que personne ne pourra jamais me reprocher est ma loyauté envers eux. C'est la seule règle que je respecte même si j'adore les mettre sur les nerfs.

Phil pose ses mains sur sa tête.

— J'n'aime pas voir Judith dans cet état ! La voir pleurer autant est insupportable !

— Putain, mais où sont passés mes frangins ? commencé-je à m'énerver.

Ce n'est quand même pas croyable que les deux soient à ce point amourachés ! J'ai l'impression d'avoir atterri dans une dimension parallèle ! Ils n'ont jamais eu de femme avec qui ça a duré plus de quelques semaines... Je ne les comprends plus !

— On évolue ! Tu devrais essayer, ça ne te ferait pas de mal. (Je le fusille du regard alors qu'il pince soudain les lèvres.) Je suis désolé, je ne voulais pas dire ça...

Un magnifique visage s'imprime dans mon esprit si clairement que ma poitrine se comprime. J'ai du mal à respirer, j'ouvre la bouche pour tenter de prendre autant d'air que possible, sauf que rien ne fait passer mon malaise.

Phil pose une main sur mon bras, mais je ne veux pas de sa pitié et me dégage violemment.

Plus jamais une femme ne se fraiera un passage jusqu'à mon cœur. Elle l'a brisé, piétiné et plus rien ne pourra le recoller. Rien que penser à elle est une torture, alors revivre toute cette souffrance qui se rappelle à moi bien trop souvent est inenvisageable, je ne le supporterai pas.

Soudain, la porte s'ouvre, coupant court à mes réflexions, pour laisser sortir un Kayden livide. En un regard, je comprends sa détresse. Ses traits sont affreusement tirés, il est mal en point. Ses yeux se posent aussitôt sur moi.

— Tu es sorti ! Ils te voulaient quoi ? prend-il la peine de me demander alors qu'il doit avoir bien d'autres choses en tête.

— Un appel anonyme m'a apparemment dénoncé pour un meurtre, mais ils n'ont rien sur moi. Phil a été convoqué et a confirmé mon alibi, ils ont dû me relâcher.

Il fronce les sourcils et essaie de lire en moi sauf que je bloque mon visage. Il ne doit pas comprendre que quelque chose me contrarie et plus précisément : sa femme ! Je préfère garder ce que je sais pour moi, pour le moment. J'attends de voir comment la situation va évoluer et agirai en temps voulu…

— Pourquoi tout arrive en même temps ? souffle-t-il plus pour lui que pour nous.

Personne n'a de réponse à lui fournir, la vie est un mystère. Tout ce que je vois c'est que depuis qu'Eléonore est entrée dans nos vies, les choses ne font que se compliquer. Elle est un aimant à emmerdes et celles-ci se répercutent sur nous.

Kay grimace avant de se poser contre le mur. Ses mains tremblent et tout son corps est tendu, sans cette femme, il n'aurait pas tous ces soucis.

— Elle a l'air ailleurs… Comme si tout ce qui se passait ne la touchait pas…

Le voir dans cet état fait surgir la rage tapie au fond de moi.

— Je pense qu'elle essaie juste de faire bonne figure, souffle Phil, tentant de le rassurer.

Je n'ai qu'une envie : entrer dans cette chambre et la tuer de mes mains pour qu'elle disparaisse de nos vies définitivement. Je veux qu'elle arrête de chambouler mon frère.

Kay se redresse et passe plusieurs fois sa main sur son visage avant de soudain balancer son poing contre le mur. Phil se précipite pour l'arrêter et l'entoure de ses bras, mais Kay est déchaîné. Il lance ses bras en l'air et des gouttes de sueur apparaissent sur son front alors qu'il tente tout ce qu'il peut pour échapper à la poigne de notre frère. Phil est plus fin que nous sauf qu'il a appris à nous maîtriser en toute circonstance.

— Lâche-moi putain ! crie Kay au milieu du couloir.

J'observe les alentours, il ne faudrait pas alerter quiconque et s'il continue comme ça, la sécurité ne va pas tarder à débarquer.

— Tu vas te calmer ! Tu crois que ça changera les choses de fracasser tes mains contre ce mur ? Tu penses vraiment que ça va l'aider ? essaie de le raisonner Phil, sauf que rien n'a l'air de fonctionner.

Il continue de se tortiller dans tous les sens, haletant.

— Il faut le faire entrer dans la chambre, il se calmera en voyant Eléonore, suggéré-je.

Ça m'arrache la bouche de prononcer ces paroles, mais elle a un effet sur lui qui l'apaise et le radoucit. Phil est d'accord avec moi et l'entraîne vers la porte.

Moi, je ne suis pas prêt à y entrer. Mes nerfs sont à vifs de voir l'état dans lequel se trouve mon frère et pour éviter de commettre un acte irrémédiable, je préfère aller faire un tour.

— Je vous rejoins plus tard…, soufflé-je en remontant le couloir avant qu'ils ne répondent.

Je descends l'escalier pour trouver un distributeur, j'ai faim et je ne sais pas depuis quand mes frères n'ont rien avalé alors autant me rendre utile. J'inspecte les couloirs jusqu'à entendre quelqu'un s'énerver. De nature très curieuse, je m'avance, mais reste en retrait pour observer une femme face à un distributeur de boissons.

— Allez ! Tu n'as pas le droit de me faire ça ! râle-t-elle en balançant un coup de pied dans la machine qui ne bouge pas d'un millimètre.

Une ébauche de sourire se dessine sur mon visage. De dos, elle me file déjà une érection. Son cul légèrement bombé, moulé dans un jean, sa taille fine et ses cheveux clairs en bataille me donnent très envie de la prendre contre cette machine…

Après quelques coups de plus, elle se retourne et j'en reste pantois. C'est certainement une des plus belles femmes que je n'ai jamais vues.

Son visage a des airs de poupée et ses yeux verts sont tellement expressifs… Mes pensées partent en vrille !

Je sors de ma cachette, poussé par une pulsion et me poste près d'elle.

Elle écarquille les yeux quelques secondes avant de se reprendre et de me détailler tout comme je viens de le faire. Elle attrape sa lèvre inférieure entre ses dents, nerveuse, en ne me quittant pas du regard. Ce petit geste fait monter mon membre déjà prêt pour l'action.

Je fais comme si de rien n'était et commence à mettre des pièces pour acheter des chips et bonbons.

Je tape les numéros en attendant sagement que tout dégringole. Je récupère mon butin avant de me tourner vers les boissons.

— Il ne fonctionne pas…, souffle-t-elle.

Personne ne me résiste alors ce n'est pas une foutue machine qui va me freiner ! Je lui souris avant de donner un grand coup d'épaule dedans. Elle remue sous la violence que j'y ai mise et le bruit de plusieurs bouteilles qui tombent fait du bien à mon ego déjà démesuré.

J'attrape une bouteille de coca pour la lui tendre. Ses yeux plissés me fixent une seconde avant de l'attraper.

— Merci, vous êtes mon sauveur !

Si naïve… Juste comme je les aime. Innocente pour mieux les briser…

Mon regard se fixe au sien. Son hésitation à me parler est palpable. Elle ouvre la bouche sans pour autant émettre le moindre son.

Je m'approche alors lentement d'elle tandis que ses yeux envoûtants ne quittent pas les miens.

— Quel dommage, je n'ai pas le temps de rester…, chuchoté-je, en fixant ses lèvres.

Son souffle est court alors que son corps frissonne.

— Je suis mariée…, croit-elle bon de me signaler.

Un ricanement m'échappe, ces créatures sont trop perfides, même en couples, elles restent des tentatrices…

— Et alors ? Qu'est-ce que j'en ai à foutre ?

Elle ne sait pas qu'elle vient de réveiller le diable qui sommeille en moi. J'aime les challenges et celui-ci est de taille !

Je la pousse sans précaution contre le distributeur et attrape son visage de ma main libre, la bloquant de tout mouvement. Elle tente de me repousser, mais elle ne fait pas le poids. Ses yeux s'écarquillent quand ma bouche s'empare brutalement de la sienne. Ma langue passe entre ses lèvres qui s'ouvrent sous la surprise et je lui donne sans doute le meilleur baiser de sa vie !

Malheureusement, je n'ai pas envie de m'attarder aujourd'hui, alors je recule de plusieurs pas, la laissant pantelante. Elle se reprend vite et me repousse brusquement, les deux mains sur mon torse, ce qui me fait rire.

— Un jour, tu crieras mon nom et tu oublieras totalement l'homme qui te sert de mari.

Tu me voudras plus que tout, je deviendrai le centre de ton univers et je te détruirai !

Je garde cette dernière phrase pour moi, mais c'est ce que j'aime, ce qui me donne du plaisir ! Faire de la vie des autres un enfer me procure une satisfaction qui va même au-delà de la jouissance. Aucun trou ne me fera jamais ressentir cette exaltation !

Je ramasse rapidement mes boissons alors qu'elle reprend peu à peu contenance.

— Espèce de…, commence-t-elle alors que je me détourne et remonte l'escalier pour retrouver mes frères avant de me laisser aller et la prendre au milieu de ce couloir.

J'ai réussi à franchir la porte de la chambre sans me jeter aussitôt sur Eléonore, ce qui tient du miracle. Mais lorsque j'ai vu sa tête, ma haine s'est terrée dans un coin. Elle attend sagement son heure…

La pâleur d'Eléonore est encore plus prononcée qu'à l'accoutumée et un air dévasté est plaqué en permanence sur son visage.

Kayden fait semblant d'être calme en lui tenant gentiment la main, mais je le connais. Son pied qui remue, son autre main qui se contracte et se décontracte, sont des signes de sa nervosité. J'ai horreur de le voir dans un tel état, il ne mérite pas de vivre ce drame. Si elle meurt, il sera incontrôlable. Eléonore a réussi à devenir indispensable pour lui, elle est très forte !

Je n'arrive pas à comprendre pourquoi il veut passer sa vie avec cette femme, mais son sentiment d'impuissance résonne bien trop fort en moi. Lui qui contrôle absolument tout, n'a aucun pouvoir sur la maladie de sa femme... Il y a des choses contre lesquelles on ne peut rien, sur lesquelles on n'a aucun pouvoir, j'en sais quelque chose !

Je distribue mes provisions et vais me placer contre le mur. Je préfère rester en retrait, car je ne veux pas être affecté par tout ça, c'est comme si j'étais là uniquement en spectateur.

Eléonore ne m'a même pas gratifié de son regard meurtrier quand je suis entré, c'est qu'elle doit vraiment être mal en point. Je ne sais pas si je dois en être heureux ou non, car plus elle se sent mal, plus mon frère souffre avec elle.

J'essaie de trouver une seule qualité qui pourrait la qualifier, mais n'en trouve aucune. Elle n'a rien qui mérite qu'on fasse attention à elle... Il est vrai que mon comportement avec elle peut paraître assez excessif et extrême, mais cette garce s'est emparée de mon frère ! Elle a réussi à se rendre presque vitale pour lui. C'est une grande manipulatrice qui a réussi à berner un homme... Comme Élise, souffle ma conscience. Je secoue la tête, il est hors de question que je pense à elle maintenant !

Mes frères sont les seules personnes importantes dans ma vie, les seules qui savent tout de moi et en qui j'ai confiance. Je suis possessif avec eux et de la pire des façons.

Phil nous garde sur le droit chemin, il est le plus calme d'entre nous et sait comment faire redescendre la pression.

Kayden, lui, a toujours été avec moi. À la mort de nos parents, j'ai été le plus présent possible pour lui et je ne supporte pas que qui que ce soit vienne interférer dans notre relation. Depuis qu'Eléonore est entrée dans sa vie, il ne pense plus qu'à elle, ce qui me donne d'autant plus envie de l'anéantir.

Soudain, le médecin fait son entrée, la mine renfrognée quand il voit notre petit groupe.

— Puis-je parler à madame Valon en privé ?

Phil attrape les épaules de Judith pour la serrer contre lui alors qu'elle ne veut clairement pas quitter sa sœur.

— Je te dirai tout après, la rassure Eléonore.

Ce spectacle de désolation ne m'atteint pas particulièrement. Seule la tristesse absolue de mon frère compte et me donne surtout envie de massacrer des corps, de frapper, de tuer…

— Sam ! m'interpelle Phil, me sortant de mes rêves.

Je le suis et nous descendons à la cafétéria. Judith a besoin de manger quelque chose sinon elle risque de tomber dans les pommes, c'est à peine si elle tient debout.

Je m'installe à une table en regardant autour de moi. Certains rigolent alors que d'autres ont la tête plongée dans leurs assiettes, comme si elles avaient les réponses à leurs questions existentielles. Je fais le tour de salle avant de m'arrêter sur un visage que j'ai déjà vu... Je suis surpris de voir cette femme de nouveau, cette beauté hors du commun... Elle est assise quelques tables plus loin et c'est comme si elle ressentait ma présence. Son regard se lève et ses yeux verts se fixent dans les miens jusqu'à ce que l'homme à ses côtés attire son attention. Elle lui dit quelques mots avant de reporter son attention sur moi. Elle se met alors à jouer avec son alliance qui brille à son doigt, sans vraiment y faire attention, comme si c'était un signe d'anxiété.

Soudain, elle se penche vers l'homme, sa position ne me permet pas de voir si elle l'embrasse ou si c'est ce qu'elle veut me faire croire. Le coin de ma bouche se soulève, c'est une joueuse, j'aime ça ! Sauf qu'elle défie le maître en la matière !

Chapitre 2
Eléonore

Allongée dans cette chambre, j'ai l'impression d'être sur mon lit de mort. Tout le monde autour de moi est effondré. Ma sœur ne fait que pleurer alors que Kay me regarde comme si j'étais un sucre qui à tout moment allait se briser en mille morceaux. Pourtant mon cœur pulse, mes poumons se vident et se remplissent d'air, je suis bien vivante !

Mon mari, comme je dois à présent l'appeler, me serre la main assez fort, il s'accroche à moi. Le voir dans cet état est assez inattendu et déstabilisant. J'ai plutôt été habituée à ce qu'il gère n'importe quelles situations comme si elles étaient ordinaires alors que depuis que nous sommes arrivés à l'hôpital, je le sens fébrile.

Ses yeux sont posés sur moi en permanence, mais je n'ose pas croiser son regard. Nous n'avons pas pu discuter tranquillement de ma maladie et j'ai peur de la manière dont il prend mon mensonge. Il n'osera rien me faire ici, mais en rentrant... Et quelque part, j'en frémis d'avance. Je ne veux pas que les choses changent entre nous, ça me terrifie !

En arrivant à l'hôpital, des questions m'ont traversée... Et si je décidais de dénoncer tout ce que j'ai subi à un médecin ou une infirmière ? Me croiraient-ils ou m'enverraient-ils directement au service psychiatrique ? Malgré mes quelques doutes, je me sens incapable de faire une telle chose ! Je n'ai aucune envie de retourner à ma vie d'avant... D'avant Kay ! Jamais je ne pourrai le quitter.

Depuis qu'il m'a retrouvée, il a tout fait pour moi. J'étais assez solitaire même si ma sœur gardait un œil sur moi et me voilà maintenant entourée d'une famille. Elle est loin d'être conventionnelle, mais Phil est devenu un ami. Il compte pour moi. Et en étant honnête, je ne me vois pas une seconde séparée de l'homme que j'aime. C'est absolument impossible ! Il est l'homme de ma vie, il est mon univers.

— Je reviens mon lys, me susurre Kay en déposant un doux baiser sur mes lèvres.

Ce geste est tendre... Beaucoup trop ! Son comportement envers moi change et mon cœur se serre à m'en faire mal. Pourquoi fait-il ça ? Me punit-il en étant gentil, en mettant de côté notre passion l'un pour l'autre ?

Mes larmes montent sans que je puisse les arrêter. Il n'a pas le droit de faire une chose pareille ! La flamme qui parcourt nos corps à chaque fois que nous sommes en présence l'un de l'autre ne peut pas s'éteindre, sinon je ferais mieux de mourir là, tout de suite !

Ma sœur se précipite sur moi pour me serrer contre elle.

— Ma puce, je suis là. Je sais que les choses sont compliquées. Tu viens tout juste de te marier et te voilà à l'hôpital, mais ça va aller. Je vais rester auprès de toi le temps qu'il faudra et tu vas t'en sortir. Tu es une battante.

Elle ne comprend rien ! Et comment lui en vouloir, elle ne sait rien de ce qu'est devenue ma vie... Je dois la protéger de ce monde. Ne plus la voir serait une torture, mais si c'est pour sa sécurité je ferai ce qu'il faut.

J'essuie rageusement mes larmes, je dois me reprendre ! Je repousse doucement ma sœur même si sa chaleur a toujours été réconfortante pour moi. Quand on était gamines, elle me protégeait de tout, elle jouait à la maman pour combler le vide laissé par la mort de nos parents. J'ai toujours pu compter sur elle alors la détresse et l'impuissance que je vois dans ses yeux noisette rajoutent à mon malaise.

Elle ne comprend pas ma réaction et fronce les sourcils en se reculant.

— Qu'est-ce qui se passe ma puce ? Parle-moi s'il te plaît ! Je ne comprends plus rien... Tout me tombe dessus comme une avalanche que je suis incapable d'arrêter. (Elle passe une main tremblante dans ses cheveux avant de s'asseoir à côté de moi.) Tu as disparu... (Une larme coule le long de sa joue et m'hypnotise.) J'ai eu si peur ! J'ai cru que plus jamais je ne te reverrais et puis il y a deux jours, Phil m'apprend que non seulement il est le frère de Kay, mais qu'en plus, tu vas l'épouser ! Tu aurais pu me le dire toi-même, pourquoi m'avoir écartée de ta vie ? Est-ce que j'ai fait quelque chose de mal ?

Comment puis-je répondre à ça ? C'est une sœur géniale ! Elle est extraordinaire, mais je ne suis plus la même... Je ne peux plus retourner en arrière, je dois avancer.

— J'avais peur que tu me dissuades de l'épouser, mens-je.

Elle frotte vigoureusement son visage avant de sonder mes yeux.

— Il est clair que les choses vont hyper vite entre vous. Mais si tu l'aimes plus que tout, si c'est la personne qui te comble, en qui tu as confiance et pour qui tu donnerais ta vie, j'aurais compris...

Ses paroles me touchent tellement ! Toutes ces émotions sont bien celles qui m'habitent quand je pense à Kayden. Ma vie n'a aucun sens sans lui !

— Je l'aime plus que tout.

Je me rends bien compte de la portée de mes mots et sens Judith se crisper un instant, mais ce n'est que la stricte vérité. Je l'aime plus au-delà des mots.

Des larmes plus nombreuses viennent remplir le visage de ma sœur, mais je ne sais pas quoi lui dire pour la réconforter. Je me sens presque mal à l'aise face à sa tristesse.

Je suis grandement soulagée de voir Kayden et Phil revenir dans la chambre, car ça devenait gênant. Kay reprend sa place à mes côtés après que ma sœur ait déposé un baiser sur mon front et se soit levée. Ses yeux bleus qui me fixent sont un tel réconfort... Je pourrais rester plongée dans son regard pendant des heures ! Il tente même de me sourire sauf que, quand je vois apparaître Sam, mon moral redescend encore plus bas qu'il ne l'est déjà.

Je tente de ne rien laisser paraître, il ne doit pas savoir que c'est moi qui l'ai dénoncé sinon il me ferait la peau ! Il observe la scène, mais ne paraît pas concerné par ce qui l'entoure. Ma vie ne tient qu'à un fil, j'en ai parfaitement conscience, mais je veux la vivre au maximum. J'évite le regard de Sam pour me concentrer sur Phil qui tente de faire le pitre en chatouillant ma sœur. Ça ne marche pas autant qu'il l'aurait voulu, elle reste renfermée et je n'ai à cet instant aucune envie de la rassurer. Je veux simplement rentrer à la maison et profiter de mon mari !

Les doigts de Kay, qui me caressent doucement n'ont rien de rassurant, je dirais même qu'ils m'énervent. J'aimerais tellement le secouer, lui rappeler le brasier qui nous consume lorsque nos corps entrent en contacts. Son comportement me déroute totalement, mais je n'ai pas le temps d'y penser plus longtemps que le médecin tape à la porte, me rappelant la réalité de la situation.

Kay se redresse sans pour autant me lâcher alors que tous les autres quittent la chambre. C'est l'heure de la grande révélation, je vais enfin savoir s'il est encore possible de me sauver...

J'ai découvert ma maladie il y a des mois. La toux était de plus en plus forte et j'ai fait plusieurs malaises inexpliqués. Mon médecin m'a prescrit une prise de sang qui l'a alarmé et s'en est suivi un nombre incalculable d'examens. Je ne voulais pas y croire, j'étais jeune, je n'avais jamais fumé, je faisais attention à ma santé... Comment aurais-je pu avoir un cancer ?

Il a fallu que je lise le compte rendu de la biopsie pour réaliser que ma vie allait changer. Tout s'est ensuite précipité, le médecin m'a alors conseillé d'attaquer tout de suite les traitements sauf que je n'ai pas réussi à m'y résigner. J'avais encore des choses à vivre, je devais profiter, c'est tout ce que je voulais. Il était hors de question pour moi de rester à l'hôpital pendant des mois sans savoir si un jour, je pourrais de nouveau sentir le soleil sur ma peau, le vent souffler dans mes cheveux, la pluie tomber sur mon visage...

Le médecin m'a expliqué le protocole de soins en détail : chimiothérapie, opération, radiothérapie... Autant de mots que je refusais d'entendre. Je suis simplement partie sans me retourner et n'ai plus jamais mis les pieds dans un hôpital avant ce soir.

C'était simple, mais je sens que cette fois-ci, les choses ne vont pas se dérouler de la même manière... Ma sœur est maintenant au courant et Kay... Il n'acceptera jamais que je refuse de me soigner.

La vérité, c'est que tout ça m'effraie, je suis terrifiée de faire face à cette maladie. J'ai espéré de toutes mes forces qu'elle disparaisse toute seule même si je sais pertinemment que c'est impossible. L'espoir est la seule chose qui m'a permis d'avancer.

D'un autre côté, c'est la raison pour laquelle je me suis jetée à corps perdu dans ce reportage, que j'ai pris autant de risques. Je savais que ma vie n'avait plus grande valeur. En un sens, je cherchais les ennuis et les ai largement trouvés. Malgré tout ce que j'ai enduré, je ne regrette rien, ça m'a permis de retrouver Kay. Je ne l'aurais sans doute pas rencontré dans d'autres circonstances...

Le médecin s'avance jusqu'au lit, le visage fermé et je sais déjà ce qu'il va dire.

— J'ai lu votre dossier... Après les derniers examens que vous avez passés, je peux vous dire que la tumeur sur le lobe gauche de vos poumons n'a pas grossi, mais nous allons devoir l'enlever. Vous n'avez pas de métastase alors nous espérons qu'une chirurgie suffira...

Je ferme les yeux. Je ne peux plus soutenir le regard du médecin, ni celui de Kay qui observe chacune de mes réactions avec une attention trop prononcée. Je suis effondrée évidemment, mais je n'ai absolument pas besoin de sa pitié.

— Nous ferons ce qu'il faut, commence à dire ce dernier.

La rage qui couve depuis de longues minutes, monte en moi à une vitesse ahurissante. De quel droit se mêle-t-il de ma vie ? C'est à moi de choisir et non à lui !

Je souffle un grand coup, tentant de me calmer.

— Ne vous inquiétez pas, tout va bien se passer..., tente de me rassurer le médecin. Il faut bien sûr que vous sachiez qu'un recours à la chimiothérapie ou une radiothérapie est fort probable. J'aimerais vous dire qu'après l'opération tout rentrera dans l'ordre, mais je ne peux en aucun cas vous le certifier.

C'en est trop, je sais déjà tout ça et je n'ai pas besoin de l'entendre une nouvelle fois ! L'écouter rend la chose beaucoup trop réelle.

— Elle fera tout ce qu'il faudra pour guérir.

— Sortez, soufflé-je alors que Kay prend des décisions à ma place.

Il est déjà en train de convenir d'une date pour l'opération sans me demander mon avis !

Comme aucun des deux ne daigne se tourner vers moi, je me mets à hurler :

— Sortez !

Kay se tourne enfin vers moi, le regard meurtrier. Je le lui rends, il n'a aucun droit !

— Il est absolument hors de question que je sorte de cette putain de chambre ! commence à s'emporter Kay. S'il faut que je t'enferme pour t'administrer ces traitements, je le ferai Eléonore !

Ce n'est pas une menace mais une promesse. Enfin je le retrouve, l'homme dur, qui refuse toute discussion. Mon homme dangereux est enfin de retour et quelque part ça me soulage, même si j'ai toujours envie de lui arracher la tête pour la manière dont il se mêle de ma vie.

Un soudain mal de tête me prend, c'est comme si l'on tentait de transpercer mon crâne. J'ai besoin d'être seule pour pouvoir me calmer et réfléchir.

— Oui, enfin, il ne sert à rien d'en arriver à de telles extrémités…, tente le médecin qui ne sait absolument pas de quoi est capable mon mari.

Cet homme a bien réussi à faire de moi sa femme ! Kayden est le pire manipulateur que je n'ai jamais rencontré… Et d'un côté, ça ne me dérange pas vraiment. C'est de cette manière que je l'aime, c'est ce qui fait, qu'il est lui !

— Vous pouvez nous laisser…, souffle Kay au médecin qui ne se le fait pas dire deux fois pour déguerpir.

Vu le regard de tueur qu'il lance, moi aussi j'aimerais pouvoir disparaître. Mes sentiments sont tellement contradictoires que je suis perdue.

— Tu peux le suivre ! m'exaspéré-je en voyant qu'il s'assied sur le lit.

Il hausse un sourcil et pince les lèvres. Il se contient, je le sais, je le sens.

— Je ne sais pas ce que tu as en tête Eléonore, mais si tu crois avoir ton mot à dire, tu te trompes lourdement ! (Il attrape ma main que j'essaie de lui dérober, mais sa poigne est trop ferme.) Je suis ton mari, je prendrai soin de toi jusqu'à ce que la mort nous sépare. Mes paroles n'étaient pas veines ! Tu m'appartiens à partir de maintenant alors arrête de vouloir me contredire, c'est totalement inutile.

Je me mords la langue malgré mon envie de lui expliquer que je ne suis en aucun cas son objet. Il croit avoir tout pouvoir sur moi juste parce que nous avons signé un papier, mais il a tort !

— Tu vas te faire soigner Eléonore, que tu le veuilles ou non !

— Arrête ! Arrête tout de suite de faire l'homme inquiet et amoureux !

Un voile passe dans ses yeux avant qu'il ne tire ma main, pour pouvoir déposer un baiser dessus.

— Tu crois vraiment que j'aurais fait tout ça pour n'importe qui d'autre ? Tu penses que je vais perdre mon temps pour des futilités, pour une personne dont je n'ai rien à faire ?

Je cligne des yeux, ne comprenant pas ce qu'il insinue. C'est tellement gros que je ne peux y croire ! Il ne m'a jamais dit ce qu'il ressentait pour moi. Dans sa manière perverse, j'ai bien compris qu'il éprouve un certain intérêt à mon égard, mais c'est très loin d'être la même chose que de l'entendre de sa voix.

Ses yeux se fixent dans les miens et je comprends qu'il essaie de me le montrer, de me montrer ses sentiments…

— Jamais je n'aurais pensé ressentir quelque chose pour quelqu'un. (Kay marque un temps d'arrêt alors qu'il baisse les yeux sur nos mains jointes.) C'est une grande première qui me déstabilise à un point que tu es loin d'imaginer. Je ne vais pas te dire que je regrette ce que j'ai fait pour que tous les deux nous en arrivions là, ce serait mentir. (Il secoue la tête comme pour faire disparaître ses souvenirs.) Je ne peux plus me passer de toi, de ta présence, de ta peau contre la mienne, de ta détermination, de tes rébellions qui me rendent fou, de tes tentatives pour m'échapper… Tu es mon tout, la seule personne qui a réussi à entrer dans mon cœur, à le transpercer et à l'apprivoiser.

C'est mon cœur qui est sur le point d'exploser à cet instant. J'ai l'impression de me trouver dans un rêve. Malgré les barrières que j'ai tenté de mettre entre nous, j'ai toujours été amoureuse de Kayden.

— Le verbe aimer n'existe pas dans mon univers, ça n'a aucune signification pour moi, mais si je devais l'utiliser pour quelqu'un, ce serait avec toi mon lys. Tu es l'unique rayon de soleil dans mon monde obscur.

Ma respiration se bloque, j'ai tellement attendu ce moment… Je n'espérais plus qu'un jour il se dévoile à moi.

— Voir le sang sur ta robe blanche m'a retourné les tripes. C'est malheureusement le déclic qu'il me fallait pour comprendre ce qui se passait en moi. Mais maintenant que j'en ai conscience, il est absolument hors de question que je te perde !

Mes yeux humides ne peuvent quitter ceux de mon homme, mon mari.

Il pose ses lèvres délicates sur les miennes en prenant son temps pour m'explorer en détail, sans précipitation, avant de poser son front contre le mien. Je suis incapable d'émettre le moindre son, trop chamboulée par toutes ses paroles.

— Dis-moi que tu vas tout faire pour te soigner, pour me revenir en pleine santé !

Cette supplique serre mon cœur et je ne vois pas comment je pourrais le lui refuser. Je suis totalement effrayée, mais je me rends compte que je ne suis plus seule. Je veux vivre d'autres aventures avec lui, que nous avons besoin de plus de temps tous les deux, qu'il nous reste encore beaucoup de choses à apprendre l'un sur l'autre.

— Je t'aime Kay, soufflé-je.

Il le sait pertinemment, mais d'après son expression, je pense qu'il avait besoin d'en avoir la confirmation. Il ne le sait pas mais sans cet amour qui me lie à lui, je n'aurais pas accepté ce mariage, peu importe les menaces. C'est l'homme de ma vie et si l'on ne s'était pas unis maintenant, ça serait sûrement venu un jour ou l'autre. Malgré tout ce qui s'est passé, je ne peux pas vivre sans lui.

Kay se lève et va jusqu'à la porte. Il ferme le verrou avant de revenir vers moi en se déshabillant, laissant tomber ses vêtements au sol sur son passage, après avoir pris un préservatif dans son portefeuille. Son torse sculpté se dévoile devant mes yeux. Des cicatrices courent un peu partout sur sa peau, mais ça ne le rend que plus attirant. C'est un homme dangereux et puissant, qui m'appartient totalement. Mon exploration continue sur son ventre jusqu'à son sexe déjà tendu, faisant palpiter mon intimité. Kay est splendide à tous les niveaux !

— Nous n'avons pas encore scellé nos corps... C'est la partie la plus attrayante dans le mariage pourtant ! La nuit de noces…, déclare-t-il en avançant lentement vers moi.

Je ne peux m'empêcher de sourire. Ma situation est précaire, mais j'ai envie d'en profiter tant que je me sens bien. Je veux profiter de l'homme qui se tient maintenant entièrement nu devant moi. Si je dois quitter ce monde prématurément, autant y aller à fond !

Je tire sur la blouse qui me couvre jusqu'à la faire tomber au sol.

Kay me détaille d'un air avide avant de s'avancer lentement. Sa main se pose sur mon pied et remonte doucement le long de ma jambe jusqu'à mes cuisses. Je les écarte instinctivement, lui arrachant un petit rire.

— Vous êtes pressée, madame Valon ?

Entendre son nom et savoir que c'est à présent également le mien est étrange, mais pas désagréable !

Un de ses doigts glisse sur mon sexe en feu, m'arrachant un gémissement. Cette sensation est délicieuse ! Je me tortille en espérant le faire descendre le long de ma fente humide, mais au lieu de ça, il remonte sur mon ventre qui frissonne sur son passage. Kay m'observe, mais reste indéchiffrable. Ses cheveux sont en pagailles à force de passer ses mains dedans, ce qui lui donne un petit air hyper sexy. Alors que je suis absorbée par ses yeux, il empoigne fermement un de mes seins et s'amuse à en titiller la pointe tendue d'excitation. De petites décharges parcourent mon corps jusqu'à mon sexe qui pulse violemment.

— Tellement belle et tout à moi !

Mon souffle s'accélère quand sa main repart dans l'autre sens et s'arrête sur mon sexe. Je me tortille et crie quand ses doigts se mettent à glisser jusqu'à l'entrée de mon intimité. Il la frotte l'air satisfait avant de me pénétrer de deux doigts. Ma tête part en arrière sous l'intensité de mon désir. Ses va-et-vient font entrer mon corps en ébullition. Tout disparaît autour de moi sous ses délicieuses caresses. Mes hanches bougent en rythme, voulant atteindre la jouissance que je pressens arriver sauf que Kay retire sa main. J'ouvre aussitôt les yeux en grand pour voir son visage éclairé d'un immense sourire.

Un grognement de frustration passe mes lèvres alors qu'il se met à rire, totalement conscient de ma détresse.

— S'il te plaît ! Kay…

Ce dernier enfile le préservatif et saute sur le lit pour venir s'allonger sur moi, son sexe imposant sur ma cuisse. Je tente de remuer pour qu'il s'enfonce en moi, mais je n'y arrive pas !

Il ricane en voyant mes tentatives désespérées.

— J'aime que tu me désires, mais je dois à présent, être le seul homme pour lequel tu montres un quelconque intérêt ! Tu es à moi pour toujours ! On est bien d'accord ?

Tout ce qu'il voudra tant qu'il me prend ! Je suis en chaleur et il est le seul à pouvoir calmer mes ardeurs.

— Oui, oui !

Il attrape mon visage pour que je fixe ses yeux bleus.

— Je tuerai quiconque se mettra sur mon chemin ! Rien ne me fera hésiter, tu comprends ?

Je hoche la tête faiblement, à présent bien consciente de ses paroles.

Je n'ai pas le temps d'y réfléchir que son membre entre en moi millimètre par millimètre, m'étirant sur son passage. La lenteur de son mouvement me rend folle ! Je le veux au plus profond de moi, qu'il me fasse ressentir tout ce plaisir d'être ancrés l'un dans l'autre.

Mes mains passent dans son dos pour tenter de le tirer vers moi, mais je sais qu'il ne fera que ce qu'il veut !

Je me relève un peu pour trouver ses lèvres et lorsque ma bouche effleure la sienne, il me pénètre jusqu'à la garde, me faisant hurler.

C'est tellement exaltant ! J'ai besoin que nous soyons totalement liés, c'est comme si de cette manière, nous étions invincibles...

— Maintenant, nous sommes vraiment mariés ! souffle-t-il.

Il se retire entièrement avant de revenir me pilonner avec force. Ses gestes sont brutaux, mais je retrouve avec délectation toute la passion qui nous unit depuis des mois. Sa bouche s'empare de la mienne, possessive et déterminée à me montrer l'ampleur de son désir. Elle virevolte en tous sens, me ravage.

Nos relations sont d'une telle intensité que dans tous les cas, je sais qu'il n'y a aucun risque pour que je retrouve ça avec un autre homme. Il m'a marquée à jamais...

Le frottement de son pubis sur le mien fait grimper mon excitation, alors que sa bouche descend sur ma poitrine pour venir sucer mes tétons. Je perds pied et jouis bruyamment, mes spasmes faisant partir Kay à son tour dans les méandres du plaisir.

Une fois redescendus sur terre, il s'effondre sur moi. Nos respirations chaotiques mettent de longues secondes à se calmer.

— J'aurais tellement préféré que notre première fois en tant que jeunes mariés se passe dans un autre endroit que celui-ci..., chuchote-t-il en se relevant.

J'avais oublié une seconde où je me trouvais et surtout pour quelle raison ! La réalité me percute et je ne peux empêcher les larmes de déborder sur mes joues. Je n'ai pas envie de mourir ! Kay vient de me rappeler pourquoi je vis et que je veux en profiter ! Profiter de tout ce qu'il peut m'offrir malgré sa personnalité complexe.

J'ai bien compris que je ne pourrais jamais le changer et finalement en ai-je réellement envie ?

— D'accord pour l'opération…, chuchoté-je.

Kay lève les yeux vers moi alors qu'il est en train de se rhabiller. J'y vois un grand soulagement qui malgré tout m'effraie. Si ça ne fonctionne pas, je ne sais pas comment il va réagir… Il est instable et j'ai bien vu que le moindre événement imprévu le met dans un état de stress qu'il combat par la violence. Je n'ai pas envie qu'il lui arrive quelque chose ou qu'il se retrouve en prison à cause de moi...

— Je vais prévenir le médecin ! s'empresse-t-il de dire en fermant le dernier bouton de son jean.

Avant que je n'aie pu répondre quoi que ce soit, il a déjà quitté la chambre. Je descends à mon tour du lit pour ramasser la blouse que j'enfile autour de moi avant de me rallonger. Mon corps est encore engourdi de plaisir lorsqu'une quinte de toux me prend. Je tousse encore et encore alors que ma gorge me fait atrocement souffrir. J'ai l'impression que des lames en frottent l'intérieur, c'est insupportable.

Kay revient avec des boissons dans les mains, mais lâche tout en voyant mon état. Les gobelets se déversent au sol, mais il n'y prête aucune attention et court vers moi.

Ma tête se met à tourner de plus en plus et soudain, une nausée monte en moi. Je sens les mains de Kay se poser sur mes joues, mais je le repousse violemment avant de vomir à ses pieds. Les spasmes sont douloureux alors que je me vide. Tout mon corps est contracté alors que mes mains se mettent à trembler. Je me sens très mal et ne veux qu'une chose : que ça cesse !

Je finis par relever les yeux, honteuse qu'il ait assisté à ça, mais je suis surprise par le regard désespéré de Kay. Il a l'air totalement désemparé devant la situation et c'est loin de me rassurer !

Il attrape le bouton d'appel des infirmières et le presse brutalement. Il est affolé et ne sait que faire pour m'aider. Il n'y a rien à faire d'ailleurs. Le mal me ronge et me fait de plus en plus ressentir sa présence dans mon corps. Il n'attend qu'un moment de faiblesse pour prendre encore plus de place…

Deux personnes débarquent et vérifient toutes mes constantes avant d'appeler le médecin.

Kay reste planté devant la fenêtre, les bras croisés à observer la scène. Son visage fermé n'a rien pour m'apaiser. Il reste en retrait alors que j'aimerais qu'il me soutienne. Je me doute que la situation ne soit pas évidente pour lui, mais c'est quand même moi qui souffre !

À peine l'oncologue passe-t-il la porte que Kay se jette sur lui. Il attrape sa blouse blanche à deux mains pour l'empêcher de fuir.

— Vous allez l'opérer et tout de suite ! Il est hors de question que je revois ma femme dans cet état ! Vous me comprenez bien ?

— Kayden ! tenté-je de le raisonner.

Les infirmières crient en s'éloignant le plus possible de mon homme en furie. Il doit se calmer ou la police va être prévenue et ça ne sera bon, ni pour lui, ni pour moi !

Je me force à tousser, espérant que ça le ramène à la réalité et par chance, il relâche sa proie pour revenir près de moi.

Ses doigts tremblants, soit de rage soit d'inquiétude passent doucement sur ma joue alors que dans son regard, je découvre une lueur que je n'avais encore jamais vue.

— Je ne peux pas te perdre Eléonore ! Ce n'est même pas imaginable !

Si j'avais encore le moindre doute sur ce qu'il peut ressentir pour moi, il disparaît à cet instant.

Nous restons les yeux dans les yeux pendant un temps indéfini jusqu'à ce que le médecin nous ramène sur terre.

— Je peux la programmer pour ce soir…

Kay reporte son attention sur lui et répond uniquement par un hochement de tête.

— Merci beaucoup, me sens-je obligée d'ajouter.

Il n'a pas mérité de subir les foudres de Kay. Il fait tout ce qu'il faut pour m'aider et je lui en suis grandement reconnaissante.

— En revanche, si vous posez encore une fois la main sur moi, c'est au poste de police que vous finirez ! Votre femme ne mérite pas votre attitude. Elle est malade, elle a besoin de repos et de soutien !

Je suis déconcertée par l'aplomb du médecin qui quitte la pièce. Je ne lui prédis pas une longue vie s'il continue de défier Kay ! Mon regard se dirige aussitôt vers mon mari qui par miracle se tient tranquille. Les infirmières, qui sont sans doute effrayées par la scène à laquelle elles ont assisté, ne se font pas prier pour sortir de la chambre à leur tour.

— Je vais le tuer ! Je vais le laisser te soigner, mais ensuite, je lui ferai la peau !

Je souffle un grand coup pour tenter d'évacuer le stress supplémentaire que cet homme fou m'occasionne.

Le reste de la journée se passe dans un brouillard de plus en plus épais. Je suis terrorisée par l'opération. Si elle ne fonctionne pas, que devrai-je faire ? Serai-je assez forte pour prendre un traitement toxique et contraignant ? Kay me laissera-t-il seulement le choix ? Je sais que non.

Il n'a quasiment plus parlé depuis des heures, mais me tient la main avec détermination. Phil et Judith font la conversation, tentant de trouver tout un tas de sujets sans aucun lien avec l'endroit où nous nous trouvons.

— L'autre soir, en boîte, il y a une fille qui s'est collée à Phil ! Tu te rends compte ! Je m'en vais cinq minutes et voilà qu'une brune, plantureuse avec des seins superbes vient se coller à mon mec ! J'ai failli lui attraper sa tignasse pour la dégager, mais…

Une infirmière entre dans la chambre, coupant court au récit absolument fascinant de ma sœur. Cette dernière n'a pas évoqué notre conversation, elle a fait comme si elle n'avait jamais eu lieu et je lui en suis reconnaissante. Je n'ai pas besoin d'avoir à gérer ma sœur en plus du reste. Je sais qu'elle ne laissera pas tomber comme ça et qu'elle voudra des explications que je ne peux pas lui fournir, mais j'y penserai en temps voulu.

Les doigts de Kay se resserrent autour des miens, trahissant ses émotions.

— C'est l'heure…, souffle une infirmière.

Judith se précipite sur moi pour me serrer fort contre elle alors que les larmes qu'elle a retenues toute la journée débordent.

— Je t'aime plus que tout ma puce, me susurre-t-elle.

Je ne tiens pas plus longtemps avant de m'effondrer à mon tour. Je veux continuer à vivre, rien que pour veiller à sa sécurité. Nous avons tout vécu ensemble et je n'ai pas le droit de l'abandonner à son sort maintenant ! Elle se recule finalement laissant la place à Phil.

Ce dernier regarde Kay droit dans les yeux en se penchant et en déposant un baiser sur ma joue. Il le nargue et je ne peux que le remercier de faire un peu retomber mon anxiété.

— Tu as intérêt de nous revenir en pleine forme ! me chuchote-t-il avant de gratifier Kay d'un grand sourire.

Il sort ensuite en emportant Judith qui a du mal à me quitter du regard.

La dernière personne à qui je dois dire « au revoir » est Kay, mon mari, le seul homme que je n'ai jamais aimé.

Il attrape mon visage entre ses paumes chaudes et me force à soutenir son regard.

— Tu es tout pour moi, mon lys. Tu n'as pas le droit de m'abandonner... (Ses lèvres se posent doucement sur les miennes, me faisant pleurer comme jamais.) Pendant quinze ans, tu m'as hanté et maintenant que tu m'appartiens, tu ne peux plus t'échapper ! (Il se penche à mon oreille.) Si tu pars, je te suivrai. Ma vie sans toi n'a pas de sens. Plus jamais je ne te laisserai, que ce soit dans ce monde ou dans un autre...

Mes larmes déferlent tel un torrent. J'ai toujours voulu l'entendre dire des choses comme ça, mais j'aurais vraiment préféré que ce soit dans d'autres circonstances, qu'il ne s'y sente pas obligé...

La dernière chose que je souhaite est de le faire souffrir. J'en suis terriblement amoureuse et ne souhaite que son bonheur que ce soit avec ou sans moi. Il ne peut pas me faire ce genre de déclaration alors que notre avenir est plus qu'incertain ! Je suis totalement ravagée de l'intérieur. Comment puis-je aller me faire opérer en n'étant même pas sûre de revenir consciente ou même vivante !

— Il faut y aller madame..., me presse l'infirmière.

J'ai tellement envie de tout arrêter et de rentrer chez Kay, chez moi ! Pourquoi la vie est-elle si compliquée ?

Kayden pose tout à coup brutalement ses lèvres sur les miennes. Il me tient si fort, comme s'il tentait de se fondre en moi que mon cœur se brise. Je ne peux pas le laisser comme ça, j'ai l'impression qu'on est en train de m'arracher une partie de moi...

Lorsqu'il se recule, je vois bien qu'il se force. Il essaie de garder un visage neutre, mais je commence à le connaître et je sais qu'il se contient.

— Tu es plus importante que ma vie mon lys !

Ma voix est coincée dans ma gorge et rien n'en sort jusqu'à ce qu'il lâche ma main et sorte de la chambre. La terreur qui s'empare de moi en pensant à toutes ces personnes qui représentent à présent ma famille, me fend le cœur. J'ai l'impression de les abandonner et mes sanglots redoublent alors qu'une infirmière tente de me calmer.

On me fait traverser l'hôpital jusqu'à la salle d'opération, mais je ne vois rien, trop absorbée dans mes pensées. Je n'écoute pas ce qu'on me dit, je ne peux effacer le visage de Kay, déformé par ce qui me semble être de la tristesse. C'est d'ailleurs la dernière vision que j'ai avant que l'anesthésie m'emporte...

Chapitre 3

Samuel

Je suis à bout de patience. Rester ici à attendre que madame sorte de la salle d'opération n'est qu'une immense perte de temps. J'ai déjà lu tous les magazines qui traînent sur une petite table sauf que rien ne me distrait, je m'ennuie comme un rat mort.

Phil m'a pris à part un peu plus tôt pour me faire la leçon sur mon comportement trop détaché face à la situation. Comme si j'avais besoin de lui pour savoir ce que j'ai à faire ! Je l'ai laissé faire son monologue paternaliste sur le fait que je dois soutenir Kay et ne faire aucun commentaire sur sa femme. Tout ce qu'il a pu me dire, n'a fait qu'effleurer mon esprit. Il a beau me sermonner, il n'est pas au courant de ce qu'elle a fait… Elle m'a vendu aux flics ! Je ne passerai pas au-dessus. Je ne sais pas pour qui elle se prend, mais elle a réveillé mon âme sombre. Le démon qui est en moi n'est jamais loin et mieux vaut ne pas le titiller…

Je me lève de cette chaise rigide où je suis assis depuis une bonne heure pour me dégourdir les jambes et fais quelques pas jusqu'à la fenêtre.

Lorsque les médecins ont embarqué Eléonore pour l'opérer, on aurait dit que c'était sa dernière heure. Tout le monde était décomposé, comme si elle n'allait pas en revenir… Je suis resté en retrait, car son sort m'importe peu, même si je préférais qu'elle rende son dernier souffle sous mes mains. J'attendrai le temps qu'il faut, mais je serai toujours à l'affût de la moindre occasion pour la faire souffrir ! Je ne supporte pas l'emprise qu'elle a sur Kayden. Elle le fait changer, lui donne des buts qu'il n'envisageait même pas avant qu'il la retrouve. Les femmes n'ont jamais été plus qu'un amusement de passage, alors qu'avec elle, il construit une nouvelle vie !

J'observe la grande étendue d'arbres qui s'étale devant mes yeux, mais mon regard est soudain attiré par une femme qui pousse un fauteuil roulant. Sa silhouette gracieuse, ses cheveux longs… C'est une distraction bienvenue pour me sortir de cet endroit. Je dois me renseigner sur elle, elle m'intrigue !

— Je vais faire un tour, dis-je à l'assemblée de morts-vivants qui me tient compagnie dans cette salle d'attente.

Phil me fait un simple signe de la main alors que Kay et Judith sont dans leur monde de déprime totale. La mort est la suite logique après la vie alors pourquoi en faire toute une montagne ? Nous y passerons tous un jour ou l'autre et la disparition d'Eléonore ne serait pas un drame en soi ! La seule chose qui me contrarierait vraiment est la réaction que pourrait avoir Kay. Je sens qu'il évolue à son contact et c'est loin de me plaire. C'est une des seules personnes qui me comprend et me soutient, sauf que c'est un peu comme si j'étais en train de le perdre.

Je ferme mon esprit à toutes ces réflexions et sors de cette pièce. Je descends l'escalier, passe la capuche de mon sweat et me dépêche de rejoindre le parc. Je me faufile à travers les arbres plutôt que sur le chemin pavé, je ne veux pas que cette femme intrigante me voie, ce serait moins drôle...

Je ne mets pas longtemps à la trouver, car vu l'heure avancée de la soirée, plus grand monde ne traîne dehors. Je la trouve à côté d'une voiture dont elle ouvre le coffre, avant de tourner le fauteuil roulant. Un homme assez jeune se trouve dessus. Elle lui parle, mais la bouche de ce dernier reste close. Son regard est dans le vague, comme s'il était dans un autre monde... Elle tire le fauteuil à l'intérieur de la voiture et y reste quelques minutes avant de sortir pour fermer la porte. Elle jette un œil tout autour d'elle, comme si elle sentait ma présence.

Je ne bouge pas, quasiment caché derrière un arbre et au pire, ça n'ajoutera qu'un peu d'excitation à la chasse. Elle balaie du regard les environs une dernière fois avant de grimper derrière le volant. Je note la plaque d'immatriculation sur mon portable, bientôt j'aurai un nom ! La meilleure partie va enfin pouvoir commencer... Elle ne le sait pas encore, mais elle est devenue ma nouvelle proie.

Cette attraction, que je ressens pour elle, est totalement folle. Ses cheveux blonds dorés qui pendent dans son dos et ses yeux si expressifs, si curieux, me captivent.

J'envoie rapidement un message à Phil pour lui dire que j'ai une urgence même si ce n'est pas vrai. Dans tous les cas, ils n'ont pas besoin de moi pour le moment. Je ne suis pas du tout patient et attendre comme un con, assis sur une chaise inconfortable, très peu pour moi.

Je pourrais suivre cette femme, mais je préfère me renseigner avant sur son compte en restant le plus discret possible. Je n'ai pas envie qu'elle se doute de quoi que ce soit pour le moment, chaque chose viendra en temps voulu.

Le trajet n'est pas long avant que je me gare sur la place de parking qui m'est réservée. Nous sommes en début de soirée, le club doit encore être quasi désert, mais je sais que je trouverai la personne qu'il me faut.

Je passe par la porte de service et me rends directement au bar. Anton lève les yeux des bouteilles qui voltigent autour de lui avant de toutes les poser sur le comptoir.

— Qu'est-ce que tu fous là ? me demande-t-il en fixant l'horloge qui se trouve derrière lui. Dix-neuf heures ! Eh ben, c'est un record ! Tu veux un verre pour fêter ça ?

Mon ami se moque, d'autant plus qu'en ce moment, je suis très peu présent. Avec toute cette histoire avec Eléonore, je n'ai pas eu beaucoup de temps pour mes affaires. Heureusement qu'Anton, mon associé, sait très bien s'occuper du club tout seul.

Au départ, je l'ai embauché comme barman sauf qu'avec mon activité secondaire, je n'arrivais pas à tout gérer. Je dois passer beaucoup de temps chez moi ou avec nos victimes…

C'est inexplicable mais avec lui, le courant est tout de suite passé. Je suis sociable, mais ai du mal à faire confiance, sauf que cette fois, ce fût comme une évidence. Avant tout, je me suis bien sûr renseigné sur lui en cherchant sur internet, mais n'ai rien trouvé qui pourrait me donner des doutes sur son sérieux. Il a très vite accepté ma proposition de devenir associé dans l'affaire. Le club marche très bien et les recettes engendrées sont conséquentes, il a tout à y gagner.

J'aime cet endroit, c'est un peu mon enfant et je voulais faire quelque chose en dehors de mes frères. Ils sont ma famille, jamais je ne les lâcherai, mais j'avais envie d'avoir quelque chose rien qu'à moi, c'est un peu mon jardin secret. Ici je me sens bien.

— Ouais, tu n'as qu'à me faire goûter ton cocktail.

Anton adore innover et est en création permanente. Les habitués sont fans de ses cocktails, du coup, nous changeons la carte une fois par mois. De plus, il fait du flair bartending, il jongle avec les bouteilles, cette animation est très appréciée de la clientèle. Il cherche toujours des choses innovantes qui feraient venir encore plus de monde et ça fonctionne très bien.

Il a de nombreuses ressources et surtout une en particulier qui à l'heure actuelle, m'intéresse particulièrement.

Il pose un verre devant moi que je sirote doucement avant de me décider à parler.

— J'ai rencontré une fille… (Anton hausse les sourcils alors qu'un sourire apparaît lentement aux coins de ses lèvres.) J'aimerais avoir son nom…

Mon ami pose le chiffon qu'il avait en main avant de se pencher vers moi, les coudes sur le comptoir.

— Tiens donc ! Tu as une nouvelle proie !

Je n'aurais pas dit mieux. Il n'est pas du tout au courant de ce que je fais en dehors du club. C'est trop dangereux pour moi et mes frères, il ne doit y avoir aucun témoin, mais parfois, je lui fais des demandes particulières. Il n'a jamais essayé d'en savoir plus sur les raisons de celles-ci, ce qui fait de lui un ami parfait.

De ce qu'il m'a dit, sa sœur est flic. Je ne l'ai jamais rencontrée, mais elle ne rechigne pas à me donner des informations contre du fric.

Phil pourrait tout aussi bien trouver ça sur le net, mais parfois, je n'ai pas envie que mes frères soient au courant. Ils ne comprennent pas que j'ai besoin de ces relations. Que j'ai besoin qu'une femme éprouve des sentiments pour moi avant de la détruire ! L'amour n'est qu'une grande supercherie et moi, je m'en amuse.

— On peut dire ça, tu peux m'aider ?

— Comme toujours…

Je m'empresse de lui donner le numéro de la plaque avant d'aller m'enfermer dans mon bureau. Il m'a promis de faire au plus vite, je suis déjà impatient.

J'enlève mon sweat pour me mettre à l'aise et me mets à fond dans la paperasse qui traîne afin de m'occuper l'esprit.

Un coup à la porte me sort des chiffres qui s'affichent sur mon écran.

— Entrez.

Une superbe brune passe une tête dans l'encadrement.

— Je ne te dérange pas ? demande-t-elle timidement.

Je lui fais signe d'approcher et elle ne se fait pas prier. Ses talons claquent contre le carrelage. Emma est une jolie fille, la vingtaine, qui a compris que pour avancer dans la vie, le sexe pouvait aider. Je vois clair dans son jeu même si elle pense être subtile. J'ai compris ses ambitions depuis le départ et j'avoue que j'en profite pleinement.

Je me redresse dans mon fauteuil alors qu'elle continue d'avancer jusqu'à moi.

Une de ses mains aux ongles parfaitement manucurés se promène sur mon torse avant de caresser le renflement qui déforme mon pantalon.

Je stoppe son mouvement en emprisonnant son poignet.

— Ce n'est pas encore l'heure de ton service…

— J'ai horreur d'être en retard !

Je regarde l'heure sur mon ordinateur et explose de rire. Le club n'ouvre que dans plus d'une heure.

— Et qu'as-tu prévu pour occuper ton temps ?

Ses yeux sont de braise et avant que je n'aie pu l'arrêter, sa bouche couvre la mienne. Ses lèvres pleines s'activent alors que j'attrape brutalement sa nuque pour la bloquer et la dévorer.

Je ne me suis pas encore lassé de son corps, ça ne saurait tarder... Aucune femme ne m'intéresse plus depuis quelques semaines. Personne ne peut être à la hauteur de celle qui a gravé son nom dans mon cœur et l'a piétiné à pieds joints. Je chasse ces pensées de mon esprit, il faut que j'oublie ! Peut-être que si je me le répète assez, un jour j'y arriverai...

J'attrape le bras d'Emma pour la forcer à me chevaucher. Sa robe moulante remonte sur ses cuisses alors que mes doigts suivent le mouvement le long de ses jambes. Arrivé à sa culotte, je tire un coup sec, la déchirant. Rien ne me résiste... Son souffle s'accélère nettement alors que ma main frotte sa fente déjà trempée. Elle est prête pour moi !

Un coup à la porte nous sort de ce moment sensuel. Je repousse Emma sans délicatesse pour aller ouvrir.

— Quoi ?

— J'ai ce que tu m'as demandé ! sourit Anton à pleines dents.

Je hausse un sourcil, ce fût plus rapide que d'ordinaire, je suis surpris !

J'attrape la feuille qu'il me tend.

— Merci !

Il hoche la tête avant de partir et je m'empresse de déplier le papier et de lire ce que j'ai attendu avec avidité.

Lena… Ma nouvelle proie…

Ma queue tressaute d'anticipation. J'ai tellement hâte de pouvoir jouer avec elle !

Je referme la porte de mon bureau derrière moi et déboucle ma ceinture. J'ouvre mon jean, le laissant glisser jusqu'à mes pieds avant de faire signe à Emma de s'approcher et sors mon sexe dur comme la pierre de mon boxer.

Elle me rejoint sans se faire prier et une fois assez près, j'attrape son bras pour la forcer à se mettre à genoux devant moi. Elle proteste pour la forme, mais ne tarde pas à s'exécuter. Sans plus de cérémonie, j'approche mon membre dressé contre ses lèvres.

— Ouvre la bouche ! lui ordonné-je.

Malgré une courte hésitation, elle obéit et engloutit mon sexe entre ses lèvres gonflées. Je l'oblige à me prendre au maximum en maintenant sa tête en place. Une de ses mains vient s'enrouler à la base de mon sexe et me serre fort. Un râle m'échappe sous la tension qui augmente dans mon corps. Je ferme les yeux pour voir le visage de celle qui me perturbe. Ces cheveux blonds qui encadrent ce sublime visage de poupée… Bientôt, ce sera elle qui savourera mon membre.

Mes va-et-vient deviennent de plus en plus brutaux, m'imaginant dans l'étroit fourreau de Lena, la pilonnant jusqu'à ce que tout vrille autour de moi et que je jouisse longuement. Ce n'est qu'une satisfaction temporaire, je le sais, mais viendra le moment où je pourrai réellement la prendre et ce jour-là, la délectation n'en sera que plus grande.

Je ne sais pas pourquoi, mais je sens qu'avec Lena, les choses peuvent être meilleures qu'avec les autres. À chaque fois que je l'ai croisée, la fébrilité qui montait en moi était impressionnante alors je n'imagine même pas lorsque je poserai mes mains sur sa peau…

J'ai beau multiplier les actes sexuels, rien ne me donne autant satisfaction que quand j'étais avec la seule femme que j'ai jamais aimée ! J'ai désespérément cherché quelqu'un qui pourrait s'en approcher sauf que personne ne pourra jamais être à la hauteur… Et la seule chose qui me procure un plaisir semblable, est de torturer ou de tuer des personnes de mes propres mains.

J'ai cherché activement celle qui me ferait de nouveau ressentir ce plaisir intense et libérateur, mais ne l'ai jamais trouvée alors j'ai laissé tomber.

Je relâche Emma, son temps à elle est terminé. Elle m'a servi quelques semaines, mais je n'en veux plus. Sa date de péremption arrive à terme.

Je rajuste mon jean avant de retourner m'asseoir à mon bureau.

Emma se dandine, ne sachant trop quoi faire à présent alors que je me délecte de la voir ainsi mal à l'aise.

— Tu as besoin d'autre chose ? lui lancé-je en attrapant une pile de papiers.

Elle tente de reprendre contenance et baisse lentement la bretelle de sa robe.

— Tu pourrais t'occuper de moi…

Je relève les yeux en haussant un sourcil.

— Sans façon. Et au fait, tu es virée alors tu peux rentrer chez toi.

Elle tangue sous la nouvelle et se rattrape au mur pour ne pas s'étaler au sol.

— Que… comment… Je ne comprends pas !

— Tu ouvres la porte, tu sors de mon bureau et du club, tu prends ta voiture et tu disparais ! Est-ce assez clair ?

— Mais… J'ai tout fait pour te faire plaisir !

J'attrape un stylo pour occuper mes doigts qui fourmillent d'autres choses. Un éclair me traverse et je tente de me calmer. Je vois clairement Emma collée contre le mur, mes doigts autour de son cou qui se resserrent. De l'autre main, je transperce sa peau avec ce même stylo. Son ventre en premier… Elle hurle sous la douleur et tente tout pour m'échapper, sauf que ce n'est que le commencement. Je retire brutalement mon arme improvisée, déchirant sa peau au passage pour lui planter dans le crâne. Son visage se fige alors que son corps se vide de son âme… Ça me démange ! Ma tête cogne si fort, me pressant de donner libre cours à mes envies. Je dois fermer les yeux pour ne plus la voir, pour ne pas lui sauter dessus.

— Dégage ! crié-je soudain en la fixant, la faisant sursauter.

Elle fait enfin ce que je lui dis après m'avoir lancé un dernier regard terrifié.

La pression en moi est grande, sauf que je dois me contenir, le service va bientôt commencer et mes employés doivent déjà être présents. Je n'ai pas envie d'attirer l'attention alors que la salle est encore vide…

Kayden serait fier de moi, il pense que je ne réfléchis jamais à mes actes, il a tort ! Il est vrai que parfois je me laisse aller, mais pas toujours…

Après avoir repris ma respiration et mes esprits, je finis de classer les factures avant de rejoindre le bar.

L'heure n'est pas encore avancée et seuls quelques clients parsèment la salle. Anton m'interpelle en sifflant alors je le rejoins avant de m'asseoir sur un tabouret.

— C'est quoi ce bordel avec Emma ? Elle est partie en pleurs en disant que tu l'avais virée !

— Ouais, les filles collantes qui pensent pouvoir faire de moi leur petit-ami m'insupportent.

— C'était une bonne serveuse, s'énerve Anton en balançant un chiffon sur le comptoir.

— Je t'en trouverai une autre ! En attendant, sers-moi un verre.

Il me fusille du regard en croisant les bras sur sa poitrine. Il est en colère, ce n'est pas la première dont je me débarrasse, mais je m'en tape.

— Quoi ? Tu voulais aussi la baiser ? ricané-je.

Ma petite blague n'a pas l'effet escompté, car le visage de mon ami reste fermé.

— J'en ai marre, il y en a eu tellement que je n'ai pas assez de mains pour les compter. À chaque fois, on doit s'adapter à une autre personne et les autres commencent à râler.

— Ceux qui ne sont pas contents n'ont qu'à dégager ! dis-je calmement.

S'ils n'ont pas envie de bosser, la porte est grande ouverte. Je trouverai d'autres personnes plus motivées.

Je me lève, car mon verre tarde à arriver et comme on dit, on n'est jamais mieux servi que par soi-même. J'attrape un verre et y verse du whisky avant de l'avaler cul sec. La brûlure de l'alcool qui coule dans ma gorge me fait le plus grand bien. Ça apaise mon esprit et les flashs que j'ai de plus en plus de mal à réfréner.

Anton se détourne, comprenant que je ne l'écouterai pas et continue de préparer ses cocktails.

Après trois verres supplémentaires, je décide qu'il est temps pour moi d'arrêter. Je suis loin d'être saoul, mais je commence à ressentir la chaleur m'envelopper et je veux garder un minimum de contrôle. Je tâtonne dans la poche de mon jean avant d'en tirer le papier avec l'adresse de Lena.

Cette femme m'obsède. J'ai beau repousser les images de son visage et de son corps mince... Rien n'y fait. Elle reste dans un recoin de mon cerveau, attendant patiemment que je baisse la garde pour se montrer.

Je déplie soigneusement la feuille et tape rapidement l'adresse sur mon téléphone. Le trajet jusque chez elle se matérialise et je suis ravi de constater que c'est tout proche du club. Je devrais me retenir, rester sagement ici. Si elle m'aperçoit, je risque de lui faire peur alors que ce n'est pour l'instant pas mon but.

Je remonte dans mon bureau et me rassois tranquillement sur ma chaise. J'ouvre la page des comptes que j'étais en train de finir, sauf qu'il m'est impossible de m'y concentrer. Mes mains tremblent et les voix dans ma tête ne cessent de me torturer. Elles veulent la voir, elles veulent que j'admire cette femme avant qu'elle ne soit brisée. Avant que je ne la détruise...

J'éteins l'ordinateur, attrape mes clés de voiture et descends en vitesse.

Je fais signe à Anton avant de sortir. Il m'en fait un en retour même si je sais que la conversation que nous avons eue est loin d'être terminée. Il tient à cet endroit autant que moi et s'y investit énormément. Il a raison, je devrais arrêter de m'amuser avec les serveuses, mais c'est plus fort que moi.

Le trajet est rapide. Je m'arrête au coin de la rue pour éviter d'attirer l'attention et enfile le sweat qui traîne dans ma bagnole avant de sortir. Par chance, l'air s'est rafraîchi, je passerai donc inaperçu...

J'attrape ma capuche pour la rabattre sur ma tête. Il faut que je sois discret et que personne ne puisse me reconnaître.

Je m'avance jusqu'à une petite maison rose. Le morceau de terrain qui se trouve devant a l'air abandonné. Sauf que la lumière qui éclaire l'intérieur me prouve que quelqu'un vit bien ici. Des rideaux obstruent les vitres, réduisant ma visibilité, mais je ne perds pas espoir de l'apercevoir.

Sa voiture n'est pas là, elle doit sûrement se trouver dans le garage accolé à la maison... J'aimerais en découvrir plus sur cet endroit, mais je me tiens tranquille, je visiterai plus tard, j'ai tout mon temps.

J'essaie de rester discret derrière un arbre même si je ne pourrai pas rester longtemps sans me faire repérer par des voisins. La rue est sombre, il n'y a qu'un lampadaire quelques mètres plus loin, mais si quelqu'un se balade, il me verra sans aucun doute.

Soudain, ce que j'attendais, se produit. Lena tire un rideau pour scruter la rue, comme si elle sentait ma présence dans l'ombre. Elle ouvre la vitre et attrape le volet pour le fermer. J'aime être invisible aux yeux des autres alors que moi je les observe en détail, comme si j'avais un super pouvoir... Ses cheveux sont trempés et elle ne porte qu'un débardeur fin, dévoilant ses formes. Je suis trop loin pour voir clairement ses seins, mais je les imagine pointant dans ma direction, désireux d'être cajolés. Mon sang bout alors que mon membre se tend douloureusement dans mon jean. Je ne sais pas comment je vais résister à l'attirance que je ressens pour cette femme !

Un chien se met à aboyer et le temps que je tourne la tête pour le voir foncer dans ma direction, Lena a fini de fermer ses volets. Je peste alors que ce chien miniature saute sur ma jambe, la queue frétillante.

— Cookie, viens ici ! (Une femme, la cinquantaine, arrive essoufflée près de moi.) Je suis désolée, il s'est enfui dès que j'ai ouvert la porte.

Je fais légèrement descendre la capuche sur mes cheveux, dévoilant mon visage, je ne voudrais pas l'effrayer.

— Ce n'est rien, il est mignon, mens-je comme je respire alors qu'elle l'attrape et accroche la laisse à son collier.

J'ai horreur de ces bestioles ! Une femme m'a dit un jour : « Si tu n'aimes pas les animaux, c'est que tu n'aimes pas les humains ! » Elle avait parfaitement raison dans mon cas et je le lui ai d'ailleurs prouvé en lui tranchant la gorge. Je n'aime plus rien dans ce monde en dehors de mes frères.

— Il ne fait que s'échapper, c'est insupportable ! (Elle lève les yeux sur moi et me détaille sans subtilité.) Vous habitez dans le coin ? me demande-t-elle en remettant une mèche de cheveux derrière son oreille.

— Non, je me balade...

Elle est surprise et je la comprends. Ce coin de la ville est pavillonnaire, il n'y a rien à y faire si vous n'y habitez pas. Ses yeux se font alors plus insistants, comme si elle voulait imprimer mon visage dans son esprit. Croit-elle que je suis un délinquant ? Je suis le diable, mais je ne suis pas ici pour cambrioler sa maison ou piquer sa voiture, non ! Je suis dans cette rue pour découvrir l'environnement de ma prochaine victime. Je dois tout savoir d'elle avant de commencer à m'amuser.

— Il est tard, vous devriez rentrer chez vous..., souffle la femme qui tient à présent son chien dans les bras.

Je hausse un sourcil, de quoi se mêle-t-elle ? Croit-elle que ses paroles m'intéressent ? Pense-t-elle que j'obéis à quiconque ?

Un rire m'échappe à cette pensée. Ignorante et naïve, voilà ce qu'elle est !

Je me tourne et rejoins ma voiture en serrant les poings à m'en faire mal. J'ouvre rageusement la portière et monte rapidement.

Je prends de longues inspirations pour calmer les voix qui m'assaillent. Cette bonne femme qui me pose des questions, qui me regarde comme une friandise et qui ensuite se permet de me donner des ordres... Une colère sourde explose dans mes veines. Je souffle profondément, ferme les yeux et tente de m'apaiser en me rappelant le corps de Lena. Ses formes qui me donnent envie d'elle à la limite de la folie.

Je ne peux pas avoir Lena tout de suite, sauf que j'ai besoin de me vider la tête… de me vider tout court !

J'allume le contact, j'ai besoin d'une distraction même si ça ne sera que temporaire, il faut que je fasse taire les voix dans ma tête.

J'effectue un trajet que je connais bien depuis quelques semaines. Elle me laisse venir chez elle pour faire nos petites affaires. Il est hors de question qu'on aille chez moi et mon bureau n'est pas fait pour ça…

Une fois garé devant sa maison, dans un beau quartier, je descends de ma voiture et frappe plusieurs coups dans la porte. Je n'attends pas plus de quelques secondes avant qu'une tête apparaisse dans l'entrebâillement.

Ses yeux s'écarquillent, mais la surprise est vite remplacée par la colère. Ses sourcils se froncent alors qu'elle ouvre un peu plus la porte et croise les bras, me signifiant clairement que je ne suis pas le bienvenu. Elle ne comprend pas ce que je fais ici sauf qu'elle n'a pas à comprendre !

— Qu'est-ce que tu veux ? demande-t-elle les yeux légèrement rougis. Tu n'as vraiment pas honte de te pointer chez moi après ce que tu as fait !

— Je me suis emporté… Je viens me faire pardonner… Je suis désolé, je n'aurais jamais dû te parler comme ça, je regrette.

Emma me détaille, hésitante. J'ai sorti tout ce que j'avais en stock. Je ne crois pas une seule seconde à mes paroles, mais je sais très bien baratiner les femmes ! Ses yeux se posent dans les miens, me testant, cherchant des réponses qu'elle ne trouvera jamais.

Elle souffle longuement avant de se pousser de l'encadrement. Je retiens mon sourire et me dépêche d'entrer avant qu'elle ne change d'avis. Je referme la porte derrière moi, attrape son bras et la traîne jusqu'à sa chambre.

Je la pousse brutalement sur le lit et arrache quasiment sa nuisette. Sa poitrine gonflée m'appelle, je ne résiste pas pour m'en emparer et la sucer. Son souffle saccadé laisse place à des gémissements bruyants.

— Sam ! Prends-moi !

Elle doit sortir de la douche, sa peau est douce et un fort parfum s'en dégage. Je me relève pour me déshabiller à mon tour en gardant ma ceinture en main alors qu'elle porte ses doigts à son sexe, qui j'en suis sûr est déjà moite pour moi ! Cette vision est trop intense, elle me fait disjoncter. J'attrape deux préservatifs dans sa table de nuit et en enfile un en un rien de temps avant de poser l'autre près de sa tête. Je dois la posséder, la marquer, même si je me fous d'elle. C'est un besoin que je ne sais pas expliquer. Le sexe est mon exutoire, une des seules choses qui apaise la rage qui gronde en moi.

Ma bouche se fracasse sur la sienne alors que j'attrape ses bras, les monte au-dessus de sa tête et les lui attache avec ma ceinture. Pour ne pas qu'elle comprenne ce qui lui arrive, j'ouvre ses cuisses avant de me faufiler dans son intimité. Elle crie sous ma profonde pénétration, mais très vite, c'est l'extase qui lui fait émettre ce son. Mes va-et-vient sont vigoureux et sa jouissance arrive rapidement. L'orgasme, qui la traverse, me fait partir à mon tour dans un grondement.

Un bref soulagement m'envahit, mais c'est trop peu. Mes nerfs sont toujours à vifs, il m'en faut davantage !

Emma est exténuée et reprend doucement sa respiration alors que je suis toujours ancré en elle. Ma main vient tendrement caresser sa bouche avant de descendre dans son cou, sur une veine qui palpite.

C'est tellement attirant, comment puis-je faire autrement que de céder à mes envies ?

Détruis-la, brise cette femme ! Ce sont toutes les mêmes ! Ce sont des menteuses et des manipulatrices qui ne méritent qu'une chose : la mort !

Je place ma main en travers de sa gorge et je vois son regard hésiter entre le plaisir qu'elle vient d'avoir et la peur de ce que je suis en train de faire.

Je pose mes lèvres contre les siennes et resserre ma poigne, bloquant sa respiration. Les voix crient de plus en plus dans ma tête, elles sont fières de moi !

Je me recule avant qu'elle ait la bonne idée de me mordre. Ses yeux s'agrandissent d'horreur alors que ma poigne reste ferme. Dans un sursaut, elle ramène ses bras en avant et tente de me griffer le visage. Je la laisse faire tout en serrant encore un peu plus. Son corps bouge dans tous les sens, tentant de me déstabiliser mais je suis trop fort pour elle.

Je me redresse et relâche lentement sa gorge pour admirer la superbe trace rouge qui s'est formée autour celle-ci. Emma reprend sa respiration par grande goulée d'air tandis que ses larmes s'écoulent par flot sur ses joues. Quelle vision magnifique !

Mon sexe se tend à l'intérieur de son fourreau. Dans un réflexe, elle se resserre autour de mon membre, me faisant siffler. Si elle refait ça, je ne suis pas sûr de tenir longtemps avant de jouir à nouveau tellement elle est étroite !

— Pourquoi ? Pourquoi me fais-tu ça ? réussit-elle à articuler difficilement.

Parce que c'est la seule chose qui me fasse du bien, qui fait taire les voix qui se répandent dans mon cerveau !

Je préfère ne pas lui répondre. À la place, j'attrape ses bras liés pour les plaquer contre le matelas et me retire de son corps pour enlever le préservatif.

— Si tu te tiens tranquille, je serai gentil avec toi..., chuchoté-je contre ses lèvres tremblantes.

Elle hoche la tête alors je me redresse pour enfiler une nouvelle capote et reviens me placer entre ses cuisses ouvertes.

— Tu es une bonne fille, susurré-je en entamant de lents mouvements de bassin.

Je sors entièrement de sa féminité, avant de revenir, millimètre par millimètre. Emma continue de chialer, mais tant qu'elle se laisse faire, peu importe ! Je continue mes va-et-vient jusqu'à ce que je sente le plaisir remonter dans mes reins.

Je décroche ma ceinture de ses bras et replace ma main autour de son cou, la surprenant et serre au maximum. Je continue de la pénétrer jusqu'à buter contre son pubis. Je force le passage alors qu'elle tente par tous les moyens de trouver de l'air. Elle me fixe, m'envoyant toutes ses émotions à la figure tandis que mon plaisir grimpe d'un cran.

Mes mouvements se font plus rapides alors que ses doigts lâchent prise sur mon bras, que tout en elle se détend. Son existence se termine en me donnant du plaisir. Il ne me faut qu'un coup de reins jusqu'au plus profond de son corps pour me faire jouir bruyamment.

Voilà un orgasme qui me libère de mes démons intérieurs.

Je m'écroule à côté d'elle, enfin repu ! Le calme m'envahit même si je sais que la sensation ne durera pas… J'ai pris sa vie pour améliorer la mienne et ça ne me fait ni chaud ni froid.

Chapitre 4

Kayden

Je tourne en rond. Je me lève et me rassois un nombre incalculable de fois dans cette salle d'attente. Les heures passent et le stress me submerge. Comment va ma femme ?! C'est la seule chose que je désire savoir ! Tout m'est tombé dessus tellement vite que j'ai vraiment du mal à réaliser que tout ça est réel. Ça n'aurait jamais dû se passer ainsi ! On aurait dû se marier, profiter d'un peu de temps à deux et ensuite, je lui aurais accordé un peu plus de liberté. Les choses auraient dû être simples alors qu'au lieu de ça, je me retrouve dans cet hôpital.

J'ai réussi à coincer le médecin dans un couloir pour en savoir plus sur la maladie d'Eléonore. Et la conversation, que nous avons eue, n'arrête pas de passer dans mon esprit. Il ne peut pas dire avec certitude que c'en est la cause, mais il y a de grandes chances que ce soit dû à l'incendie qui a ravagé sa maison. Elle a inhalé beaucoup de fumée et ça pourrait avoir provoqué son cancer. Rien n'est absolument certain, mais comment aurait-elle pu le développer autrement ? Et surtout si c'est réellement ça, il y a un responsable… Une personne qui a allumé le brasier et qui par conséquent, a fait du mal à la seule personne qui me fait ressentir des choses, la seule que je veux garder dans ma vie et que je protégerai quoi qu'il m'en coûte !

Un soir, j'ai entendu Sam raconter qu'il avait balancé une allumette sur un tapis dans le salon de cette fille que je n'arrêtais pas d'aller voir. Il ne supportait pas que je m'intéresse à elle, que je passe mon temps à l'observer… Elle m'obsédait et avait déménagé à cause de lui, mais après avoir longuement réfléchi, je me suis dit que c'était peut-être mieux pour elle. Je commençais à comprendre que quelque chose clochait chez moi et ne savais pas comment me maîtriser. Je ne lui aurais fait que du mal, ce n'était pas le bon moment…

— Kay, tu veux un café ou autre chose ? me demande Phil en posant une main sur mon épaule.

Je secoue la tête, ma gorge est trop serrée pour lui répondre. Je me force à garder une bonne apparence alors qu'à l'intérieur, ça bouillonne. Je ne connais que la violence ou le corps d'Eléonore pour me sortir de là et à cet instant, je ne peux avoir ni l'un ni l'autre !

Soudain, le téléphone de Phil brise le silence.

— Oui ! répond-il.

Je n'entends rien, mais le visage de mon frère se déforme de colère.

— Tu crois vraiment que c'est le moment ! Je commence à en avoir marre de tes conneries ! siffle-t-il doucement.

Je fronce les sourcils, en dehors de Sam, personne ne le met dans cet état aussi rapidement. Qu'a-t-il encore bien pu faire comme connerie ? Je commence à être à bout de patience avec lui et avec ce que j'ai appris, les choses vont changer…

— Que se passe-t-il ? demandé-je distraitement.

Phil secoue la tête en me montrant Judith des yeux. Cette femme va nous compliquer les choses s'il continue de la trimballer partout. C'est peut-être la sœur de ma femme, mais elle n'a pas besoin d'être constamment présente !

— Je fais ce que je peux ! répond Phil au téléphone avant de raccrocher. Ma chérie, est-ce que tu peux aller nous chercher deux cafés, s'il te plaît ?

Elle nous regarde tour à tour avant d'acquiescer et de quitter la pièce.

— Sam a fait n'importe quoi ! Il faut que j'aille l'aider à se débarrasser d'un corps.

Je fronce les sourcils, il recommence à déconner ! Il s'était calmé depuis quelque temps… Du moins, il évitait de nous demander notre aide, mais ça n'aura pas duré longtemps…

— Vas-y…, chuchoté-je.

Phil me détaille, il doit nous supporter en permanence, il mérite une médaille !

— Tu as aussi besoin de moi… Je vais lui dire d'attendre jusqu'à ce qu'Eléonore soit sortie du bloc.

Je me redresse sur ma chaise alors que j'ai envie de tout démolir. Je veux la voir, il faut que je sois auprès d'elle ! Cette attente interminable me flingue le cerveau !

Quand je pense qu'elle ne voulait pas se soigner, la rage remonte en moi. Elle a vraiment cru que j'allais la laisser faire une telle connerie ! Nous venons de nous lier de la manière la plus officielle qui soit et elle pense que je vais la laisser me quitter aussi facilement ?! Elle se trompe lourdement. D'autant plus qu'elle ne m'a rien dit pendant des mois et pas une seule fois je n'ai pensé qu'elle pouvait être malade. Elle devra me rendre des comptes quand on sera chez nous. Je n'accepte pas qu'elle me cache des choses et elle va vite le comprendre... Elle a même osé se rebeller face à moi et devant témoins ! Quand je repense à son effronterie, mes mains me démangent. Je voulais qu'elle comprenne ma position, mais lorsque je l'ai vue se tendre et se braquer, j'ai changé de tactique. J'étais prêt à tout pour qu'elle accepte de se soigner alors je remercie les films à l'eau de rose que ma mère regardait... Ce déballage de sentiments... C'est tellement éloigné de ce que je suis que j'ai même été surpris que ça fonctionne aussi bien ! Oui j'ai envie qu'elle vive, mais pour profiter d'elle. Son corps a une attraction sur le mien qui est indéfinissable et elle est la seule femme que je veux entre mes bras. En dehors de ça, ma sensibilité n'a pas évolué. Je ne l'ai épousée que pour la garder définitivement auprès de moi et pour couvrir tout ce qu'elle a subit. Rien n'a changé pour moi.

Le médecin passe la porte, Judith sur ses talons. Je sors de mes pensées pour me concentrer sur lui et tenter de lire en lui.

— Bonjour, je cherche la famille de Mademoiselle Valon…

— Madame ! me sens-je obligé de rectifier. C'est ma femme !

Elle m'appartient, elle est à moi corps et âme. S'il croit qu'il peut avoir une chance, il se trompe et je ne me gênerai pas pour le lui faire comprendre, peu importe la manière…

— Excusez-moi, répond-il en baissant les yeux. L'opération s'est bien passée, mais la phase de réveil risque de prendre plusieurs heures. Je vous conseille de rentrer chez vous pour vous reposer un peu…

Un petit soulagement m'étreint, mais il est absolument hors de question que je la quitte ! Je ne peux pas la laisser ici toute seule sans surveillance. Elle a besoin de moi !

— Merci pour votre recommandation, mais je ne bougerai pas d'ici.

— Kay…, m'interrompt mon frère.

Je le fusille du regard et serre les poings. Il n'a pas à me donner son avis ! C'est ma vie et celle de personne d'autre !

Phil remercie le médecin qui ne perd pas une seconde pour déguerpir. Il est futé parce que mes nerfs sont à vifs. Je ne comprends pas ce qui se passe en moi, mais ma poitrine est douloureuse. Elle se serre et j'ai soudain envie de frapper tout ce qui se trouve autour de moi. Cette sensation se répète pour la troisième fois depuis que j'ai mis un pied dans cet hôpital. Que m'arrive-t-il ?

À peine la porte se ferme-t-elle, que je fonce sur Phil. Je le pousse brutalement contre le mur, mon visage à quelques centimètres.

— De quoi te mêles-tu ? crié-je enragé.

Il me repousse par les épaules, mais je suis déterminé et déchaîné. J'ai tellement besoin d'évacuer ce trop-plein de fureur qui me submerge...

— Arrête tes conneries Kay ! me gronde-t-il comme un enfant alors que Judith renifle bruyamment, me rappelant sa présence.

Je me recule d'un pas et passe une main rageuse dans mes cheveux. Je suis en train de perdre mes moyens, ça ne m'arrive jamais... Et ce n'est bon pour personne.

— Tu devrais aller prendre une douche, faire une sieste et manger un truc. Rester ici ne changera rien pour elle ! Eléonore sait parfaitement ce que tu ressens. Elle sait que tu feras toujours tout ce que tu pourras pour l'aider.

Les paroles de Phil me transpercent et je tombe à genoux. La pression qui me maintient depuis des heures s'effrite, je ne sais pas comment gérer les choses. Je suis totalement dépassé. Je n'ai jamais eu à penser à une autre personne que moi. Ce que je ressens pour elle, je ne le sais pas moi-même... Je perds pied, complètement. Sauf que dans ces moments-là, je n'ai qu'une seule envie : engendrer la mort... Depuis qu'Eléonore est revenue dans ma vie, j'ai un peu laissé cette partie de moi de côté, sauf que je ne peux pas m'en passer ! Ce besoin irrépressible d'avoir le contrôle, d'être le maître du destin d'autrui est absolument fabuleux. En sa présence, tout s'efface et elle devient le centre de mon intérêt, sauf qu'à cet instant elle n'est pas à mes côtés. Elle est comme mon phare dans une mer agitée, ma bouée de sauvetage ! Alors sans elle, je me noie, je plonge dans les abysses de l'océan d'où personne ne peut me sortir.

Je sais que je ne suis pas comme les autres, que quelque chose cloche chez moi, sûrement depuis ma naissance. D'aussi loin que je me souvienne, j'ai un problème pour m'intégrer à cause de mes sentiments qui par moment, sont comme en veille… Ma mère pleurait parfois le soir en priant pour que je devienne "normal". Je ne comprenais pas, j'étais pourtant un enfant en bonne santé. Je voyais bien que mes relations avec les gens ne correspondaient pas forcément à ce qu'on attendait de moi, mais en dehors de ça, rien ne me différenciait des autres enfants…

Je passais le plus clair de mon temps avec mes frères, car les autres ne venaient pas vers moi. Je ne savais pas comment m'y prendre avec eux et inversement, alors que Phil et Sam me comprenaient toujours. Ils n'insistaient pas pour me faire parler, ils me laissaient faire, tranquillement, à mon rythme. De ce côté-là, il est certain que je n'étais pas comme tous les petits garçons de mon âge, mais pour moi c'était eux qui ne comprenaient rien…

Même si je n'étais pas "normal" pour mes parents, ce n'est pas pour autant qu'ils ne se sont pas occupés de moi. Sauf qu'en étant très observateur, j'ai bien remarqué qu'ils n'agissaient pas avec moi comme avec mes frères. Papa les prenait toujours dans les bras, les complimentait et passait beaucoup de temps avec eux alors qu'il me laissait de côté, ne sachant pas ce que j'accepterais de lui. Je n'aimais pas qu'on me touche et faisais des scandales quand il essayait. Au bout d'un moment, il n'a plus cherché à me comprendre et je ne peux pas le lui reprocher au fond.

L'école aussi était un gros souci, pour mes parents comme pour moi. Je m'y ennuyais profondément et tous ces gamins ne m'intéressaient pas. En grandissant, j'ai commencé à comprendre ce qui pourrait me rendre populaire, alors un jour, j'ai laissé exploser ma colère contre un gamin qui m'appelait : le débile. C'était trop enfantin pour que j'y réponde, mais ce jour-là, je me suis laissé dépasser par ma rage et je l'ai cogné. Deux gars de ma classe m'ont stoppé et voyant que j'étais plus dégourdi qu'il n'y paraissait, ils m'ont intégré à leur groupe.

C'est peu de temps après qu'Eléonore est entrée définitivement dans ma vie. La voir a apaisé mon mal-être et m'a fait découvrir des choses dont je ne me doutais pas. Elle m'a montré ce que sont les caresses, les câlins, dormir avec une femme, avoir envie d'elle tellement souvent que je ne suis pas sûr que mon sexe le supporte. Elle a changé ma vie c'est certain et ça me perturbe. Elle a un pouvoir sur moi, bien trop important. Elle laisse un vide quand elle n'est pas à mes côtés et m'empêche de respirer normalement. Ma poitrine se serre si fort, c'est une torture.

— Je ne peux plus supporter tout ça ! commencé-je à hurler en frappant le sol. Je n'en peux plus !

Tout ça est trop pour moi. J'ai démesurément besoin de sa présence, de la voir, de la toucher ! Phil s'agenouille devant moi et me prend dans ses bras. J'évite au maximum le contact avec les autres êtres humains. Je ne suis absolument pas tactile, mais pour une fois, je me laisse faire. Je suis perdu. Cette femme m'a jeté un sort, c'est la seule solution ! Elle m'a totalement envoûté, sans elle je n'arrive pas à voir un avenir possible... Il faut absolument que je reprenne le dessus, je suis totalement ridicule !

Je me détache de mon frère qui murmure des paroles qui me font réaliser dans quel état je dois être et c'est intolérable. Cette femme n'est pas mon univers et mon monde ne s'effondrera pas comme un château de cartes si elle disparaît ! Nos vies sont peut-être liées, mais je ne dois en aucun cas la faire passer avant la mienne.

Je me relève après de longues minutes malgré mes jambes encore fébriles.

— Je vais prendre l'air, mais si elle bat ne serait-ce qu'un cil, tu m'appelles ! (Phil hoche la tête en me tendant les clés de sa voiture.) Je vais voir Sam, lui indiqué-je.

Autant me rendre utile à quelque chose. Malgré tout ce dont j'essaie de me convaincre, je ne peux pas rentrer chez moi sans elle. Son odeur est incrustée partout et trop de souvenirs me la rappellent.

— C'est pas une bonne idée ! Vous deux, ensemble... Tu n'es pas en état Kay !

— Tu n'es pas mon père ! Je suis assez grand pour prendre mes propres décisions !

Mon frère serre les dents, car sa copine vient se coller contre lui. Il est coincé, il le sait.

Je n'attends pas de réponse et sors de l'hôpital après un dernier regard vers l'étage que je viens de quitter.

Une cigarette atterrit aussitôt entre mes lèvres. Je suis accro à la nicotine et c'est ma femme, qui ne fume pas, qui a un cancer ! Où est la logique ? Je devrais être malade à sa place... Je me frappe le crâne pour faire sortir les émotions qui m'assaillent. Pourquoi ressens-je encore ce serrement à la poitrine ? Je ne comprends plus mon propre corps !

Mon lys, si innocente, si douce... Je tire frénétiquement sur ma clope avant de la balancer et de monter en voiture. Je dois me changer les idées et le plus tôt sera le mieux ! Phil m'envoie l'adresse de l'endroit où se trouve Sam et je me mets en route.

La maison devant laquelle je me gare est assez récente. Je sors de la voiture et ouvre le coffre pour attraper plusieurs gants, qui traînent dans une boîte spéciale, que je fourre dans la poche de mon jean.

Je remonte ensuite le chemin en observant les alentours. Tout a l'air calme et personne ne traîne dehors.

Je toque à la porte et attends quelques secondes avant de voir la tête de Sam.

— Qu'est-ce que tu fous là ? m'accueille-t-il.

Je le détaille, sa joue est rougie, la femme a dû réussir à le griffer...

— Tu peux te démerder tout seul si tu préfères ! réponds-je sur le même ton.

Il plisse les yeux et me fait signe d'entrer.

J'avise le salon qui est en ordre, il a déjà eu le bon sens de ne pas foutre du sang partout ! Sam s'arrête devant une porte et me fait signe de passer.

Une femme nue, les yeux grands ouverts, est étalée sur le lit. Les marques de strangulation sont très nettes autour de sa gorge.

— Elle t'a griffé ? demandé-je même si je me doute déjà de la réponse.

Je voulais une distraction, et bien celle-ci sera parfaite, car il va falloir effacer toute trace de Sam ici. Même si je dois admettre que d'habitude la tâche est encore plus ardue. Mon frère est sanguinaire, mais pour une fois, j'apprécie qu'il se soit contenu parce que frotter le sol ou les murs n'est pas non plus une partie de plaisir.

— Ouais, répond-il en passant une main sur son visage.

Je prends une profonde inspiration pour éloigner de mes pensées le visage d'Eléonore qui ne veut pas me laisser en paix. Je respire encore et encore jusqu'à me recentrer sur ce qui se trouve devant moi.

Mon frère est un sombre idiot ! Il a encore agi sur une impulsion, sans réfléchir aux conséquences de ses actes ! Sa peau doit alors se trouver sous les ongles de la fille !

J'attrape les gants qui dépassent de ma poche avant de toucher quoi que ce soit. Autant ne pas semer mon ADN partout...

Sam pose les mains sur sa tête et souffle :

— J'ai fait n'importe quoi ! Tu ne devrais pas être ici !

— J'avais besoin de prendre du recul et tu es mon frère, tes conneries sont les miennes !

Du moins, pour l'instant... Savoir qu'il peut être en cause pour la maladie de ma femme est toujours gravé au fer rouge dans mon esprit. Ce n'est pas le lieu pour régler nos comptes, mais bientôt, il répondra de ses actes...

— Je n'arrivais plus à réfléchir clairement, je n'avais pas d'autre choix...

Je le fixe, il a l'air assez désemparé et je ne comprends pas ce qui le met dans cet état. Depuis des mois, il ne nous a plus appelés pour couvrir ses frasques, il avait arrêté de déconner, jusqu'à aujourd'hui.

Chaque fois qu'une toute petite chose lui rappelant ce qu'il a vécu surgit, il perd la tête. Tout ce qui s'est passé dans sa vie est dramatique, mais il va vraiment falloir qu'il passe au-dessus. Il ne peut pas continuer à semer autant de morts derrière lui ! Il s'est fait arrêter, les flics vont sûrement le surveiller...

— Ça ne te ramènera pas Élise ! soufflé-je.

— Ne parle pas d'elle ! se met-il à crier en s'agitant.

Il fait les cent pas avant de se dresser devant moi, comme s'il pouvait m'effrayer... Je continue quand même malgré son regard sombre et menaçant. Il a besoin d'entendre des vérités.

— Je ne comprenais pas l'intérêt que tu pouvais lui porter avant d'avoir Eléonore. Quoi qu'il puisse se passer, jamais je ne pourrai oublier ma femme, alors tu ne le pourras certainement pas non plus... Mais tuer ces filles ne changera rien au passé !

Son poing part et vient s'encastrer dans le mur à côté de ma tête. Je ne cille pas devant son agressivité, je suis aussi dangereux que lui et il le sait parfaitement.

— Tu ne sais absolument rien ! Ta relation avec Eléonore, c'est du vent ! Tu l'as forcée à t'épouser ! Pourquoi l'aurait-elle fait autrement ? Tu as été la pire des ordures avec elle, elle ne peut pas t'aimer !

Je lui balance mon genou dans les jambes et me rue sur lui, le frappant autant que possible. Il se défend et les coups pleuvent dans tous les sens. Pourquoi la simple pensée qu'elle ne ressente rien pour moi me met dans un tel état de rage ? Je le frappe encore et encore, je n'arrive plus à m'arrêter. Je suis essoufflé et commence à avoir mal un peu partout, mais je continue. Elle doit m'aimer, c'est apparemment le sentiment le plus puissant qui existe et elle doit le ressentir pour moi ! Joue-t-elle la comédie pour que je sois plus tendre, plus gentil avec elle ? Je n'avais même pas pensé à cette éventualité, trop aveuglé par cette femme magnifique qui partage mon existence. Me ment-elle depuis le départ, me fait-elle croire qu'elle tient à moi dans le seul but d'obtenir ma clémence ? Je me pose trop de questions et n'aurai des réponses que lorsqu'elle se réveillera. Alors en attendant, il faut que nous dégagions d'ici !

Nous finissons tous les deux à bout de souffle, allongés sur le dos, aussi bien amochés l'un que l'autre. Nous avons fait un tapage impressionnant et j'espère que les voisins ne vont pas débarquer ou prévenir les flics. Dans tous les cas, il faut qu'on se bouge. Moins de temps nous passons dans cette baraque, mieux ce sera. Nous réglerons nos comptes plus tard, ce n'est pas le bon moment pour ça !

— Je suis désolé, me souffle Sam.

Je tourne la tête vers lui, il est ravagé par le chagrin. Je n'ai jamais ressenti l'amour qu'il portait à Élise et je ne peux pas dire que je comprends, mais si je perdais Eléonore, si elle n'était plus présente à mes côtés, les choses seraient difficiles. Je sais que je la retiens prisonnière, mais ces mois passés ensemble m'ont en quelque sorte lié à elle. Mon cerveau est en ébullition et ne sait plus dans quelle direction aller quand je pense à elle, alors je secoue la tête et la relègue dans un petit coin de mon esprit pour me concentrer sur l'instant présent.

Je me redresse assez difficilement à cause de la plaie de mon ventre qui commence juste à cicatriser. Elle n'a pas apprécié les efforts que je viens de faire !

Sam se lève et me tend une main que j'attrape pour en faire de même. Nous nous fixons un instant, nous ne nous sommes heureusement pas frappés au visage, sinon nous aurions encore plus de boulot pour enlever les taches de sang…

— OK, on oublie, dis-je simplement.

Je n'ai aucune envie de me prendre la tête avec lui alors que mon esprit est ailleurs. Je dois être en possession de tous mes moyens ce jour-là...

Il pousse un soupir de soulagement avant de chuchoter :

— J'ai besoin de toi Kay...

Cette phrase est comme un électrochoc qui me fait prendre conscience que j'ai tellement été pris par Eléonore que j'en ai délaissé mes frères. Phil ne me dit rien, il est toujours de bonne humeur et m'aide au mieux sans jamais rien me reprocher, mais avec Sam, c'est différent. Notre relation est plus complexe. Il garde toujours un œil sur moi depuis que nous sommes gamins. Il me laisse prendre le contrôle lorsqu'on doit mettre un plan en place, mais il ne reste jamais loin et passe derrière pour vérifier que tout est bon. Ça m'agace prodigieusement, mais c'est peut-être sa façon à lui de me montrer qu'il tient à moi... Je les protégerai toujours, c'est pour moi la seule manière de leur montrer qu'ils sont importants dans ma vie. Aimer, c'est tellement abstrait, c'est un mot vide de sens que je n'arrive pas à associer à quoi que ce soit. Vouloir les garder auprès de moi, vouloir qu'ils soient heureux, c'est ce que je désire profondément. Les actes pour moi valent bien plus que les mots...

J'ai passé énormément de temps avec Eléonore et l'ai fait passer avant tout le monde, j'en prends conscience. Elle est, malgré moi, devenue le centre de mon univers, mais il ne faut pas que j'oublie les deux planètes qui gravitent autour.

Sam a l'air perturbé, mais nous devons rentrer. Il fait nuit, c'est déjà une bonne chose pour plus de discrétion. Je sors de la maison pour aller chercher une bâche que Phil garde dans sa voiture. Je vérifie en même temps que personne ne traîne dans la rue avant de retourner auprès de mon frère qui tourne en rond. J'étale la bâche au sol avant de me redresser.

— Aide-moi à la porter, ordonné-je.

Sam attrape ses pieds, moi ses bras, puis nous la positionnons dessus. J'arrache les draps du lit pour les jeter sur son corps avant de l'enrouler dans la bâche.

Le trajet jusqu'à la voiture se fait rapidement. Une fois installée sur la banquette arrière, je dis à Sam de monter dans sa voiture pendant que je retourne rapidement à l'intérieur. J'ai une dernière chose à faire…

Je vérifie que rien ne traîne lorsque je trouve deux capotes au sol. Dans le doute, je les ramasse et retourne le gant qui couvre ma main pour faire une sorte de sac que j'enfonce dans ma poche. Il ne faut rien laisser qui pourrait confondre mon frère. Je tire un autre gant que j'enfile avant de trouver ce que je veux sur le comptoir de la cuisine. J'attrape une bougie qui traîne et fouille les placards pour trouver une bouteille d'alcool. Je rejoins la chambre et badigeonne le matelas de vodka avant d'allumer la bougie avec mon briquet. Je la balance et attends quelques minutes que des flammes naissent pour enfin rejoindre la voiture. Je veux être loin avant que quiconque se rende compte que la maison brûle.

Une fois garé devant notre propriété, j'hésite à descendre pour aider Sam à sortir le corps de la bagnole. J'ai un besoin irrépressible de retrouver ma femme. Elle me manque plus que je n'aurais jamais pensé et surtout plus que quiconque avant elle. Je ne me suis jamais langui de revoir une femme, c'est une première qui a le mérite de me déstabiliser, une fois de plus.

Sam reste devant la portière grande ouverte, les yeux dans le vague. Je sors de ma voiture et vais poser une main sur son épaule, le sortant de ses pensées.

— Qu'est-ce qui se passe ?

Il secoue la tête et pour éviter de me parler, se dégage de ma poigne et tire le corps sans vie de la fille pour l'emmener près de la grange, derrière la maison.

Malgré mon envie de plus en plus forte de retrouver Eléonore, je ne peux pas laisser mon frère dans cet état. C'est comme si ma conscience commençait à s'éveiller. Comme si un déclic me faisait voir les choses différemment... Ce n'est pourtant pas ce que je veux, je vivais très bien sans !

Je fais quelques pas avant de rejoindre Sam tout en vérifiant mon téléphone plusieurs fois, sauf qu'il reste désespérément silencieux.

Sans rien dire, je l'aide à empiler des morceaux de bois pour faire un bûcher avant de mettre le corps encore enveloppé dessus. Il entre dans la grange et ramène de l'essence pour en badigeonner la fille. Il craque une allumette qu'il a dû prendre au passage et la balance dessus. Le brasier s'allume aussitôt, produisant une chaleur réconfortante.

Je me souviens que nous faisions souvent de petits feux avec mes frères après la mort de nos parents. Phil voulait que nous ayons ce rituel. À chaque fois, il ramenait des marshmallows que nous faisions griller tout en nous racontant notre semaine. Il voulait que nous gardions un moment pour nous retrouver. Avec le recul, je pense qu'il avait peur que nous perdions notre lien fraternel et il a réussi son coup, car nous sommes toujours restés inséparables. Un sourire me vient aux lèvres à ces souvenirs.

Nous restons quelques instants pour vérifier que le feu prenne bien avant d'entrer dans la maison.

Sam s'arrête dans l'entrée et pose ses deux mains sur le buffet qui s'y trouve. Ses jointures blanchissent tellement il le serre fort. Je passe à côté de lui pour aller chercher de quoi lui remonter le moral.

Quand je reviens, il est installé sur le canapé, la tête entre les mains.

— Tiens ! lui dis-je en lui tendant un verre plein.

Il relève la tête pour me regarder avant d'attraper le verre et de l'avaler cul sec. Je le ressers sans perdre de temps. Plus vite il sera bourré, plus vite je pourrai retourner auprès de ma femme !

— Bois un verre avec moi ! Je me sentirai moins seul !

Je me sers, mais sirote le mien alors que lui en avale plusieurs d'affilés. Je ne veux pas être trop alcoolisé au cas où Eléonore se réveille. Je veux pouvoir être bien présent pour elle.

Il se rassoit en me fixant.

— J'ai rencontré une femme…

J'essaie de ne pas réagir mais c'est difficile. S'il me dit ça, c'est que c'est sérieux. Il ne fait jamais cas des femmes avec lesquelles il couche sauf celles avec qui il souhaite plus. Ce n'était plus arrivé depuis des mois et j'avais espéré que ça continuerait ainsi… Sam est excessif et s'il désire quelque chose, il fera absolument tout pour l'avoir, c'est ce qui me fait peur. Les femmes qui ont eu pendant un temps ses faveurs ne sont plus de ce monde pour en parler…

Élise a été la seule femme importante dans sa vie et depuis qu'elle n'est plus là, Sam ne sait plus comment gérer une relation. Cette femme était son obsession et même s'il sait qu'il doit l'oublier et avancer, il n'y arrive pas… Je ne peux pas le blâmer. Pour lui, c'était la femme de sa vie et il n'accepte pas qu'en réalité ce n'était qu'une chimère.

— Tu sais déjà ce que j'en pense…

Nous avons déjà eu cette discussion avec la dernière femme qu'il a voulu s'approprier. Je pensais avoir été convaincant, car il avait alors arrêté de la harceler et l'avait laissée tranquille, mais je me suis leurré.

— Ce n'est pas ta vie Kay et ne viens pas me faire de leçons alors que tu as kidnappé Eléonore ! Tu peux faire ton moralisateur autant que tu veux, ça ne changera rien ! Elle sera mienne, que ça te plaise ou non !

Je n'ai pas la tête à insister. Je dois penser à mon couple alors il n'a qu'à faire ce qu'il veut !

J'avale le liquide ambré de mon verre et m'en ressers un quand des visions d'Eléonore sur une table d'opération en train de se faire charcuter m'assaillent.

C'est vrai que j'ai été loin pour qu'elle m'appartienne, mais je ne regrette rien, car au jour d'aujourd'hui, je suis convaincu qu'elle m'aime et est toute à moi ! Je l'attends depuis quinze ans et suis enfin récompensé même si notre avenir est pour l'instant en suspens à cause de sa maladie…

Je prends un dernier verre avant de me lever. Je dois la voir ! Peu importe ce qu'on me dira, j'ai besoin de la toucher, d'être auprès d'elle !

— Surveille le feu ! dis-je à Sam qui fixe son verre comme s'il avait les réponses à toutes ses questions.

Il me répond par un grognement alors que je sors de la maison pour rejoindre ma voiture.

La sonnerie de mon téléphone me prend par surprise et je me jette dessus.

— Kay, il faut que tu viennes !

Mon cœur fait un bond et tout mon corps se crispe. Cette sensation est pire que tout ce que je n'ai jamais ressenti. La voix de Phil n'a rien de rassurant. Je ne prends même pas la peine de lui demander ce qu'il se passe et lui dis simplement :

— J'arrive.

Je raccroche aussitôt et file jusqu'à l'hôpital. Il ne peut pas lui arriver quoi que ce soit ! Je viens de la retrouver, nous sommes faits pour être ensemble !

La circulation est fluide et c'est tant mieux parce que je roule bien au-dessus de la limitation de vitesse, je dois la retrouver au plus vite !

Je vois enfin l'hôpital se dessiner au bout de la rue sauf qu'un camion que je n'ai pas vu arriver, déboule sur ma droite. Je sais qu'il va me heurter, je ne peux rien faire, je vais trop vite et lui aussi ! Malgré mon pied qui écrase la pédale de frein, ma voiture est violemment percutée et s'envole pendant des secondes qui s'étirent. Je sais qu'elle va s'écraser sauf que je suis totalement impuissant. Un bruit sourd de tôle broyée me vrille les oreilles alors que les vitres éclatent autour de moi, l'airbag propulse brutalement mon crâne contre l'appui-tête. Le choc est violent, ma tête part dans tous les sens tandis que ma ceinture me comprime le thorax. Mon corps n'est que douleur et malgré tous mes efforts, mes yeux ne veulent pas rester ouverts. Le visage souriant d'Eléonore est la dernière chose que je vois avant que tout s'assombrisse et que je sois emporté dans un tourbillon. Une certaine paix s'empare de moi, je sens que je pars loin, très loin de ce monde.

Chapitre 5

Samuel

Je me verse encore un verre, je ne sais pas à combien j'en suis, mais j'ai bien conscience que je devrais arrêter avant de me rendre malade. J'avale tout de même le contenu avant de me lever. Sauf que tout tourne tellement autour de moi que je me rassois immédiatement.

Kay m'a dit des choses qui m'ont remué. Penser à Élise est impossible. Sa trahison, ses mensonges, l'amour que je lui portais... C'est trop difficile et douloureux. Elle était fine et blonde aux yeux clairs... Tout comme Lena et aussi comme Eléonore... Ce physique me plaît. J'aimerais tellement l'oublier, passer à autre chose, mais les voix ne me laissent pas en paix. Quand elles me parlent, j'espère toujours entendre la sienne, mais ce n'est jamais le cas. Ce ne sont que des inconnues... Elles sont apparues après la disparition de la seule femme que je n'ai jamais aimée et rien de ce que j'ai essayé n'a réussi à les faire taire très longtemps. Je connais une solution définitive qui arrêterait tout, les voix comme le reste, je serai enfin en paix. J'y ai pensé longuement sauf que je n'arrive pas à m'y résoudre, pas encore...

Mon téléphone se met soudain à vibrer dans ma poche. J'essaie de l'extirper, mais c'est difficile, mes doigts ne m'obéissent pas comme je le voudrais. Et lorsque je mets enfin la main dessus, la personne a raccroché !

Je n'ai même pas le temps de voir qui m'appelle qu'il se remet à vibrer. Je tente de faire glisser la flèche de gauche à droite pour répondre sauf que c'est un calvaire. Je la vois en double, mais à force d'acharnement, j'y arrive enfin !

Je porte l'appareil à mon oreille et entends Phil hurler. Je dois l'éloigner pour ne pas qu'il me vrille le cerveau.

— Arrête de crier ! m'énervé-je.

— Où est Kayden ?

Je regarde tout autour de moi, j'ai du mal à me souvenir, mais comme la maison est silencieuse, il a dû partir...

— Il n'est plus là.

— Putain, je l'ai appelé il y a une heure ! Il devrait être arrivé depuis longtemps !

Je me redresse, dégrisant en partie. S'il devait rejoindre l'hôpital, rien n'aurait pu l'en empêcher ! Eléonore est sa vie, même si je ne suis pas sûr qu'il en ait vraiment conscience, comme Élise était la mienne.

Je me sens soudain totalement impuissant, je suis tellement bourré que je n'arrive même pas à me lever ! Alors que puis-je faire pour trouver Kay ?

Phil est inquiet et cherche des choses qui auraient pu le retarder, mais nous savons très bien tous les deux qu'il n'y en a aucune de valable.

Ma gorge se serre et plus aucun son ne sort de ma bouche. Phil s'énerve, mais je ne peux rien faire ! Quelque chose se fracture en moi, comme si au fond, je savais que quelque chose de grave s'était passé.

— Il faut que je le trouve, si tu as la moindre nouvelle, tu m'appelles ! souffle Phil.

Mon frère parle trop vite et mon cerveau embrumé a des difficultés à comprendre, mais il ne me laisse pas le temps de répondre avant de me raccrocher au nez.

Je m'assois au bord du canapé et essaie de me redresser, il faut que je bouge, je dois retrouver Kay ! Il n'a pas pu disparaître !

Après plusieurs tentatives, je compose enfin son numéro et attends que les sonneries défilent jusqu'à tomber sur son répondeur. Je raccroche et recommence un nombre incalculable de fois jusqu'à ce que soudain, quelqu'un me réponde. Ce n'est pas du tout la voix de Kay et je ne saurais dire pourquoi, mais une panique m'envahit.

— Qui êtes-vous ? demandé-je, dessaoulant encore un peu plus.

— Je suis pompier, nous avons retrouvé ce téléphone dans un accident de la route.

Cette annonce est comme une bombe qui exploserait juste sous mon nez.

— Que…, bafouillé-je, sans trop savoir quoi demander.

Kay, que t'est-il arrivé ? Ma haine grandit alors que mon esprit se fracasse.

— Je suis le frère de Kayden Valon…, réussis-je à prononcer miraculeusement.

Un souffle à l'autre bout du téléphone ne me dit rien qui vaille.

— Votre frère a été transporté à l'hôpital… Vous devriez vous y rendre au plus vite. L'accident est très sérieux.

Un cœur peut se briser et c'est ce qui se passe pour le mien en ce moment même. Une pression comprime ma poitrine, m'empêchant de respirer. Mon téléphone glisse de ma main et tombe au sol, mais plus rien ne compte.

Pourquoi cela nous arrive-t-il ? Nous sommes loin d'être des anges mais lui, il avait apparemment trouvé son équilibre. Je n'accepte pas la femme qu'il a choisie, mais il pense qu'elle lui convient, il en est fou. Pourquoi le bonheur est-il si éphémère ?

Je pose mes mains sur mon visage, tentant de reprendre mes esprits à travers mon cerveau ramolli par l'alcool et le choc de cette révélation.

Je me baisse pour reprendre mon téléphone et compose le numéro de Phil. Mes mains sont tremblantes, je ne devrais pas avoir à lui dire des choses pareilles et pourtant, il n'y a que moi pour le faire. Dans quel état va-t-on retrouver Kay ?

J'essaie d'éloigner les images atroces qui me viennent en mémoire en attendant que Phil daigne décrocher. Sa messagerie se met en route, mais je continue plusieurs fois jusqu'à ce qu'une voix blanche et effondrée me réponde.

— Sam...

Rien que ce souffle me fait ressentir toute sa douleur.

— Je sais ! soufflé-je faiblement.

Notre frère est mal en point.

— Je viens te chercher, prépare-toi, m'ordonne-t-il avant de raccrocher.

Je m'appuie sur le canapé pour me lever et ce n'est pas chose aisée. Le monde tourne autour de moi, mais je dois passer outre. Il faut que je me bouge, que je rejoigne mon frère, être auprès de lui quoi qui lui soit arrivé.

Je pousse sur mes jambes et me retrouve droit, les deux pieds bien ancrés au sol. Je tangue, mais réussis à faire quelques pas jusqu'au mur où je m'affale. Je prends quelques minutes pour me stabiliser avant d'avancer doucement jusqu'à la cuisine. J'arrive jusqu'à l'évier, ouvre le robinet et bois de longues gorgées d'eau.

— Sam ! T'es où ?

— Cuisine…

Sa voix écorche mes oreilles, mais je ne dis rien. Phil entre dans la pièce, le visage ravagé. Je dois me retenir au plan de travail pour ne pas tomber. Le voir dans cet état est un nouveau choc. Je ne sais pas combien d'autres je vais encore pouvoir encaisser. Je suis déjà à bout de force.

— Comment va-t-il ?

Phil baisse les yeux et je sais que c'est grave.

— Un camion lui est rentré dedans… (Je ferme les yeux, cherchant ma respiration.) Ils sont en train de l'opérer à cause des nombreuses fractures et autres. On m'a simplement dit que son pronostic vital est engagé et qu'ils ne peuvent rien me certifier. Il peut mourir…, finit-il par avouer dans un souffle.

La goutte d'eau vient faire déborder mon vase intérieur. Tout ce qui se trouve sur le plan de travail se fracasse contre le carrelage dans un bruit sourd.

Mes jambes cèdent sous la trop forte pression qui m'envahit et je m'effondre comme une poupée.

C'est impossible qu'il nous quitte, totalement impossible ! Il n'a pas le droit de nous faire une telle chose ! Il a encore tellement de choses à vivre, j'ai trop besoin de lui pour qu'il m'abandonne !

Je suis effondré, prêt à tout saccager. La violence que je ressens constamment n'est rien à côté de celle qui s'empare de mon corps. Les voix se mettent soudain à hurler dans la tête. Je pose les mains sur mes oreilles en me recroquevillant sous la douleur qui me traverse, mais rien n'y fait. Je me balance alors que tout mon corps se met à trembler.

Lui aussi va te laisser seul, c'est tout ce que tu mérites. Tu causes le chaos autour de toi, c'est toi qui dois mourir !

Phil s'accroupit face à moi et me prend de force contre lui. Nous ne sommes pas des personnes affectueuses, tactiles, mais à cet instant, j'ai besoin d'une bouée à laquelle me raccrocher et je pense qu'il en a bien conscience.

Je ne sais pas combien de temps nous restons ainsi, mais les voix se font de plus en plus faibles, me laissant reprendre temporairement le dessus.

— Nous devons aller le voir, souffle mon frère.

Je hoche frénétiquement la tête, il a raison. J'ai besoin de le voir de mes yeux pour pouvoir réaliser l'ampleur des dégâts et pour tenter de me rassurer.

Phil m'aide à me relever et attrape deux aspirines qu'il me tend avec un verre d'eau. Je ne suis pas sûr que ce soit suffisant vu mon état, mais je les avale tout de même.

Voyant que je ne tiens pas très bien debout, il me tient pour traverser le salon. Tout à coup, il pile et tourne la tête vers moi.

— Tu as bu !

— Ouais.

— Kayden aussi ?

J'acquiesce en baissant les yeux alors que son visage se ferme.

— Il est inconscient ! Les flics vont regarder son taux d'alcoolémie... Ils vont tout lui mettre sur le dos !

Il vaut mieux pour tout le monde que ce soit lui le responsable, autrement, je massacrerai quiconque s'en prendrait à mes frères !

Nous avançons lentement vers la porte. J'ai besoin d'être auprès de lui !

Dès que nous passons la porte, une odeur immonde nous entoure, me rappelant soudain que j'ai oublié le feu !

— La fille ! réussis-je à articuler.

— J'ai compris, je vais aller voir.

Phil m'aide à monter en voiture avant de contourner la maison. Il n'y reste que quelques minutes avant de me rejoindre.

— J'ai tout éteint, je ne sais pas pour combien de temps nous en avons, c'est plus prudent...

Je reste silencieux alors qu'il démarre.

Nous attendons depuis des heures et des heures dans cet hôpital, si bien que le jour est en train de se lever... Je ne peux plus rester en place alors que mon frère subit je ne sais quoi. Phil m'a abandonné pour aller prendre des nouvelles d'Eléonore qui a eu de violents vomissements à son réveil. Qu'elle crève ! Sans elle, tout serait bien plus simple !

— Elle va bien, elle se réveille..., souffle mon frère en revenant avec deux cafés.

J'attrape celui qu'il me tend pour en avaler une gorgée. J'en ai besoin pour faire passer la gueule de bois qui pointe son nez.

— Comme si j'en avais quelque chose à foutre !

Mon frère me fusille du regard, mais je dis simplement ce que je pense ! Il connaît très bien mes sentiments à l'égard de cette femme et rien ne me fera changer d'avis. Elle a dépassé les limites avec moi.

Lorsque je l'ai rencontrée, j'ai envié Kay, car elle était tout à fait mon genre de femmes, mais en apprenant à la connaître, j'ai vite changé d'avis. Elle est fourbe, manipulatrice, comme toutes les autres… Comme Élise ! En plus de m'arracher mon frère, je dois la supporter chaque jour et c'est intolérable !

— Il va falloir que je lui dise pour Kay… Je ne sais pas comment elle va réagir. Ce serait plus simple si je laissais Judith le faire.

— Peu importe qui lui annonce, la nouvelle sera la même !

La porte s'ouvre laissant passer un médecin.

— La famille de Monsieur Valon ?

Nous nous redressons et nous dépêchons de le rejoindre.

— Veuillez me suivre, je vous prie.

Nous traversons un long couloir avant d'atterrir dans une petite pièce. L'homme en blouse blanche nous fait signe de nous asseoir sur des fauteuils disposés autour d'une table basse.

— C'est votre frère c'est bien ça ?

Un petit soulagement m'étreint, car il parle au présent, Kay est toujours en vie !

Phil acquiesce et le médecin commence à nous parler de tout ce qu'ils ont dû réparer pendant l'intervention, mais je n'écoute qu'à moitié. Tout ce que je désire c'est le voir et lui parler !

— Votre frère est dans le coma.

Cette phrase se répercute en moi et me brise un peu plus, si c'est encore possible. Je le fixe cherchant une quelconque trace de mensonge, mais je ne trouve rien !

— Vous pensez qu'il va se réveiller bientôt ? ne puis-je m'empêcher d'espérer.

Vu la grimace qu'il me fait, je connais déjà la réponse…

— Nous ne savons pas. Dans le meilleur des cas, il peut se réveiller dans quelques jours.

— Et dans le moins bon ? demandé-je à bout de nerfs.

— Des années, voire… jamais !

Phil pose ses mains sur son visage, sonné, alors que mon sang bout.

Je ne peux plus rester enfermé ici, je n'arrive plus à respirer ! Sans réfléchir, je me lève, ouvre la porte et me mets à courir. Je dévale les marches une à une sans prêter attention à ce qui m'entoure, tout ce que je veux c'est de l'air !

Je prends une profonde inspiration lorsque j'arrive hors de l'hôpital, dans le parc qui le borde. Les gens autour de moi me regardent bizarrement, mais je m'en tape. Mon frère est dans le coma ! Comment en est-on arrivé là ? Comment peut-on passer d'une vie relativement tranquille à ce malheur ?

Je me plie en deux sous une douleur que je n'ai jamais ressentie, c'est comme si on m'arrachait une part de moi. Tout me rappelle des choses dont je refuse de me souvenir. Comment puis-je encore supporter un drame supplémentaire ?

Je pose mes mains sur mes genoux pour tenter de calmer les battements frénétiques de mon cœur sauf qu'en relevant les yeux, je croise un regard bleu hypnotisant. La surprise peinte sur son magnifique visage, me distrait du mal qui me parcourt.

Elle s'approche de moi, car c'est le seul chemin qui mène à l'entrée de l'hôpital, en poussant le même homme que la dernière fois.

Ses yeux me détaillent avec attention et un léger rougissement éclaire ses pommettes.

— Lena, tu attends quoi ? la sort de sa contemplation, l'homme sur le fauteuil.

Elle murmure une brève excuse au gars avant de passer à côté de moi sans pour autant lâcher mes yeux.

Quelque chose chez elle me donne envie de la découvrir. Je ne comprends pas pourquoi elle me fait cet effet alors qu'aucune autre ne m'a jamais intrigué. Sauf une…

Je me tourne pour la voir entrer et attendre près des ascenseurs. Je le savais déjà, mais à présent, j'en suis convaincu… elle m'appartiendra sous peu !

Je tire une clope du paquet que je garde dans ma poche et en allume une. Je ne fume que très occasionnellement, mais avec le stress qui me parcourt, c'est une nécessité. Je tire dessus nerveusement. Trop de choses se bousculent dans ma tête, il me faut absolument un défouloir ! Mes mains me démangent alors que mes pensées se concentrent sur une seule personne : celle qui doit payer pour l'état de Kay. Je ne sais pas encore de quelle manière, mais elle va regretter de se trouver sur mon chemin !

J'écrase rageusement ma clope sous ma semelle et remonte retrouver mes frères, ma seule famille.

Je monte les marches en vitesse pour rejoindre Phil dans la salle d'attente.

— Eléonore est réveillée, elle demande Kay…, me souffle-t-il.

Je fronce les sourcils, j'espère qu'elle souffrira quand elle saura qu'à cause d'elle, il a eu un accident ! Tout est de sa faute ! Il n'aurait jamais dû avoir à prendre la route si elle n'avait pas existé.

— Je vais aller la voir, me dit Phil en passant à côté de moi.

— Je viens !

Il me fixe en serrant les dents. Je sais qu'il aimerait me l'interdire, mais rien ne pourra m'arrêter, même pas lui. Le comprenant sûrement, il hoche la tête et nous sortons dans le couloir pour rejoindre la chambre.

— Tu me laisses parler ! J'accepte que tu entres, mais uniquement si tu la laisses tranquille ! Elle est mal en point et ce sera encore pire quand je lui aurai dit pour Kay.

— OK, lui réponds-je pour lui faire plaisir.

Il ouvre la porte et les yeux d'Eléonore se fixent sur nous deux. Elle essaie de voir derrière nous, mais elle cherche un fantôme. Kay est dans un lit, inerte.

Phil s'approche d'elle alors que je préfère rester en retrait. Il attrape sa main et ce geste m'énerve. Elle ne mérite pas notre compassion, ni rien du tout venant de nous d'ailleurs ! Elle n'est rien ! C'est uniquement une pièce rapportée qui maintenant n'a plus d'intérêt.

— Elé… Il s'est passé quelque chose… Kay a eu un accident.

Ses yeux s'ouvrent en grand et des larmes font surface.

— C'est pas vrai ! hurle-t-elle alors que ses larmes débordent sur ses joues. Je suis dans un cauchemar ?

Phil ne sait pas comment lui dire et finit par souffler :

— Il est dans le coma.

Entendre une nouvelle fois cette cruelle réalité fait remonter en moi mes pires instincts. J'ai un besoin de briser quelque chose ou quelqu'un, je dois faire sortir cette rage qui me consume !

— Kay… Comment est-ce arrivé ? réussit-elle à dire entre deux sanglots.

Je m'avance rapidement et me mets à lui crier tout ce que j'ai sur le cœur.

— Il a roulé vite uniquement pour toi ! C'est de ta faute, tout est de ta faute ! C'est à cause de toi s'il est dans cet état !

Phil essaie de m'arrêter et s'interpose entre nous, mais je dois finir de cracher mon venin. Je me dégage de sa poigne en ignorant son air furieux.

— Je te hais d'une façon que tu ne peux même pas imaginer. Depuis que tu es entrée dans nos vies, tu n'as fait que semer le chaos ! Tu as une chance fabuleuse que Kay t'ait protégée jusqu'à aujourd'hui, sauf qu'à l'heure actuelle, Kay est inconscient alors que moi non ! Tu crois être dans un cauchemar, mais tu n'as aucune idée de ce qui t'attend !

— Samuel ! rugit Phil en posant ses mains sur mon torse pour me repousser.

— Toi et moi, c'est la guerre ! Seul l'un de nous en ressortira vivant, je t'en fais la promesse ! Ton enfer commence maintenant et se terminera quand je te jetterai dans une poubelle, le seul endroit où tu mérites de finir !

Elle tremble des pieds à la tête, le visage ravagé et ça me soulage. Elle mérite la pire souffrance qui soit.

Je n'attends pas que Phil me dégage pour sortir de cette chambre. Elle va regretter d'avoir croisé mon chemin. Ma famille est tout ce qui compte pour moi et elle n'en fera jamais partie !

Je descends à la cafétéria pour prendre un truc à boire. Je ne partirai pas sans avoir vu Kay.

Après deux cafés avalés, je sors fumer une nouvelle cigarette, mais arrête mon geste quand je remarque Lena assise sur un banc au milieu du parc. Ses cheveux virevoltent à cause du vent, lui donnant un air encore plus sexy.

Sur une impulsion, je m'avance jusqu'à elle. Elle fixe le sol comme s'il pouvait lui parler et ne me voit pas arriver avant que je m'assoie à côté d'elle. Je suis soulagé que les voix ne se réveillent pas parce que je suis déjà trop à cran.

— Qui est l'homme en fauteuil que tu trimbales ?

Elle hausse un sourcil en me donnant un bref coup d'œil avant de reprendre sa contemplation de l'herbe à nos pieds.

— Je ne vois pas en quoi ça vous regarde.

N'ayant aucune patience, en particulier aujourd'hui, j'attrape son bras et la force à s'approcher de moi. Elle tente de se débattre, mais je suis baraqué, elle ne fait que s'épuiser.

— Lâchez-moi tout de suite ou je hurle !

J'approche mon visage de son cou où une veine palpite. Son odeur est tentatrice, je ne résiste pas à poser ma bouche sur sa peau douce. Je l'attrape par la taille pour éviter qu'elle ne s'enfuie, mais elle se débat comme une petite lionne et j'adore ça. Je la mordille doucement avant de m'approcher de son oreille.

— Fais ce que tu veux, mais n'oublie pas que chaque action a une conséquence !

— Si vous ne me laissez pas partir tout de suite, j'appelle la sécurité !

— Avec plaisir... Je n'attends qu'une bonne raison pour te punir ! Plus tu me résistes, plus tu m'excites !

Qu'elle soit aussi battante me plaît, la suite n'en sera que plus délectable !

Soudain, elle pousse un hurlement à m'en arracher un tympan et je la relâche d'un coup. Ne s'y attendant pas, elle se relève trop vite du banc et après quelques battements de bras, tombe sur les fesses.

Un rire s'échappe de ma gorge sans que je m'y attende, elle a réussi à me distraire, elle est incroyable... Au-delà de mes espérances !

Alors qu'elle se redresse lentement, je me lève en lui lançant :

— La partie ne fait que commencer... Ferme bien tes portes et tes fenêtres, on ne sait jamais qui pourrait rôder autour de ta maison...

Chapitre 6

Lena

Parfois dans la vie, on se dit que le monde se porterait bien mieux sans nous... Et bien, c'est ce dont je suis persuadée depuis maintenant deux ans.

Mon existence n'est qu'un enchaînement de catastrophes, comme si j'étais un aimant à emmerdes. Tout me tombe dessus, chaque jour un peu plus. Qu'ai-je fait pour mériter ça ? Suis-je une si horrible personne pour porter tout ce poids sur mes petites épaules ?

Tout ça devient trop pesant, trop difficile à supporter... Je commence à ne plus avoir la force de me battre. Mon avenir est flou et je n'y vois aucune porte de sortie. Il faut en plus que cet homme mystérieux n'arrête pas de se trouver sur mon chemin ! Que me veut-il celui-là ? J'essaie d'être la plus discrète possible, mais lui n'a de cesse de me remarquer ! Depuis le jour où son regard a croisé le mien, j'ai compris que je l'intéressais et je dois avouer qu'il est très attirant. Les femmes ne doivent pas lui résister longtemps sauf qu'avec moi, il n'obtiendra rien ! Je suis mariée !

Je suis sortie prendre l'air alors que le médecin examinait Drake, quand cet homme a débarqué. C'est comme si il me suivait, ça en devient effrayant ! Ses dernières paroles ressemblent tellement à des menaces que je n'ai même plus envie de rentrer chez moi. Pourquoi me dire ça ? Est-il dérangé, dangereux ? Il en a tout l'air et le sérieux avec lequel il a prononcé ces paroles n'est pas pour me rassurer.

Je me relève péniblement en frottant mes fesses douloureuses. Son regard noir était si intense... Cet homme est d'une beauté ravageuse, qui je pense, cache une personnalité complexe. Malgré son physique si avantageux, il m'effraie. Tout mon être ne pense qu'à une chose : m'enfuir le plus loin possible. Malheureusement, ce n'est pas du tout envisageable.

Je rejoins l'hôpital, je suis restée dehors un long moment et Drake risque de s'impatienter.

J'appuie sur le bouton de l'ascenseur et attends patiemment qu'il arrive.

Je sens soudain une présence dans mon dos et jette un coup d'œil, sauf que je me fige aussitôt. C'est encore lui ! Les battements de mon cœur s'affolent alors que ma respiration devient totalement chaotique.

Son corps athlétique et son visage sombre m'attirent tellement que je ne me comprends plus ! Il devrait me rebuter pour toutes ses paroles, mais ses lèvres sur ma peau et sur ma bouche me hantent encore. Ce baiser si fougueux, m'a totalement déstabilisée. Personne ne m'a jamais embrassée de cette façon, pas même Drake !

Je m'en veux tellement de ressentir ça ! Je suis une femme horrible ! Après tout, je mérite sûrement tous mes malheurs. Je suis en train de penser à un autre homme, à comment ça pourrait être avec lui... Je passe une main tremblante dans mes cheveux, je dois me reprendre de toute urgence ! Je suis mariée, j'ai fait un serment que je compte tenir ! Jusqu'à ce que la mort nous sépare...

Le ding de l'ascenseur me sort de mes pensées et je m'y engouffre aussitôt en tapant frénétiquement sur le numéro de l'étage. Je n'ai pas envie de me retrouver coincée avec ce type. Je croise son regard, mais les yeux qu'ils portent sur moi, me tétanisent. Il a l'air insaisissable et effrayant, le genre d'homme que tout le monde devrait éviter !

La porte se referme et un soulagement s'empare de moi, malheureusement bien vite effacé, lorsqu'au dernier moment, une main apparaît, la faisant se rouvrir. Je prends une profonde inspiration, tentant de contenir mon malaise, alors qu'il entre tranquillement dans la cabine.

Je m'apprête à en sortir, car je ne peux pas rester coincée dans cet espace si restreint avec lui sauf qu'il se poste devant la porte, me bloquant le passage. Il est la tentation, la déchéance, le diable et en sa compagnie, je me sens comme l'une de ses disciples. C'est comme si mon cerveau vrillait en le voyant.

Je ne comprends pas quel jeu il veut jouer, mais je sens que je suis loin de m'en débarrasser !

Sans un mot, il fond sur moi. À l'instant même où la porte se ferme, ses lèvres s'emparent des miennes. Il me fait reculer jusqu'à ce que je cogne brutalement le fond de la cabine, mais il ne se détache pas de moi malgré mon grognement de douleur. Sa bouche force la mienne à s'ouvrir pour me dévorer. Sa langue s'active dans ma bouche pour en découvrir chaque recoin. Il prend ce qu'il veut de moi malgré toutes les alarmes qui clignotent dans ma tête. Je pose mes paumes sur son torse pour le repousser, il faut que j'essaie d'agir, je ne peux pas le laisser faire aussi facilement, sauf qu'il est bien plus fort que moi. Il attrape mes poignets pour les plaquer au-dessus de ma tête, me tenant prisonnière, totalement à sa merci. Dans cette position, mes seins se frottent contre lui, m'envoyant des décharges dans tout le corps. Cette sensation inouïe réveille des choses en moi que j'avais oubliées. Pourquoi ressens-je ça en sa présence ? Je ne le connais même pas ! Il avance son bassin contre mon ventre, me faisant pleinement sentir la protubérance qui gonfle dans son jean et fait palpiter d'envie mon intimité.

— Tu n'aurais pas dû me défier..., souffle-t-il.

Il frappe un bouton qui arrête soudain la cabine et avant que je n'aie pu réagir, il attrape mes cheveux pour m'obliger à me mettre à genoux. Je pose mes mains sur la sienne et essaie de l'y enlever en vain. La panique m'envahit et je commence à crier, jusqu'à ce qu'une gifle cinglante me fasse arrêter toute protestation. Qu'est-il en train de m'arriver ? Toute mon excitation s'évapore aussitôt, me laissant désarçonnée devant la situation. Le temps que la douleur passe, il a ouvert sa braguette et sorti son sexe tendu. Il est hors de question que je fasse ce qu'il a l'air d'attendre ! Il croit vraiment que je vais le laisser faire ? Il ne me connaît pas ! Il ne sait pas ce dont je suis capable…

Ma respiration se bloque, comment est-ce possible que ma vie ait pris un tel tournant ? Je savais qu'il était mauvais, mais jamais je n'aurais imaginé qu'il s'en prenne à moi ici, dans un lieu public !

— Tu vas me sucer, dit-il calmement. Si tu oses me faire mal, non seulement tu verras ton mec mourir dans les pires souffrances, mais en plus, je te garderai prisonnière pour abuser de toi quand bon me semblera.

Ce type est malade ! Je suis en train d'halluciner, ce n'est pas possible autrement ! Je cligne plusieurs fois des yeux, mais il est toujours là, son regard noir braqué sur moi. Des larmes commencent à perler aux bords de mes yeux, comment pourrais-je faire une chose pareille ?

Soudain, il tire mes cheveux, me faisant relever les yeux vers les siens.

— Tu as compris ou je dois me répéter ?

Je hoche péniblement la tête. Que puis-je faire d'autre ?

Ma vie ne vaut rien et celle de mon mari est brisée. La seule chose qui me retient est de le voir souffrir. Il en a déjà eu assez, il n'en mérite pas davantage ! Je lui dois au moins ça... Mais ce mec ne s'en sortira pas aussi facilement, il paiera pour ça, je m'en fais la promesse !

Je prends une profonde inspiration et renifle une dernière fois avant d'ouvrir sagement la bouche et ferme les yeux. Je ne veux plus rien voir, cette situation est déjà assez sordide. Un sanglot m'échappe, brisant le silence qui règne dans le petit habitacle.

Soudain la cabine sursaute et se remet à monter les étages. Quand j'ouvre les paupières, l'homme s'est rhabillé et la porte s'ouvre pour lui laisser le passage.

Je reste bouche bée et ne sais comment réagir. J'allais vraiment le laisser faire ce qu'il voulait de moi ! J'ai renoncé à me battre si facilement que j'en suis risible ! J'étais prête à tromper mon mari sous une simple menace ! Je perds totalement la tête !

Des larmes dévalent mes joues alors que la porte se referme sur moi, toujours agenouillée. Je suis stupide ! Comment ai-je pu croire qu'il allait vraiment me faire faire ça ? J'attrape ma tête entre mes mains et hurle à m'en casser la voix. Qu'allais-je faire ?

Mon cœur bat si fort dans ma poitrine, c'est insupportable ! Je prends de profondes inspirations pour tenter de m'apaiser avant de me relever.

Tout cela est si grotesque, il a dû bien rigoler de ma frayeur. J'appuie sur le bouton qui ouvre la porte et me dirige lentement vers la chambre où se trouve Drake.

Je prends quelques secondes pour reprendre le contrôle de mon corps tremblant. Mon cœur bat encore à toute vitesse et rien ne semble le calmer.

— Lena, il est prêt à rentrer à la maison…, me dit le médecin qui sort de la chambre de mon mari.

La vie de Drake a basculé il y a deux ans et la mienne avec.

Je dois maintenant supporter son handicap dans toutes les situations et ça me bouffe de l'intérieur. Je me sens comme la pire des femmes chaque fois que je pose les yeux sur lui. Il n'a plus aucun usage de ses membres inférieurs et est donc cloué sur un fauteuil pour le restant de ses jours. Parfois, je me dis qu'il aurait mieux fait de mourir au lieu d'être malheureux. C'est atroce de penser une chose pareille et pourtant l'idée me traverse l'esprit les jours les plus sombres, ceux où j'ai le plus de mal à supporter ce qu'est devenue ma vie... Nous ne partageons plus rien, lui et moi, si ce n'est une maison. Si je reste, c'est uniquement par remords et parce que je ne vois pas comment je pourrais l'abandonner dans son état.

Cela fait une semaine qu'il a de la fièvre et rien ne le soulage. C'est la troisième fois que je l'emmène ici, mais c'est comme si les médecins ne faisaient rien pour l'aider !

— Sa fièvre est tombée ?

— Non, mais elle va descendre, me répond vaguement le médecin.

Je passe une main sur mon visage, désabusée. On me sert toujours le même discours et je commence à sérieusement perdre patience ! Ce n'est pas parce qu'il est handicapé qu'on ne doit pas bien le soigner !

Mon poing s'écrase contre le mur, hors de moi.

— Vous vous rendez compte que c'est la troisième fois que vous me dites ça ? Je fais quoi moi ? C'est le troisième jour de boulot que je rate à cause de vous ! Si ça continue, je vais me faire virer ! Je me doute très bien que vous vous en foutez, sauf que sans argent, je vais finir sous les ponts avec un handicapé !

La fatigue me submerge en plus de la rage que je ressens de m'être laissée berner par cet inconnu. Et tout déborde, plus que je ne l'aurais voulu, mais une fois enclenchée, je n'arrive plus à m'arrêter.

— Vous voulez peut-être qu'on fasse la manche ? Après tout, en fauteuil, il devrait récolter un paquet d'argent ! C'est ça que vous voulez ? (Le médecin a les yeux exorbités et n'ose plus ouvrir la bouche.) Je ne vous demande qu'une seule chose ! Trouvez ce qu'il a ! Est-ce si compliqué ?

Je suis à bout de souffle et remarque soudain tous les regards braqués sur moi, dont des pupilles noires, qui me fixent intensément. L'homme est nonchalamment adossé contre le mur, les bras croisés, comme s'il regardait un spectacle. Son visage est inexpressif alors que tout mon corps se tend à sa présence. Que fait-il encore ici ? Il ne m'a pas assez torturée ?

Dans ma fureur et sans réfléchir à mon geste, je lui lance un doigt d'honneur, le faisant sourire. Je passe devant le médecin qui n'a pas émis un seul mot depuis ma tirade pour entrer dans la chambre.

Drake a la tête tournée vers la fenêtre, il ne voulait pas venir à l'hôpital, je l'y ai forcé. Je prends une longue inspiration avant de souffler doucement :

— Le médecin t'autorise à sortir.

— Je te l'avais dit que ça ne servait à rien de venir ici ! grogne-t-il.

Je ferme la bouche et le laisse parler, c'est mieux pour tout le monde. Lui dire ce que j'en pense ne fera que l'énerver davantage...

— Tu es prêt à rentrer à la maison ?

— Quel autre choix ai-je ? me demande-t-il en se tenant la tête et me fusillant de ses yeux verts.

Cet homme est magnifique, je ne vais pas mentir. C'est d'ailleurs la première chose qui m'a attirée chez lui. Il a toutes les qualités possibles et mérite une meilleure femme que moi. Il me déteste à présent et je le comprends, tout est de ma faute... Je sais que jamais il ne me pardonnera et je ne me le pardonnerai pas non plus. J'ai gâché sa vie, je mérite que la mienne le soit aussi...

Voyant que je ne réponds pas, Drake s'agite.

— Alors vas-y, dis-moi où puis-je aller d'autre qu'enfermé dans cette putain de baraque ?

Ma gorge se serre, je fais tout ce qui est possible pour maintenir un toit sur nos têtes, il devrait en être heureux, mais je ne fais aucune réflexion. Je subis sa mauvaise humeur constante comme ma punition. Ma peine est lourde et à perpétuité, mais je l'ai méritée.

— Je suis désolée, je n'aurais pas dû dire ça..., m'excusé-je pour tenter de le calmer.

Une infirmière entre, toute souriante. Le contraste avec nous doit être saisissant, mais elle ne fait aucune remarque et m'aide à soulever mon mari pour qu'il rejoigne son fauteuil.

Je retiens mes larmes, comme à chaque fois que la réalité de sa situation me frappe. Il ne marchera plus jamais, c'est définitif. Rien ne pourra jamais le « réparer »...

Je remercie l'infirmière avant de pousser le fauteuil jusqu'à l'ascenseur.

Une fois à l'intérieur, tout ce qui s'est passé plus tôt se fracasse dans mon esprit. Cet homme qui me désirait, son baiser torride et affamé... Mais aussi ses menaces... Il représente la curiosité, l'excitation, le défi, mais aussi la peur, la domination et un danger qui à coup sûr me détruirait.

Je secoue la tête, pourquoi est-ce que je pense à ça ? J'ai déjà un homme dans ma vie, c'est amplement suffisant !

Je reprends mon trajet jusqu'à la voiture dans ce silence habituel.

À peine, entrons-nous dans notre maison que Drake reprend le contrôle de son fauteuil et file directement dans sa chambre au rez-de-chaussée. Depuis deux ans nous faisons chambre à part, car il a un lit médicalisé et dans tous les cas, notre relation est brisée. Notre couple n'existe plus, je suis uniquement là pour veiller sur lui...

La chambre que nous occupions se trouve à l'étage, je l'ai gardée pour moi. Ce fût très compliqué de m'y retrouver seule du jour au lendemain, j'avais besoin de son contact pour m'endormir, de sa présence pour être rassurée... Mais la routine s'est à présent installée, je me suis habituée à la solitude.

Je m'avance dans la cuisine pour préparer une collation, mais avant tout, je sors un verre et une bouteille qui se trouvent en hauteur. Je cache l'alcool, car avec tous les médicaments que Drake avale, c'est fortement déconseillé. Je sais qu'il n'en a rien à faire, mais je ne peux pas lui laisser faire ce genre de bêtises. Au moins, dans ce placard, je suis certaine qu'il n'y touchera pas.

Je verse le liquide ambré à ras bord et en prends une grande gorgée. Ma gorge me brûle, mais c'est la seule chose qui calme toutes les pensées sordides qui me passent par la tête. Je ne supporte plus cette vie ni cet homme.

Je bois une deuxième gorgée avant de reposer le verre et d'observer l'extérieur par la fenêtre. J'aimerais tellement sortir de cette maison et disparaître ! Je n'en peux plus de ma vie ! Elle est si, insipide et inintéressante... Je ne comprends même pas cet inconnu qui a l'air de faire une fixation sur moi. Que peut-il bien me trouver ?

Je finis mon verre et la brume envahit enfin mon esprit, je n'ai plus envie de penser à quoi que ce soit. J'aimerais tellement tout oublier !

Ce cauchemar que je fais chaque nuit et qui malheureusement a bien eu lieu me hante sans cesse et je commence à être épuisée... Ça fait trop longtemps que je supporte tout ça et je suis à deux doigts de craquer totalement.

Mécaniquement, j'ouvre le frigo pour prendre du jus de fruits. Je mets à couler le café et sors un paquet de biscuits. Je dépose le tout sur un plateau et m'avance presque à reculons jusqu'à la chambre de Drake. Il n'a rien voulu avaler avant de quitter l'hôpital, j'espère qu'il ne va pas me faire une nouvelle scène…

Je prends une grande inspiration et plaque un sourire sur mon visage avant d'entrer.

Il s'est installé sur son lit et regarde la télé. Avec le kinésithérapeute, il travaille beaucoup et réussit à faire beaucoup de choses sans aide extérieure, il gagne en autonomie et ça me soulage.

Je me suis toujours dit que le jour où il saurait se débrouiller tout seul, je m'en irai. Ma vie n'est faite que pour le servir et le poids de ma culpabilité est bien trop présent. Il ne fait d'ailleurs rien pour le soulager, mais je ne lui en veux pas. Si la situation était inversée, je ne sais pas comment je réagirais avec lui…

— Je t'ai préparé ton déjeuner, soufflé-je le plus gentiment possible.

Il ne tourne même pas la tête vers moi, alors je m'avance, attrape la petite table roulante où je pose l'assiette et la lui avance le plus près possible.

D'habitude, il mange dans la salle à manger, mais comme il s'est tout de suite allongé, je suppose que son passage à l'hôpital a dû le fatiguer, en plus de la fièvre qui a du mal à baisser.

J'attrape sa bouteille d'eau ainsi que son pilulier pour tout lui installer au mieux.

— Il te faut autre chose ?

Ses yeux se posent enfin sur moi et l'agacement que j'y vois me fait reculer d'un pas.

Il prend tous ses médicaments et les avale un par un.

— Tu devrais les prendre en mangeant…

Soudain, il attrape le verre et me le jette dessus. N'ayant pas prévu son acte, je le reçois en pleine tête. Le choc me fait vaciller et je sens le liquide s'écouler sur mon visage. Mes larmes débordent, je n'arrive plus à les retenir.

— Dégage ! me crie Drake.

Je n'ai pas besoin qu'il me le dise deux fois, je ne comptais pas rester auprès de lui après ça ! Je passe rapidement la porte pour rejoindre la salle de bain. Il faut que je voie à quel point il m'a amochée cette fois…

J'ose à peine lever les yeux vers le miroir, mais il faut que je nettoie ma blessure.

J'ai du mal à me reconnaître, mes cheveux sont tous emmêlés, mes traits sont tirés, j'ai des cernes et des poches sous les yeux. À vingt-six ans, j'en parais plus de trente. Je ne prends plus soin de moi, je n'en ai plus aucune envie et pour quelle utilité ? Personne ne fait plus attention à moi…

J'attrape le désinfectant pour soigner mon arcade qui saigne légèrement. Je ne compte plus les bleus que j'ai à cause de lui mais cette fois, il ne m'a vraiment pas ratée. Après avoir mis un pansement, je retourne dans la cuisine pour prendre un nouveau verre de mon précieux alcool en espérant que ça m'aide à me reposer. J'ai besoin de dormir, nous avons passé des heures à l'hôpital et je suis crevée.

Je ferme la porte d'entrée alors que les paroles de cet homme mystérieux s'impriment dans mon esprit. Je secoue la tête, ça ne doit être qu'un jeu pour me faire peur, nous ne sommes pas dans un film et ce n'est certainement pas un tueur en série.

Je monte à l'étage pour rejoindre ma chambre, ferme les volets avant de me déshabiller pour aller prendre une douche rapide dans la salle de bain attenante. L'eau qui coule le long de mon corps est une bénédiction. Ma tête tourne un peu et je sens une chaleur réconfortante m'envahir. J'y reste plus que nécessaire, espérant que ça me détende un peu.

Je finis par sortir et attrape une serviette pour me sécher quand un bruit me fait sursauter. Je reste tétanisée quelques secondes à me demander ce que je dois faire.

Dans tous les cas, je n'ai pas vraiment d'autre choix que de sortir de la salle de bain. C'est sûrement Drake qui fait encore des siennes… Je me sens ridicule, qu'est-ce que ça pourrait être d'autre ?

Je passe une culotte et retourne dans ma chambre éclairée par la lampe de chevet.

Je ne peux empêcher mon regard de vérifier que tout est à sa place avant de m'allonger. Je deviens paranoïaque !

J'éteins la lampe, plongeant la chambre dans le noir, uniquement illuminée par le jour qui passe légèrement à travers les volets en bois.

À peine fermé-je les yeux que je sens un souffle sur mes lèvres, me faisant les rouvrir d'un coup.

Je m'apprête à hurler quand une main se pose sur ma bouche et une autre autour de ma gorge. Mes yeux sont prêts à sortir de leurs orbites. J'essaie de crier malgré mon entrave et mes mains viennent griffer celles de mon agresseur. Que me veut-il ? Comment est-il entré ?

Je suis totalement déboussolée et effrayée. Son corps me recouvre alors que son visage se pose contre le mien.

— Je t'avais prévenue de bien fermer tes fenêtres... Tu devrais mieux écouter quand on te parle, ça pourrait être dangereux... Tu pourrais tomber sur un fou qui veut te faire des choses indécentes..., me chuchote-t-il.

Mon corps se met à trembler alors qu'il respire mes cheveux trempés.

— Tu sens tellement bon... Je ne voulais pas sortir de ma cachette, mais te balader avec pour seul vêtement, une petite culotte est un appel à la luxure que je ne peux ignorer !

J'essaie de bouger sauf que tout son corps pèse sur le mien, entravant tout mouvement.

La main sur ma gorge se détache pour descendre vers ma poitrine nue, faisant frissonner mon corps tout entier.

Comprenant ses intentions, des larmes se mettent à couler sur mes joues, il n'a pas le droit de me faire ça, il ne peut pas recommencer ! Pourquoi moi ? Je fais tout pour ne pas me faire remarquer, être insignifiante…

Je me débats et tente de lui échapper alors qu'un sourire illumine ses yeux, comme si ça l'amusait !

— Petite tigresse qui va apprendre à devenir un chaton à mon entière disposition !

Jamais ! Je ne le laisserai pas faire, de quel droit se permet-il d'entrer dans ma vie, de prendre ce qu'il veut de moi sans mon accord !

Il attrape un de mes seins et le pétrit sans délicatesse faisant pourtant naître en moi une certaine excitation. Ça fait plus de deux ans qu'aucun homme ne m'a touchée, ça doit fortement y contribuer ! Sauf que je n'ai pas le droit de ressentir ce genre de chose en dehors de mon mari ! Mes poings se serrent et je frappe tout ce qui se trouve à ma portée. Je me déchaîne autant que possible sauf que ça n'a l'air d'avoir aucun effet sur lui !

Il soulève la main sur ma bouche, mais je n'ai pas le temps d'émettre le moindre son que ses lèvres la remplacent. Il me fouille brutalement, comme s'il était pressé, comme s'il attendait ça depuis des jours…

— Si tu cries, je le bute, me prévient-il.

Je ne sais pas si sa menace est réelle, mais il n'a pas l'air de plaisanter et je ne veux pas risquer la vie de Drake, c'est l'unique chose qui m'importe.

Je referme la bouche, il a gagné, je le laisserai faire ce qu'il veut de moi… Depuis le début, il a tout pouvoir. Il me menace de la seule manière possible. Il a tout de suite trouvé mon point faible et en profite pleinement.

J'ai encore du mal à réaliser ce qu'il m'arrive, se peut-il que ce soit l'alcool qui me fasse avoir des hallucinations ? Je commence vraiment à me poser des questions sur mon état mental !

Sa main descend le long de mon corps jusqu'à passer sur mon sexe à travers ma culotte et je ne peux m'empêcher de frissonner. Je n'ai plus l'habitude que d'autres doigts que les miens touchent cette zone !

— Je t'excite ! s'exclame-t-il en se faisant plus pressant.

Il pousse ma culotte sur le côté pour s'introduire dans mon intimité. J'ai envie de hurler, de le cogner si fort qu'il en perde connaissance, mais la vie de Drake est en jeu… Je ne suis pas prête à tenter le diable ! Ma tête part soudain en arrière sous l'effet qu'il me procure alors que deux de ses doigts me pénètrent. Si je suis dans un rêve, c'est le meilleur que j'ai fait depuis bien longtemps !

Il fait des va-et-vient qui me font tout oublier et font grimper mon plaisir à une vitesse ahurissante ! Je m'entends gémir comme si j'étais ailleurs, comme si ce n'était pas vraiment moi.

— Trempée à souhait ! souffle-t-il avant de venir picorer ma poitrine.

Sa bouche sur ma poitrine qui joue avec mes tétons est l'élément qui me fait définitivement lâcher prise. Mes mains s'agrippent aux draps alors que la jouissance m'emporte violemment. Ma respiration saccadée met un long moment à redevenir normale. Je n'ai pas ressenti ça depuis tellement longtemps que j'avais oublié à quel point c'est bon qu'un homme me donne du plaisir !

Je me redresse alors que la peur reprend sa place. Mon regard quadrille la chambre, mais elle est à présent vide. Je passe mes mains sur mon visage, ai-je vraiment rêvé ? Je crois que je deviens folle ! Je m'empresse d'allumer la lumière et remarque la porte de ma chambre grande ouverte.

Je me lève fébrilement et la referme en me retournant aussitôt pour vérifier que je suis seule. Tout est calme, silencieux...

Je me rallonge, mais ne trouve pas le sommeil, la scène repasse en boucle dans mon esprit.

Cet inconnu qui me donne un orgasme monumental sans rien demander en retour... C'est impossible ! Quel est son intérêt ?

Trop de questions se bousculent dans mon cerveau alcoolisé et m'empêchent de trouver le sommeil.

J'attrape une petite boîte qui contient des anxiolytiques et en avale deux. Je sais que la dose est bien au-dessus de ce que je dois prendre, mais je m'en fiche. Ça fait bien longtemps que je me moque de ma vie et de ma santé...

Après de longues minutes, mes yeux se ferment enfin pour rejoindre ce jour où ma vie a basculé et sombré dans un enfer permanent, comme chaque fois que je m'endors...

Chapitre 7

Samuel

Trois jours ont filé sans vraiment m'en rendre compte. Je passe mes journées à l'hôpital et suis soulagé qu'Anton gère le club, car je n'ai pas la tête à ça. À la nuit tombée, je me sens comme obligé de me faufiler chez Lena pour l'observer, comme ce soir. Elle prend toujours des médocs pour s'endormir, mais malgré ça, son sommeil semble agité. Elle bouge tellement que ses draps s'emmêlent autour d'elle, j'aimerais tellement savoir ce qui hante ses nuits…

Je ne l'ai pas approchée depuis l'autre jour, si je la touchais, je ne suis pas sûr de pouvoir m'arrêter. Sa bouche avait le goût du whisky, je me demande pour quelle raison elle a bu ? Je la connais à peine et pourtant, elle me ravage déjà le cerveau ! Depuis quand me soucié-je d'une femme ? Ce ne sont que des tentatrices qui vous prennent dans leurs filets avant de vous découper en morceaux.

Ses gémissements me reviennent en mémoire… Elle essayait de retenir ses cris sous mes assauts pour ne pas que son mari se pose des questions. Son mari qui était à quelques mètres et qu'elle était en train de tromper ! À peine ai-je posé mes mains sur son corps qu'elle l'a oublié, comme toutes les autres. Elles nous prennent pour des jouets, mais cette fois-ci, c'est moi qui vais en profiter...

Bientôt, je la prendrai, j'en meurs d'envie, mais je dois d'abord la rendre accro... Je veux qu'elle décide de me donner son corps, ça voudra dire qu'elle sera prête à tout pour moi, qu'elle me fera confiance !

Une vibration dans ma poche me remet soudain les idées en place. Je me dépêche de lire le message qui illumine l'écran de mon téléphone.

« On nous autorise à voir Kay, ramène-toi ! »

Mon cœur s'emballe, j'ai peur de voir l'état dans lequel il se trouve même si je meurs d'envie d'être près de lui.

Après un dernier regard vers Lena, allongée sur son lit, les yeux clos, je quitte la chambre et descends l'escalier. Une pensée me traverse et s'insinue insidieusement dans mes veines. Je pourrais si facilement me débarrasser de lui...

Je m'avance vers une porte et l'entrebâille. Tout est calme. Je distingue un fauteuil roulant. J'ai juste à entrer et à l'étouffer pour le faire disparaître... Mais dans ce cas, je n'aurais plus aucun moyen de pression pour Lena... Elle se foutra de vivre ou mourir si son mari n'est plus de ce monde, je le sens et je ne peux pas prendre ce risque, pas encore ! Elle a besoin de ça pour se rassurer, pour croire que ce n'est pas elle qui me veut, mais qu'elle en est obligée. Tant qu'elle n'est pas amoureuse de moi, je le garderai en vie, mais ses jours sont comptés...

Je referme doucement la porte avant de quitter tranquillement cet endroit.

L'hôpital est désert, nous sommes au milieu de la nuit et le lieu est fantomatique.

Plus je monte les étages, plus ma poitrine se serre. J'ai tellement peur de perdre Kay que mes mains en tremblent. Toute notre vie nous avons été complices, c'est mon petit frère. Celui à qui j'ai pu apprendre des choses même s'il est vrai que beaucoup étaient des bêtises, celui qui écoutait tout ce que je disais comme parole d'évangile...

En grandissant, il a pris beaucoup d'assurance et nos vies ne se ressemblent plus, mais ça n'enlève en rien l'amour que je lui porte. Je savais qu'il n'était plus heureux dans sa vie... Retrouver Eléonore lui a fait un bien fou, mais je n'arrive pas à l'accepter, cette constatation me détruit. Pour lui, une femme passe avant ses frères et c'est incompréhensible pour moi.

Comment a-t-elle fait pour qu'il lui soit dévoué à ce point ? Elle a tout tenté pour le fuir, mais il ne s'est jamais découragé, au contraire... Est-ce ça qui l'a rendu aussi épris ? C'est un mystère que je ne suis pas sûr de comprendre un jour.

Je m'avance dans le couloir jusqu'à la porte de la chambre qui est légèrement entrouverte.

— Mon amour, tu me manques tellement..., entends-je quelqu'un souffler.

À ces paroles, je me fige et trop curieux, je fais en sorte d'écouter sans être vu.

— J'ai besoin que tu ouvres les yeux Kay, j'ai tellement besoin de toi !

Un court silence se fait, seulement brisé par des sanglots.

— Si la chirurgie ne fonctionne pas, je vais devoir faire une chimiothérapie et je ne sais pas pourquoi, mais j'ai le pressentiment que ça va arriver... Ils m'ont déjà demandé de réfléchir à la possibilité de conserver des ovules pour avoir des enfants un jour... Si j'entame le traitement, il est fort possible que je devienne stérile. Tu te rends compte ? Que puis-je répondre à ça ? Nous n'avons jamais discuté de cette éventualité ! Je suis perdue sans toi Kay !

Je ferme les yeux et respire à fond, mes poings se serrent rien que de l'imaginer en cloque. Si ça arrive, mon frère ne prêtera plus attention à nous et sera focalisé uniquement sur elle et sur ce môme ! Il en est hors de question !

Une main se pose sur mon épaule, me coupant dans mon élan. J'allais entrer et tout démolir sur mon passage, je ne peux plus entendre une parole sortir de la bouche d'Eléonore, je ne la supporte plus !

Je me retourne pour voir Phil et ma colère retombe un peu en voyant son air exténué.

— Tu écoutes aux portes ?

Je ne réponds pas, il n'a pas vraiment besoin de confirmation étant donné que je suis collé contre celle-ci.

— C'est trop pour moi, soufflé-je. Elle est en train de lui parler d'enfant bordel ! Elle s'incruste dans nos vies comme un boulet dont on ne peut plus se débarrasser !

— Je ne comprends pas pourquoi tu t'acharnes sur elle... C'est parce qu'elle ressemble à Élise ?

Mon sang ne fait qu'un tour. Comment ose-t-il ?

— Putain, mais pourquoi tout le monde me fait chier à parler d'elle ? Elle n'existe plus ! Que vous faut-il pour que vous compreniez ? crié-je dans le couloir désert. J'en ai ras le bol que tout le monde essaie de m'analyser, vous m'emmerdez tous !

Sur ces dernières paroles, j'entre en trombe dans la chambre, faisant sursauter Eléonore qui me fixe, les yeux grands ouverts.

Évidemment qu'elle lui ressemble ! Bordel ! C'est son portrait craché avec le même caractère de merde. La seule différence est qu'Élise ne m'a jamais assez aimé pour me faire passer avant tout. Avoir des enfants, elle n'en a jamais eu aucune envie. Elle était égoïste, seule sa petite personne comptait !

Mon poing se fracasse dans le mur alors que son visage s'imprime devant mes yeux. Je me mets à le marteler furieusement quand une main se pose sur mon bras.

Je me dégage vivement et tombe nez à nez avec celle que je déteste ! Je la déteste de vouloir mon frère, de lui donner de l'amour à en crever...

— Ne me touche pas ! hurlé-je alors que Phil la prend entre ses bras pour la faire reculer.

— Tu ne peux pas venir ici pour passer tes nerfs ! Il fait nuit, d'autres patients dorment alors soit tu te calmes soit tu dégages ! me crache-t-elle avec les dernières forces qu'il lui reste.

J'ai envie de la frapper, de lui faire regretter ses mots, mais au lieu de ça, je m'effondre. Je n'ai quasiment pas fermé l'œil depuis des jours, je suis exténué, en colère, paniqué quant à l'avenir de mon frère. Trop de chamboulements que je n'arrive pas à contrôler.

Je reste de longues secondes dans cette position, jusqu'à ce qu'une voix s'infiltre dans mon esprit.

Tu dois la tuer, elle va détruire ton frère ! La mort est la seule solution pour le sauver !

Je frappe mon crâne plusieurs fois, les faisant temporairement disparaître. Je sais qu'elles vont revenir, elles ne me laissent jamais en paix, mais je profite de cette petite accalmie. Je me relève fébrilement me rendant compte du misérable spectacle que j'offre. J'ai besoin de me changer les idées, mais avant, il faut que je voie Kay !

Mes jambes me soutiennent à peine alors que je m'approche du lit où il est allongé. Des machines bipent à une cadence régulière autour de lui. Son visage est tuméfié alors que le reste de son corps est dissimulé sous le drap blanc.

Il a une mine affreusement pâle que je ne lui ai jamais connue. Je continue d'approcher jusqu'à saisir l'une de ses mains. Je la serre comme si elle était la bouée de sauvetage pouvant me sauver de l'ouragan qui est en train de dévaster ma vie.

Je ne lui parle pas, car nous ne sommes pas seuls et dans tous les cas, que pourrais-je lui dire ? Tout ce qui me vient en tête ne lui plairait pas…

Personne n'ose prononcer la moindre parole jusqu'à ce que l'ambiance soit trop pesante et que je décide de quitter la chambre. J'embrasse mon frère sur la joue avant de lâcher sa main à regret.

Je traverse la pièce jusqu'à rejoindre la porte. Phil m'appelle, mais je n'en ai que faire. Je me mets à courir jusqu'à rejoindre ma voiture et conduis jusqu'au seul endroit où je me sente libre.

Je franchis la porte comme si j'étais le roi. Quelques connaissances m'interpellent, mais je file directement jusqu'au bar.

— Salut patron !

Je décroche un regard à Anton, mais n'ai aucune envie de discuter. J'attrape un verre et le remplis au maximum de whisky avant de le boire quasiment en entier. L'alcool pour oublier, c'est ce que je compte bien faire cette nuit !

La musique bat son plein, alors que la nuit est déjà bien entamée et les clubbers sont nombreux à fouler la piste.

Une femme, la quarantaine, que je n'ai jamais vue ici, se penche au-dessus du bar et fixe ses yeux aux miens.

— Est-ce que vous pouvez me servir un « sex on the beach », s'il vous plaît..., demande-t-elle à Anton.

Elle rabat ses cheveux d'un côté, faisant apparaître sa nuque délicate. Ce qu'elle ne sait pas c'est qu'elle est en train de chauffer un prédateur.

Anton pose son verre sur le comptoir. Elle le goûte avant de passer sa langue lentement sur ses lèvres. Ses mimiques sont risibles, mais j'ai bien compris le message et compte bien en profiter... Elle en fait des tonnes et bien qu'elle ne soit pas mon genre, j'avoue que j'aurais bien besoin de ses services. Elle pourrait m'aider à faire disparaître l'excitation que Lena a fait naître en moi, en plus de toute la rage qui court sous ma peau.

J'avale le contenu d'un deuxième verre avant de me poster devant la femme.

— Vous voulez voir une partie secrète du club ? lui susurré-je près de sa bouche.

Un lent sourire se forme sur ses lèvres avant qu'elle ne descende du tabouret sur lequel elle est assise et me suive jusqu'à une porte dérobée.

— Moi c'est Sadie, souffle-t-elle près de mon oreille pour que je l'entende par-dessus la musique.

Je me fous de son prénom, tout ce qui m'importe c'est son corps.

Je pose mon doigt sur le lecteur digital situé contre une porte dont je suis le seul à pouvoir me servir. Cet espace est totalement privé, même mes employés n'y ont pas accès, et ce pour une bonne raison…

J'attrape la main de Sadie alors que la porte s'ouvre et une excitation me parcourt de la tête aux pieds. Je referme derrière moi, elle est à présent prisonnière !

Nous faisons quelques pas dans l'espace sombre, uniquement éclairé par une petite lampe sur un meuble. Je la guide plus loin, jusqu'à ce qu'elle bute contre le lit. Elle pose ses mains sur mon torse, mais je n'ai aucune envie de la sentir me toucher. Je me recule et ouvre un tiroir de la commode. J'attrape ce qu'il me faut avant de revenir sur elle. J'attrape ses poignets et attache à chacun d'eux, des bracelets spéciaux. Elle est surprise, mais je pose ma bouche sur la sienne pour la distraire. Je nous fais basculer sur le lit et elle se met à rire, car nous rebondissons.

— Je savais que je t'avais fait de l'effet…, chuchote-t-elle.

Je lui fais tendre les bras au-dessus de la tête, attrape les crochets de chaque côté du lit et lui attache les bras en V grâce aux bracelets.

Elle comprend ce qui lui arrive, mais c'est trop tard ! Je lui fais un sourire carnassier en me reculant. Elle tire sur ses liens quelques instants avant de se calmer.

— Je ne te voyais pas en dominant…, souffle-t-elle. Mais j'aime bien ça !

Sans plus attendre, je défais la braguette de son jean slim et le lui enlève avant de tirer un coup sec sur son mini string qui se décompose aussitôt.

Je me relève pour me déshabiller entièrement. Mon cerveau est embrumé par l'alcool qui parcourt mes veines, mais pas assez à mon goût. J'aurais dû prendre un verre de plus !

J'ouvre un autre tiroir, attrape une capote et un petit objet des plus amusants !

Je me positionne entre ses cuisses écartées, laisse tomber mon jouet au-dessus de sa tête pour ne pas qu'elle le voie et enfile le préservatif.

Je ne prends pas le temps de la préparer, j'ai besoin de m'enfouir en elle ! J'ai besoin de me changer les idées, de donner libre cours à mes envies…

J'attrape mon sexe et d'une poussée, la pénètre profondément. Elle se tortille et crie sous mon assaut. Je ressors de son fourreau pour la prendre encore plus fort. J'essaie de me concentrer sur son visage, mais je suis surpris quand celui de Lena me passe à l'esprit.

Je m'arrête net. D'ordinaire, c'est Élise qui me hante ! Je me redresse et sors de son corps avant de me lever, désorienté. Que m'arrive-t-il ?

Je frotte mon visage à m'en faire mal, je ne peux pas penser à une autre qu'Élise ! C'est impossible ! C'est la seule femme que j'ai jamais aimée, la seule que je désirerai jusqu'à la fin de ma vie ! Elle m'a condamné à cette peine depuis bien longtemps…

— Hé, ça va ? me demande la femme dans mon lit et dont j'ai déjà oublié le prénom. Je commence à avoir mal aux bras, c'est marrant ton petit jeu, mais tu peux me libérer maintenant ?

J'ai juste besoin qu'elle se taise, je ne peux pas réfléchir tant qu'elle jacasse !

Je me mets à califourchon sur elle et attrape le couteau que j'ai placé au-dessus de sa tête pour le presser contre sa gorge.

— Ferme-la ! la prévins-je doucement.

Ses yeux horrifiés me fixent. Comprenant que la situation est grave, elle tire de plus en plus sur ses poignets.

— Je t'en prie, relâche-moi…, tente-t-elle de m'amadouer, alors que des larmes perlent aux bords de ses yeux. Je ne dirai rien, je te le promets !

Ça, c'est une certitude ! Je prends d'ordinaire plus de temps pour m'amuser avec mes proies, mais mon excitation est retombée.

Je l'entaille et ses hurlements m'arrachent les tympans. Ce n'est que superficiel, mais si elle continue à gigoter, ça deviendra vite bien plus sérieux !

— Calme-toi ! lui ordonné-je.

Malheureusement, elle s'énerve encore plus et d'un mouvement, mon couteau glisse profondément en elle. Elle se tortille alors que du sang s'étale tout autour de sa tête et commence à sortir de sa bouche. Elle s'étouffe alors que je reste inerte à regarder le spectacle.

Ses yeux pénètrent les miens, elle sent la mort arriver au fur et à mesure que son sang coule. Ses gestes s'amenuisent jusqu'à simplement s'arrêter.

Sa vie s'échappe aussi simplement que ça. En un claquement de doigts, elle disparaît et pour être honnête, ça ne me fait aucun effet. C'est comme si j'étais anesthésié.

Je me lève et tangue légèrement. Je réussis à rejoindre la salle de bain attenante et prends une longue douche avant de repasser mes vêtements.

En retournant dans la chambre, la femme nue est toujours là alors que ses yeux grands ouverts continuent de me fixer. Encore un corps à faire disparaître !

Il est pour l'instant impossible de la faire sortir d'ici alors je reviendrai plus tard…

Je retourne dans le club en prenant soin de bien refermer la porte. Les gens commencent doucement à rentrer chez eux.

Je fais un signe à Anton qui me le rend avant de rejoindre ma voiture. J'ai conscience que ce n'est pas prudent de conduire dans mon état, d'autant plus avec ce qui est arrivé à mon frère, mais tant pis ! Après tout, ma vie ne vaut pas grand-chose… Qui serait triste s'il m'arrivait un malheur ? La réponse est assez facile à trouver : personne !

Phil serait débarrassé d'un poids qu'il doit constamment surveiller et Kay est inconscient dans son lit, sans aucune certitude qu'il revienne à lui un jour…

J'enclenche ma vitesse et sors du parking pour rejoindre la route.

Je me retrouve très vite dans le quartier où je passe de plus en plus de temps ces derniers jours.

J'éteins le moteur avant de rejoindre la petite maison rose.

Le quartier est endormi, personne ne me remarque. J'ouvre la porte de la cuisine et m'y faufile avec une facilité déconcertante. Même alcoolisé, c'est très simple ! Ce que je n'ai pas anticipé en revanche, ce sont les assiettes posées au sol que mes pieds cognent et le bruit qu'elles font en s'entrechoquant.

La peste m'a tendu un piège ! Elle va avoir le droit à une punition, et rien que de l'imaginer, mon membre se dresse.

— Lena ! crie soudain une voix masculine, coupant court à mon excitation.

Je l'avais oublié lui ! Pourquoi n'est-il pas déjà mort d'ailleurs ? Ma tête tourne légèrement et mon cerveau a du mal à réfléchir. Des pas légers dans l'escalier se font entendre alors j'enjambe les assiettes et me plaque contre le mur.

Et si on jouait à cache-cache ?

Chapitre 8

Lena

Je suis assez fière de la petite idée que j'ai eue en me réveillant. Ça fait plusieurs jours que je trouve la porte déverrouillée le matin. J'ai d'abord pensé que j'avais oublié de la fermer sauf que ça s'est répété ! J'ai vérifié toute la maison, mais rien n'a bougé de place, je ne comprends pas ce qu'il se passe ! Une petite voix me dit que c'est cet homme dont je ne sais rien qui me rend visite chaque nuit, mais quel intérêt aurait-il ? Je ne l'ai plus croisé depuis cette fameuse nuit qui me hante. Ses mains sur mon corps… Je suis certaine qu'elles étaient réelles !

Je me trouve devant les assiettes disposées au sol et j'observe la porte de la cuisine qui est grande ouverte. Un frisson d'angoisse me parcourt. Est-il parti ou s'est-il introduit dans la maison ? Est-ce bien lui ou quelqu'un d'autre qui s'amuse avec mes nerfs ?

Je me retourne vivement pour observer la pièce plongée dans la pénombre. Rien n'a l'air d'avoir bougé… Je me rue sur un tiroir pour en tirer un long couteau, on n'est jamais trop prudent. Personne n'entre chez moi sans mon accord !

— Lena ! crie Drake de plus belle.

Je passe mon bras armé derrière mon dos avant de rejoindre sa chambre.

— Je suis là, soufflé-je.

— Ça fait une heure que je t'appelle, qu'est-ce que tu foutais ? (Je pince les lèvres pour ne pas répondre.) J'ai entendu du bruit !

— J'ai fait tomber une assiette dans la cuisine…, mens-je pour ne pas l'inquiéter.

Je n'ai pas envie de lui faire peur pour rien.

— Fais un peu attention, merde ! Je me suis réveillé à cause de ça !

Je baisse les yeux, ne pouvant plus soutenir son regard haineux.

J'ai bien du mal à me souvenir des nombreuses années que nous avons passées avant ce jour tragique. Je me rappelle de moins en moins les raisons pour lesquelles nous nous sommes mariés. L'amour que nous nous portions a disparu… À la place, il ne ressent que haine et ressentiment à mon égard. Comment peut-on passer de l'amour de sa vie à ennemi juré en un seul jour ? Je me rappelle que lorsqu'on lui a appris qu'il ne remarcherait plus, ça a marqué ce tournant entre nous et je sais qu'à présent, plus rien ne changera ça. Tout est définitivement terminé…

— Je suis désolée, m'excusé-je pour ne pas qu'il me fasse une scène. Tu as soif ?

Un ricanement lui échappe.

— Et tu proposes quoi ? De l'eau ?

Avec ses médicaments, il n'a pas le droit à autre chose et dans tous les cas, ça ne lui apporterait rien de bon…

— Oui.

Ses yeux s'assombrissent et je sens la tempête venir.

— Apporte-moi ton verre d'eau, mais dépêche-toi !

Je sors de la chambre, les larmes au bord des yeux. Plus le temps passe et plus il est insupportable. Si ça continue, je vais craquer. C'est d'ailleurs peut-être ce qu'il attend… J'ai beau faire tout mon possible pour l'aider, rien ne lui convient jamais. Je suis coupable, il n'y a pas de doute là-dessus, mais depuis deux ans, je paie ma dette, il devrait en tenir compte !

J'entre dans la cuisine et m'arrête net. Quelque chose cloche ! J'observe tout jusqu'à découvrir un verre d'eau plein posé à côté de l'évier. Ma respiration s'emballe, ce n'est pas moi qui ai fait ça ! Mais qui d'autre ? J'observe toute la pièce, sauf qu'il n'y a rien ni personne. Je prends une profonde inspiration, je dois me calmer. J'attrape un autre verre, le remplis, et retourne dans la chambre de Drake qui a allumé la télévision.

Il n'est que cinq heures du matin, il est encore tôt, il devrait dormir… Mais je ne fais aucune remarque de peur qu'il me remballe.

Je pose son verre sur la tablette que je fais rouler jusqu'à côté de lui.

— Tu as besoin d'autre chose ?

Il me regarde comme si j'étais la dernière des idiotes.

— Ouais, mes jambes !

Je ferme les yeux, commençant à perdre patience. Je n'ai qu'une envie, retourner me coucher !

— Je te laisse…, soufflé-je.

Il me fait un signe de la main, voulant dire que je peux disposer.

Je referme sa porte derrière moi et malgré la fatigue qui s'abat sur moi, je fais le tour de chaque pièce qui sont toutes vides avant de monter dans ma chambre.

Une ombre passe avant que je n'entre et je me fige instantanément, les yeux grands ouverts. Est-ce mon imagination qui me joue des tours ? Mon cœur s'accélère alors que je tente de stopper ma respiration qui à cet instant est trop bruyante ! Je n'ose pas entrer dans ma chambre, je suis certaine que quelqu'un y rôde ! Je ramène le couteau devant moi et le tiens à deux mains. Mon portable se trouve à l'intérieur, je n'ai pas d'autre choix… Je ne peux pas laisser Drake seul avec une personne dont je ne sais rien et qui peut lui faire du mal ! Je ferme les yeux juste une seconde pour verrouiller mon esprit et ne penser qu'à ce qui m'attend.

J'avance lentement, mon arme devant moi, mais la chambre est vide. Je tourne la tête dans tous les sens sauf qu'il n'y a aucune trace d'un autre être humain. Je reprends mon souffle et m'avance jusqu'à la fenêtre pour vérifier qu'elle est bien fermée. Je suis soulagée lorsque la poignée me résiste. Mon cœur bat à une vitesse folle, je suis habituée au stress, mais ici, c'est ma maison et pas le boulot ! Je me recule pour observer la lune qui brille dans le ciel sombre, il faut que j'arrête de me faire des films.

Je me retourne et avant que je n'aie pu hurler, une grande main s'abat sur ma bouche. Dans un réflexe, mon couteau écorche le bras de mon agresseur avant de m'échapper. Le bruit du métal est malheureusement étouffé par la moquette qui recouvre le sol de ma chambre. Je suis tellement idiote d'avoir baissé ma garde !

Je tente de me débattre, mais je n'ai pas de force par rapport à lui. J'agrippe ses mains que je griffe de toutes mes forces, il faut que j'arrive à lui faire lâcher prise ! Je dévisage ce que je suppose être un homme au vu de sa carrure. Un masque à moitié cassé lui cache le visage. J'aimerais crier malgré sa main en sentant l'horreur m'envahir. Que m'arrive-t-il encore ? D'où sort cette personne et pourquoi s'en prend-elle à moi ?

Ma vie a toujours été assez monotone. Je n'ai jamais rien vécu de très excitant, mais depuis quelques jours, c'est comme si j'étais devenue le centre d'attention de tous les psychopathes de la terre ! D'abord cet homme mystérieux qui s'amuse avec moi et maintenant lui ! Qu'ai-je fait pour mériter autant d'intérêt ?

— Calme-toi…, souffle-t-il contre ma bouche.

Je tente de reprendre une respiration moins erratique et fais ce qu'il demande, je veux savoir ce qu'il attend de moi !

— Si tu cries, je te tue !

Mes membres se mettent à trembler malgré moi. N'importe où ailleurs, je saurais comment me comporter... Mais là, chez moi, avec mon mari qui se trouve à quelques mètres, les choses sont totalement différentes !

Il enlève lentement sa main de mon visage, attrape mon bras et m'oblige à m'allonger.

— Tu es une bonne petite fille ! dit-il l'air amusé.

— Qu... Qu'est-ce que vous me voulez ? réussis-je difficilement à souffler.

Il vaudrait peut-être mieux que je l'ignore... Mais je dois savoir contre qui je me bats.

Il baisse légèrement la tête en gardant le visage rivé vers moi. Il a l'air si calme qu'un frisson parcourt tout mon corps. Il ne répond pas et s'avance au-dessus de moi. J'ai peur de faire le moindre mouvement, ça pourrait être une excuse pour qu'il s'en prenne à Drake... Alors je reste tranquille.

Ses mains parcourent mes poignets avant de les soulever pour les poser au-dessus de ma tête.

— Bien joué le coup des assiettes... Mais sache que rien ne m'arrêtera !

Celles-ci n'étaient là que pour me prévenir, en aucun cas pour le faire fuir...

Soudain, je réalise que je connais cette voix ! C'est celle de l'homme qui me tourmente, celui que j'ai rencontré à l'hôpital... Pourquoi ce masque ? Il n'en a jamais mis jusqu'à présent !

— Pourquoi moi ? ne puis-je m'empêcher de demander.

Il enfouit son visage dans mon cou et respire bruyamment. Il attrape mes poignets dans une seule de ses mains pour venir titiller ma poitrine libre sous ma chemise de nuit.

La sensation est trop agréable, je ne devrais pas vouloir qu'il continue et pourtant, je n'ai aucune envie qu'il arrête ! Son contact réchauffe quelque chose en moi qui est endormi depuis trop longtemps. À peine une caresse et j'oublie tout ce qui m'entoure, il a un pouvoir que je n'arrive pas à comprendre !

Il se redresse pour pouvoir me fixer. Ses yeux noirs m'observent attentivement alors qu'il pince un de mes tétons, envoyant de petites décharges à travers mon corps. Je retiens de peu le gémissement qui finit par mourir dans ma bouche. Pourquoi me fait-il autant d'effet ?

— Au fait, moi c'est Sam…, chuchote-t-il en enlevant son masque et le jetant par terre.

Mon cœur s'emballe alors que sa bouche se pose sur ma gorge. Il libère mes poignets, attrape ma chemise de nuit et l'arrache, dévoilant mes seins dressés pour lui. Ça fait des années qu'un homme n'a pas posé ses mains sur moi que j'en deviens totalement folle ! Je dois le repousser, lui ordonner de partir !

Il me mordille le cou avant de poser brutalement ses lèvres sur les miennes. Son érection se déploie sur ma cuisse et d'un mouvement, se retrouve pile contre mon sexe en feu.

Ce contact inattendu est un choc qui fait vibrer mon être d'une excitation particulière. Tout autour de moi disparaît pour me concentrer sur les sensations qu'il me procure. J'attrape son visage pour ne pas qu'il quitte ma bouche alors qu'il ondule contre mon corps. Ses gestes sont brutaux, mais font grimper mon plaisir à une vitesse hallucinante. Il ne me pénètre pas et pourtant, je suis sur le point de jouir !

Il accélère la cadence jusqu'à ce que mon sexe se contracte et qu'un orgasme me surprenne. Il grogne dans ma bouche et étouffe mon cri avant de se lever.

Je suis encore dans la brume du plaisir et ai du mal à en redescendre. Je ne me souviens pas avoir déjà vécu quelque chose de semblable, d'aussi intense !

Sam fait quelques pas en arrière alors que ses poings se serrent. Une part de moi n'a aucune envie qu'il s'en aille alors qu'une autre réalise ce que je viens de faire !

Ma respiration se bloque, j'étouffe. Je viens de me donner à cet homme qui m'effraie, qui est certainement dangereux et que je dois éviter comme la peste... Un homme qui n'est pas mon mari ! Des larmes coulent sur mes joues quand je réalise l'ampleur de ma trahison.

Je remets les lambeaux de ma chemise de nuit autour de moi pour tenter de me couvrir et me recroqueville en haut du lit.

Sam continue de me fixer sans bouger ni parler, le visage fermé. Il ressemble presque à une statue.

Je ne comprends pas ses intentions, il ne m'a jamais fait aucun mal, bien au contraire... Que veut-il de moi ? Je n'arrive pas à l'expliquer !

Soudain, il sort un objet de sa poche. Un reflet de la lune dessus, me fait dire que c'est métallique. Un frisson me parcourt tandis qu'il fait quelques pas vers moi.

— Tu as pris ton pied ? Moi oui en tout cas et pourtant, nos corps n'étaient pas reliés l'un à l'autre. Je voulais attendre, prendre mon temps avec toi, mais ce que tu me fais ressentir, ce que tu remues au fond de moi... C'est impossible ! Une seule femme a eu le droit d'entrer dans mon cœur et ce n'est pas toi ! Tu es trop dangereuse...

Il continue d'avancer et je tourne la tête vers la porte qui est ouverte. C'est mon seul espoir, il est déterminé à me tuer ou à me faire je ne sais quoi d'autre, je le vois dans son regard. Il a l'air comme possédé.

Je déplie lentement mes jambes et dans un élan, me propulse hors du lit.

Je n'ai fait que quelques pas avant de sentir un bras passer autour de ma taille.

Il me tire violemment contre son torse, me coupant le souffle. Je me débats et balance mes pieds dans ses genoux, le faisant grogner, mais sa poigne ne relâche pas pour autant. Je me tortille et le frappe avec mes coudes, sauf que c'est comme si son corps était en acier.

— On aurait pu s'amuser tous les deux... C'est dommage...

Son ton a l'air vraiment peiné alors que je commence à être terrorisée.

Ce que je ne voyais pas dans la pénombre est un couteau qu'il pose sur ma joue. Mes dents claquent alors que mes membres sont en coton. Je menace de m'effondrer à tout moment. J'ai pourtant appris à gérer ces situations alors pourquoi mon corps réagit ainsi ?

Son bras me maintient en place malgré mes ongles enfoncés dans sa chair. Sa lame appuie légèrement sur ma peau, faisant goutter mon sang le long de mon cou. Je hurle malgré la peur. Drake, je t'en supplie, appelle la police ! Je ne sais pas ce qu'il pourra faire d'autre, mais je dois le prévenir !

Le couteau disparaît et Sam me retourne promptement. Une gifle que je n'ai pas vu venir fait brutalement partir ma tête sur le côté. La brûlure est atroce, mais je n'ai pas le temps de m'appesantir qu'il attrape une poignée de mes cheveux pour fixer ses yeux aux miens.

— Il me semble déjà t'avoir dit de te la fermer !

Son ton est tranchant et n'admet aucune réplique. Mes sanglots sont les seuls bruits qui brisent le silence jusqu'à ce que mon prénom fende l'air.

— Lena que se passe-t-il ? hurle Drake depuis sa chambre.

— Tiens tiens, on va pouvoir s'amuser maintenant que tu l'as réveillé !

Ma gorge est tellement nouée que je n'arrive pas à prononcer une seule parole. Ma respiration s'accélère et mon cœur s'emballe, si bien que je commence à me sentir très mal. Ma tête tourne et mon estomac se rebelle.

Tout ça est invraisemblable ! C'est un cauchemar éveillé !

Soudain, Sam fixe mon arcade cachée par un petit pansement et son froncement de sourcils augmente encore la tension de mon corps. Il passe doucement un doigt dessus alors que sa mâchoire se contracte.

Dehors le soleil commence à se lever, il va devoir agir vite. Je ne sais pas quoi faire, mais je dois tout essayer pour protéger Drake !

Je tente de me concentrer sur mon objectif, ferme les yeux et d'un coup, pèse de tout mon poids vers le sol, espérant qu'il me lâche. Je dois me libérer à tout prix !

Mon regard repère le couteau de Sam sur la moquette à quelques centimètres de moi. Il essaie de retenir mon visage alors je tourne la tête et mords sa main de toutes mes forces.

Il crie avant qu'une deuxième gifle frappe ma joue, me sonnant. Avec la force qu'il y a mise, il m'a rapprochée de l'arme que je convoite. Je tends le bras pour attraper le couteau et sans réfléchir, je me jette sur Sam.

Il retient mon bras, mais j'arrive à lacérer son tee-shirt. Ne perdant pas espoir, je continue à brandir le couteau jusqu'à ce que Sam me rapproche contre lui. Il bloque ma main entre nos deux ventres avant que la lame se plante d'un coup, profondément…

Du sang coule entre nous et tombe goutte à goutte sur la moquette. Je regarde ce spectacle comme si j'étais au cinéma et non pas dans ma chambre avec cet homme.

Les secondes s'éternisent alors que nous restons fixés dans les yeux l'un de l'autre. Ce que je vois dans les siens me saisit. Il y a tellement de douleur et de regret que j'en suis chamboulée. Cet homme me touche d'une façon que je n'ai jamais connue, même avec Drake… Malheureusement, je ne pourrai jamais approfondir ces sentiments qui m'étreignent malgré moi, malgré toute la haine que je lui voue…

Chapitre 9

Samuel

Le sang s'écoule, comme les secondes. Venir ici était la pire idée qui soit ! Mon impulsivité me fait faire n'importe quoi ! Je le réalise un peu tard au vu de la situation, mais je ne veux pas qu'elle meure tout de suite. Quelque chose au fond de mon ventre se tord rien qu'à cette pensée. Je ne comprends rien à ce qui m'arrive. Cette femme a réussi à me faire éjaculer dans mon froc ! Je ne me rappelle pas, même en étant ado, que ça me soit arrivé une seule fois ! Elle n'a pourtant rien de plus que toutes les autres qui sont passées entre mes bras… Elle est certes magnifique, mais n'est ni plus intelligente, ni même plus excitante. Alors pourquoi a-t-elle cet effet sur moi ?

Tout un tas de sentiments me traverse que je ne sais nommer. L'amour n'est-il pas destiné à une seule personne ? Je n'ai jamais cru qu'on pouvait tomber amoureux de deux personnes alors je dois être trop bourré. Mon cerveau est trop en vrac pour que mes réflexions soient claires. Je pense ressentir cette attirance particulière, cette passion avec Lena alors que ce n'est qu'un mirage.

La tuer m'a traversé l'esprit. Me débarrasser d'elle serait tellement plus simple, que de l'affronter et de me prouver que cet instinct qui me pousse vers elle n'existe pas. Mais je ne peux pas. Pour la première fois de ma vie, j'ai renoncé à donner la mort. Du moins, faire couler le sang de son mari me suffirait amplement…

Tout aurait dû se dérouler au mieux, sauf que Lena n'est pas aussi soumise que je l'aurais cru. Je n'avais pas prévu qu'elle se défende à ce point !

Je n'arrive pas à comprendre pour quelle raison elle protège autant son mari. J'ai observé la manière dont il lui parle et ça n'a rien d'agréable ! Il la prend pour sa bonne, sans lui donner aucune reconnaissance. Je ne comprends absolument pas pourquoi elle se laisse faire de cette façon. Et ce pansement sur son arcade... quelque chose me dit que ce type n'y est pas pour rien et ma rage envers lui n'en est que plus attisée. C'est comme si un lien indéfinissable les reliait et une part de moi en est jalouse. C'est irrationnel, mais je veux qu'elle m'appartienne toute entière !

Cette constatation met mes sens en ébullition et je me réfrène de toutes mes forces. Je n'ai pas le droit de vouloir une telle chose. Je n'ai aucune envie d'oublier Élise ! Même si la douleur se répand en moi à chaque fois que je pense à elle, j'ai besoin de ça pour continuer à vivre, pour ne pas sombrer. Les souvenirs sont tout ce qu'ils me restent d'elle et il est hors de question que je les remplace !

Je me détache doucement du corps de Lena tout en gardant un bras enroulé autour de sa taille pour éviter qu'elle s'effondre. Ses yeux, fixés dans les miens me troublent, jusqu'à ce que tout à coup, ils se ferment.

Je l'allonge par terre en laissant le couteau en place dans son flan. Il contient une hémorragie encore plus importante. Je n'ai pas de temps à perdre et dois me décider. Soit je la laisse mourir ici, soit je l'emmène à la maison pour la guérir… Je devrais l'oublier, ce serait tellement plus simple. Il faudrait que je sorte de cette maison et faire comme si je n'y étais jamais entré sauf que son visage ne quitte pas mon esprit. Chaque fois que mes yeux se posent sur son corps inerte, une voix venue de nulle part, que je n'ai jamais entendue avant me hurle de la sauver, de l'aider.

Son mari n'arrête pas de hurler son nom, mais je tente de fermer mon esprit, je dois l'ignorer sinon il ne restera pas vivant très longtemps et ce n'est pas encore son heure...

Le jour s'est levé, la lumière du soleil commence à entrer dans la chambre, je vais devoir faire vite ! J'envoie un message rapide à Phil pour qu'il me rejoigne à la maison au plus vite. Je ramasse mon masque et vérifie que rien de ce qui m'appartient ne traîne. Je ne dois laisser aucune trace.

Je me baisse ensuite pour attraper Lena et la porte jusqu'au rez-de-chaussée. Elle est toujours totalement inconsciente et je sais que les minutes lui sont comptées. Je souffle un grand coup avant d'ouvrir la porte. Tout est encore calme dans la rue, mais je dois me presser. Je prends des risques inconsidérés, sauf que je n'ai aucune autre option. Je me dépêche de rejoindre ma voiture garée un peu plus loin et de l'y installer sur les sièges arrière.

En refermant la portière, je remarque un rideau de la maison d'en face bouger étrangement. J'observe les autres maisons, mais il a l'air de n'y avoir encore aucune activité.

Les témoins sont toujours gênants alors mieux vaut s'en débarrasser... Je ne dois prendre aucun risque. Les flics m'ont désormais à l'œil, je dois faire attention.

Je n'ai pas beaucoup de temps, Lena a besoin de soins très rapidement, mais je n'ai pas d'autres choix qui s'offrent à moi. J'ouvre le coffre pour prendre une paire de gants qui traîne toujours là avant de courir jusqu'à la maison. Je tape brutalement contre le battant de la porte, mais n'obtiens aucune réponse. Celle-ci est vieille, je pourrais facilement l'enfoncer, sauf que ça ferait trop de bruit et attirerait l'attention alors j'espère en trouver une autre en aussi mauvais état. Je vérifie une dernière fois que personne ne traîne aux alentours avant de faire le tour de la maison. Je passe entre les buissons jusqu'à me faufiler à l'arrière. Je soupire, comme si j'avais besoin de ce genre de complication ! Lena est mal en point et je dois jouer à Indiana Jones !

Une fois sorti de cette mini forêt, j'aperçois enfin une petite terrasse en bois qui donne sur une baie vitrée. Je ne vois personne à travers la vitre, j'attrape la poignée et par miracle, la porte coulisse tranquillement, me laissant le passage. Je pose un pied à l'intérieur en prenant garde d'observer tout ce qui m'entoure. Il fait encore sombre, mais je distingue un canapé au milieu de la pièce. Je m'avance doucement en restant concentré sur le moindre bruit. Je ne sais pas qui se cache ici et si la personne est toujours dans la maison, alors je dois rester sur mes gardes.

J'arrive rapidement dans une cuisine, la maison est petite. Je tire le même rideau que j'ai vu bouger et ai une vue parfaite sur ma voiture. Il n'y a aucun doute, la personne a tout vu !

J'entends soudain derrière moi le bruit d'une arme qu'on charge.

— Qui vous a permis d'entrer chez moi ?

Je place mes bras en l'air de chaque côté de mes épaules, autant ne pas me faire tirer dessus tout de suite... En me retournant doucement, je découvre la femme avec son chien à ses pieds qui montre les dents, ceux-là mêmes que j'ai croisés l'autre jour ! Si elle n'avait pas un flingue entre les mains, je rigolerais de la situation.

— Vous ! s'exclame-t-elle en écarquillant les yeux. Je savais que vous étiez de la mauvaise graine... La police va arriver !

Sur cette parole, je comprends que je dois agir... Et vite ! Je regarde rapidement autour de moi, attrape une assiette qui traîne à côté de l'évier derrière moi et l'envoie comme un boomerang sur la femme. Elle n'a pas le temps de s'écarter et se la prend en plein visage. L'arme lui échappe de la main et finit un mètre plus loin.

Je fonce sur elle avant qu'elle n'ait le temps de réaliser ce qui lui arrive. Elle tombe à la renverse, mon corps la recouvrant. J'attrape sa tête que je cogne violemment contre le carrelage à de nombreuses reprises jusqu'à ce que son corps n'oppose plus de résistance. Elle n'aurait pas dû regarder par la fenêtre... C'est de sa faute si j'en arrive là !

Le chien, lui, n'a pas bougé. Je me relève et cherche de quoi m'assurer qu'elle soit morte. Ne voulant pas attirer l'attention en lui tirant dessus, je récupère une broche à rôtir qui se trouve sur le plan de travail à côté d'un poulet. C'est long, pointu, juste ce qu'il faut ! Je me place au-dessus du corps inerte et le plante de toutes mes forces dans son cœur. Le sang gicle, alors je recule aussitôt pour éviter de me salir plus que je ne le suis déjà. Mes vêtements portent le sang de Lena et mes bras des égratignures laissés par celle-ci quand elle balançait le couteau dans tous les sens, ça me suffit. Je reprends le chemin entre les broussailles et garde la tête baissée jusqu'à la voiture, en priant pour que personne ne se trouve dehors. Je jette un coup d'œil par la fenêtre arrière où Lena est toujours inconsciente et me dépêche de grimper dans la voiture.

J'allume rapidement le contact pour rentrer chez moi.

J'ouvre la porte avec Lena dans les bras et rejoins aussitôt ma chambre. J'ai hésité à l'emmener au sous-sol, mais vu l'état dans lequel elle se trouve, elle ne risque pas d'aller bien loin...

Son teint est de plus en plus pâle et son pouls bat trop lentement. Je ne sais pas pourquoi je ressens ça, mais je veux qu'elle vive. Je lui ai tourné autour et n'ai pas eu la récompense que je convoitais. Il me la faut, corps et âme. Elle doit être dépendante de moi et agir selon ma volonté, elle plus que n'importe quelle femme... C'est inexplicable, mais je sens qu'elle est la seule à pouvoir m'aider. Je dois aller jusqu'au bout avec elle et lorsque je la briserai, je serai libéré de mes démons, des voix qui ne cessent d'envahir mon cerveau...

Je guette le moindre bruit, comme un lion en cage. Nous avons piqué pas mal de choses dans les hôpitaux, mais Phil n'est pas médecin. Il se débrouille pour nous remettre d'aplomb sauf qu'il ne peut pas opérer. J'espère qu'elle n'en aura pas besoin... Sinon sa vie se terminera et certainement la mienne avec. Je n'arrive plus à supporter cette existence. Je n'ai aucun avenir, aucun projet... Tout ça m'a été enlevé et personne ne pourra jamais me le redonner. Mes frères tentent de m'aider à survivre sauf que maintenant, ils ont d'autres centres d'intérêt et moi je me retrouve seul avec des souvenirs intolérables que je ne veux plus avoir ! Ce sang autour d'Élise... Cette flaque à ses pieds alors que ses yeux se perdent dans mon regard... J'attrape ma tête, il faut que ça sorte, je dois oublier ! Elle m'a démoli. Je me laisse glisser contre le mur et me frappe le crâne. Je garde les yeux ouverts parce que si je les ferme, je sais que je revivrai la scène et il en est hors de question !

Je fixe mon regard sur Lena, si innocente... Elle est vraiment dans un sale état ! Je me concentre sur elle, elle est la distraction parfaite !

Soudain, une porte claque alors je me redresse et me rue dans le couloir avant de m'arrêter net. Phil n'est pas seul ! Eléonore me dévisage avant que ses yeux descendent sur mon corps. J'imagine qu'elle a remarqué le sang qui s'est étalé sur mon tee-shirt et mon jean vu la gueule qu'elle tire. Je me serais bien passé de la voir. Je ne savais pas qu'elle devait sortir de l'hôpital !

— Je... Je vais dans ma chambre..., souffle-t-elle.

Elle a l'air exténuée et je suis content qu'elle ne se mêle pas de mes histoires.

La voir déambuler comme si elle était chez elle me fait assez enrager comme ça !

— Pourquoi tu l'as ramenée ? ne puis-je m'empêcher d'agresser mon frère. Elle n'a pas un appartement ?

Il me renvoie un regard dur et serre les poings.

— Rappelle-toi qu'elle a disparu ! Judith est allée voir les flics pour leur dire qu'elle était réapparue, ils devraient classer l'affaire... Mais dans le doute, elle restera ici, en lieu sûr. J'ai accéléré les choses pour la faire sortir de l'hosto avant que quiconque se mette à poser des questions. Tu as déjà les flics au cul, on va éviter d'en rajouter... De plus, j'en ai ras le bol de tes conneries ! commence-t-il à s'emporter. Tu les accumules et je commence à en avoir assez ! Retiens bien ce que je vais te dire ! Je ne veux plus un seul appel de ta part concernant un cadavre à partir de maintenant ! Tu vas apprendre à te responsabiliser, merde ! crie-t-il en me fusillant du regard. Je suis toujours derrière toi pour couvrir tes conneries, mais je suis las de passer mon temps à venir à ta rescousse ! Tu crois que j'ai que ça à foutre ?

Je garde la bouche close pour éviter de lui dire le fond de ma pensée. J'ai vraiment besoin de lui alors je laisse passer sa rébellion.

— Tu as fini ? Elle est encore vivante, mais plus pour très longtemps, alors si tu voulais bien aller la voir plutôt que de me hurler dessus, ça serait cool !

Il ouvre la bouche, décontenancé.

— Tu as amené une femme en vie ici ?

Je lui montre la porte de ma chambre pour qu'il voie par lui-même.

Sans perdre une seconde, il s'y engouffre. Je le suis de près et le laisse s'asseoir à côté de Lena pour prendre ses constantes. Il se redresse pour détailler son corps et repère très vite le couteau planté dans son flan.

— Putain, mais que veux-tu que je fasse ? me demande-t-il en frottant vivement son visage.

Il sait que je n'ai aucune réponse à lui donner. Je ne connais rien aux soins à apporter dans un tel cas ! Et il est hors de question qu'elle aille à l'hôpital, elle pourrait trop facilement m'échapper en plus de me dénoncer.

— Va chercher une poche de sang !

Je pars en courant et dévale l'escalier qui mène à la cave. J'ouvre le petit frigo pour récupérer mon butin. J'attrape une trousse de secours au cas où avant de remonter en vitesse.

Malheureusement, je suis maudit car en arrivant dans le couloir, Eléonore se dirige droit sur moi.

Elle regarde rapidement ce que je trimbale et je vois les rouages de son cerveau se mettre en branle.

— Quelqu'un est blessé ?

— Dégage !

C'est la seule réponse que je peux lui apporter. Je n'ai aucune envie de lui expliquer et n'ai aucune confiance en elle. Rien que la voir me donne de l'urticaire alors avoir une conversation, très peu pour moi !

— Que t'ai-je fait ? souffle-t-elle.

Mon cerveau disjoncte. Tout ce que je portais se retrouve au sol. Je n'y prête aucune attention et me jette sur Elé qui a l'air terrifiée.

J'attrape sa gorge en la plaquant contre le mur du couloir.

— Tu te fous de ma gueule ? Ce n'est pas parce que tu es la pute de mon frère que je te dois une quelconque explication ! On a déjà eu cette conversation et je commence à perdre patience ! Tu crois que je ne suis pas au courant pour ton gentil coup de téléphone ? Détrompe-toi chérie... J'aurai toujours un coup d'avance ! (Elle arrache la peau de mes mains déjà en mauvais état, mais rien ne peut m'arrêter ! Ses suffocations m'apaisent.) Profites-en tant que mon frère est inconscient parce qu'ensuite, ta vie sera un enfer ! Tu crois qu'il prendra comment le fait que sa femme ait dénoncé sa famille ? (Elle tressaille alors que je relâche légèrement la pression de mes doigts. J'approche lentement ma bouche de la sienne avant de continuer.) Tu es loin d'être l'innocente que tu laisses paraître, chérie, sauf que cette fois, tu t'en es prise au diable en personne ! Je vais te faire cramer en enfer... Littéralement !

Je la relâche en l'envoyant par terre. Un jour, je gratterai l'allumette qui fera brûler son corps que j'aurai brisé ; voilà mon nouveau but !

Je récupère le sang et la trousse, j'ai assez perdu de temps avec elle !

En entrant dans la chambre, je reste un instant interloqué. Phil a enlevé les lambeaux de la chemise de nuit de Lena, et la voir comme ça, si vulnérable me serre le cœur. Ce n'est pas ce que je voulais, ne cessé-je de me répéter.

Phil vient prendre les affaires dans mes mains et commence par lui brancher la transfusion. Nous ne sommes que deux amateurs niveau soins, comment allons-nous pouvoir la sauver ?

— Il faut virer le couteau et prier pour que tu n'aies rien touché de trop grave !

Je ne peux que hocher la tête, je ne vois aucune autre solution...

Il compte jusqu'à trois et du sang jaillit de la plaie béante. Celle-ci n'est pas très grosse, car le couteau est petit, mais c'est apparemment suffisant pour causer des dégâts...

Je passe une main fébrile sur mon front, me sentant totalement inutile et assez désemparé. Je n'ai jamais voulu sauver personne, je ne pensais qu'à leur sang qui s'étalait sous leurs corps morts. Sauf que cette fois, il faut qu'elle le garde en elle !

J'avale ma salive et me racle la gorge avant d'arriver à demander à Phil ce que je peux faire pour aider. Il comprime la plaie et fait cesser la perte de sang sauf que maintenant, nous sommes aussi perdus l'un que l'autre.

— Vos blessures n'ont jamais été de cette gravité, je ne sais pas quoi faire… Si tu veux qu'elle vive, il vaudrait mieux l'emmener à l'hôpital…

Je fais les cent pas, c'est à moi de choisir maintenant ! Lui sauver la vie, mais risque la mienne, ou bien la laissé-je mourir ?

De faibles coups frappés à la porte me déconcentrent et m'enragent un peu plus.

Celle-ci s'ouvre laissant passer la tête d'Eléonore. Ses yeux s'écarquillent en voyant l'état de ma chambre, qui ressemble maintenant à un abattoir. Elle pose une main sur sa bouche alors que des larmes coulent sur ses joues.

— Que lui as-tu fait ?!

Elle croise mon regard et cette fois, le soutient. Les secondes s'égrainent alors que nous restons tous stoïques. Elle finit par passer une main sur son visage et souffler :

— J'ai une amie… Elle a fait des études de médecine avant de devenir journaliste. Je ne sais pas si elle est ici en ce moment… Je peux l'appeler ?!

Cette femme est totalement folle ? Ou abrutie ? Pourquoi ne pas carrément tourner une vidéo et la diffuser sur le web avec nos gueules en train de charcuter une pauvre fille ?

Elle m'exaspère tellement que je ne trouve même pas utile de répondre !

— Elle n'a pas tort…, souffle Phil.

Je le dévisage, cherchant une trace d'humour sur son visage mais il a vraiment l'air sérieux !

— La connerie, c'est contagieux ou quoi ? Tu vas faire venir une meuf ici et après, qu'est-ce qui l'empêchera d'aller le raconter ? C'est une journaliste en plus ! Tu es malade ?

— On peut mettre nos masques ! Et on peut essayer de la transporter chez le gars qui habitait dans la forêt. Si on ne parle pas, elle n'aura rien sur nous…

Mais bien sûr, comme si elle n'allait pas chercher des informations et faire sagement tout ce qu'on lui dit !

— C'est hors de question ! C'est encore un piège ? demandé-je à Eléonore.

Sa réaction est louche, je n'arrive pas à la cerner !

— Non ! Cette femme ne mérite pas de mourir comme ça. Elle ne mérite pas ce que tu lui as fait. Si je le propose, c'est pour elle, pas pour toi !

Elle a l'air sincère, mais je n'arrive pas à prendre une décision.

— Ça suffit maintenant ! Eléonore, pourquoi ta copine viendrait nous aider ? demande mon frère.

— Si vous lui donnez de l'argent, elle ne refusera pas…

J'échange un regard avec Phil, c'est une très mauvaise idée ! On ne la connaît pas, on n'a aucune idée de sa fiabilité.

— D'accord, appelle-la avec ce téléphone, lui dit Phil en lui tendant un de nos portables jetables. Et dis-lui qu'on lui offre trente mille euros.

Elle a l'air éberluée devant la somme astronomique, mais s'empresse de composer le numéro.

Nous avons autant d'argent que nous en voulons. Même si je pense qu'elle l'aurait fait pour moins que ça, si elle est vraiment à court de fric !

Après une brève conversation, le rendez-vous est convenu dans la baraque de notre seul voisin, qui est à présent six pieds sous terre...

Eléonore part dans sa chambre, mais il est inutile qu'elle se prépare, elle ne viendra pas ! Je lui ai dit de ramener les masques qu'elle trouvera au passage pour pouvoir parler à mon frère tranquillement.

Alors que j'attrape un drap pour couvrir le corps dénudé de Lena, je m'approche de Phil pour lui chuchoter :

— On ne peut pas se permettre de laisser quiconque nous dénoncer... Ce semblant de médecin ne pourra pas repartir vivant !

Il me dévisage quelques secondes alors qu'Eléonore revient dans la chambre.

— Je ne te l'ai jamais demandé..., me répond-il.

Un sourire passe sur mes lèvres avant que mes yeux ne tombent sur la femme inerte, qui est comme endormie sur mon lit. Son visage pâle me rappelle l'urgence de la situation. Le temps commence à presser ! Phil m'explique comment enlever la perfusion avant que j'attrape Lena dans mes bras et la soulève alors que Phil garde sa main accrochée à son flanc.

Je la dépose doucement sur la banquette arrière avant de refermer la portière derrière mon frère. C'est assez étroit pour un grand mec comme ça, mais nous n'avons heureusement pas beaucoup de trajet à faire.

Eléonore sort de la maison derrière nous en tendant le masque de Kay.

— C'est le seul que j'ai trouvé…, me souffle-t-elle.

— Le mien est dans ma chambre…, dis-je en attrapant le masque.

Elle hoche la tête et repart dans le couloir. Sans perdre de temps, je monte l'escalier qui mène au porche et ferme la porte d'entrée derrière elle en prenant soin de tourner tous les verrous. Le temps qu'Eléonore trouve toutes les clés, on en aura fini. Elle n'a rien à faire avec nous. Kayden s'est laissé prendre dans ses filets, mais avec moi, ça ne se passera pas aussi facilement ! Hormis à l'hôpital, elle ne mettra plus un pied dehors. Elle m'a dénoncé une fois, elle peut tout à fait recommencer !

Je rejoins la voiture et enfile mon masque, qui n'a pas quitté le siège passager, avant de tendre le noir intégral à Phil.

Je ne sais plus très bien où j'en suis. Mes sentiments sont contradictoires et tout se mélange dans mon esprit. Jamais je n'ai voulu sauver une femme, mais Lena… Elle est spéciale même si je fais tout pour me convaincre du contraire.

Je tente de bloquer mes réflexions au moins le temps de la route. Je dois faire au plus vite pour rejoindre la maison du voisin.

Nous installons Lena dans la première chambre que nous trouvons. Cette femme remue des choses en moi que j'aimerais oublier, que je dois à tout prix faire taire !

Une sonnerie à la porte nous surprend. Je ne pensais pas qu'elle serait aussi rapide.

Je pose mon masque sur mon visage et vais ouvrir la porte. Je tombe nez à nez avec une femme petite, la quarantaine avec un style vieillot. Elle traîne derrière elle une grosse valise. Je lui fais signe d'entrer, mais elle hésite. Elle m'observe, me détaille sauf qu'elle ne pourra jamais deviner le prédateur qui sommeille en moi...

Elle déglutit, ferme les yeux et soudain, avance pour me laisser refermer la porte. Un sourire fend mes lèvres. Elle ne sait pas encore où elle a mis les pieds !

J'attrape sa main et la tire jusqu'à la chambre. Ses yeux s'écarquillent lorsqu'elle voit mon frère comprimer le corps de Lena. On dirait qu'elle est sur le point de s'enfuir sauf que ma main est bien serrée sur la sienne.

— Je... Que s'est-il passé ? Je ne peux pas l'opérer, je n'ai pas les aptitudes pour !

— Soigne-la ! grogné-je.

Mon ton dur la fait sursauter, elle se dépêche d'ouvrir sa valise dès que je la lâche.

Je ferme la porte de la chambre pour bien lui faire comprendre qu'elle n'a pas d'autre choix. Elle vient de sacrifier sa vie pour une autre même si elle ne le sait pas encore...

Elle s'approche doucement pour attraper le poignet de Lena. Sa pâleur est plus accentuée à chaque minute qui passe et bien que je fasse tout pour ignorer ce sentiment qui me ronge, je m'inquiète pour elle.

Quelques secondes plus tard, la pseudo médecin pince les lèvres, tendue.

— Elle ne va pas bien du tout, son pouls est très faible !

— Débrouille-toi !

Son regard passe de moi à Phil. Elle tente sûrement d'enregistrer toutes les informations possibles nous concernant. Son métier de journaliste prend le pas sauf que ce n'est pas ce qu'on lui demande et dans tous les cas, c'est une perte de temps.

Je fronce les sourcils en m'avançant vers elle jusqu'à la bloquer contre le lit.

— Il te faut une motivation particulière pour faire ton boulot ? Je peux aider si tu veux...

Ses membres tremblent contre les miens, me faisant enfin retrouver mes esprits. La peur des gens me nourrit, m'excite, remet mes idées en place...

Phil pose une main sur mon bras, me sortant de cet état second qui s'empare de moi à chaque fois que je sens que j'ai le pouvoir, que j'ai toute décision de vie ou de mort. C'est comme si tout le reste disparaissait autour de moi pour ne me focaliser que sur ma proie.

Je relève les yeux et tombe sur le corps de Lena. Malgré mes indécisions à son sujet, j'ai besoin de plus de temps avec elle. C'est inexplicable, mais c'est comme si j'avais... Besoin d'elle.

De la sueur perle sur le front de la femme qui est toujours coincée contre moi. Je me recule de quelques pas, lui laissant plus de liberté.

Elle attrape son sac, en sort du matériel et demande à Phil de se reculer. Il n'est pas confiant en enlevant sa main, mais finalement, très peu de sang en sort encore.

La femme pousse un soupir avant de se pencher sur la plaie.

— Je ne peux pas savoir ce qui a été touché sans lui faire une radio…

— Tout ce que tu ne peux pas faire ici, ne se fera pas !

Elle baisse les yeux, vaincue et continue de s'activer autour de Lena.

Après de longues minutes de silence qui deviennent de plus en plus pesantes, elle se recule et pose tous ses instruments dans un genre de bol.

— J'ai nettoyé et recousu la plaie, mais il faudrait vraiment voir s'il y a d'autres dégâts.

— Quand va-t-elle se réveiller ? demandé-je en ne tenant pas compte de ses recommandations.

— Elle a dû s'évanouir à cause de la trop grande quantité de sang qu'elle a perdu et je lui ai fait une légère anesthésie, alors peut-être dans quelques heures…

J'échange un regard avec Phil, qui tente d'être rassurant et croise les doigts pour que la femme soit un bon médecin.

— Je vais vous payer, soufflé-je en m'avançant vers la porte.

Elle hausse un sourcil, mais a la bonne idée de se taire. Elle range rapidement tous ses instruments dans sa valise sans même prendre le temps de les laver et me suis dans le couloir jusqu'à la cuisine.

— Vous voulez boire quelque chose ? proposé-je.

Elle me fixe étrangement, suspicieuse.

— Je préfère rentrer chez moi !

Elle est pressée… A-t-elle un mari qui l'attend ou a-t-elle juste peur de moi ?

Je continue d'avancer jusqu'à l'étroit couloir.

— C'est dans ma voiture, précisé-je pour qu'elle me suive.

Elle porte sa valise qui ne glisse pas sur les graviers avant de se planter devant mon coffre.

Elle observe longuement les alentours. Elle ne peut pas s'échapper, nous sommes en plein milieu de la forêt sans personne à des kilomètres…

J'ouvre le coffre de ma voiture et m'y penche.

— Venez voir si ça vous convient.

Elle se penche à son tour alors que je passe mon bras derrière elle et d'un mouvement brutal, je propulse sa tête qui se cogne violemment contre la carrosserie. Telle une poupée, elle s'effondre au sol. Mes mains fourmillent et les voix se réveillent. J'attrape ma tête pour essayer de calmer leur excitation et souffle un grand coup.

Je m'accroupis devant cette femme sonnée par le choc. Les choses ont été beaucoup trop simples, j'aime quand on se débat, qu'on tente de résister à la mort... Sauf que là, je n'ai plus qu'à la charger dans la voiture pour m'en débarrasser. Je suis assez dépité, elle aurait au moins pu résister un peu plus !

J'attrape son cou et d'un coup sec, je tourne violemment sa tête qui émet des craquements sinistres, envoyant un minimum de plaisir dans mes veines, mais pas assez pour me rassasier.

Je la porte négligemment pour la faire entrer dans mon coffre avant de le refermer. Une mort de plus, mais qui n'est pas satisfaisante pour moi. Le plaisir que cela me procure en général est bien plus puissant, même le sexe n'est pas la hauteur et à cet instant, je suis frustré !

Je pose mes deux mains sur la voiture pour me soutenir. Tout mon corps est pris de tremblements alors que je devrais être en paix, les envies qui le traversent sont plus violentes les unes que les autres, mais je dois les réfréner. Du sang... J'ai besoin de voir du sang ! Cette marre rouge et visqueuse qui s'écoule d'un corps... Nous sommes si peu de choses. Soudain, une image s'impose à moi et mes jambes cèdent.

Lena, étendue dans cette marre et moi qui l'observe sans bouger. Je ne peux pas voir ça, pour je ne sais quelle raison, je n'ai aucune envie de la voir morte. Je ferme les yeux et pense à son visage de poupée, à ses grands yeux bleus, à sa bouche, à son goût si délicieux... Ma respiration se calme, c'est ce qu'il me faut, elle est une distraction parfaite pour mon esprit. Son corps fin et doux qui ondule contre le mien, le son de sa jouissance qui se fracasse dans mes oreilles et qui fait taire les voix. Tout devient silencieux, elles sont parties !

Mes poings se desserrent alors que mon cœur reprend un rythme moins erratique. Je profite de ce calme pour me relever et retourner à l'intérieur de la maison. J'ai comme un besoin de la voir en vrai, de savoir qu'elle est là, près de moi. Je la déteste d'avoir ce pouvoir sur moi alors que je ne la connais même pas, mais je me déteste aussi de ressentir ça !

Chapitre 10

Eléonore

Je tourne en rond dans cette chambre ! À peine y ai-je posé un pied que l'odeur de Kay m'a envahie. Tous mes souvenirs sont remontés à la surface comme une explosion et m'ont anéantie. J'ai tout fait pour m'échapper d'ici et maintenant que je pourrais retrouver ma liberté, je n'en veux plus ! Je m'arrête au milieu de la pièce, essoufflée, je dois me ménager après l'opération. Je devrais passer mon temps, allongée, à profiter de mon mari alors que nous sommes séparés, cette conclusion m'est insupportable !

Je me souviens du moment où Phil est venu m'annoncer que Kay était dans le coma... J'ai ressenti la même chose que lorsque mes parents sont décédés. L'abandon est la pire des sensations !

Je quitte la chambre pour aller m'asseoir sur le canapé. En plus de tous ces tracas, Sam veut me voir morte. J'ai bien compris qu'il me haïssait au plus haut point et je peux comprendre ses raisons. J'ai pris des risques et je ne pensais pas qu'il ferait le lien... Je pensais avoir été discrète, mais apparemment pas assez !

Je n'ai pas peur de la réaction de Kay, il m'aime, il me l'a bien fait comprendre, il me pardonnera même si ça met du temps. En revanche, Phil... Il est calme et posé, sauf qu'en apprenant ma traîtrise, je ne sais pas comment il réagira... J'ai du mal à comprendre comment il peut être aussi « normal » en étant entouré de deux personnes aussi perturbées... Il est un mystère pour moi, mais c'est justement ce qui m'effraie. Je ne peux pas prévoir ses réactions.

J'enroule mes bras autour de mes genoux et me balance doucement. Je suis enfermée dans la maison, de nouveau prisonnière, sauf que cette fois, je sais que Kayden ne viendra pas s'occuper de moi. Il m'a lâchée dans la nature, seule et désespérée. Des larmes coulent doucement le long de mes joues.

Les problèmes s'enchaînent autour de moi et je ne sais pas jusqu'où ça va aller... Mon moral est au plus bas et je ne vois aucune lueur d'espoir qui pourrait me sortir de cet état !

Mon esprit vagabonde, je revois cette fille étendue dans une mare de sang dans la chambre de Sam. Ça m'a totalement chamboulée. Je sais très bien ce dont Sam est capable, mais pourquoi veut-il la sauver ? Pour lui faire endurer des choses encore pires que ça ? Je ne comprends rien à la situation et ça me frustre.

Elle avait l'air si frêle... Encore plus que moi. On aurait dit qu'elle ne se nourrissait pas beaucoup vu ses os apparents... Je ne pouvais pas la laisser mourir, je ne pouvais pas être complice d'un nouveau meurtre alors qu'elle pouvait encore être sauvée.

Ils sont partis depuis des heures maintenant, j'espère que Céline a réussi à faire quelque chose. Ma proposition l'a totalement prise au dépourvu, mais quand je lui ai dit la somme qu'elle pouvait toucher, elle n'a pas hésité. Ses parents ont de gros soucis d'argent depuis de nombreuses années et à présent, ils se reposent totalement sur elle. Elle a dû arrêter ses études pour subvenir aux besoins de la famille, d'où sa reconversion de journaliste. Je n'étais pas franchement rassurée de l'entraîner là-dedans, mais il m'était impossible de penser que cette fille allait mourir sans aucune aide.

Tout à coup, du bruit se fait entendre dehors. Je reste où je suis et tends l'oreille. Je croise les doigts en espérant de toutes mes forces que tout se soit bien passé.

Les verrous s'ouvrent un à un jusqu'à ce que Phil entre, suivi de Sam portant la fille toujours inconsciente dans ses bras.

Je me lève pour les rejoindre, j'ai besoin d'avoir des réponses, d'avoir une chose à laquelle me raccrocher, sinon je vais finir par sombrer.

— Comment va-t-elle ?

— Pour l'instant ça va, mais nous ne savons pas les dégâts qu'a pu provoquer le couteau à l'intérieur, me répond Phil.

Je souffle, elle est toujours vivante ! C'est un miracle et je ne peux empêcher une larme de couler tellement je suis soulagée.

Sam me lance un regard mauvais avant de se diriger vers le couloir.

Phil, voyant mon désespoir, me serre fort contre lui. Je n'aurais jamais cru être aussi proche de lui après notre première rencontre dans ce bar minable… Comme quoi il ne faut jamais se fier aux apparences.

— Tu t'es reposée ? souffle-t-il contre mes cheveux.

Je secoue la tête, c'est impossible tant que mon homme ne sera pas à mes côtés… Je n'arrive pas à ne serait-ce que fermer un œil sans voir le visage de Kay et me rappeler qu'à cet instant, il est inconscient et loin de moi. Quitter sa chambre d'hôpital fût une torture, mais je devais rentrer, ne serait-ce que pour me laver et me changer…

Je me recule en tentant de refluer le torrent de larmes qui menace de déborder. Je dois être forte pour lui, il n'a pas le droit de me laisser seule ici après avoir fait en sorte que je ne puisse plus passer une seule journée sans lui à mes côtés ! Il m'a droguée avec son corps, son odeur, son goût, avec chaque petit geste qu'il a eu envers moi, avec son amour…

Plus les jours passent et plus je sens l'emprise qu'à Kay sur ma vie, mais je ne peux plus m'en sortir. Je suis enlisée dans cette relation jusqu'au cou. Il a réussi à me faire l'épouser… Moi qui ne voulais pas de relation sérieuse ! J'ai rencontré l'amour de ma vie.

Mon estomac se révolte sous la douleur intérieure qui me tenaille. Malgré mon opération, ma respiration ne s'est pas améliorée, j'ai plutôt l'impression d'être constamment opprimée. Je sais que toute cette situation avec Kay en est responsable, mais je ne peux malheureusement rien faire pour changer ça. Je donnerais ma vie pour qu'il retrouve la sienne, si seulement ça pouvait être une solution…

J'attrape le téléphone que ma sœur m'a offert lors de mon séjour à l'hôpital et qui n'arrête pas de vibrer dans ma poche. Je suis partie de là-bas avec Phil sans la prévenir. C'est étrange, mais c'est comme si notre lien s'était fracturé à un moment donné. Ce n'est la faute d'aucune de nous deux, juste que ma vie a beaucoup changé…

Elle a essayé de me réconforter autant qu'elle l'a pu, mais je n'écoutais même pas ses paroles. Nous n'avons plus les mêmes centres d'intérêt et je n'ai plus rien à lui dire. Les dernières semaines y sont évidemment pour beaucoup, mais d'un côté, c'est mieux pour elle. Ma raison me hurle de l'éloigner…

Je n'ai pas envie de lui imposer le style de vie que mon mari et ses frères mènent. Phil a également commencé à mettre une certaine distance entre eux depuis l'accident de Kay. Il va d'ailleurs falloir que nous abordions le sujet. Je n'ai pas envie de causer de la peine à Judith, mais elle a le droit de vivre en paix et non avec une famille de psychopathes !

J'avoue qu'il y a aussi la peur du jugement. Je suis trop effrayée de ce qu'elle pourrait dire de Kay, qu'elle ne comprenne simplement pas mon amour pour lui…

Je fixe mes yeux sur Phil qui n'a cessé de m'observer.

— Avec Judith…

— C'est terminé, répond-il avant que je n'aie pu formuler ma question.

— Pardon ?! (J'ai dû mal entendre ! Il avait l'air si attaché à elle ! Je ne comprends pas !) Pourquoi ?

Il s'appuie contre le mur et croise les bras en m'observant.

— Je ne suis pas Kay, je ne forcerai personne à m'épouser et je ne vois pas quel avenir je peux avoir avec une femme... Avec mes frères dans les parages, comment veux-tu que je fasse ?

Il est vrai que la situation est délicate, mais j'ai réussi à m'y faire. Ce mariage, je le désirais tout autant que lui. La seule chose qui me bloquait réellement était ma maladie.

— Je suis désolé Elé... Je ne voulais pas que tu repenses à tout ça, je suis maladroit.

Je lui fais un signe de la main, il n'a pas à faire attention à chaque parole qu'il prononce.

— Tu avais l'air de tenir à elle..., chuchoté-je, en triturant mes ongles.

— Je l'aime beaucoup, mais nous ne sommes pas des âmes sœurs, je ne veux pas qu'elle tombe amoureuse de moi et souffre encore plus...

— Je pense que c'est trop tard, elle a eu un véritable coup de foudre pour toi.

Il hausse un sourcil alors qu'un petit sourire éclaire son visage.

— J'ai une question...

— Et bien, pose-la ! marmonne-t-il.

— La première fois qu'on s'est vus, je t'ai trouvé assez pitoyable. (Un rire franc sort de sa bouche et je souris malgré moi.) Maintenant que je te connais un peu, je sais que tu ne l'es pas, mais pourquoi avoir joué ce rôle ? Les petits noms que tu donnais à ma sœur étaient ridicules !

Il explose de rire en se tenant les côtes.

— Tu aurais vu ta tête quand je les prononçais ! Je ne pouvais plus m'arrêter ! Je ne te connaissais pas non plus et j'avoue que l'intérêt que Kay te portait, me mettait un peu sur les nerfs. Il faut que tu saches que nous avons vécu tous les trois pendant de longues années et nous sommes très soudés. Alors qu'une étrangère vienne accaparer l'un de nous, fût difficile à gérer. Je sais que Sam te mène encore la vie dure, mais ça lui passera. Kayden t'aime plus que tout et ne laissera rien passer, même à son frère.

Je baisse les yeux, honteuse. Il tente de me rassurer alors que je suis fautive dans cette histoire, mais il ne le sait pas. Je crains les répercutions que pourrait avoir cette bombe quand elle explosera, car je ne me fais aucune illusion, un jour ou l'autre, il l'apprendra !

— Je l'ai installée en bas, il faut que j'achète un matelas et brûle celui-ci, les draps y compris, nous coupe Sam dans notre conversation. Tu peux aller chercher mes affaires dans le coffre le temps que je vire tout ça de ma chambre s'il te plaît.

Il me regarde fixement alors que je réalise qu'il me parle à moi. J'ai du mal à en croire mes oreilles. Ne vient-il pas d'être poli avec moi ? Je suis assez étonnée, mais hoche la tête avant de sortir de la maison, je ne voudrais pas le contrarier alors qu'il a l'air de faire un effort…

Je ne le comprends pas du tout, mais je ne suis pas sûre qu'un jour ce soit le cas. J'ai beau le côtoyer, je n'arrive jamais à savoir dans quel état d'esprit il se trouve ou ce qu'il pense.

Je descends l'escalier avant de rejoindre la voiture. J'ouvre le coffre et un hurlement m'échappe alors que je porte aussitôt la main à ma bouche pour éviter de vomir. Céline est à l'intérieur, pliée dans une position étrange. Ses yeux sont fermés et je n'ose pas la toucher. Il est évident qu'elle est morte même si un infime espoir frappe dans ma poitrine. Je mords mon poing pour éviter d'éclater en sanglots. Il y a beaucoup trop de morts autour de moi ! Je n'aurais jamais dû faire appel à elle ! Je l'ai envoyée tout droit dans la gueule du loup !

Je frotte vivement mon visage espérant que ce ne soit qu'un mirage, mais elle ne disparaît pas ! Sam m'a envoyée ici exprès pour que je la trouve ! Cet homme... D'une manière ou d'une autre, il va falloir que je m'en débarrasse ! Il n'a pas le droit d'ôter la vie à qui il en a envie !

Par acquit de conscience, je me penche au-dessus d'elle, pose deux doigts autour de son poignet, mais en dehors de mon battement qui pulse à une vitesse ahurissante, je ne sens rien.

— Cé... Céline, tenté-je de l'appeler en la secouant, mais je n'obtiens évidemment aucune réponse.

Des larmes dévalent mes joues à présent, il l'a tuée ! Ce salopard a tué une femme totalement innocente et pour quoi ? À quoi sa mort a-t-elle servi ?

Je ne peux plus la regarder, c'est trop dur et je me sens tellement coupable ! J'ai voulu l'aider, mais il n'en a rien à faire.

Je retourne dans la maison en hurlant :

— Sam !

Mes nerfs sont à bout, un mal de tête m'envahit, mais peu importe !

Je continue à crier jusqu'à ce qu'enfin, il se pointe, suivi par Phil.

Mes yeux transpercent cette ordure qui s'avance nonchalamment vers moi.

— Que t'arrive-t-il chérie ?

— Je vais te tuer ! craché-je.

Un éclat de rire fend l'air et sans réfléchir, je m'avance jusqu'à lui et lui balance mon poing qu'il arrête sans grande difficulté. Il tord mon bras dans mon dos, me faisant grimacer et il vient se coller contre mon torse.

— Mais, je t'en prie chérie, essaie toujours…

Ses lèvres sont si près des miennes qu'un frisson me parcourt, me rappelant des choses que j'avais mises dans un coin de ma tête pour tenter de les oublier.

— Tu ne t'en sortiras pas comme ça !

— Le problème Elé, c'est que j'en ai rien à foutre de vivre ou de crever alors je n'ai rien à perdre ! C'est ce qui fait toute la force que tu n'as pas ! Tu n'es pas prête à perdre la vie alors que la mienne est finie depuis bien longtemps !

Il me repousse et je manque de peu de m'étaler par terre. Phil a les bras croisés à nous observer. Il n'est même pas venu à mon secours... Je me suis voilée la face sur lui aussi ! Il protégera ses frères quoi qu'il arrive et quoi qu'ils fassent.

Je serre les dents alors que Sam se dirige vers la porte d'entrée.

— Maintenant, tu vas être une gentille femme et aller voir comment va notre invitée, dans la cave. Si elle se réveille, appelle-moi sur mon portable ! Kay avait ajouté nos numéros sur ton téléphone.

Je tente de le fusiller d'un regard sauf qu'il va me falloir de meilleures armes pour m'en débarrasser.

— Pourquoi ferais-je ça ?

— Parce que tu ne la laisseras jamais mourir, elle n'a rien fait pour le mériter... Tu as trop de sentiments pour les gens, même ceux que tu ne connais pas. Tu prendras soin d'elle quoi qu'il t'en coûte. Tu n'as pas réussi à sauver ta copine et tu ne resteras pas sur cette défaite...

Mes poings se serrent jusqu'à ce que mes ongles s'enfoncent dans ma peau.

— Tu es le pire des connards !

— Je suis surtout celui à qui à partir de maintenant, tu vas obéir ! Alors, bouge ton cul et va la voir !

J'aimerais tellement lui arracher les yeux et les lui faire bouffer ! Je passe devant Phil qui tente de me retenir, mais je me dégage vivement en le dévisageant.

— Elé..., chuchote-t-il, mais je ne lui laisse pas le temps de continuer.

— Quoi ? Tu as quelque chose à dire maintenant ? Reste avec ton frère et ne me fais pas chier ! Et au fait, tu peux garder ton petit numéro d'ami compatissant, maintenant ça ne marche plus !

J'entends le rire de Sam se propager dans la maison jusqu'à ce que je claque violemment la porte de la cave.

Évidemment que je ne peux pas laisser mourir cette femme ! Je suis humaine, j'ai un cœur…

Je descends l'escalier, et y reste un long moment au pied avant de me décider à rejoindre la salle où j'ai subi des tortures, où j'ai tiré sur Kay… J'ai du mal à franchir le seuil, tout me revient en mémoire avec beaucoup trop de précisions.

Un gémissement me sort de ma léthargie et je me précipite sur elle.

— Au secours, souffle-t-elle dans un murmure.

J'attrape sa main pour tenter de la rassurer.

— Écoute-moi, tout va bien, je suis là pour t'aider.

Seul un drap la couvre, il va falloir que j'aille chercher des vêtements même si je ne suis pas sûre qu'elle soit vraiment en état d'enfiler quoi que ce soit.

Je me recule, fais le tour de la pièce d'un regard et repère une boîte à pharmacie. Je ne sais pas ce qu'ils lui ont donné, mais je cherche des médicaments contre la douleur.

J'attrape ce qu'il me faut, récupère une bouteille qui traîne sur un bureau et l'ouvre. Je la sens pour être sûre que ce soit de l'eau avant de retourner près d'elle.

— Je suis Eléonore, je ferai tout ce que je peux pour toi.

Son regard est si innocent et terrorisé qu'il me serre le cœur. Elle ne devrait pas être ici !

— Lena…, réussit-elle à dire difficilement.

Elle grimace et tente de toucher sa plaie. J'attrape son bras avant qu'elle n'y arrive.

— Tu as sûrement des points, il ne faut pas toucher. Avale ça, ça te fera du bien, lui dis-je en lui mettant deux antidouleurs dans la bouche.

Ses yeux sont tellement expressifs que je comprends qu'elle me remercie. Si elle savait dans quel merdier elle se trouve, je ne suis pas sûre qu'elle en soit si heureuse.

Je lui verse lentement de l'eau pour qu'elle avale les gélules puis j'attrape une chaise et m'installe près d'elle. J'attrape sa main, le temps que les cachets fassent effet. Elle tente de comprendre où elle se trouve en scrutant chaque recoin de la pièce et ce qu'elle voit n'a pas l'air de franchement la rassurer. L'endroit est sombre et loin d'être accueillant.

Je lui secoue la main pour qu'elle me regarde.

— Je vais te sortir d'ici ! Je te le promets !

Une larme coule sur sa joue et je me force à rester forte, je n'ai pas le droit de flancher !

Je crois aussi que je me réfugie dans cette bonne action pour éviter de penser à l'homme de ma vie qui est inconscient sur un lit d'hôpital. Mais si ça peut me permettre de survivre sans lui, le temps qu'il se réveille, alors j'y vais à fond !

Sam n'a qu'à bien se tenir, je ne suis peut-être qu'une gentille fille avec un cœur énorme, mais il est allé trop loin !

Il mérite de payer pour tout ce qu'il a fait. Je sais que je suis hypocrite, car je ne suis pas au courant du quart de ce que Kay a commis, mais je choisis mes batailles et je décide que Sam mérite une sentence maximale.

Avant tout, il va falloir que je sache ce qu'il a en tête avec Lena. Il faut que je comprenne pourquoi elle est toujours en vie !

J'attrape mon téléphone pour appeler mon ennemi. Lena a les yeux ouverts, mais je ne veux pas qu'il se doute de quoi que ce soit.

— Elle est réveillée ! lui dis-je simplement quand il décroche.

Je n'attends pas sa réponse pour couper la communication.

— Pourquoi ? me demande Lena, l'air totalement perdu.

Je ne peux pas la rassurer, personne ne doit connaître mes intentions. Personne ne doit se mettre en travers de mon chemin. J'ai un nouvel objectif et ça m'occupera la tête.

Mais avant ça, je vais rendre visite à mon mari pour lui raconter tout ce que j'ai à l'esprit. Je sais qu'il n'accepterait jamais mon plan, mais j'ai espoir que ça l'énerve tellement qu'il se réveille. Je ne sais plus quoi faire pour lui, pour l'aider, je me sens tellement impuissante…

Sam débarque et observe aussitôt Lena qui se décompose en le voyant.

— C'est bon, je n'ai plus besoin de toi pour l'instant !

Je me lève alors que Lena se met à trembler violemment. Elle tente de se redresser, mais sa blessure l'en empêche.

J'ai trop de peine à la voir dans cet état alors je me penche sur elle.

— Je reviens plus tard, ne t'inquiète pas Lena.

J'essaie de la rassurer autant que possible en la fixant avant de sortir de la pièce. Je reste en bas de l'escalier un long moment à hésiter avant de me décider à le monter.

J'ai envie de hurler ! La laisser aussi vulnérable avec lui est une torture, mais je n'ai pas d'autre choix, je ne fais pas le poids face à lui pour le moment…

Chapitre 11

Lena

Voir Sam aussi proche de moi affole les battements de mon cœur. Il m'inspire tant de terreur, et en même temps, il m'attire irrémédiablement. Malgré ça, sa présence ne me dit rien qui vaille. J'ai observé la pièce dans laquelle je me trouve, mais je n'ai rien vu qui pourrait m'aider… Je reporte mon regard sur cette femme que je ne connais pas et j'ai envie de la supplier de ne pas me laisser seule avec lui. C'est un être maléfique qui n'a aucune pitié. Je ne comprends pas ce que je fais ici et ce qu'il veut de moi. Il a failli me tuer ! Mon corps douloureux me le rappelle bien assez.

Ma tentative pour lui échapper était totalement pitoyable vu l'état dans lequel je me trouve à présent. J'ai été si faible que j'en ai honte. Il va falloir que je trouve comment me sortir de là vivante, ce qui je le pressens, ne sera pas chose aisée.

La douleur commence à refluer, laissant place à une brume bienfaitrice que je bénis. Je suis fatiguée, mais fais tout pour garder les yeux ouverts, le moindre élément pourrait me servir.

La fille est très jolie et a le même genre de physique que moi. Elle n'a pas l'air au mieux de sa forme et son regard quand Sam est arrivé me dit clairement qu'une animosité règne entre eux. Malheureusement pour moi, elle finit par sortir de la pièce, me laissant à mon triste sort. Je suis en vie… Mais pour combien de temps ?

Sam examine ma plaie avant de prendre place sur la chaise à côté de la table où je suis allongée.

— Ça n'aurait pas dû se passer comme ça…, souffle-t-il.

Je cligne des yeux, est-ce une hallucination due aux médicaments ? J'ai vu la manière dont il me regardait en tenant le couteau entre ses mains et je n'ai aucun doute pour dire qu'il avait vraiment l'intention de me tuer ! Pourquoi me dit-il ça maintenant ? Je ne comprends rien.

Il attrape sa tête entre ses mains avant de poser des yeux doux sur moi.

— Seulement, je ne peux pas te laisser partir… Tu irais trouver la police ou raconterais tout à ton mari…

Malgré le brouillard qui m'emporte peu à peu, je secoue la tête. Si j'ai une chance de sortir de là, je dois la saisir !

— Je ne dirai rien…, soufflé-je mollement. Je te le promets…

— Tu dois te reposer, nous en reparlerons plus tard.

Je tente de lutter, mais rien n'y fait, la fatigue m'emporte et les ténèbres m'entourent rapidement.

Je papillonne des yeux. Une panique s'empare de moi, je ne reconnais pas l'endroit où je me trouve. Ma respiration s'accélère tout à coup alors que mon cœur s'emballe. Je tourne vivement la tête et découvre que je suis allongée sur un lit confortable, un oreiller sous ma tête.

Une vive douleur me rappelle tout ce qui s'est passé, mais je ne comprends pas comment je suis arrivée dans ce qui a l'air d'être une chambre…

— Comment te sens-tu ? souffle une voix, me faisant sursauter.

Je n'ai aucune envie de tourner la tête pour poser les yeux sur cet homme, qui est la cause de mon mal.

Soudain, il attrape ma main, me glaçant jusqu'aux os.

— Je sais que tu dois me détester, mais je t'assure que rien n'était prémédité. J'ai trop bu et je suis parti en vrille…

Je ne sais que croire. Après un instant de pur plaisir, il m'a plantée un couteau dans le corps… Jamais je ne pourrai oublier ça !

L'angoisse de cet instant s'empare de moi, rien que d'y repenser. La lame qui plonge dans mon ventre. Mon souffle qui s'affaiblit alors que la douleur insupportable me parcourt toute entière…

193

Ma vue qui se brouille avant que le néant s'empare de moi…

Sam serre ma main comme s'il avait compris mon état et un sanglot m'échappe. Tout ça est irréel ! J'avais une vie bien rangée où l'imprévu n'existait pas jusqu'à ce que cet homme vienne chambouler tout mon univers. Il a un pouvoir sur moi… Comment est-il capable de me remuer à ce point ? À me faire douter de tout, même de ma santé mentale ?

J'ai trompé mon mari ! J'ai eu un orgasme avec un autre homme et j'ai eu envie de plus… S'il ne s'était pas relevé, je l'aurais supplié de me prendre, de me faire sienne. Quelle femme bien ferait une chose pareille ? Il est clair que la réponse est : aucune !

Je me sens tellement coupable envers Drake… En plus de tout ce que j'ai fait, il va penser que je l'ai abandonné ! Je n'y suis pour rien de ce fait, mais je suis certaine que c'est ce qu'il va croire en se réveillant. Heureusement que les infirmières et aides-soignantes passent chaque jour sinon il serait livré à lui-même ! Je ne peux pas tolérer une telle chose…

— Je dois rentrer chez moi…, sangloté-je.

Sam attrape mon menton et le tourne dans sa direction pour pouvoir sonder mon regard.

— Tu as besoin de repos. Je veux être sûr que ta blessure ne soit pas plus grave qu'elle n'en a l'air.

C'est plus fort que moi, malgré ma tristesse grandissante, un léger ricanement dépasse mes lèvres. Il aurait dû y penser avant !

Il me relâche et souffle un grand coup en passant une main sur son visage. Malgré ma haine envers lui, cet homme est la tentation incarnée. Ses cheveux en bataille, ses prunelles sombres, si mystérieuses et sa silhouette athlétique… Je me demande quelle femme pourrait lui résister… Une femme fidèle à son mari, me chuchote une petite voix. Je la fais taire, car ce n'est pas le moment de m'apitoyer. La seule chose que je dois faire est de chercher un moyen de sortir d'ici !

Je prends appui sur mes coudes pour essayer de me relever, mais la douleur qui me parcourt est insoutenable et me fait retomber lourdement sur le matelas. Je prends rapidement de l'air pour tenter de faire taire cette souffrance.

— Je t'ai dit de rester tranquille ! me sermonne Sam en me tendant un cachet et une petite bouteille d'eau.

Je n'ose pas soutenir son regard et attrape le tout sans rechigner avant de l'avaler.

Tout à coup, la porte s'ouvre à la volée, claquant contre le mur.

Sam fait un bond en se tournant vers l'importune, alors que je ressens un soulagement inattendu. Je me rappelle vaguement ses paroles, mais elle m'inspire confiance et a promis de m'aider.

Elle coule un regard vers moi, ne faisant pas attention à Sam.

— Tu es réveillée ! (Elle se précipite vers moi, les bras chargés de vêtements.) Je t'ai apporté quelques trucs… Tu ne peux pas rester nue.

— Et pourquoi pas ? demande Sam en levant un sourcil.

Le regard perçant qu'il envoie à la femme me ferait déguerpir plus vite qu'un lapin, mais elle ancre ses yeux aux siens avec une lueur de défi. Je ne sais pas ce qui les lie, ils ressentent une certaine hostilité l'un pour l'autre.

Elle se détourne de ce duel pour poser les vêtements sur une chaise avant de s'approcher de moi. Elle attrape ma main et la serre fort, comme si elle voulait me transmettre la force nécessaire pour survivre. Je ne sais pas ce qui m'attend et ce que Sam veut de moi. Je ne suis qu'une femme parmi tant d'autres et ne comprends pas ce qu'il peut bien me vouloir.

— Dégage Eléonore !

Le ton sec et tranchant, me fait trembler malgré moi. Eléonore sentant ma peur, serre un peu plus ma main et fixe ses yeux aux miens. C'est comme si nous pouvions communiquer de cette façon. Comme un coup de foudre amical dans une situation des plus étranges. Elle tente par tous les moyens de me rassurer et de me calmer. Mais ce n'est pas chose aisée. On m'a enlevée à ma routine, enlevée à mon mari sans aucune explication, sans savoir ce qu'on attend de moi...

Tout m'est tombé dessus tellement vite que je suis dans un brouillard total.

— Je peux l'aider à aller aux toilettes ou à se laver un minimum, contre-t-elle.

Sam la fusille du regard, mais a l'air d'y réfléchir. Une bataille fait rage en lui avant qu'il ne se redresse.

— Tu as raison… Je vais t'aider à la soulever pour ne pas que ça tire trop sur sa plaie.

Sa soudaine gentillesse me décontenance…

Ils prennent chacun l'un de mes bras et me soulèvent sans trop de difficultés. J'émets un grognement en serrant les dents pour ne pas crier malgré la douleur qui irradie dans mon corps.

Une fois assise au bord du lit, Sam me tient fermement et me soulève pour me mettre sur pied. Je tangue, ma tête tourne, je me sens très mal. J'ai conscience que seul un drap me couvre et ne suis pas sûre qu'il ne finira pas à mes pieds avant d'arriver à destination.

Il me tient résolument contre lui, sa chaleur se propageant autour de moi comme un cocon qu'on ne veut plus quitter. Son contact est brûlant sur ma peau, je frissonne de la tête aux pieds.

— Eh, reste avec moi…, me susurre-t-il.

Ses paroles sont douces alors je relève les yeux pour les poser dans les siens. Il a l'air torturé, c'est fascinant, il m'hypnotise.

— Tu es prête à marcher ?

Absolument pas, mais je hoche tout de même la tête. J'ai l'impression que mon contact commence à le déranger et je ne tiens pas à revoir le prédateur qui a planté le couteau dans mon flanc.

Je fais un petit pas et ce n'est pas si terrible. Sam me soutient de tout mon poids, si bien que je touche à peine terre. Il avance doucement, mais sûrement jusqu'à la salle de bain attenante à sa chambre. Eléonore nous y attend déjà. Elle a préparé un gant ainsi qu'une serviette qui est posée sur le rebord du lavabo. Le drap que je tente de tenir contre moi glisse peu à peu, dévoilant à présent ma poitrine. Je tente de me couvrir, mais le tiraillement de ma blessure m'en empêche. Je n'arrive à présent à me concentrer sur rien d'autre que ce tiraillement incessant.

Sam me mate sans vergogne avant d'attraper le drap qui pend, me couvrant approximativement. Sa main frôle ma peau nue, envoyant des ondes de choc qui se répercutent dans toutes mes zones érogènes.

Je me stoppe net, totalement désorientée par ces sensations.

— Tu vas bien ? s'inquiète-t-il aussitôt.

Je secoue la tête et continue mes pas sans répondre. J'ai peur de dire des bêtises si je lui parle. Il ne fait pas cas de ma non-réponse et m'aide à m'asseoir sur l'abattant des toilettes.

Il se détourne de moi et en passant devant ma nouvelle amie, je crois entendre :

— Je ne suis pas dupe Eléonore !

Ce n'est qu'un chuchotement et je ne suis même pas certaine d'avoir bien compris. Elle lui lance un grand sourire avant de fermer la porte derrière lui dans un claquement.

Je suis à la fois soulagée qu'il s'éloigne de moi, mais perturbée par ce qu'il me fait ressentir.

— C'est pas trop tôt ! souffle Eléonore. (Elle attrape le gant et le mouille avant d'y mettre du savon.) Dis-moi si tu as besoin d'aide, on est entre filles… Surtout, ne sois pas gênée avec moi !

Je ne comprends pas pourquoi elle m'offre son aide alors qu'elle vit ici avec lui ! J'ai bien vu la haine qu'ils se portent, mais d'où vient-elle ? Je ne suis pas assez folle pour poser la question, ça ne me regarde pas mais du coup, je me méfie d'elle. Et si c'était un piège ? J'ai presque envie de rire de mes réflexions. De toute façon, que pourrait-elle me faire de pire ?

J'attrape le gant qu'elle me tend en laissant tomber le drap de mes épaules. Ma poitrine se dévoile et je tente de passer au-dessus de mon malaise vis-à-vis de ma nudité. Elle reste fixée sur mon visage, mais je n'ai pas l'habitude de me dénuder devant qui que ce soit.

Je passe le gant sur mes bras lentement puis sur mes seins. Je ne serai pas capable de faire le bas de mon corps, c'est impossible ! Je souffre déjà beaucoup trop alors me pencher est impensable !

— Donne, je vais t'aider, me dit Eléonore en attrapant le gant.

Elle le rince et remet du savon, mais je ne me sens pas capable de lui montrer le reste de mon corps. Je sais que nous sommes toutes faites pareilles, mais je suis pudique… Sauf avec Sam. Cette pensée éclate dans ma tête, comme si un petit démon prenait plaisir à me le rappeler. Je ne me suis pas préoccupée une seconde qu'il me voie nue…

Eléonore s'avance vers moi, mais je tends la main pour l'arrêter. Je ne peux pas la laisser m'aider.

— Je… Je vais essayer toute seule…

— Tu souffres déjà, laisse-moi faire.

— Non ! crié-je.

Elle fait un pas en arrière en me dévisageant. Il n'y a aucune animosité dans son regard, juste de la surprise qui laisse place à de la compréhension.

— Tu ne me fais pas confiance…

Il est vrai que je me pose des questions sur ses intentions. Elle passe une main dans ses magnifiques cheveux blonds avant de me fixer.

— Je suis la seule à pouvoir t'aider dans cette maison.

La porte s'ouvre avec fracas alors que Sam observe la scène. Par réflexe, je tente de cacher ma poitrine nue avec mon bras.

— Qu'est-ce qui se passe ? Je t'ai entendue crier…

— Rien, dis-je aussitôt pour ne pas faire d'histoires entre eux.

— Elle ne veut pas que je l'aide pour la partie inférieure…, souffle Eléonore.

Les yeux de Sam s'étrécissent en descendant sur mon corps. C'est comme un laser qui brûle ma peau sur son passage et qui enflamme mes sens.

— Je m'en occupe ! indique-t-il à Eléonore.

Elle hésite à me laisser, elle est inquiète, mais d'un regard, je la rassure. Je suis ici, il va bien falloir que je passe du temps avec la personne qui me retient prisonnière et je pourrais peut-être en apprendre plus sur ce qu'il attend de moi.

Eléonore quitte la pièce en refermant la porte, me laissant seule dans ce petit espace avec un prédateur.

Sam attrape le gant et s'avance vers moi. Une soudaine lucidité me fait prendre conscience que je tente le diable, en n'étant pas certaine qu'il soit capable de se contrôler. Et d'un côté, ai-je vraiment envie qu'il retienne ses pulsions ?

Je suis aussi excitée qu'effrayée de ce qui m'attend.

— Ouvre les jambes et arrête de cacher ta poitrine, c'est inutile. Je te rappelle que je t'ai déjà vue nue.

C'est un effort pour moi de me montrer telle que je suis avec la lumière vive du plafonnier. Tous mes défauts seront apparents, mais ai-je vraiment le choix ? Si je n'obtempère pas, que fera-t-il ?

N'ayant pas spécialement envie de connaître cette réponse, je laisse tomber mon bras et écarte les jambes comme il me l'a ordonné. Il attrape le drap qui me recouvre et tire dessus d'un coup sec. Mon corps entier se dévoile sous ses yeux et un appétit féroce traverse ses prunelles.

— Tu as de la chance d'être blessée parce que la retenue ne fait pas partie de mes habitudes, grogne-t-il avant de s'approcher et de me laver soigneusement.

Ses gestes sont doux et délicats, tout ce que je croyais impossible chez cet homme. Il prend tout le temps nécessaire jusqu'à ce qu'il ait fini. Il me rince entièrement, en évitant le bandage qui entoure ma taille, avant d'attraper la serviette. Il frotte lentement mes bras puis glisse le tissu sur mes seins qui se dressent sur son passage. Je ne comprends pas ma réaction alors qu'un sourire s'affiche sur son visage.

— Ils ont reconnu leur maître ! ricane-t-il.

Mon corps est un traître ! Il n'y a aucun doute sur le fait que j'ai envie de Sam, mais j'avais espéré le lui cacher. Je me souviens de chaque caresse, de ses baisers à en perdre la tête… Mais il est dangereux ! Je ne dois pas l'oublier ! Il a failli me tuer sans une once d'hésitation.

Soudain, il se met à genoux alors que mes yeux s'écarquillent. Il se retrouve pile au niveau de mon entre-jambes, me faisant resserrer les cuisses d'un coup.

— Écarte ! m'ordonne Sam en posant une main sur mon genou.

Mes membres se mettent à trembler sous l'ordre. Il ne peut pas me faire ça ! Je ne peux pas accepter une nouvelle fois qu'il me touche intimement.

Ne réagissant sûrement pas assez vite, il pose sa deuxième main sur mon autre genou et tire d'un coup pour me faire écarter les jambes.

Heureusement que la douleur de ma blessure est atténuée par les médicaments sinon ce geste brutal m'aurait fait souffrir le martyre.

Ainsi exposée, je n'ai qu'une envie : déguerpir, sauf qu'il me tient fermement et observe mon intimité sous tous les angles.

Mes joues doivent être cramoisies vu la chaleur qui s'en dégage. Je ne suis pas du tout habituée à me dévoiler de cette façon ! Mes relations antérieures se déroulaient principalement la nuit dans mon lit. Je n'ai jamais été très aventureuse et ça me convenait parfaitement !

Sam lève les yeux vers moi et ma tête me tourne. Il y a tant de désir dans ses prunelles que j'en suis chamboulée.

Ses mains quittent mes genoux pour venir caresser mes cuisses avant que ses doigts glissent vers mon sexe. Ses gestes sont lents et envoûtants, il est calme et prend tout son temps pour faire grimper mon plaisir. Il titille longuement mon clitoris et à peine me pénètre-t-il d'un doigt que je sens la jouissance arriver. Je m'accroche à ses épaules de peur de tomber sous l'onde de choc qui me traverse. Il fait quelques va-et-vient pour prolonger mon extase alors que je répète son prénom encore et encore. Je n'ai jamais ressenti autant de plaisir entre les mains d'un homme…

Son doigt finit par quitter lentement mon fourreau. Mon corps est surchauffé, j'aimerais tellement plus !

La culpabilité toque à mon esprit, mais je décide de ne pas l'y faire entrer, pas tout de suite ! Je veux profiter de cet instant encore un peu…

Sam se relève avec un sourire narquois avant d'aller se laver les mains. Je viens de lui octroyer un pouvoir sur moi. Il n'a même pas eu à insister pour que je lui laisse le champ libre, je n'ai même pas résisté à son assaut ! Je suis vraiment une pauvre fille !

Une larme s'échappe le long de ma joue. Je ne sais pas où je vais, mais il est certain que les choses changent. Comment pourrais-je retourner auprès de mon mari maintenant alors que je me laisse aller avec un autre homme ?

Sam se retourne vers moi et m'observe. Ses yeux n'expriment rien d'autre que le vide.

— Je vais te chercher des vêtements…, c'est tout ce qu'il prononce avant d'ouvrir la porte.

Je me sens sale et vulnérable. Je jette un œil à sa suite et me fige telle une statue. Eléonore est dans la chambre, les bras croisés, l'air très en colère. Elle a le regard braqué sur Sam avant de se diriger dans ma direction. Je baisse les yeux ne pouvant croiser son regard. Je suis nue, les jambes toujours écartées, que je referme aussitôt. J'attrape la serviette tant bien que mal pour tenter de me couvrir un minimum. Si la honte pouvait tuer, je serais morte à cet instant. Elle a dû m'entendre, c'est certain. Je ne pensais pas avoir un public…

— À quoi tu joues ? crache-t-elle.

— En quoi ça te regarde bordel ? Qu'est-ce que tu fous encore là ?

Je relève les yeux pour voir Sam revenir avec des vêtements. Il me les pose dans les bras avant de claquer la porte de la salle de bain derrière lui.

— Tu ne peux pas faire ça ! Tu vas la violer elle aussi ? Pourquoi la gardes-tu ici ? hurle-t-elle.

Un bruit sourd me glace le sang. Il faut que j'aide Eléonore ! D'autres bruits s'en suivent et je suis horrifiée. Je passe la robe à même la peau et tente de me relever. Ma plaie me tiraille, mais je serre les dents, je dois les rejoindre !

— Lâche-moi ! hurle Eléonore.

Je me lève péniblement et retombe au sol à genoux. Je ne peux retenir un cri de souffrance alors qu'à l'extérieur, on dirait que quelqu'un est en train de retourner la chambre. J'avance lentement jusqu'à la porte en portant une main à ma blessure, comme si ça pouvait m'aider…

J'arrive finalement à la porte et active la poignée. Je me fige, tétanisée devant la scène d'horreur qui se déroule sous mes yeux. Sam se trouve au-dessus d'Eléonore, une main sur sa gorge, la maintenant contre le matelas. Je cherche quoi faire lorsqu'un homme passe la porte de la chambre et se jette sur Sam.

Je me plaque contre le mur, trop abasourdie par tous ces événements.

— Je t'ai prévenu de ne pas la toucher bordel ! crie le nouvel arrivant.

La chambre paraît toute petite avec tout ce monde. Eléonore se relève et prend de profondes inspirations avant de tousser longuement, comme si elle ne pouvait plus s'arrêter. Il allait la tuer, j'en suis sûre !

Mes yeux se fixent partout où ils le peuvent pour ne rien manquer.

— Je te jure que quand Kay se réveillera, il te tuera ! crache-t-elle avant de sortir en trombe.

Sam se détache de la poigne de l'autre homme avant de se mettre à faire les cent pas et de crier :

— Elle me cherche, je suis sûre qu'elle le fait exprès ! C'est une putain de manipulatrice !

Son poing se fracasse contre le mur, me faisant sursauter. Mes membres sont en coton et tremblent affreusement. Le voir dans un tel état de rage m'effraie au plus haut point.

— Mais qu'est-ce qu'il t'arrive ? Merde !

— Phil, mêle-toi de ton cul !

— Et toi, pense à la fille que tu as ramenée et que tu es en train de terroriser !

Phil sort de la chambre après m'avoir lancé un regard plein de compassion que je ne comprends pas bien. Je suis décidément la seule à ne pas savoir ce que je fiche dans cette maison !

Sam pose son front contre le mur et le temps s'éternise, le silence me met mal à l'aise. J'aimerais pouvoir sortir de cette chambre, car j'ai eu un petit aperçu de sa colère et ça me suffit !

Ma blessure se réveille et me lance de plus en plus alors j'essaie d'avancer vers le lit pour pouvoir m'y allonger. Le frottement de mes genoux sur la moquette lui fait relever la tête et se tourner vers moi.

— Où crois-tu aller ?

Je m'arrête net, le cœur au bord de l'explosion.

— Je… Je… (Ma voix reste bloquée. Son regard me fusille et je ne trouve plus mes mots.) J'ai mal…

Ses yeux me sondent avant qu'il ne s'avance vers moi.

— Viens t'allonger.

Il se baisse pour m'aider à me relever et m'entraîne jusqu'au lit où il m'aide à m'installer.

Il s'assoit ensuite à côté de moi, ses mains sur son visage.

La scène me revient en mémoire, il était tellement violent... Je ne peux m'empêcher de penser à un autre homme : mon mari ! Cette agressivité me poursuit.

Pour Sam, j'ai remarqué son côté dangereux dès notre première rencontre, mais je ne m'attendais pas à ce qu'il soit capable d'aller aussi loin... Étrangler une femme ! Ce n'est pas rien et malgré mon calme apparent, à l'intérieur, je suis en panique. Comment tolérer une telle chose ?

Soudain, un doute m'assaille. Eléonore et Sam se lançaient des regards plus venimeux les uns que les autres, ils avaient l'air de vraiment bien se connaître...

— Vous... Vous êtes ensemble ? soufflé-je faiblement.

Sam se crispe avant d'exploser de rire.

— Jamais de la vie non ! C'est la femme de mon frère, Kayden.

Je reste interdite. Elle fait partie de cette famille ! Malgré tout ce qu'elle a pu me dire, comment pourrais-je avoir confiance en elle ? Et où se trouve son mari ?

— Et Phil, qui est-il ?

— Mon autre frère, qui se prend pour mon père alors qu'il ne l'est pas !

Je suis contente qu'il réponde à mes questions, j'essaie de comprendre où je suis tombée, mais tout me paraît trop compliqué. Combien y a-t-il encore de personnes dans cette maison ?

— Je veux rentrer chez moi...

Je ne me sens pas du tout à ma place ici et je dois m'assurer que Drake va bien. Il va se poser des questions sur mon absence !

Sam soupire, l'air las.

— Je te l'ai déjà dit, pour l'instant, tu ne bouges pas d'ici !

— Mais Drake...

— N'a pas besoin de toi ! J'ai entendu comment il te parlait et j'ai vu ce qu'il te faisait subir. Pourquoi veux-tu tellement le retrouver ?

— C'est mon mari ! m'offusqué-je.

De quel droit se permet-il de me juger ?! Un grand éclat de rire inonde la chambre.

— Et qui est-ce qui vient de te faire prendre ton pied il n'y a pas vingt minutes ?

Je me pince les lèvres. Que puis-je répondre à ça ? Il a entièrement raison. J'ai failli à ma promesse alors je mérite de souffrir.

— Maintenant, dors ! Tu dois te reposer. (Son ordre claque et je ne compte pas lui désobéir.) J'ai des choses à faire alors tu restes sage le temps que je revienne.

J'aimerais tellement l'envoyer bouler, mais j'ai trop peur des conséquences de mes paroles. Que me ferait-il si je me rebellais contre lui ?

Jusqu'où serait-il prêt à aller ? Je n'ai pas spécialement envie de le découvrir.

Je ne réponds pas et ferme les yeux, espérant qu'il s'en aille au plus vite.

Je sens le matelas bouger et soudain, sa bouche s'empare de la mienne. Je résiste, mais très vite, le feu jaillit en moi et je n'arrive pas à me retenir. J'ouvre la bouche pour le laisser entrer et prendre ce qu'il veut de moi.

Cet homme est un sorcier. J'essaie de le haïr, mais à la moindre parcelle de son corps qui effleure le mien, je m'embrase et perds la tête.

Bien trop vite, il se recule pour sortir de la chambre, me laissant seule et vide. C'est comme s'il redonnait vie à mon âme rien que par sa présence…

Chapitre 12

Samuel

Je sors de ma chambre malgré mon envie de baiser Lena. Me contenir est douloureux, mais il le faut. Ce n'est pas encore le moment ! Je veux qu'elle soit dépendante de moi, que sa vie ne tourne plus qu'autour de ma personne et là, je lui prendrai tout ! Elle sera tout entière à ma merci et le pire, c'est qu'elle le souhaitera ! Elle me voudra plus que tout, ce sera ma marionnette !

Quand je pense que cette petite pute d'Eléonore a essayé de me fracasser la chaise sur la tête et s'est ensuite ruée sur un des pieds, qui s'est cassé dans sa chute pour me le planter dans le ventre, mes poings se crispent. Je ne sais pas ce qui lui arrive, mais le chaton devient un lion que je vais devoir vite remettre en place ! Elle a vraiment cru pouvoir s'en prendre à moi aussi facilement ? Je suis sûr qu'en vérité, elle ne supporte pas de ne plus être la seule femme de la maison, la seule à être au centre de l'attention. Sans Kayden pour s'inquiéter de son sort, elle doit se sentir abandonnée et nous fait une crise de jalousie. Sauf qu'elle va devoir s'habituer à Lena, au moins pour un temps et surtout ne pas lui monter la tête avec une quelconque vengeance à mon égard. Elle n'est pas assez dangereuse pour moi et ne me fait pas particulièrement peur, mais il est hors de question que je la laisse s'amuser avec mon jouet ! J'ai été satisfait par la réaction de Lena lors de mon dernier baiser, ça me prouve qu'elle commence à s'adapter à sa nouvelle condition et que bientôt, elle m'appartiendra…

Je rejoins la cuisine où Phil est installé.

— Je vais aller faire un tour à l'hôpital. Tu peux garder un œil sur elle ?

Il lève les yeux de son bol de céréales pour m'observer. Je n'aime pas le regard qu'il me porte, mais j'ai besoin de lui ! Je sais qu'avec Eléonore dans les parages, ça va être compliqué pour lui de surveiller Lena, mais je ne peux pas la laisser seule. Elle est toute gentille, mais sait-on jamais si elle a un sursaut de rébellion…

— OK, finit-il par articuler.

C'est tout ce à quoi j'ai droit comme réponse et je m'en contente amplement.

Je n'attends pas plus longtemps pour traverser la maison et rejoindre ma voiture.

J'entre dans la chambre aseptisée après avoir convaincu l'infirmière de me laisser tranquille un petit moment. Les visites se terminent dans dix minutes, mais j'ai réussi à obtenir une heure de plus grâce à mon charme…

Mon frère est toujours allongé sur son lit, branché à tout un tas d'appareils. Le voir ici, dans cet état, me serre le cœur. Il ne devrait pas s'y trouver et encore moins pour cette femme ! La première pensée qui me vient est que je dois tuer Eléonore. L'amour n'apporte que des emmerdes, j'en ai la preuve sous les yeux.

J'attrape une chaise et l'approche de son lit avant de m'y asseoir. Cette situation m'est insupportable, j'ai besoin de Kayden !

Je fais toujours comme si je me foutais de tout, mais c'est faux. Mes frères sont les personnes les plus importantes dans ma vie et si je le pouvais, je prendrais sa place immédiatement !

J'attrape sa main et attends. Je ne sais pas réellement ce que j'espère. Peut-être un signe de sa part, quelque chose qui me prouve que les choses vont s'arranger…

Mes pensées dévient inexorablement vers une femme : Lena.

Je n'ai jamais voulu en arriver là avec elle. Les choses vont trop vite, mais je n'arrive pas à la laisser tranquille. J'ai tellement envie de la faire souffrir, de lui faire subir les pires tortures, mais en même temps, je la veux dans mon lit pour toujours ! Ces pensées contradictoires me bousillent le cerveau. Toute cette situation me rappelle trop de choses que je veux oublier à jamais !

Élise aussi retournait mon esprit de la pire des manières. Notre relation n'avait rien d'idyllique, elle était juste destructrice et a fini par m'anéantir.

Elle représentait mon univers, la seule lumière qui m'empêchait de sombrer définitivement en enfer. Sauf que je ne lui ai pas suffi ! Elle m'a quitté et a emporté mon cœur avec elle. L'amour n'est pas pour moi, je ne suis pas capable de supporter une nouvelle déception !

Je secoue la tête, je ne comprends pas pourquoi je pense à ça ! Je n'aime pas Lena, elle ne représente rien du tout, juste un insecte avec lequel je vais prendre mon pied et que j'écraserai une fois que je m'en lasserai !

Je détache mes yeux de la fenêtre qui diffuse une faible lumière, le soleil se couchant, pour les poser sur mon frère.

Je n'arrive pas à croire qu'il se trouve dans cette situation ! J'ai envie de tout fracasser autour de moi, mais il mérite le calme, alors je retiens avec force mes pulsions.

Soudain, sa main se referme faiblement sur la mienne. C'est comme si tout mon corps se réveillait d'une longue léthargie, mais ce fût tellement léger que j'ai peur d'avoir rêvé son geste.

Toute mon attention se concentre sur Kay sauf que les minutes défilent et plus rien ne se passe. Était-ce juste un sursaut qui ne représente rien ou commence-t-il doucement à se réveiller ?

L'infirmière frappe à la porte avant d'entrer, je sais que c'est le signal pour moi de partir, mais je n'en ai aucune envie. S'il se réveille et que personne n'est présent, il pensera qu'on l'a abandonné ! Je suis décontenancé par tous les sentiments qui me traversent. Je n'ai pas l'habitude d'être aussi désorienté et de ne pas savoir comment réagir devant une situation.

— Je passerai le plus souvent possible si ça peut vous rassurer… Je comprends que la situation soit difficile pour vous, mais je suis obligée de vous demander de partir, me souffle l'infirmière qui se trouve à présent à côté de moi.

Je pose mes yeux sur elle et ses pommettes se colorent instantanément en rose. Les femmes ne se méfient pas de moi alors que je suis le pire des prédateurs, c'est amusant au fond. Elles se jettent sur moi sauf que je n'attends qu'une proie à dévorer !

Je serre une dernière fois la main de Kay avant de me lever et de sortir difficilement de la chambre. Je dois être raisonnable, demain je reviendrai. Il a besoin de repos et se réveillera quand son corps le décidera, je ne peux rien faire de plus…

L'hôpital est calme, je rejoins le hall où traînent quelques personnes, mais c'est loin d'être aussi vivant que la journée.

Une fois dans ma voiture, j'envoie un message à Phil pour m'assurer que tout se passe bien. Je n'ai pas envie de retourner tout de suite auprès de Lena, je n'ai pas les idées claires et si je la trouve dans ma chambre, les choses risqueraient de dégénérer. Soit je la baiserai, soit je la ferai souffrir et ce n'est le moment ni pour l'un ni pour l'autre !

« Lena dort et Elé cuisine pour s'occuper l'esprit. »

Je suis rassuré par le message de mon frère. Je démarre la voiture et file à travers la ville jusqu'au seul endroit où je me sente bien : mon club.

Dès que je passe les portes, je me souviens que j'ai laissé une femme morte dans ma pièce secrète et qu'il va falloir que je trouve un moyen de m'en débarrasser au plus vite ! Il faudra que je vienne demain matin…

Anton lève à peine les yeux en me voyant débarquer. L'ambiance est très festive ce soir. Une bande de femmes très peu vêtues se trémoussent sur la piste, attirant tous les mâles en rut.

— Enterrement de vie de jeune fille, me souffle mon ami, voyant que je les observe avec attention.

C'est parfait pour me changer les idées !

J'avale cul sec le contenu du verre qu'il m'a préparé et traverse la salle jusqu'à elles. La chasse est la meilleure partie du jeu. Il faut trouver la partenaire idéale, celle qui comblera vos besoins du jour.

Les filles sont rassemblées en groupe autour d'une blonde très mignonne qui porte un diadème. D'un rapide coup d'œil, je remarque une femme assise autour d'une des tables que nous réservons uniquement pour les groupes. Voyant qu'elle a l'air de s'ennuyer, je m'avance vers elle.

— Je peux vous offrir un verre ? demandé-je assez fort pour couvrir la musique.

Elle soupire avant de lever ses jolis yeux dorés. Son regard m'inspecte dans les moindres détails avant de revenir sur mon visage. Elle est sublime, c'est dommage qu'elle ait l'air coincée…

— Je ne suis pas intéressée ! répond-elle en reprenant la contemplation des verres posés sur la table devant elle.

— Je suis désolé, je suis maladroit… On m'a aussi forcé à venir ici et je me suis dit qu'au lieu de m'ennuyer seul, autant le faire à deux.

Elle se redresse avant de se rasseoir au fond de la banquette. Elle réfléchit quelques secondes avant de souffler :

— C'est ma sœur, je n'ai pas eu mon mot à dire…

Je lui offre un petit sourire et sans lui demander son avis, je m'assieds en face d'elle.

— Votre sœur n'est pas très sympa de vous abandonner de cette façon…

Ses yeux braqués dans les miens cherchent à me sonder sauf qu'elle ne saura jamais ce que j'ai en tête ! C'est beaucoup trop complexe pour quiconque. J'ai juste envie de m'évader, de tout oublier.

— Elle a le droit de vouloir s'amuser… C'est moi qui n'aime pas ce genre d'endroit.

— Vous avez un petit ami ?

Malgré les lumières multicolores qui sont projetées dans la salle, je vois clairement son teint virer au rouge. Il en faut si peu…

— Ça ne vous regarde pas ! commence-t-elle à s'emporter, ce qui veut dire qu'elle est célibataire.

— Vous êtes seule, je suis seul. Pourquoi ne pas partager un petit moment ensemble ?

Son regard se dirige vers la foule derrière nous, sûrement vers le groupe qui entoure sa sœur, avant de revenir sur moi. Elle a deux choix, soit elle les rejoint soit elle reste avec moi. Je connais déjà sa décision. C'est évident qu'elle ne tient pas à se faire remarquer alors que les femmes du petit groupe s'époumonent sur la musique et dansent comme des strip-teaseuses.

— D'accord, finit-elle par souffler, vaincue.

Je décide alors de me rapprocher, il sera plus aisé de lui faire perdre la tête.

— Comment vous appelez-vous ?

— Alya.

Très joli... Je lui fais un petit sourire en lui tendant la main.

— Enchanté, moi c'est Samuel.

— Et donc... Samuel... C'est ça ta manière de draguer ?

Je laisse retomber ma main et ne peux qu'exploser de rire devant sa question si inattendue.

— Je n'ai aucune manière de draguer. Je prends ce dont j'ai envie, c'est tout !

Elle remet une mèche de ses cheveux en place avant de sourire.

Un éclair traverse mon esprit. Le visage de Lena s'y imprime comme pour me rappeler qu'elle existe, qu'elle est bien trop ancrée en moi.

Je me lève précipitamment, il faut que je bouge et surtout que je boive !

— Je vais prendre un verre, tu veux quelque chose ? proposé-je.

Elle m'observe encore, elle commence à m'agacer sérieusement. Elle doit penser pouvoir me comprendre, pouvoir voir ce que je cache au fond de moi, mais c'est impossible. Elle ne saura jamais rien !

— Je ne suis pas difficile, prends comme pour toi.

Je n'attends pas plus longtemps pour rejoindre le bar. Je suis sur les nerfs, j'ai envie de tout exploser.

Je suis ici pour tout oublier sauf que mon cerveau ne me laisse pas en paix. J'imagine Lena dans la pièce d'à côté, dans ma chambre secrète, attachée sur une croix, totalement à ma merci. Je pourrais m'amuser autant que j'en aurais envie, lui faire subir tout ce qui me passerait par la tête avant de la baiser si fort qu'elle ne saurait plus marcher ! Je la vois sur le capot de ma voiture, sur le parking extérieur, entièrement nue, pouvant nous faire surprendre à tout moment. Je n'attendrais que ça, que quelqu'un voit comment je la culbute et comment elle en prend un plaisir fou. Seulement, ce ne sont pas les seules scènes qui entravent mes pensées. Il y a aussi du sang, beaucoup de sang... Elle me supplierait d'arrêter, tenterait tout pour me satisfaire, car c'est une femme docile. Ce qu'elle ne saurait pas c'est que je ne jouirais que quand sa vie s'évaporera entre mes mains… Je sais qu'avec elle ce serait encore plus intense que les autres. Je le devine rien qu'à la manière dont je pense à elle, dont elle m'obsède.

Je fais rapidement le tour du comptoir, attrape la première bouteille d'alcool que je trouve et la porte à ma bouche. Les gorgées que je prends me brûlent l'intérieur, mais me font tellement de bien que j'en avale encore et encore.

Anton attrape soudain la bouteille en me fusillant du regard.

— Je fais ce que je veux, c'est chez moi ici ! lui craché-je en tentant de reprendre mon précieux, sauf que mes gestes sont lents et plus très coordonnés.

— Rejoins la poule qui t'attend et laisse-moi gérer pour ce soir, enfin comme d'habitude…

Je frappe violemment le comptoir avant de faire ce qu'il me dit. Je n'ai pour l'instant pas envie de me battre avec lui !

Je bouscule des gens et attrape certains verres qui traînent sur les tables pour les vider.

Une fois arrivé devant la table que j'ai quittée plus tôt, je remarque que les filles y sont toutes installées. Elles ont fini leur petit show devant leur assemblée d'admirateurs.

Je passe d'un visage à l'autre jusqu'au bout de la file, mais ne reconnais pas celui que je cherche. Je fais un deuxième passage, mais toujours rien, alors j'interpelle « miss diadème ».

— Ta sœur est partie ?

Elle fronce les sourcils en regardant tout autour d'elle.

— Quelle sœur ? J'ai pas de sœur !

Son ricanement m'écorche les oreilles et j'ai envie de toutes les buter quand les autres suivent le mouvement. Ces bruits sont absolument insupportables !

Je me retourne et cherche Alya parmi la foule. Qui est-elle ?

Je n'ai pas le temps d'y réfléchir qu'un mec bourré, sûrement plus que moi, me rentre dedans. Il crie après ses amis qui rigolent en le pointant du doigt.

Étant de sale humeur, je me tourne et lui décoche un coup de poing dans la tête. Il ne voit pas le coup arriver et s'étale de tout son long sur le sol.

Tout s'arrête autour de nous. Ses potes se précipitent vers moi alors que les filles se redressent, trop curieuses de connaître l'issue. Les bagarres les font jouir, je n'ai jamais compris pourquoi !

— Qu'est-ce qui te prend mec ? hurle un type qui tente de redresser son ami toujours au sol.

Je soupire en évaluant chaque membre du groupe. Physiquement, ils m'équivalent, ce qui ne m'arrange pas vu qu'ils sont sept et moi seul…

Je me tourne vers le bar pour chercher du soutien sauf qu'Anton est accaparé par plusieurs personnes et ne me prête aucune attention. Je cherche du regard n'importe quel serveuse ou mec de la sécurité sauf que c'est sur les yeux dorés d'Alya que je tombe. Elle se trouve dans le fond de la salle, les pupilles braquées sur moi sauf qu'en un clignement d'œil, elle a disparu. Je n'ai pas le temps de la chercher plus longtemps que deux mecs se postent devant moi, prêts à en découdre.

Nico, le chef de la sécurité du club, arrive à ma hauteur, j'ai de la chance qu'il fasse bien son boulot. Il a dû remarquer que j'étais en mauvaise posture.

— Qu'est-ce qui se passe ici ? lance-t-il à la petite assemblée en me jetant un coup d'œil.

— Ce type a frappé notre ami sans raison !

Je souffle d'ennui et fais signe à Nico de les virer. Ici c'est chez moi ! Ceux que ça dérange n'ont rien à y faire.

Mon employé attrape son talkie-walkie pour appeler du renfort et commence à demander aux types de sortir de mon établissement. Celui que j'ai frappé réussit à se redresser et pointe son doigt dans ma direction.

— On se retrouvera !

Il est tellement bourré que je ne suis même pas sûr qu'il se rappellera sa soirée et dans tous les cas, il ne sait pas à qui il a affaire ! De nous deux, c'est lui qui perdra.

Je rejoins le bar après avoir remercié les gars de la sécurité. Si je veux qu'ils me soutiennent, il faut que je sois correct avec eux, je ne suis pas stupide. Les compliments flattent leur ego et grâce à ça, ils me sont dévoués. Vu les colosses que ce sont, c'est toujours mieux qu'ils soient dans mon camp.

— Qu'est-ce que tu as encore fait ? me demande Anton en versant un liquide transparent dans un verre.

Je lève les yeux au ciel. Un voile apaisant commence à s'installer dans ma tête et j'en suis reconnaissant à l'alcool. Ce n'est pas aussi réconfortant qu'une partie de jambes en l'air ou d'assister aux derniers instants de vie d'une personne, mais c'est toujours mieux que rien.

— Je ne sais pas ce qui t'arrive en ce moment, mais il faut que tu remettes de l'ordre dans ta tête. Tu te rends compte que c'est moi qui gère tout depuis des jours ? (Il a le don pour attirer mon attention.) J'ai accepté la charge supplémentaire parce que ton frère s'est retrouvé à l'hôpital, mais je ne vais pas pouvoir continuer comme ça encore longtemps.

Je sais que je lui en demande bien plus que ce qu'il a l'habitude de faire, mais j'ai beaucoup trop de choses qui m'accaparent… Et surtout Lena que je dois gérer comme je peux.

Je pose mes coudes sur le comptoir et prends ma tête entre mes mains. Il faut que je reprenne les choses en main. C'est moi qui décide de ce qui se passe et personne d'autre ! Je décide du destin des gens qui m'entourent, mais l'accident de Kay a chamboulé mon univers et m'a totalement perturbé.

J'ai assez déconné, à partir de maintenant, du moins, quand j'aurai dessaoulé, je reprendrai le contrôle ! En attendant, j'ai besoin d'oublier la femme qui ne cesse de se ramener dans mon esprit.

Je me redresse, offre un sourire à mon ami et lui tape sur l'épaule en passant devant lui.

Je m'avance vers la première fille que je vois sur la piste de danse et me colle à elle. Elle ne proteste pas, au contraire. Ses bras passent autour de mon cou pour se rapprocher un peu plus.

Sans plus de cérémonie, je me penche et attrape sa bouche dans la mienne. Ses lèvres sont sucrées et je les lèche goulûment tout en la poussant dans un coin plus sombre. Elle s'accroche à moi et se frotte comme une chienne. Elle n'a aucune dignité et ça m'arrange bien !

Je la plaque contre le mur sur lequel nous atterrissons et m'empresse de soulever sa robe qui couvre à peine ses cuisses. C'est un appel à la luxure qui me convient parfaitement. Je passe un doigt sur le devant de sa culotte alors qu'un gémissement se perd dans nos bouches scellées. Elle mouille comme une folle, je sens l'humidité à travers le tissu, faisant monter mon sexe. Elle n'est pas spécialement jolie, mais elle est tout l'opposé de Lena. Je me recule d'un coup, car son visage se rappelle encore à moi. Ce n'est pas possible ! Je bande pour une autre alors pourquoi à cet instant, c'est son corps que je veux, pressé contre le mien et son sexe qui soit trempé pour moi !

La fille me fixe, essoufflée, et avant qu'elle ne dise quoi que ce soit, je pose brutalement mes lèvres sur les siennes. J'écarte ses jambes du genou tout en ouvrant ma braguette. N'importe qui pourrait nous voir, mais je n'en ai rien à foutre. J'ai besoin de jouir et de partir au moins quelques secondes loin d'ici.

J'attrape une capote dans mon portefeuille et l'enfile rapidement avant de pousser sa culotte pour m'introduire en elle d'un mouvement. Elle est plus que prête alors mes va-et-vient se font plus rapides et plus brutaux. Elle s'agrippe de plus en plus fort à mes épaules en gémissant bruyamment jusqu'à ce que son intimité se referme sur mon membre. La jouissance est courte, trop courte pour moi, et pas assez intense pour attiser le feu qui me consume.

Je me recule et me rhabille aussi vite que mes mains me le permettent.

— Tu m'emmènes chez toi ?

Je ne perds pas une seconde pour lui répondre, elle ne mérite pas mon attention.

J'attrape mon téléphone pour commander un taxi et salue brièvement Anton qui me foudroie du regard. Je l'ai écouté et entendu, mais je ne peux pas changer en un claquement de doigts.

Je sors du club surchauffé et l'air frais qui m'accueille me fait du bien. Mes jambes ont du mal à me porter alors je m'affale contre le mur.

La sonnerie de mon portable se met en route sauf que le temps que je l'extirpe de la poche de mon jean, c'est trop tard.

Un SMS arrive quelques secondes plus tard.

« Dépêche-toi de rentrer. Kay est réveillé. J'emmène Eléonore, mais Lena est seule dans la maison. »

Je pousse un juron, tout à coup un peu plus sobre. Il ne va pas oser me faire ça !

Par chance le taxi se gare juste devant moi. Je me jette quasiment dedans et crache mon adresse au chauffeur.

Le trajet me paraît durer une éternité alors qu'il est plutôt rapide. Je sors mon porte-monnaie et balance des billets avant de sortir de l'habitacle.

La voiture de Phil n'est plus là, je vais le tuer !

J'ouvre la porte d'entrée qui est fermée à clé et entre lentement. Elle peut être partout…

Chapitre 13

Lena

J'ouvre soudain les yeux et me redresse vivement malgré la douleur. J'observe la chambre dans laquelle je me trouve, me souvenant petit à petit de tout ce qu'il m'est arrivé. J'ai tellement espéré que ce soit mon cerveau qui ait inventé cette histoire qu'une immense déception m'étreint.

Mon corps est douloureux et en tournant la tête, je remarque sur la table de nuit, un cachet accompagné d'un verre d'eau que je m'empresse d'avaler. Il y a également un sandwich qui fait gronder mon ventre. Je ne me souviens même plus de mon dernier repas et le déguste avec appétit.

Une fois rassasiée, je tente de me lever. La douleur est prononcée, mais je ne peux pas rester immobile dans ce lit ! Je suis seule, je dois profiter de chaque instant pour trouver une solution, soit pour sortir d'ici soit pour prévenir Drake ! Il doit se poser mille questions et être inquiet.

Nous nous sommes rencontrés au lycée. Je n'avais que seize ans, j'étais totalement inexpérimentée, mais il n'en avait rien à faire. Une alchimie s'est tout de suite formée entre nous. Il était populaire alors que j'étais toute timide et transparente aux yeux des autres. Je me demande encore quel a été le déclic qui lui a permis de me voir, moi tout entière et pas seulement ce que je montrais au reste du monde.

Nos débuts ont été plutôt compliqués. Son groupe d'amis ne m'acceptait pas et je me rends compte maintenant que je l'ai coupé, malgré moi, de tout contact avec eux. Nous avons emménagé ensemble juste après avoir obtenu nos bacs respectifs. Nous avions notre petit nid et ne voulions plus le quitter. C'était l'homme de ma vie, il était ce que j'avais de plus précieux et j'en étais totalement amoureuse. Rien n'aurait pu nous séparer.

Quelques années plus tard, il a demandé ma main et c'était une suite logique pour notre couple. Les années sont passées et la routine s'est installée. Nous nous étions jurés que ça n'arriverait pas, que nous étions au-dessus de ça et pourtant... C'est arrivé. Nos boulots prenaient de plus en plus de place et l'enfant que nous avons essayé d'avoir n'est jamais venu. Nous nous sommes éloignés, je ne peux pas le nier...

Petit à petit, nous sommes devenus deux étrangers qui partageaient une maison. J'ai tout tenté pour lui parler, lui exprimer ma détresse devant ce constat amer. Mais c'est comme s'il ne comprenait pas de quoi je lui parlais. Il était indifférent et me disait que je me faisais de fausses idées... Jusqu'à ce jour où je l'ai surpris, embrassant une autre femme devant son bureau. Je l'attendais pour que nous puissions nous balader ensemble et tenter de sauver ce qui pouvait encore l'être... Sauf que tout a changé, il m'a détruite et j'en ai fait autant. Ce qui s'est passé ensuite est quelque chose que je regretterai toute ma vie même si sur le moment, je l'ai ressenti comme…MA vengeance…

Repenser à tout ça me serre le cœur et me donne la nausée. Nous aurions pu être tellement heureux… Que s'est-il passé pour qu'on en arrive là ? Lui qui me déteste et moi qui m'accroche désespérément. Jamais je ne pourrai le quitter, c'est inenvisageable. Il a besoin d'une personne qui prenne soin de lui et je me suis dévouée pour ce rôle le jour où je lui ai juré que je resterais à ses côtés jusqu'à ce que la mort nous sépare.

Je me dirige lentement, en me tenant au mur, vers la salle de bain. Il faut que j'arrête de penser à tout ça, j'ai des problèmes plus urgents.

Je m'arrête devant le miroir qui me renvoie une image assez déplorable. Mes cheveux blonds sont ternes et en pagailles. Il me faudrait du démêlant pour arriver à quelque chose… J'attrape la culotte qui gît au sol pour la mettre, me sentant tout de suite un peu plus à l'aise avant de passer un coup d'eau sur mon visage. Je me penche au-dessus du lavabo pour me concentrer. Lena, réfléchis !

Il faut que je trouve n'importe quoi pour sortir d'ici. Sans plus attendre, je retourne dans la chambre et pose directement mes yeux sur l'armoire. Je m'avance doucement, comme si quelqu'un pouvait me voir et tire silencieusement la porte. Les vêtements qui s'y trouvent sont très soigneusement rangés. Je me mets sur la pointe des pieds pour essayer de voir la dernière étagère et passe la main sur les bords qui sont tout ce que je peux atteindre. Je ne sens rien alors je reprends mon inspection, étage par étage jusqu'à la plus basse.

Une petite boîte se trouve tout au fond. Je me tourne et scrute la pièce avant de la tirer vers moi. Par chance elle n'est pas fermée. Je soulève lentement le couvercle et reste interdite. Elle contient tout un tas de photos de la même femme. Elle est magnifique ! J'attrape le paquet et me mets à les feuilleter. Elle est tout sourire et a l'air heureuse. Soudain, ma respiration se coupe. La photo que je tiens me donne comme une sorte de coup dans la poitrine. Je ne comprends pas ce qu'il m'arrive. Je me fous de cet homme ! Alors pourquoi le voir dans un fabuleux costume embrassant cette femme qui porte une robe de mariée me glace jusqu'à l'os ? Ils ont l'air si heureux, le bonheur se lit facilement sur leurs visages. Tellement que ça en écorche mon cœur.

Sam le jour de son mariage… Je fixe cette photo encore et encore, comme hypnotisée.

Je dois me reprendre, je ne devrais pas être énervée de le voir comme ça avec une autre ! Qu'est-ce qui ne va pas chez moi ?

Je repose rageusement les photos dans la boîte et j'essaie de tout remettre en place, telle que je l'ai trouvé. Il ne faudrait pas que Sam se rende compte que j'ai fouillé !

Je me rassois sur le lit et c'est comme si la poignée de la porte m'appelait. Je suis certaine qu'elle est fermée, jamais il ne me laisserait en liberté…

Je décide de me lever et m'avance vers elle jusqu'à activer la poignée. Je me retrouve soudain face à un couloir. Je suis tellement stupéfaite que je mets quelques secondes à réaliser. Je suis libre ! Même si je ne sais pas ce qui m'attend de l'autre côté… Est-ce un piège ? M'attend-il au bout ?

Malgré les questions qui tourbillonnent dans ma tête, mes jambes avancent lentement jusqu'à un espace éclairé par la lune. Je fais de petits pas aussi silencieux que possible jusqu'à arriver dans un salon. Je me dépêche de l'analyser pour ne pas être prise au dépourvu au cas où quelqu'un me remarquerait.

Il n'y a personne, tout est silencieux ! Je me rue aussi vite que me le permet ma blessure vers la porte d'entrée et tire brutalement dessus, il faut qu'elle s'ouvre ! Il faut que je sorte de cette prison !

Malgré toute ma force, rien n'y fait. Je suis coincée ! Mon espoir disparaît instantanément. Je frappe la porte et crie ma frustration avant de me demander s'il n'y a pas une autre issue.

Je rebrousse chemin et m'arrête dans la cuisine. Une casserole est en train d'égoutter sur le rebord de l'évier. Je m'en approche discrètement et l'attrape. De l'eau coule sur ma main, ça ne fait pas très longtemps qu'elle est là et qui sait quand ils vont revenir ! Je dois me dépêcher ! Je tire plusieurs tiroirs au hasard espérant trouver d'autres armes, mais il n'y a rien, ils sont vides !

Je garde la casserole même si je crains que ce ne soit pas très décourageant pour Sam… Il arriverait sûrement à me l'arracher des mains en trois secondes…

Je remonte le couloir et essaie d'ouvrir toutes les portes sauf qu'elles sont toutes fermées en dehors de la chambre de mon ravisseur.

Un bruit de clé puis la porte d'entrée qui s'ouvre me font sursauter et dans la panique, je retourne dans la chambre qui est face à moi. Mes membres tremblent, je ne sais pas si je vais réussir à rester debout très longtemps. Je panique totalement !

Malgré mon cœur qui bat à tout rompre, j'entends des pas dans le couloir. Je me faufile dans la salle de bain juste avant que la porte ne s'ouvre.

— Lena ? m'appelle Sam faiblement.

Que suis-je en train de faire ? Comme si j'avais une seule chance contre lui ! Je tends la casserole devant moi prête à l'attaque. Je retiens ma respiration pour ne pas qu'il sache que je suis là. Mais où pourrais-je être à part ici ? Tout est fermé, il n'y a pas beaucoup d'autres possibilités !

La porte est ouverte, dès que je vois la pointe de son pied approcher, je me jette sur lui et fracasse mon arme de fortune sur son crâne.

Il est surpris et recule instinctivement. Je lâche la casserole et cours aussi vite que possible pour sortir de la chambre sauf que ma blessure se réveille et un bras s'enroule fermement autour de ma taille avant de me projeter sur le lit, coupant ma respiration déjà chaotique. Ma plaie me fait hurler de douleur, mais je ne m'avoue pas vaincue. Je me redresse, malheureusement pas assez vite. Sam fond sur moi et s'assoit à califourchon sur mes jambes. Je balance mes poings fermés qu'il neutralise en quelques secondes. Ses mains entourent les miennes à m'en faire mal. Je hurle et tente de me faufiler, je sais qu'il va me faire du mal.

Son regard noir me transperce et ses mâchoires serrées ne me disent rien qui vaille !

— Ôte-moi d'un doute, tu es suicidaire ? dit-il essoufflé près de mes lèvres.

Je me tortille jusqu'à ce qu'une claque frappe violemment ma joue. La douleur est cuisante et me statufie instantanément.

Sam attrape mes deux poignets dans une de ses mains et agrippe mes joues de l'autre, me forçant à le fixer.

— Tu réponds quand je te parle ! s'impatiente-t-il. Tu n'aurais jamais dû faire ça !

Il se relève lentement, réajuste ses vêtements et récupère la casserole avant de sortir de la chambre sans un regard dans ma direction. J'entends la clé tourner dans la serrure alors que mon corps est pris de tremblements.

Que va-t-il me faire ? Je suis de retour dans cette petite pièce sans aucune possibilité de m'échapper. À présent, il va certainement se méfier de moi… Je ne comprends pas ce qui m'a pris, j'ai tenté le diable ! Cet homme fait ressortir mes plus bas instincts, je sais qu'au fond de moi se trouve un monstre qui attend patiemment que je baisse ma garde pour prendre le contrôle, mais c'est impossible ! J'ai déjà fait assez de mal pour toute ma vie ! Drake est handicapé par ma faute. C'est bien assez, je n'en supporterai pas plus…

Je me roule en boule comme si mon corps pouvait me protéger de ce que Sam a l'intention de me faire !

Les minutes s'égrainent et mes nerfs sont à bout. Trop d'images traversent mon esprit. Je suis certaine qu'il va me faire souffrir, comment pourrait-il en être autrement ? J'ai eu la bêtise de me rebeller, je ne peux m'en prendre qu'à moi-même, c'est de ma faute… Je n'ai jamais osé le faire avec Drake. Je l'ai toujours laissé faire tout ce qui lui passait par la tête sans réagir, c'était une sentence assez minime par rapport à ce qu'il vit par ma faute. J'ai accepté mon sort alors qu'avec Sam, c'est différent. Il dégage une aura sombre qui me crie de m'en éloigner même si je sais que c'est impossible. Sa dangerosité transpire par tous ses pores et malgré tous ces signes, je n'ai qu'une envie : ne plus le quitter !

Je ne sais pas ce qu'il m'a fait, mais il m'a retourné le cerveau ! Je suis comme impatiente de sentir ses mains posées sur moi autant que je le redoute. J'ai beaucoup de mal à me comprendre moi-même.

Une clé tourne dans la serrure et je n'ose pas lever la tête. Je sais que c'est lui, c'est inexplicable, mais je le sens. Mon cœur s'emballe de savoir ce qu'il a prévu pour moi.

— Lève-toi !

J'hésite à faire comme si je dormais, mais j'ai peur que ça aggrave mon cas alors je me redresse. C'est comme si j'étais passée sous un rouleau compresseur ; mon corps est tout engourdi, mais les médicaments font bien leur effet et ma plaie ne fait presque pas souffrir.

— Accélère ou je vais devoir t'aider et je ne pense pas que tu apprécierais !

Je garde les yeux rivés au sol en faisant ce qu'il me demande. Il attrape vigoureusement mon bras et me force à le suivre. J'essaie de me dégager de sa poigne, mais au lieu de me libérer, il resserre sa prise me faisant encore plus souffrir. Je cesse mes vaines tentatives alors qu'il ouvre une porte qui donne sur un escalier menant au sous-sol.

— Que vas-tu me faire ? ne puis-je m'empêcher de chuchoter.

Il ne répond pas et me force à descendre. Des larmes perlent aux bords de mes yeux. J'ai tellement peur de souffrir, l'inconnu me terrifie !

Il me tire jusqu'à une pièce qui ressemble à une véritable prison. Les murs en pierre sont vieillots et mes pieds nus frappent le sol humide.

Une corde traîne au sol et en levant la tête, je remarque tout de suite un anneau brillant plus haut que ma tête.

— Pitié ! supplié-je comprenant tout de suite son intention.

Un rire sinistre fend l'air et me fait sursauter.

— Tu as eu pitié en me fracassant cette putain de casserole sur la tête ?

J'ouvre la bouche, mais rien n'en sort. Il a raison, je n'ai pas réfléchi et à cet instant, je regrette. Il a l'air décidé et peu importe mon excuse, je pense qu'il n'en a rien à faire.

Il me pousse brutalement contre le mur. Ma respiration se coupe un instant et il en profite pour attraper la corde et entourer mes poignets. En un temps record, je suis accrochée par ceux-ci à l'anneau.

Sam se recule et baisse légèrement la tête en observant son œuvre. Un sanglot m'échappe, son regard affamé m'effraie.

Il revient sur moi et soulève ma robe jusqu'à ce qu'elle recouvre mon visage, me coupant de toute visibilité. J'essaie de bouger pour la rabaisser, mais c'est peine perdue.

Je sens soudain ses doigts sur mes cuisses qui remontent dangereusement vers mon intimité. Je crie pour essayer de le dissuader d'avancer, mais il n'en a que faire et continue jusqu'à effleurer mon clitoris. Mon corps se tend sous cette caresse dont je ne veux pas !

— Voyons voir si je t'excite…, susurre-t-il.

Il attrape ma culotte et j'entends le tissu qui se déchire sous sa poigne avant qu'il ne s'introduise dans mon sexe aucunement préparé à cette intrusion. Je hurle de plus belle sous la douleur que provoque son doigt.

Il laisse une traînée brûlante derrière lui avant que ses mains ne remontent sur mon corps jusqu'à ma poitrine.

— J'ai tellement envie de te prendre ! chuchote-t-il tout près de mon oreille recouverte du tissu de ma robe.

Il malaxe mes seins quelques secondes avant d'en titiller les pointes. De petites décharges parcourent mon corps, provoquant un désir que je tente par tous les moyens de réprimer. Je ne dois rien ressentir, il prendra ça pour un accord que je refuse de lui donner !

Tout à coup, sa bouche remplace ses paumes et c'est trop. Une chaleur parcourt tout mon être, humidifiant mon antre.

Il retente son intrusion et me trouve, cette fois, trempée de désir.

— Je préfère ça ! Tu vois comme tu as envie de moi...

Mes larmes déferlent sur mon visage, il me torture par ses paroles. Je n'ai pas le droit de le vouloir, mais c'est plus fort que moi ! À chaque fois qu'il me touche, je m'enflamme !

Deux doigts me pénètrent et ma tête tombe en arrière sous le plaisir. C'est tellement bon ! Il réussit à me faire oublier où je me trouve... Ses va-et-vient enflamment chaque parcelle de mon être. Il masse mon clitoris du pouce me propulsant rapidement vers la jouissance. Je sens les premiers spasmes m'envahir quand il retire sa main. Un grognement sort de mes lèvres, le faisant rire.

J'attends qu'il revienne, mais il ne fait rien, je ne sens plus ses mains. J'ai besoin d'être soulagée, mais je ne peux rien faire moi-même, j'ai besoin de lui ! Cette constatation serre mon cœur, mon esprit divague !

De très longues secondes plus tard, je sens sa main sur ma cuisse se balader tout autour de la zone où je veux le sentir sauf qu'il ne la touche pas, attisant la fièvre qui me gagne. J'ai tellement besoin de le sentir !

Il me provoque et je suis totalement liquéfiée. C'est si facile pour lui... Je me sens faible, à peine me touche-t-il, qu'immédiatement je m'embrase. Je n'ai jamais ressenti cette sensation avec Drake... Je ne sais pas quelle conclusion en tirer, est-ce vraiment important ? Je ne suis pas sûre qu'un jour je sorte de cette maison alors je devrais peut-être commencer à me faire à l'idée que Sam sera à présent mon amant... Ma résignation est tellement rapide qu'elle me surprend moi-même, mais en dehors d'un miracle, je ne vois pas pour quelle raison il me laisserait sortir d'ici.

Ses doigts effleurent mon clitoris me faisant gémir d'anticipation. Il parcourt ma fente de haut en bas quand soudain je pense que sa langue prend le relais. Ses mouvements font grimper mon plaisir à vitesse grand V, je suis rapidement au bord du précipice et sens mes sensations sur le point d'exploser, mais encore une fois, tout s'arrête.

— Je t'en supplie ! crié-je de désespoir.

Il n'a pas le droit de me laisser comme ça une seconde fois ! Je le déteste, mais j'ai tellement besoin de lui !

— Qu'est-ce que tu veux ?

Il le sait parfaitement ! C'est à cause de lui que je suis dans cet état ! Mon sexe pulse si fort… J'essaie de le contracter et de frotter mes cuisses pour tenter de me donner du plaisir, mais ce n'est pas suffisant !

— Tu as été vilaine alors pourquoi t'accorderais-je ce que tu souhaites ? Tu ne mérites rien de ma part !

Je pince les lèvres pour éviter de l'insulter. Mes nerfs sont à vifs et je ne pense qu'à mon sexe en feu ! J'ai besoin de jouir ! Je veux ses doigts ou son membre… Oui, je suis sûre qu'il serait encore plus efficace pour me faire monter au septième ciel !

Il empaume une nouvelle fois ma poitrine, me tourmentant encore avant d'attraper ma robe et de la remettre en place. Je ne comprends pas ce qu'il fait ! Il ne va pas me laisser définitivement dans cet état !

Ses yeux me fixent et me mettent mal à l'aise. Il attrape la corde qui bloque mes mouvements et la défait, libérant mes poignets devenus douloureux par ma faute, à force de tirer dessus.

Sam se recule en gardant ses yeux posés sur moi, il me détaille comme s'il cherchait quelque chose.

— Tu as l'air d'aller mieux... Tu veux partir, vas-y !

J'observe la porte avec envie, mais une partie de moi doute. C'est trop simple ! Pourquoi me laisserait-il ma liberté ?

— Je t'ai dit que tu pourrais rentrer chez toi lorsque je serais sûr que tu n'aies rien de grave... Apparemment, c'est le cas donc tu peux rentrer voir ton mari.

Ce dernier mot est comme un électrochoc. Il y a à peine quelques secondes, c'est lui que je voulais à tout prix et non Drake. Ce dernier avait même disparu de ma mémoire !

Je baisse les yeux et tombe sur ma culotte en morceau qui traîne au sol. Que m'a-t-il fait ? Il m'a ensorcelée, c'est la seule solution ! Pendant toutes ces années, je n'ai jamais regardé un autre homme que Drake et voilà que je m'éprends de cet homme dangereux, psychotique. Comment cela pourrait-il être possible ?

J'avance doucement vers la porte, attendant un geste de sa part, attendant qu'il me retienne ou qu'il change d'avis. Je le redoute... L'espère... Je ne sais plus !

J'arrive jusqu'à l'encadrement sans encombre. Mon cœur bat comme un dératé et tout à coup, je me mets à courir. Sûrement mon instinct de survie qui se réveille enfin !

J'arrive en un temps record jusqu'à la porte d'entrée qui me résistait plus tôt. Je m'arrête quelques secondes pour reprendre mon souffle et l'ouvre sans difficulté.

Le soleil se lève à peine, donnant à la forêt qui nous entoure un air hanté...

Juste avant que je ne franchisse le seuil, la voix de Sam se répercute dans tout mon corps.

— On est d'accord, si tu tentes quoi que ce soit contre ma famille ou moi-même, ton mari y passera et toi avec...

Je décide de ne pas me tourner vers lui. C'est peut-être ce qu'il attend, voir la peur dans mon regard, mais je ne veux plus rien lui donner !

Je suis pieds nus, mais cours aussi vite que possible sur le chemin de terre. Je n'entends aucune voiture aux alentours pendant de longues minutes et commence petit à petit à désespérer jusqu'à ce qu'au loin, j'aperçoive une route goudronnée.

Je m'y arrête une fois arrivée. Mes pieds me font énormément souffrir et en baissant les yeux, je les découvre plein de sang, mais je n'ai pas de temps à perdre. Sam est un joueur. Je ne sais pas ce qu'il attend de moi à cet instant, mais je suis certaine qu'il a un projet me concernant. Il s'amuse avec moi comme avec une marionnette, il faut que je trouve comment le contrer, c'est ma seule chance de survie !

Soudain, les phares d'une voiture m'éclairent et je saute dans tous les sens, priant pour qu'elle s'arrête !

Chapitre 14

Samuel

Je suis discrètement Lena à travers le bois pour m'assurer qu'elle monte dans une voiture. Je devrais me foutre d'elle sauf que quelque chose en moi me force à y faire attention.

Elle claque la porte et scrute le chemin, l'air hagard. Évidemment, je ne vais pas la laisser tranquille… Maintenant que j'ai commencé à jouer avec elle, plus rien ne peut m'arrêter ! Ce n'est que le début…

Je rebrousse chemin en prenant mon temps. L'air frais me fait du bien. Il me permet de décompresser et de repenser à ce qui s'est passé.

J'ai été agréablement surpris qu'elle tente de s'en prendre à moi. Je n'aurais jamais pensé qu'elle oserait me défier, mais je me suis trompé ! Elle a plus de ressources qu'elle ne le montre… C'est rafraîchissant !

En l'emmenant dans la cave, je voulais la faire souffrir, la prendre de force et la marquer pour toujours. Sauf que ça aurait mis un terme à mon divertissement et je ne suis pas encore prêt pour ça. Elle était si belle, attachée, à mon entière disposition... La toucher, lui procurer du plaisir, gonfle mon ego. Je sentais son corps frémir sous mes doigts, elle en avait autant envie que moi, j'en suis certain. Je ne devrais plus avoir à la pousser encore longtemps dans ses retranchements. Elle commence à flancher... Bientôt, elle me cédera ce que je convoite : son cœur !

J'entre dans la maison vide et monte directement au bureau.

Si je rejoins ma chambre maintenant, l'odeur de Lena va me tourmenter et je ne tiendrai pas longtemps avant d'aller la retrouver ! Je dois penser à autre chose.

Je tire le fauteuil et m'y installe. Devant moi, se trouvent plusieurs écrans. Il y a celui de l'ordinateur et plein d'autres auxquels sont reliées des caméras installées partout dans la maison...

Jusqu'à présent elles ne nous servaient pas à grand-chose, mais maintenant qu'il y a de l'activité, elles sont essentielles ! Kayden a refusé d'en mettre une dans sa chambre alors qu'elle aurait été bien utile. Eléonore a trop de ressources, c'est un danger que j'aimerais écarter sauf que maintenant que mon frère est réveillé, il va tout faire pour la protéger...

Je devrais aller le retrouver tout de suite et le serrer fort dans mes bras, mais sa chère femme va se l'accaparer et je ne suis pas prêt à supporter ça alors mieux vaut que je m'y rende seul ! Ça ferait mauvais genre que je l'étrangle au milieu de la chambre de mon frère...

Je mets en route l'enregistrement de la caméra qui surveille ma chambre.

Rien ne se passe pendant plusieurs heures, Lena est sagement endormie jusqu'à ce que soudain elle se lève. Elle va dans la salle de bain avant de se mettre à fouiller mon placard. Elle ne trouve heureusement pas les armes qui sont tout en haut, mais tire la boîte qui contient des souvenirs douloureux.

Elle attrape les photos et reste un long moment sur celle de mon mariage avec Élise. Ce jour-là fut à la fois le meilleur et le pire de ma vie…

Tous les souvenirs se rappellent à moi. Je tente de les endiguer, ce n'est pas une bonne chose que tout ça remonte à la surface, mais je n'arrive pas à les stopper.

Avec Élise, nous nous sommes rencontrés dans mon club. Il venait à peine d'ouvrir et elle était là, au milieu de la piste en train de bouger lascivement sur la musique. Elle était éblouissante, époustouflante… Comment ne pas remarquer cette femme ? C'était impossible !

Son regard s'était soudain levé vers moi et j'ai été envoûté. Condamné à l'aimer !

De son côté, ce fût bien plus compliqué. J'ai dû ramer pendant de longues semaines avant qu'elle ne m'accorde plus de cinq minutes de son précieux temps.

Pour ne pas la mêler à nos affaires dont je voulais la protéger, j'ai acheté un appartement en ville et nous y avons rapidement emménagé. Notre vie était assez tranquille. Tout ce que je désirais était de vivre à ses côtés jusqu'à la fin de mes jours.

Je me suis jeté à l'eau et l'ai demandé en mariage lors d'un week-end. J'avais réservé une chambre dans un sublime hôtel au bord de la mer. J'avais tout préparé pendant de longues semaines pour que tout soit parfait. Le soir, après un repas des plus délicieux, nous nous sommes promenés sur la plage et au milieu du sable était inscrite, à l'aide de bougies, ma demande. C'est tellement clair dans mon esprit, comme si c'était hier ! Elle s'est mise à pleurer tellement fort... Je n'ai pas compris si c'était de joie ou de tristesse, mais elle ne m'a pas laissé le temps de me poser plus de questions, elle s'est jetée dans mes bras pour m'embrasser. Je savais que c'était risqué, qu'elle n'était pas très favorable à un aussi gros engagement, mais j'en avais assez d'attendre. Je la voulais mienne pour le restant de nos jours... Lorsqu'elle s'est reculée, j'ai bien vu le doute s'imprimer sur ses traits, mais elle a fini par chuchoter un « oui » qui restera à jamais, gravé en moi.

C'est comme ça que nous avons embarqué pour la grande aventure qu'est le mariage. Pendant les préparatifs, je la voyais ailleurs, mais je pensais naïvement que tout ça la stressait...

Je me revois dans mon costume tout neuf, acheté pour l'occasion avec mes frères. Nous avions réservé plusieurs chambres, se trouvant au-dessus du lieu de réception. Nous nous sommes préparés tous les trois dans celle de Kayden. C'est l'une des rares fois où j'ai vu mon frère content de quelque chose. Élise faisait partie de notre vie, elle s'occupait d'eux comme une sœur, elle était parfaite. Du moins, c'est ce qu'elle me faisait croire...

Les paroles de ses vœux se répercutent dans ma tête comme autant de souffrances, me donnant la nausée. C'est une torture !

« Mon amour, lorsque je t'ai rencontré, j'étais loin d'imaginer ce qui nous attendait… Tu es un être fabuleux, tu es sans conteste l'homme de ma vie et le père de mes futurs enfants… Je t'aimerai toute ma vie et au-delà. »

J'ai été chamboulé par ses paroles, car elle refusait d'ordinaire de parler d'une éventuelle progéniture. Elle s'est ensuite penchée vers moi et a chuchoté cette phrase qui encore aujourd'hui me tord l'estomac :

« Dans quelques mois, tu seras le plus merveilleux des papas ! »

Mon corps frissonne comme il a frissonné ce jour-là sauf que ce n'est pas dû à la même émotion. La nausée est si forte que je tire rapidement la poubelle sous mon bureau pour me vider. Les spasmes qui me parcourent sont affreusement douloureux même si rien ne surpassera jamais celle que j'ai ressentie ce jour-là.

C'était inattendu et j'étais tellement heureux… C'était elle et personne d'autre. Elle était unique et elle m'appartenait toute entière !

Jusqu'à ce que le soir venu, je découvre un appel sur mon portable. Étant trop occupé à chérir mon épouse, je ne l'ai pas vu et la messagerie s'est mise en route. J'ai laissé la possibilité à cette personne d'enregistrer ces paroles qui ont mis fin à ma vie ! Celles qui aujourd'hui encore me hantent chaque jour.

« *Demande à ta femme qui est le père de son gosse !* »

Je ferme les yeux et souffle de nombreuses fois pour calmer mon cœur qui s'emballe. Ce qui a suivi est trop affreux, bien au-dessus de ce que je ne puisse encore supporter pour ce soir !

Je me redresse pour continuer d'observer Lena sur l'écran jusqu'à mon apparition. J'aurais dû me débarrasser d'elle ! Je sens qu'elle ne va me causer que des ennuis, mais malgré ce pressentiment, je ne peux m'y résoudre. Il y a quelque chose d'inexplicable qui me retient…

Je ferme la vidéo et fais un tour sur les mails. La pile commence à être assez conséquente. C'est fou toutes les personnes qui veulent se débarrasser de quelqu'un ! Jamais je n'aurais pensé que ce soit un marché si porteur et pourtant, on a du boulot pour des semaines, voire des mois…

Je ferme tout ça, je n'ai pas la tête à m'y intéresser pour l'instant même s'il va falloir que nous reprenions nos vies.

Je vois sur l'écran, la voiture de Phil se garer devant la maison et décide de le rejoindre. Je veux des nouvelles de Kay, il est pour le moment, ma priorité !

Phil entre dans le salon et s'arrête en me voyant. Il a bien raison de se méfier…

Il a laissé Lena seule ! Il aurait pu se passer n'importe quoi !

Sans qu'il ne le voie arriver, mon poing se fracasse sur sa joue. Sa tête bascule sur le côté, mais devant s'attendre à une attaque, il se redresse rapidement, un grand sourire aux lèvres.

Eléonore entre à son tour toute joyeuse avant d'observer la scène qui se joue devant elle. Elle fronce les sourcils en voyant Phil frotter sa joue et mes poings serrés prêts à l'action.

— Qu'est-ce que tu fous ? se permet-elle de m'engueuler.

Je me tourne alors vers elle, menaçant. Je ne suis pas d'humeur à la supporter !

— Ça ne te regarde absolument pas alors casse-toi !

Ses lèvres se pincent et je vois très bien qu'elle retient ses paroles, mais elle passe devant moi pour rejoindre le couloir qui mène aux chambres.

— Je ne peux plus compter sur toi ? Il aurait suffi de me prévenir plus tôt et je serais rentré bordel !

Phil éclate de rire.

— Je suis bien d'accord, mais ça aurait été moins drôle ! Je voulais voir à quel point tu tiens à elle et j'ai ma réponse…

Elle ne représente rien de particulier pour moi ! Juste un moyen de m'occuper, de parer à l'ennui.

— Tu n'aurais pas dû la laisser !

Je m'apprête à me jeter sur lui quand Eléonore se met à me hurler dessus.

— Elle est où Sam ? Dis-moi où elle est, tout de suite !

Phil a le bon sens d'attraper cette femme insupportable et de la protéger de ses bras. Je n'ai qu'une envie : la démembrer ! Je lui arracherais la tête en premier, comme ça elle arrêtera de me casser les oreilles !

— Tu n'as pas le droit de t'en prendre à elle t'as compris ! Si j'apprends que tu lui as fait du mal…

— Et bien quoi ? Dis-moi qu'est-ce que tu feras ? J'ai hâte d'entendre ça !

Elle se débat dans les bras de mon frère en lançant ses minuscules poings, brassant l'air.

— Je vais te tuer Sam ! Tu m'as montré comment faire !

Je ricane, elle en serait incapable sinon ça ferait longtemps qu'elle l'aurait fait ! Elle me déteste autant que je la déteste et je ne vois pas ce qui pourrait changer ce fait.

Soudain, elle stoppe tout mouvement en se tenant le ventre.

— Je ne me sens pas bien ! a-t-elle tout juste le temps de dire avant de s'effondrer au sol en vomissant.

Ça me rappelle qu'elle est malade, j'ai tendance à oublier. Elle paraît si forte, si imperturbable… Elle cache ses blessures, je dois au moins lui reconnaître ça. Elle pense à Kay avant de penser à elle.

Phil lui masse le dos et elle reprend peu à peu ses forces. Elle se relève et quand son regard percute le mien, je lui souffle par pitié :

— Elle est rentrée chez elle !

Ne le croyant certainement pas, elle papillonne des yeux. Je vois qu'elle cherche quoi dire, mais elle n'ouvre pas la bouche et va s'affaler dans le canapé. Elle passe une main tremblante dans ses cheveux, ne me quittant pas du regard, elle a l'air soudain épuisée.

— Pourquoi tu aurais fait ça ? Quel est ton intérêt ?

Eléonore croit me connaître, mais elle est loin du compte ! Bien sûr que mon geste n'est pas dénué d'intérêt, n'importe qui l'aurait compris…

Je me demande si Lena se pose cette question, si elle attend sagement son sort en pensant à moi ?

— Ça ne te concerne pas, il va falloir que tu l'intègres !

— Kayden va mieux ! m'interrompt Phil.

C'est la meilleure nouvelle que je pouvais entendre ! Je vais enfin retrouver mon frère et pouvoir reprendre ma vie où elle en était avant ce drame.

— J'irai le voir dans la journée, quand j'aurai dormi !

— Décuvé surtout ! ricane Eléonore. Tu pues l'alcool d'ici !

Je sers et dessers mes poings à plusieurs reprises pour tenter de calmer ce qui me vient à l'esprit. Je ne peux plus faire n'importe quoi avec cette femme et c'est bien dommage ! Ma chambre au club est parfaite pour la faire redescendre du piédestal qu'elle croit avoir ! Kay s'est amouraché d'elle, mais je suis sa famille ! Et quand il apprendra ce qu'elle a osé faire, il lui fera payer... Le sang nous lie et c'est plus fort que tout !

Je prends sur moi pour l'ignorer et rejoins ma chambre. Je m'effondre sur le lit et tente de faire abstraction du fait que mes yeux se posent à l'endroit où se trouve la boîte, sur l'étagère la plus basse de mon armoire. C'est comme si c'était la seule lumière dans l'obscurité, comme s'il n'y avait que ça pour me sauver... Alors que je sais parfaitement ce qu'elle contient. Si je l'ouvrais, je serais aspiré par des souvenirs qui détruiraient les dernières parcelles d'humanité qu'il me reste. À quoi bon vivre quand on a tout perdu ? Je n'ai pas trouvé de réponse à cette question et survis uniquement pour ma famille. Mes frères ont été présents dans les moments difficiles qui ont suivis ce jour dramatique, à chaque seconde de doute, à chaque tentative désespérée jusqu'à ce que je trouve quelque chose qui m'aide à tenir le coup... La mort des autres...

Ma vie est devenue un drame insupportable, jusqu'à ce que je comprenne, des mois plus tard, ce qui pourrait être mon salut. C'était un soir au club. J'ai couché avec une femme alors que ça faisait des mois que j'en étais incapable. Je l'ai baisée de toutes mes forces, brutalement pour que ça ne ressemble en rien à ce que je faisais avec celle qui sera à jamais la femme de ma vie. Elle ne s'en est pas plainte, mais une fois fini, mes remords sont montés d'un seul coup et j'avais honte comme jamais je ne l'ai eue. Je venais de tromper ma femme ! Je lui avais juré fidélité alors que j'étais planté dans le corps d'une autre. C'était trop dur à supporter pour moi, je n'avais pas le droit de faire ça ! Et les voix ont surgi, si claires et si directives... Je me suis laissé aller.

La femme en qui j'étais encore ancré n'a rien compris. Elle a essayé de m'embrasser sauf que ses lèvres sur ma bouche m'ont dégoûté. Elles n'étaient pas douces, n'avaient pas le goût de fraise qui caractérisait Élise, ce n'était pas elle que je voulais ! J'ai alors attrapé son cou à deux mains et j'ai serré. Une des voix me disait que c'était la seule solution, qu'il fallait la faire disparaître ! Elle avait tenté un homme marié et devait payer pour cette faute impardonnable. Elle a tout fait pour résister, mais j'y ai mis toute ma force, elle n'avait aucune chance d'en réchapper... Le plaisir qui m'est venu une fois qu'elle a cessé de respirer est inqualifiable. Je n'avais encore jamais ressenti une telle jouissance alors ça a été le début de ma nouvelle vie, le début de ma déchéance...

Je n'ai plus pensé à mourir, mon cœur avait cessé de battre, mais j'étais toujours vivant !

J'ai gardé sous clé tous ces souvenirs pendant si longtemps... Pourquoi m'explosent-ils soudain à la figure ?

Je me force à quitter le placard du regard et finis par m'endormir miraculeusement, sûrement aidé par tout l'alcool qui coule dans mes veines, alors que mes tourments sont loin d'être apaisés.

La lumière du jour éclaire toute ma chambre alors que je me réveille avec un terrible mal de tête.

Je me lève difficilement, mon corps endolori par mes excès.

Après une longue douche et deux aspirines avalées, je rejoins la cuisine. Un café ne me fera pas de mal…

Je m'installe tranquillement autour de la table. La maison est silencieuse, c'est agréable, car j'ai déjà des voix dans ma tête qui ne me laissent aucun répit ! Elles me supplient d'aller chez Lena et de finir ce que j'ai commencé…

J'avale mon café en pianotant sur mon téléphone. Anton m'indique les commandes à faire pour le club et me sermonne encore une fois de ne pas être assez présent. Je préfère ne pas lui répondre tant que je ne l'ai pas en face de moi. Je passe les commandes sur le site de mon fournisseur et regarde rapidement les mails que j'ai reçus. Il n'y a rien d'important alors je me lève, prêt à partir. J'ai une chose importante à faire ce matin… Je rince ma tasse avant de la mettre dans le lave-vaisselle et en me tournant, je trouve Eléonore postée contre la porte d'entrée.

Elle me détaille, les bras croisés en dessous de sa poitrine, comme si ça pouvait la protéger…

— Kayden, t'as demandé… Pourquoi n'es-tu pas venu ?

Je soupire, elle ne peut pas simplement faire sa vie et m'oublier ?

— En quoi ça te regarde ?

Elle s'avance d'un pas rapide.

— C'est mon mari ! Il a besoin de sa famille autour de lui ! Il a besoin de son frère même si je le déteste plus que tout au monde. Kayden est la personne qui compte le plus pour moi et je ferai tout pour son bien-être. S'il désire que tu sois à ses côtés, tu y seras malgré tout le ressentiment qui m'habite te concernant !

Sa tirade est très jolie, mais ce n'est pas à elle de décider de ma vie et de ce que j'en fais !

— Occupe-toi déjà de ton cul ça sera pas mal ! Comme tu as dit, c'est mon frère et je le connais bien mieux que toi ! Tu n'es qu'une pièce rapportée totalement inutile. Il te garde uniquement parce que vos parties de baise sont mémorables, mais d'ici quelque temps, on en reparlera ! Kayden est un électron libre ! Comment crois-tu qu'il réagira quand tu seras en désaccord avec lui ou que vous vous engueulerez ? (Je m'approche tout près de son oreille.) Moi je serai toujours de son sang alors que toi... Il pourra trouver une autre femme !

Je la bouscule pour sortir de la pièce. Elle pose les mains sur le plan de travail et j'entends un léger gémissement. La faire pleurer est un grand plaisir ! Elle se croit invincible, mais elle ne connaît pas mon frère comme je le connais. Il ne s'est jamais posé avec quiconque et dès que quelque chose le contrarie, il explose. Sauf que dans ces cas-là, les dégâts sont importants autour de lui !

J'appelle un taxi, car ma voiture est restée sur le parking du club.

Celui-ci est totalement désert lorsque j'arrive. Je fais tout de même le tour pour en être certain avant de rejoindre la chambre. L'odeur qui s'en dégage quand je passe la porte est insoutenable, mais je me force à y entrer. J'enroule la femme dans le drap et passe par une porte qui mène directement au parking. Il se situe derrière l'établissement et donc à l'abri des regards indiscrets. Je l'enferme dans le coffre avant de retourner chez moi.

Je remarque tout de suite Eléonore à la fenêtre et ne peux empêcher un rictus de fendre ma bouche. Elle ne va pas être déçue du spectacle !

J'attrape la fille en laissant apparaître un bras. L'odeur est nauséabonde, il était plus que temps que je m'en débarrasse !

Je fais un clin d'œil en passant devant la maison à une Eléonore abasourdie, une main sur sa bouche.

Je me dirige vers le bûcher et la jette négligemment dessus. Je vais chercher des bûches et un briquet sauf qu'en revenant, je découvre Eléonore qui soulève doucement le drap pour regarder le visage de ma victime. Ses mains tremblent et en se reculant, ses yeux tombent sur les miens.

— Tu es un monstre ! sanglote-t-elle.

Elle recule sans se retourner avant de soudain trébucher et s'étaler au sol. Un rire m'échappe, elle est tellement ridicule ! Pourquoi venir satisfaire sa curiosité si elle n'est pas capable de supporter les réponses à ses questions ?

J'empile le bois sans plus y prêter attention et enflamme le drap. Le brasier s'allume assez vite alors qu'Eléonore est toujours au sol à fixer les flammes qui montent et détruisent toute trace de mes méfaits…

Ses larmes coulent, mais c'est comme si elle était hypnotisée par le spectacle.

Je ne lui prête aucune attention et la dépasse pour reprendre la route. Je dois immédiatement me changer les idées au risque de l'attraper et de la balancer dans le feu, vivante !

Je roule jusqu'à un quartier pavillonnaire, tranquille.

Je me gare un peu plus loin que ma destination pour ne pas éveiller l'attention et finis mon chemin à pied, comme d'habitude. Nous sommes l'après-midi alors je ne peux pas rester longtemps dans le coin sans éveiller les soupçons.

Je vérifie les alentours avant de prendre un petit chemin qui mène derrière la maison. Je me faufile derrière un arbre pour avoir une vue dégagée sur la cuisine et l'une des chambres.

Je dois attendre quelques minutes pour voir apparaître l'objet de mes désirs. Ses cheveux dorés virevoltent autour de son visage de poupée. Elle redresse la tête et je remarque tout de suite les larmes qui strient ses joues roses.

Une envie irrépressible prend possession de mon corps. Je veux la serrer dans mes bras, sentir son odeur, caresser sa peau douce… Je respire un grand coup, c'est impossible ! Elle ne représente absolument rien pour moi ! Je dois m'en convaincre…

Soudain, son regard se lève dans ma direction alors je me dépêche de me plaquer contre l'arbre. Pourquoi m'obsède-t-elle ? Elle n'a pourtant rien de plus que les autres !

Maintenant que j'ai la certitude qu'elle est chez elle, c'est comme si un poids s'effaçait de mes épaules, comme si je pouvais mieux respirer… Je ne me comprends plus !

Sur une impulsion, je m'avance vers la maison. Il n'y a plus personne dans la cuisine alors j'en profite pour m'y faufiler. Par chance, la porte est ouverte !

— Lena ! entends-je hurler.

Des pas dans l'escalier s'ensuivent. Je me tapis contre le mur et la vois se diriger vers la chambre de son mari.

— Espèce d'incapable ! lui crache-t-il avant que quelque chose se fracasse au sol.

Mes poings me démangent sérieusement ! Je me fous royalement qu'un mec frappe sur une femme ou la rabaisse, mais avec Lena, c'est une tout autre histoire ! Personne n'a le droit de s'en prendre à elle en dehors de moi !

Je m'approche de la chambre silencieusement.

— Je suis désolée Drake…, murmure-t-elle, la voix tremblotante.

L'entendre aussi soumise pour cet homme m'enrage ! Qu'il soit handicapé ne lui donne pas tous les droits !

Avant que l'envie me prenne de le tuer, je grimpe l'escalier menant à sa chambre.

Je l'ai déjà fouillée minutieusement et n'ai rien trouvé de très probant. Je m'assois sur son lit et n'ai pas à attendre très longtemps avant de l'entendre monter l'escalier.

Elle ouvre la porte et pose tout de suite sa main à sa bouche pour étouffer son cri de terreur.

Elle ferme rapidement la porte avant de se plaquer contre cette dernière.

— Qu'est-ce que tu fais là ? demande-t-elle les yeux exorbités.

— Tant que je vivrai, tu ne seras pas en paix chérie.

Je me lève et la rejoins en quelques enjambées. Sa respiration s'accélère, elle ne se contrôle plus en ma présence, elle me veut !

Elle pose les mains sur mon torse pour tenter de garder une distance raisonnable entre nous et je la laisse faire. Si elle pense que ça peut m'arrêter, elle est loin du compte !

— S'il te plaît Sam !

— Pourquoi me supplies-tu Lena ? Tu veux que je m'en aille ? Ou tu veux que je te prenne violemment contre cette porte ?

Elle cligne des yeux en fixant ma bouche comme une friandise.

— Je... Je ne peux pas ! Drake...

Je ne la laisse pas terminer sa phrase qui je le sais, va encore plus me mettre sur les nerfs. Ma bouche s'empare de la sienne. Ses lèvres tendres contrastent avec les miennes qui l'agressent, qui en veulent toujours plus. J'avance mon bassin pour la coincer et son gémissement meurt dans ma bouche qui la découvre, la dévore. Ses mains s'agrippent à mon tee-shirt, me maintenant tout contre elle et contre sa poitrine qui bat à toute allure.

Je me recule légèrement pour pouvoir observer l'effet que j'ai sur elle. Ses joues sont rouges et son regard est voilé par l'excitation.

— Tu m'appartiens Lena !

Ne la laissant pas réfléchir à mes paroles, j'attrape sa main et l'entraîne vers son lit où je la force à s'allonger. Je remonte sa robe en m'allongeant sur elle, mes mains caressent ses hanches puis ses cuisses. Mon érection palpite contre son intimité uniquement protégée par sa culotte. Je veux la sentir !

J'attrape le tissu et en un mouvement, l'arrache, exposant son sexe que je sens déjà humide !

Nos souffles s'emmêlent et je vois le moment où elle baisse la garde, où elle m'autorise à prendre ce que je veux d'elle. Elle s'abandonne totalement à moi !

Je passe mon doigt le long de sa fente alors qu'elle gémit bruyamment. Je m'assois pour ouvrir ma braguette et sortir mon sexe douloureux de sa prison avant de l'empoigner pour le frotter contre son clitoris gonflé.

Lena m'observe attentivement, frémissant d'anticipation. Je me recouche sur elle et emprisonne ses lèvres tout en ondulant du bassin, frictionnant mon sexe contre le sien à chaque passage. Ce massage est un pur délice qui fait grimper mon désir à une vitesse hallucinante ! Je ne suis même pas en elle et pourtant, je suis sur le point de jouir !

Soudain, le corps de Lena se cambre et un cri lui échappe. J'accélère mes mouvements, mais c'est insuffisant. J'attrape mon membre frémissant et fais de rapide va-et-vient de la main avant me déverser sur son ventre dans un râle libérateur.

Je mets quelques secondes à revenir sur terre. Lena me fixe alors que je me relève pour me rhabiller. C'est incroyable ce qu'elle me fait faire ! Je ne me suis jamais retenu de cette façon ! Mais avec elle, c'est particulier, il faut qu'elle tombe amoureuse de moi ! Elle doit n'imaginer sa vie qu'avec moi !

— Je ne reviendrai plus… Si tu veux me voir, tu sais où j'habite. Par contre si tu me rejoins, plus jamais je ne te laisserai t'échapper !

Elle ouvre la bouche, mais je n'attends pas et descends l'escalier. Je sors de la maison pour rejoindre ma voiture. Mon esprit est embrouillé par ce qui s'est passé. Je n'aurais pas dû entrer dans cette baraque ! Cette femme me retourne le cerveau et je suis loin d'avoir apaisé mes envies avec ce frotti-frotta. Il m'en faut tellement plus !

Il faut que je la fasse sortir de ma tête. Mais en attendant, j'ai des choses à régler et surtout aller voir mon frère pour enfin retrouver ma famille, mon point d'ancrage.

Chapitre 15

Kayden

Le réveil est compliqué. Mon corps est tellement douloureux que c'est insupportable ! Heureusement que les médicaments font rapidement effet ! J'ai eu quelques phases d'éveil pas très longues, mais je me souviens de tout.

Lorsque ma femme est apparue, tel un ange, ce fût soudain une bouffée d'air dont j'avais désespérément besoin. C'est à cet instant que j'ai réalisé l'importance qu'elle a dans ma vie, le pouvoir qu'elle a sur moi ! Mon cœur s'est emballé et j'avais une seule envie : la prendre dans mes bras pour la serrer fort contre moi. C'est la première fois que j'ai besoin de contact et même si ça me perturbe, je me laisse aller au plaisir de la retrouver.

Je me rends bien compte qu'elle est passée avant mes frères et c'est totalement fou. J'ai beau tenter de lui résister, je sens bien qu'elle compte plus que toute autre personne. Elle est celle qui détient mon cœur et mon âme.

J'ai eu du mal à lui parler à cause de ma gorge sèche et douloureuse, mais je sens que je reprends le dessus petit à petit. Malheureusement, je me suis vite rendormi. J'ai tout tenté pour garder les yeux ouverts, mais n'ai pas pu résister à l'appel de l'obscurité.

Ça fait plusieurs minutes que je suis réveillé quand j'entends la porte s'ouvrir. Le visage de Sam apparaît et je ne sais quoi en penser. J'aurais apprécié le voir plus tôt... Même si je ne lui montre pas, il compte pour moi. Il a toujours été là quand j'ai eu besoin de lui, je ne peux pas le nier.

— Alors frangin, t'es enfin réveillé ! Tu nous as fait une peur bleue !

Je serre sa main qui s'est posée sur la mienne. Le voir me soulage même si nous allons devoir régler certaines choses... J'essaie de me contenir, mais mes paroles fusent trop vite.

— Tu as fait du mal à ma femme ? grincé-je.

Il me lâche et recule comme si je l'avais frappé. Il ne s'attendait sûrement pas à ce que je sois au courant, mais Eléonore n'a pas pu tenir sa langue et m'a tout raconté. Il passe une main sur son visage avant de s'avancer vers moi, les yeux fous.

— Et elle t'a dit ce qu'elle a fait ? crie-t-il. Non, évidemment ! Il y en a que pour elle ! J'en ai plus que marre de ton Eléonore par ci, Eléonore par là. J'en ai rien à foutre de cette femme, mais elle ne fait que me chercher !

Je ne comprends pas ce qu'il raconte. C'est lui qui lui en veut pour je ne sais quelle raison depuis le début !

— Elle m'a dit que tu lui faisais peur, que tu la menaçais et que tu as même été jusqu'à vouloir l'étrangler !

La rage qui passe sur son visage est palpable.

— Elle te raconte uniquement ce qu'elle veut ! Tu veux vraiment entendre ma version des faits ou alors tu as déjà pris parti pour elle ? Dis-le-moi, que je ne perde pas mon temps pour rien !

Je fronce les sourcils et tente de faire taire la douleur qui pointe dans mon crâne.

— Dis ce que tu as à dire Sam. Je ne vois pas ce qu'elle aurait pu faire de si horrible pour en arriver à de telles extrémités, d'autant que tu sais qu'elle m'appartient, tu risques ta vie mon frère !

— Tu la penses si inoffensive... Que t'a-t-elle fait ? Je ne te reconnais plus Kay ! Elle a appelé les flics bordel ! Elle m'a dénoncé, c'est à cause d'elle si j'ai été emmené au poste. Tu vas laisser passer ça dis-moi ?

Ses paroles se fracassent dans mon crâne. Que raconte-t-il ? C'est impossible que ce soit elle ! J'attrape ma tête entre mes mains pour tenter d'en calmer le mal insupportable que je ressens tout à coup. Elle n'a tout de même pas osé faire une telle chose ?! Et quand aurait-elle pu le faire ? C'est impossible, je la surveillais tout le temps !

Je relève les yeux vers mon frère, cherchant une trace de mensonge sauf qu'il est sincère.

— Je voulais régler le problème moi-même, mais maintenant que tu es réveillé, c'est à toi de prendre des décisions la concernant ! Tu as intérêt à t'en occuper parce que je la supporte de moins en moins !

Ses paroles font monter en moi un instinct de protection pour elle, mais je vais la punir, il le faut ! Elle ne peut pas faire tout ce qui lui passe par la tête et encore moins mettre en danger ma famille !

— Tu dois me laisser du temps..., soufflé-je. Dans mon état, je ne peux rien faire, mais elle va comprendre où est sa place. Je vais lui expliquer les règles...

Sam me fixe et finit par hocher la tête. Il attrape un fauteuil et s'installe à côté de moi.

— OK, mais si tu ne te bouges pas, c'est moi qui m'en charge et je suis moins conciliant que toi ! (Il n'a pas intérêt à toucher à un seul de ses cheveux sinon je lui arrache les mains, mais je garde cette réflexion pour moi.) C'est bon de te revoir ! Tu m'as vraiment foutu la trouille !

Il faut que je lui dise quelque chose qui m'est revenu juste avant qu'il n'arrive.

— Ce n'était pas un accident ! (Il fronce les sourcils, septique.) Le camion m'a percuté volontairement ! Je roulais vite, mais lui encore plus et il ne m'a laissé aucune chance…

Il écarquille les yeux et se lève pour faire les cent pas.

— Pourquoi aurait-il fait ça ?

Je suis aussi ignorant que lui, mais ce n'était pas un accident, c'est une certitude !

— J'en sais rien, il faut mettre Phil sur le coup. Qu'il regarde si sur les vidéos de surveillance aux alentours on ne peut pas trouver des infos.

— Je l'appelle dès que je pars. Les flics sont venus te poser des questions ?

J'ai réussi à les éviter pour l'instant, mais je sais que ça ne va pas durer longtemps. J'étais en état d'ébriété au moment de l'accident alors ils vont vouloir m'interroger. Il me reste encore des soins à recevoir donc je n'ai pas d'autre choix que de rester ici. Je vais jouer au grand malade et disparaître de la circulation dès que possible.

— Ça ne saurait tarder.

Tout à coup, la porte s'ouvre. Mon lys entre, fusillant mon frère du regard avant de se calmer et de contourner le lit pour s'asseoir à mes côtés.

Sam l'ignore superbement en se levant.

— Je reviendrai quand on pourra être tranquille ! me lance-t-il avant de quitter la pièce.

Je reporte aussitôt toute mon attention sur la femme qui me fait chavirer, celle qui porte désormais mon nom pour toujours ! Elle se baisse pour poser tendrement ses douces lèvres sur les miennes.

— Comment te sens-tu mon amour ?

La vérité est que je souffre le martyre et que trop de choses tournent dans ma tête, mais je n'ai pas envie qu'elle se fasse du souci pour moi.

— J'ai appris quelque chose qui ne me satisfait pas du tout ! soufflé-je.

Elle se recule lentement alors j'attrape vivement son bras. Je suis peut-être blessé, mais pas sans force !

— Kay, tu me fais mal !

— Tu as appelé les flics mon lys ?

Elle papillonne des yeux et tente de se soustraire à ma prise par tous les moyens.

— Je n'avais pas le choix ! Tu dois me comprendre Kay ! Sam a tué Alice ! J'ai eu peur pour ma sœur ! C'est un homme mauvais… Il mérite de payer pour tous ses crimes !

Mon poing se serre sous cette réplique.

— Et moi alors ? J'ai tué beaucoup de monde Eléonore ! Alors moi aussi tu veux me faire payer ? (Des larmes débordent de ses magnifiques yeux, mais elle ne m'aura pas aussi facilement !) Tu vas aussi me dénoncer aux flics ?

Elle se redresse pour pouvoir me regarder en face.

— Bien sûr que non !

— Pourquoi ? Je t'ai aussi fait du mal mon lys ! Moi aussi je peux tuer ta sœur quand bon me semble ! (Son corps frémit et sa peur me réconforte immédiatement.) Comment veux-tu que je te protège de Sam si tu fais des choses pareilles ?

— Je suis désolée…

Je ricane, si elle croit que c'est suffisant elle est loin du compte !

— Je crois que je t'ai laissé trop de liberté et que tu en profites plus que tu ne le devrais !

— Kay…

— Tais-toi !

Je ne suis pas franchement en état de chercher une punition adaptée. Je suis fatigué et mon corps me fait vraiment souffrir.

— On en reparlera quand je rentrerai, mais je n'ai pas intérêt à entendre Phil ou Sam se plaindre une nouvelle fois de toi ! Tu es ma femme, tu dois me soutenir moi, et ma famille en toute circonstance ! C'est bien clair ?

Elle hoche légèrement la tête avant que je ne l'attire brutalement contre moi. Malgré tout, je la désire plus que tout ! J'ai besoin de la sentir, de la toucher… Elle se laisse faire quand mes doigts caressent doucement son visage, ses yeux emprisonnés dans les miens. Tous ses sentiments passent et ça me déboussole légèrement. Les sentiments sont dangereux, mais je crois qu'il est bien trop tard pour moi ! Je suis irrémédiablement attaché à elle. C'est la première personne qui m'a fait ressentir une émotion il y a quinze ans et maintenant que je l'ai retrouvée, rien n'a changé.

Elle s'approche de moi jusqu'à m'embrasser. Son goût est tellement délicieux ! Je ne pourrai jamais me passer d'elle ! Nos langues se mélangent, s'enroulent comme si la mienne pouvait dire tous les mots que je ne lui dirai jamais. Ses mains se pressent dans mes cheveux et j'adore cette sensation ! Comme si j'étais précieux pour elle et qu'elle ne voulait plus me quitter.

— Je t'aime tellement Kay ! J'ai eu la peur de ma vie…

Nous avons vaguement parlé de son opération pour laquelle moi aussi j'ai eu très peur ! Je la voyais déjà morte, reposant au fond d'un trou et la sensation, que j'ai ressentie, est la même qui m'a submergé lorsque j'ai vu le feu chez elle !

— Comment tu te sens toi ?

— Bien… J'ai encore la toux et quelques nausées, mais beaucoup moins… J'ai toujours des douleurs dues à l'opération, heureusement les médicaments font bien effet.

Sa réponse ne me convient pas, je veux qu'elle me dise qu'elle est guérie !

— Le médecin a dit quoi ?

Elle baisse les yeux, comme pour m'éviter et l'inquiétude refait surface. Je ne supporterai pas de vivre sans elle, c'est une certitude malgré tout ce dont j'essaie de me convaincre ! Je l'ai perdue pendant des années et plus jamais ça n'arrivera !

— Il aimerait que je fasse une chimiothérapie adjuvante pour qu'il y ait moins de risques de récidive…

Cette nouvelle ne m'enchante pas, mais si c'est pour son bien, il n'y a pas d'hésitation à avoir !

— OK, alors tu vas le faire !

Eléonore se recule avant que je ne la rattrape et enroule ses bras autour de son corps encore plus frêle qu'avant.

— Qu'est-ce que tu me caches ?

— Avec ce traitement, je deviendrai très certainement stérile…

Je ne comprends pas ce qu'elle essaie de me dire !

— Et alors ?

Elle écarquille les yeux.

— Je ne pourrai pas avoir d'enfant ! Il a proposé de prélever mes ovules avant de commencer au cas où on en veuille plus tard, mais est-ce que tu en veux un jour ? Je me rends compte que nous n'en avons jamais discuté…

Je n'y ai même jamais pensé. Un enfant n'est absolument pas dans mes projets de vie ! Je pensais finir célibataire jusqu'à il y a encore quelques mois alors ça ne m'a même pas effleuré l'esprit !

— Je ne sais pas quoi te dire… Pour l'instant, je n'en veux pas c'est certain. Je te veux pour moi seul et ne suis absolument pas prêt à te partager ! Je pourrais te mentir, mais je ne pense pas en vouloir un jour.

Son visage se décompose au fur et à mesure de mes paroles. C'est apparemment plus clair dans son esprit et elle n'est apparemment pas de mon avis !

— Je veux des enfants Kay ! Je veux sentir un petit être grandir dans mon ventre, je veux un bébé qui serait le mélange de toi et de moi !

Ses larmes déferlent sur ses joues, me serrant le cœur. Je peux comprendre son envie, mais pour moi c'est trop tôt pour ne serait-ce que l'imaginer.

— On vient juste de se marier mon lys ! Tu me poses une question impossible ! Je ne peux pas te dire de quoi l'avenir sera fait alors fais ce que le médecin te dit pour qu'un jour si tu le souhaites, tu aies cette possibilité.

Je ne me vois pas du tout avec un gamin, mais je la sens trop fébrile pour le lui dire. Chaque chose en son temps… Lorsque je retrouverai ma forme, je remettrai les choses au clair.

— Je vais lui dire que c'est d'accord.

Je tente de lui sourire, mais c'est comme si cette discussion avait jeté un froid en plus de la fatigue qui augmente à chaque minute qui passe.

Ma femme se rapproche de moi pour attraper ma main.

— Je sais que ce n'est pas du tout le moment de penser à ce genre de chose, mais le temps est contre moi. J'ai eu peur de faire ce choix toute seule et suis soulagée d'en avoir discuté avec toi.

Je ne peux pas en dire de même, mais je tiens ma langue. Nous avons tout le temps pour ça et je suis égoïste car la première pensée que j'ai eue est qu'au moins, nous n'aurons plus à penser à nous protéger…

— Je vais te laisser te reposer.

J'aimerais qu'elle reste ici, mais je sais que c'est impossible et je sens que dans quelques minutes, je vais m'endormir. Elle dépose un léger baiser sur mes lèvres, mais j'ai besoin de plus. J'attrape sa nuque pour la bloquer contre moi et l'embrasse possessivement. Elle est à moi et elle a intérêt de s'en souvenir ! Bientôt, je serai de nouveau sur pied et prêt à lui faire tout ce qui me passe par la tête !

Je la relâche malgré tout, je dois être raisonnable même si ce n'est pas vraiment mon fort. La voir sortir me serre le cœur, j'ai comme l'impression d'être abandonné, c'est vraiment ridicule !

Chapitre 16

Lena

Je suis allongée sur mon lit, la tête totalement en vrac ! Pourquoi Sam ne me laisse pas tranquille ? Qu'attend-il de moi ?

J'ai eu beaucoup de chance de tomber sur un homme qui m'a prise dans sa voiture et pouvoir m'éloigner de cette forêt de malheur ! Par chance, il faisait sombre et il n'a pas remarqué mon état lamentable ou alors il était trop gentil pour me le faire remarquer…

Malgré tout ce que j'ai vécu, j'ai longuement hésité avant de franchir la porte de chez moi. C'est comme si je me retrouvais dans un monde totalement étranger où je n'avais plus ma place…

La maison n'avait pas changé, tout était tel que je l'avais laissé, même mon mari…

Quand il m'a vue débarquer, j'ai cru que son visage allait exploser tellement il était rouge. Il m'a hurlé dessus pour m'être absentée et n'a même pas cherché à savoir où j'étais passée ou si j'allais bien… Je ne comprends pas pourquoi à chaque fois j'espère qu'il s'intéresse à moi alors que c'est inutile. Nous sommes deux étrangers qui vivons sous le même toit. Moi à cause de ma culpabilité et lui parce qu'il n'a pas d'autre choix avec son handicap...

Je me tourne pour pouvoir observer le ciel étoilé derrière la vitre de ma chambre. Mon esprit dérive immanquablement vers Sam. Il a un pouvoir sur moi inexplicable qui fait que je suis attirée par lui. Je suis encore chamboulée par la tendresse dont il a fait preuve... Je le désirais tellement et soyons honnête, c'est toujours le cas ! La sensation de sa peau contre la mienne est quelque chose d'extraordinaire que je ne peux expliquer. Sauf que nous deux c'est impossible ! Je suis mariée, je ferais bien d'arrêter de penser à lui !

Soudain, le téléphone caché entre mes pulls se fait entendre. Je me redresse et fouille jusqu'à mettre la main sur le petit appareil.

— Allo !

— Tu avais disparu, on pensait qu'il t'avait repérée !

Comme si c'était ma première mission... Je sais comment me faire discrète !

— Au contraire, les choses avancent très bien. Le contact est établi, j'ai pu découvrir son environnement et certaines de ses connaissances.

— Il nous faut plus que ça ! As-tu trouvé des preuves de leurs trafics ?

Ce n'est jamais assez, je dois la jouer discrète... Ce que mon supérieur n'a pas l'air de comprendre c'est que Sam n'est pas une cible comme une autre. Il est intelligent, suspicieux et a bien des ressources.

— J'ai trouvé des photos de son mariage…

Un long silence me répond. Je n'ai reçu quasiment aucune information sur les suspects et ai dû fouiner moi-même pour trouver à qui j'avais à faire. J'ai presque l'impression qu'ils m'ont envoyée ici, comme à l'abattoir et c'est loin de me satisfaire…

— On connaît déjà cette histoire, ce qui nous intéresse ce sont toutes les disparitions Lena ! Ne perds pas ton objectif de vue !

— Je fais tout ce que je peux ! Samuel ne se laisse pas facilement approcher… Comme le reste de sa famille d'ailleurs ! Ils sont très liés, mais j'ai remarqué une faille que je peux exploiter. La femme de son frère n'a pas l'air de l'apprécier, je peux creuser de ce côté-là…

— Très bien. J'attends un rapport détaillé ! Et n'oublie pas que nous t'avons couverte… Si tu es en liberté, c'est uniquement grâce à nous !

Comment pourrais-je ne plus y penser alors que je passe des journées enfermées avec mon mari à cause de tout ça !

Je raccroche et remets le téléphone en place.

Je retourne la situation dans ma tête encore et encore pour trouver une autre solution, mais je n'en trouve pas. Je vais devoir aller chez lui ! Retourner dans cet endroit sordide au milieu de la forêt désertique… Et surtout, Sam va penser que je viens pour lui !

Suis-je assez forte pour gérer ça ? Il va me vouloir dans son lit, j'en suis convaincue et au fond n'est-ce pas ce que je désire ?

Je secoue la tête, je ne dois pas penser à ce genre de choses alors que je suis mariée et en mission !

Une petite voix s'insinue dans ma tête pour me rappeler que je n'ai pas vraiment d'autres options que d'obéir aux ordres…

Le jour où j'ai découvert mon mari, la bouche sur celle d'une inconnue, il m'a vue. Il a fixé mes yeux et dans ma tête, quelque chose a vrillé. J'allais partir, mais son regard imperturbable fut l'élément qui a déclenché ma fureur. Drake s'est alors avancé vers moi, ses paroles restent gravées dans ma mémoire.

« Je ne vais pas te mentir Lena, j'ai une maîtresse depuis plusieurs mois. Tu ne t'occupes plus de moi, il fallait bien que je trouve quelqu'un qui le fasse… »

J'étais enragée et ma main a violemment frappé sa joue. Il a essayé d'attraper mes poignets sauf que je ne voulais plus son contact sur ma peau, il me dégoûtait. Sans réfléchir, je l'ai poussé si fort qu'il s'est retrouvé sur le bord de la route. J'ai toujours juré que c'était un accident, que je n'avais pas vu la voiture arriver sauf que c'est faux. Je voulais le faire souffrir autant qu'il était en train de le faire avec moi ! Je voulais qu'il disparaisse…

Je l'ai poussé une deuxième fois juste au moment où une voiture a déboulé à toute vitesse. Le choc fut d'une violence extrême. Il a été éjecté à plusieurs mètres, le sang coulait si abondamment que je l'ai cru mort. Je l'ai espéré mort… Rien qu'une seconde, mais c'était déjà trop.

J'ai fait une erreur impardonnable et paierai chaque jour pour ça. Sauf que le prix commence à être bien plus élevé que je ne le pensais. J'étais une jeune gardienne de la paix qui s'est retrouvée en prison. J'ai plaidé l'accident et on m'a proposé un marché. Mes notes à l'école de police étaient exemplaires, j'avais du potentiel selon mes supérieurs alors en échange d'un abandon de charges, je devais accepter des missions d'infiltration.

Sauf que cette fois, tout va de travers ! Je vais devoir offrir mon corps à cet homme dangereux, car j'ai bien compris que c'est ce qu'il attend de moi et ne sais pas dans quel état j'en ressortirai… Je n'ai jamais eu à aller aussi loin…

— Lena ! hurle Drake de sa chambre.

Je suis horrible, mais soudain un grand soulagement m'étreint en pensant que je serai libérée de son poids pendant quelques heures voir des jours. Je n'ai pas le droit de m'en réjouir et pourtant, c'est ce que je ressens !

Je descends l'escalier à contrecœur pour rejoindre mon mari.

— C'est pas trop tôt ! J'ai soif sauf que mon verre est vide !

Je m'avance vers lui, mais avant que je ne puisse attraper le verre posé sur la tablette devant lui, il le balance contre le mur.

Je cligne des yeux, abasourdie par sa réaction.

— Ça ne va pas la tête ! commencé-je à m'énerver.

Je n'en peux plus de ses crises ! Je tiens depuis trop longtemps et tout ce qui se passe en ce moment dans ma vie, fait que je n'arrive plus à le supporter.

Son regard haineux croise le mien, me mettant mal à l'aise.

— Tu as un problème Lena ?

Il n'est plus habitué à ce que je lui réponde. Jusqu'à présent, je l'ai laissé faire et ma soudaine rébellion n'a pas l'air de lui plaire. Je serre les dents et vais ramasser les gros morceaux de verre. Il est insupportable depuis que je suis revenue, me faisant largement payer mon absence.

Il monte soudain le son de la télé, me faisant comprendre que je peux disposer.

Je sors de cette chambre étouffante, et verse de l'eau dans un nouveau verre. Mes yeux dévient malgré moi vers les boîtes de médicaments. Ça serait tellement simple d'en verser une grande quantité dans du jus de fruits... Il ne verrait rien venir... Je serais enfin tranquille, libérée d'un poids !

L'eau déborde, me sortant aussitôt de mes pensées macabres. Je pose mes deux mains sur le plan de travail pour retenir mes jambes qui tremblent d'avoir ne serait-ce qu'imaginé me débarrasser de Drake ! Ma gorge se serre alors que j'ai envie de hurler, que m'arrive-t-il ? J'aurais dû me jeter moi-même sous cette voiture... Ça aurait été tellement plus simple. Je n'aurais pas détruit la vie de la personne qui comptait le plus pour moi et je ne serais pas obligée de collaborer avec les renseignements. Quel est mon avenir dans tout ça ? Mon mari ne se remettra jamais sur pied et je vais certainement finir par me faire tuer par Sam. Si il apprend quoi que ce soit sur moi, il n'hésitera pas, je le sens… Pourtant quelque chose chez lui m'attire malgré moi. Je ne peux pas l'expliquer, mais il me manque ! Cette prise de conscience est loin de me rassurer parce que je sais d'avance que je vais souffrir. Je n'en réchapperai pas, c'est certain…

Je prends de profondes inspirations, attrape le verre et me dépêche de l'apporter à Drake. Je n'écoute pas ce qu'il me dit, trop perturbée par mes émotions, par mes sentiments à l'égard d'un homme que je devrais fuir comme la peste.

Comme un automate, je monte dans ma chambre, attrape un sac et y jette des vêtements au hasard ainsi que des affaires de toilette. Je prends également le portable même si je sais que c'est risqué. Je ne dois pas réfléchir plus longtemps sinon je ne pourrai jamais continuer la mission qui m'a été donnée.

Je ne préviens même pas Drake quand je passe la porte de chez moi. Je ne sais pas quand ou si j'y reviendrai un jour, mais je suis incapable de lui dire quoi que ce soit. Je ne pense qu'à une seule chose à cet instant : partir ! Je dois partir loin, j'ai essayé autant que j'ai pu de prendre soin de lui, de le soutenir, mais ce n'est plus possible !

Je dois me rendre à l'évidence, nous n'avons plus rien à partager, nous ne nous comprenons plus et toute la rancœur qu'il a à mon égard ne passera jamais alors pourquoi insister ? Ça fait des mois que je me pose cette question. C'était absolument impossible pour moi d'imaginer l'abandonner et pourtant, en quelques jours, tout a changé.

Sam m'a fait redécouvrir ce que ça fait d'être une femme désirée. Je dois me jouer de lui, mais au fond je sais qu'il y a plus que ça. Le défi qu'il m'a lancé est bien trop tentant ! Il a tout fait pour que je ne pense qu'à lui et il mérite une médaille. Il occupe mes pensées en permanence !

Je m'installe dans ma voiture et emprunte la route que j'ai bien repérée lorsque je me suis fait ramener il y a seulement quelques heures de ça.

Le trajet me paraît bien plus rapide dans ce sens-là. Une boule se loge dans mon ventre plus je m'approche de la demeure. Je ne sais pas à quoi m'attendre, ni ce que je vais trouver en arrivant et encore moins ce qu'il va faire de moi ! Toutes ces choses inconnues n'ont rien de rassurantes et pourtant je me dirige droit vers la tanière du diable.

J'emprunte ce chemin de terre sur lequel je me suis enfuie en courant. Jamais je ne me serais doutée que j'y reviendrais de mon plein gré ! Parce que même si j'y suis contrainte, quelque chose au fond de moi désire retrouver Sam. Ce n'est pas du tout rationnel ! Je devrais plutôt tout faire pour le fuir.

Je commence à savoir de quoi il est capable et je me demande si les doutes qui pèsent sur lui ne sont pas véridiques… Des disparitions, des meurtres… Tant de violences que seul un monstre pourrait en être à l'origine. J'ai du mal à le caractériser comme tel même s'il est certain qu'il est dangereux. Mais de là à massacrer des gens, qui à première vue n'ont rien à se reprocher, je ne peux pas l'admettre !

Je me gare, aucune voiture ne se trouve devant la maison. J'espère que je ne vais pas trouver porte close… Dans tous les cas, je ne peux plus retourner chez moi pour le moment et j'ai une mission précise. Ils vont me demander des comptes, je dois avoir des informations à leur fournir !

Je sors de la voiture, pas très à l'aise. Que dirai-je si je tombe sur Eléonore ou Phil ? Ils ne comprendraient certainement pas ce que je viens faire ici…

Avant que je ne puisse me poser plus de questions, la porte s'ouvre en grand et une jolie blonde s'avance vers moi, les sourcils froncés.

— Je rêve ! Tu es revenue ! m'accueille-t-elle.

— Je suis là pour voir Sam, est-il là ?

Elle me fixe, cherchant à sonder mes pensées, sauf qu'elles sont tellement embrouillées que même moi je ne sais plus où j'en suis !

— Repars d'où tu viens ! Tu n'as aucune envie de te retrouver entre ses griffes. Il t'a miraculeusement libérée, tu devrais en profiter pour disparaître plutôt que de te ramener ici ! Ce qu'il t'a fait ne t'a pas suffi ?

Elle crie presque en me montrant ma voiture. Je peux comprendre son agressivité vu ses rapports avec lui, mais ça éveille ma curiosité. Elle est animée d'une telle rage que ça n'est pas anodin, il a dû se passer quelque chose entre eux…

— C'est gentil de t'inquiéter pour moi, mais j'ai vraiment besoin de lui parler…

Elle écarquille les yeux, l'air sidéré.

— J'y crois pas ! Qu'est-ce que tu ne comprends pas ? Ce mec est un monstre de la pire espèce ! Il a failli te tuer bordel ! (Elle passe une main nerveuse dans ses cheveux.) La prochaine fois, tu n'y réchapperas pas…

Elle dit cette dernière phrase si faiblement que j'ai peur d'avoir mal compris. Je sais que c'est un homme compliqué qui a certains problèmes avec la violence, mais il me veut… Il me l'a dit, il a envie de moi !

— Il t'attire ! Tu es amoureuse de lui ? me demande-t-elle sans délicatesse.

Amoureuse ? Bien sûr que non ! Je le connais à peine… Comment pourrais-je aimer un homme qui m'a fait du mal, qui a remis ma vie en question, qui est une menace ambulante ? Malgré ça, il a ce côté torride, inaccessible et tellement attirant ! C'est le diable déguisé en ange…

— Pas besoin de réponse, c'est écrit sur ta tête ! Puisque tu tiens tant à le voir, il est à son club. Je ne te connais pas, mais tu mérites un homme meilleur que lui ! Il ne t'apportera que des ennuis, tu dois le fuir pour ta survie…

— Je te remercie du conseil.

Je lui tourne le dos pour remonter dans ma voiture quand elle me souffle :

— Ne viens pas dire que tu n'as pas été prévenue…

Je préfère ne pas lui répondre. Elle a raison dans tout ce qu'elle dit sauf que j'ai une mission qui m'oblige à braver le danger. Pour être honnête, même sans celle-ci, tout chez cet homme m'attire comme un aimant. Il a quelque chose en plus. Je n'arrive pas à définir exactement quoi, mais un lien m'unit à lui malgré toutes mes réticences.

Je démarre alors qu'Eléonore continue de m'observer, les bras croisés.

Je ferme les yeux pour me calmer. Je dois absolument me concentrer sur la tâche à accomplir. Mon esprit me rappelle sans cesse que je viens d'abandonner Drake, seul chez nous, mais quelle autre solution ai-je ? Je pourrais disparaître avec lui, comme me l'a suggéré Eléonore, mais en ai-je réellement envie ? Je suis égoïste, j'en ai conscience, mais j'ai besoin d'une pause, besoin de penser un peu à moi... Me jeter dans les bras de Sam n'est certainement pas la meilleure des idées, sauf que c'est la seule qui me vienne à l'esprit à cet instant... C'est le seul endroit où j'ai envie d'être : avec lui !

Le trajet est assez rapide. Le club qui lui appartient est très réputé dans la région, il attire beaucoup de monde. Ce soir ne fait pas exception, il y a une longue file d'attente à l'entrée... Je prends mon mal en patience et mets plus d'un quart d'heure à pouvoir enfin entrer dans cet endroit chic.

Le bar est bondé, mais je m'y faufile pour pouvoir avaler quelque chose qui me donne du courage. J'arrive à atteindre un bout de comptoir et m'y agrippe comme si ma vie en dépendait. Les gens me bousculent, mais je tiens bon jusqu'à ce que le barman plus que charmant, me demande ce que je souhaite boire. Son regard pèse sur moi de longues secondes avant qu'il ne se décide à me servir.

— Je ne vous ai jamais vue dans le coin ! me dit-il en posant le verre devant moi.

— C'est la première fois que je viens…

Son regard émeraude qui me fixe sans répit est inquiétant, tout autant que le sourire carnassier qu'il affiche. Je me dépêche de tirer un billet de mon sac, de le poser devant lui avant de prendre mon précieux liquide et de déguerpir. Son attitude me déroute. J'ai déjà mon cœur qui bat à toute allure de me trouver dans cet endroit où je sais que je vais trouver l'homme qui chamboule mon cerveau, je n'ai pas besoin de pression supplémentaire.

Je me tourne pour pouvoir commencer mes recherches quand je percute quelqu'un. Mon verre m'échappe des mains pour venir s'écraser à mes pieds.

Je n'ai pas besoin de lever les yeux pour savoir qui se trouve en face de moi. Un frisson parcourt mon corps, me tétanisant. C'est comme si tout s'était soudain figé autour de nous. Malgré la musique qui se déverse des haut-parleurs, plus aucun autre bruit ne se fait entendre.

Un souffle dans mon cou me fait sursauter avant que je sois plaquée contre un torse puissant.

— Quelle bonne surprise… Je cherchais justement une femme à baiser, tu tombes à pic !

Mon cœur se comprime alors qu'une colère monte en moi. J'essaie de reculer, de me libérer de son emprise, sauf que le bras de Sam me maintient fermement contre lui.

— Je t'ai prévenue que si tu me rejoignais, tu serais à moi, mais en aucun cas que la réciproque serait vraie !

Une rage m'envahit et je le repousse brutalement. Ses yeux moqueurs sont posés sur moi et me retournent l'estomac. Il ne va pas me faire ça ! J'ai tout quitté pour être ici, pour être à lui !

Mes émotions me submergent et tout ce que je tente de contenir au fond de mon être surgi. Des sentiments, que je n'ai pas le droit de ressentir, déferlent dans mon esprit. Je tiens à Sam bien plus que la raison ne le voudrait. Ne serait-ce que l'imaginer avec une autre femme est une torture. Je ne comprends pas ce qui m'arrive ! Tout va trop vite, il ne doit pas représenter quoi que ce soit pour moi ! C'est impossible ! J'aime Drake, il ne peut pas en être de même avec un autre ! Je ne crois pas qu'on puisse être amoureuse de plus d'un homme à la fois...

Soudain, Sam attrape mon visage et sans plus de cérémonie, pose ses lèvres sur les miennes. Je suis étourdie par cette sensation, j'ai besoin de le sentir ! Il prend ce qu'il veut de moi, il m'explore, me fait sienne... Sans vraiment m'en rendre compte, je m'accroche à sa chemise comme s'il était ma bouée de sauvetage. Sa langue percute la mienne et s'y lie de façon tellement intime que mon sexe palpite frénétiquement sous cette délicieuse caresse. Jamais je n'ai ressenti cette puissance, ce besoin de m'unir à un homme !

Il se recule, me laissant en manque de lui, désorientée... Je réalise alors que plusieurs personnes nous observent attentivement.

Il se penche à mon oreille, effleurant ma peau et envoyant tout un tas de petites décharges dans tout mon corps.

— Bienvenue en enfer chérie !

Chapitre 17

Samuel

Elle est là ! Elle vient tout juste de passer la porte du club. C'est comme si un radar avait été créé rien que pour elle dans ma tête et fait qu'à chaque apparition, je la trouve tout de suite !

Je ne peux empêcher mon regard de la déshabiller. Elle n'est pas du tout apprêtée comme les autres filles qui traînent dans la salle, je me demande même comment elle a réussi à passer la sécurité. Ils sélectionnent un minimum selon l'apparence pour ne pas accepter n'importe qui, mais je dois bien avouer que même au naturel, elle reste magnifique...

— Je vais faire un tour, je reviens..., informé-je Anton.

J'ai été sage ce soir et ai joué le rôle de patron, qu'il me reprochait de ne plus tenir. Il m'observe pour comprendre ce qui se passe sauf que je ne lui laisse pas le temps de m'analyser. Ma relation avec Lena ne le concerne pas. Il est peut-être mon ami, mais elle est mon jardin secret... Ma petite souris vient d'entrer dans le piège que je lui réserve, elle devient ma priorité !

Je commence à m'avancer vers ma proie quand une fille tout juste la vingtaine attrape mon bras. Je me dégage férocement alors qu'elle explose de rire en me tapant l'épaule. Je la toise durement, pour qui se prend-elle ?

— Je ne vais pas te manger hein ! Allez, fais pas ton difficile mon chou ! articule-t-elle difficilement.

Elle est complètement imbibée d'alcool, mais je n'en ai rien à foutre. Personne ne me parle comme ça et encore moins ne me touche sans qu'il en soit autorisé !

Dans un mouvement rapide, j'attrape son bras, le plie dans son dos et la plaque contre moi.

— Tu vas dégager d'ici tout de suite et tu ne remettras plus jamais les pieds dans mon club si tu ne veux pas qu'il t'arrive des bricoles… Compris ? soufflé-je à son oreille.

Son corps est tendu contre le mien. Elle essaie de se débattre, mais je le tiens trop fermement.

— D'accord ! finit-elle par capituler.

Elle m'a fait perdre du temps auprès de la seule femme que je désire ce soir ! À tout autre moment, je lui aurais montré ce que je réserve aux personnes qui se croient tout permis, sauf que mon esprit est bloqué sur la sublime blonde qui se trouve au bar.

Je relâche la fille et la pousse de mon chemin sans ménagement. C'est comme si le monde se liguait contre moi. Anton sourit à Lena et mes nerfs n'en sont que plus attisés.

Je m'avance vers eux sauf qu'elle quitte le comptoir et dans sa précipitation, me percute.

Son corps contre le mien provoque une sensation particulière dans tout mon être, que je refuse d'admettre. Elle est si près et son odeur qui se diffuse dans mes narines, me fait totalement tourner la tête ! Elle m'a rejoint, elle est venue me chercher ici ! Son petit air rebelle est tellement mignon, sauf qu'elle est venue de son plein gré, elle doit en accepter les conséquences.

Enfin, elle est à moi tout entière ! Je ne peux la quitter des yeux, je vois qu'elle résiste à l'attraction qu'elle ressent pour moi mais c'est inutile, l'attirance ne se contrôle malheureusement pas... Elle doit le comprendre car ses barrières cèdent et son regard se met à briller d'une lueur que j'ai déjà vue dans d'autres yeux... Je savais que je jouais avec le feu, mais je ne m'attendais pas à ce que ces prunelles bleues me touchent au plus profond de mon être. Mon cœur se serre rien que de penser à cette femme qui l'a brisé, détruit en un milliard de particules.

Élise me regardait comme si j'étais la personne la plus importante de sa vie, comme si rien ne comptait plus que moi... Sauf qu'elle me mentait chaque jour qui passait. Elle se faisait passer pour quelqu'un de tendre, d'aimant, d'attentionné alors qu'elle était perfide et manipulatrice. Ses sentiments étaient peut-être réels même si j'en ai fortement douté, il n'empêche qu'elle n'a eu de cesse de me cacher des choses et de me mentir.

Elle avait déjà un homme qui s'occupait d'elle, elle avait une double vie ! Avec le recul, je me demande comment j'ai fait pour être aussi naïf.

Aucune femme ne m'aimera jamais pour ce que je suis, je l'ai bien compris. Notre relation était loin d'être parfaite, mais elle me convenait très bien. Je n'ai jamais douté d'elle. Elle représentait tout pour moi jusqu'à ce que la vérité éclate, brisant nos vies…

Malgré ce message sur mon téléphone, il était absolument impossible pour moi d'imaginer ma femme aller ailleurs, dans les bras d'un autre… Jusqu'au soir où j'ai tout perdu et qu'elle me révèle son vrai visage !

Élise venait de m'annoncer sa grossesse, c'était la plus belle nouvelle que nous pouvions avoir. Elle était la femme de ma vie alors c'était une suite logique… Pour elle en revanche, je voyais que quelque chose la tracassait. Je la connaissais par cœur, du moins je le pensais et sentais au fond de moi que quelque chose clochait, mais je n'arrivais pas à mettre le doigt dessus jusqu'à cette nuit qui aurait dû être la plus belle de notre vie…

Elle était ma femme, celle pour qui j'aurais donné ma vie et elle m'avait trompé et menti. À cause d'elle, je suis mort ce jour-là et ne fais qu'attendre que le diable m'emporte dans son antre une bonne fois pour toutes !

Pour me sortir des images d'horreur qui affluent par dizaine devant mes yeux, j'attrape le visage de Lena pour l'embrasser. J'ai besoin d'oublier ne serait-ce qu'une seconde. Ses lèvres, douces et pulpeuses, ont par chance l'effet escompté. Je garde mes yeux ancrés dans les siens pour ne pas oublier qui elle est. Ce n'est pas Élise ! Elle ne sera jamais ma femme et jamais je ne tomberai dans ses filets ! Elle n'a aucun pouvoir sur moi.

Ma langue part à la découverte de cette bouche qui me tente, elle serait encore mieux enroulée autour de ma queue...

Ses mains s'agrippent à ma chemise, tellement fort qu'elle est sur le point de la déchirer. Elle a besoin de moi. Son corps transpire le sexe, elle me veut, je le sais et elle ne pourra plus m'échapper. Elle est si transparente... Je vais pouvoir jouir d'elle à volonté, jusqu'à ce que je m'ennuie et la détruise.

C'est un schéma qui est devenu habituel depuis qu'Élise a disparu de ma vie. Du moins jusqu'à l'arrivée d'Eléonore. J'ai mis mes conquêtes de côté parce qu'elle nous a donné beaucoup d'occupations à elle toute seule, du moins jusqu'à ce que je rencontre cette femme. Lena a quelque chose de plus que je ne saurais expliquer. Tout ce dont j'ai envie c'est de mon corps emboîté dans le sien. Malgré ça, je me recule et la laisse haletante au milieu de la salle.

Ce n'est pas parce qu'elle est venue à moi que je vais tout accepter aussi vite. Si elle me veut, c'est à son tour de ramer !

Je rejoins le bar pour continuer d'aider Anton. Ce dernier me lance un regard interrogateur, mais je ne lui laisse pas l'occasion de poser des questions et m'occupe des clients. Je ne peux empêcher mon regard de dériver vers Lena. Elle a d'abord l'air mal à l'aise au milieu de la foule jusqu'à ce qu'elle revienne vers le bar du côté opposé à moi. Je l'observe parler avec mon ami et ai presque envie de m'immiscer dans leur conversation, mais je me retiens. Je ne peux pas lui montrer une quelconque faiblesse, elle en profiterait.

Lena attrape un verre et le sirote pendant de longues minutes. Ses yeux ne se posent pas une seule fois sur moi et ça m'énerve ! Elle est censée être ici pour moi alors lorsqu'elle sourit à Anton, mon cerveau vrille et tout ce qui m'entoure disparaît pour ne me concentrer que sur elle. Mon ami se tourne vers moi pour me dévisager avec un air entendu. Il a très bien compris mon intérêt pour cette femme. Je n'ai rien fait pour être discret, elle m'appartient et tout le monde doit le savoir !

Lena tourne enfin son regard vers moi, elle a l'air plus sûre d'elle... Quelque chose a changé... Je ne saurais dire quoi exactement, mais elle ose me fixer sans sourciller, c'est comme si elle avait pris une décision que rien n'y personne ne pourrait changer. J'aime la détermination sur son visage, mais reste figé, curieux de voir jusqu'où elle est prête à aller...

Un homme s'approche derrière elle et mes poings se serrent sous le comptoir, s'il la touche, je le bute ! Elle ne porte pas de vêtements moulants ni maquillage, elle n'est pas bien coiffée et pourtant, elle est hyper sexy ! Je suis certain qu'elle n'a fait aucun effort et pourtant, elle est sublime. Depuis le premier jour où j'ai posé mes yeux sur elle, j'ai su qu'elle était exceptionnelle et plus je la connais, plus je m'en rends compte... Elle attire l'attention malgré elle.

L'homme s'installe à côté d'elle et commence à lui parler. Elle se met à rire si fort que je n'entends qu'elle malgré la musique assourdissante. Mes pieds me dirigent, seuls vers eux sauf qu'elle se lève de son siège pour rejoindre le centre de la salle. Je ne peux la quitter des yeux alors qu'elle se met à onduler lentement au milieu des corps en mouvements. Elle attrape ses cheveux entre ses mains et les relève avant de les laisser dégringoler sur ses épaules. Mon membre se dresse, à quoi joue-t-elle ? Elle n'est pas du genre à s'exposer comme ça devant tout le monde, ce n'est pas dans sa nature alors que cherche-t-elle ?

Je continue mon observation jusqu'à ce qu'Anton me frappe le bras avec son torchon.

— Tu comptes bosser ou la mater toute la soirée ?

Je cligne des yeux, tentant de l'ignorer sauf qu'il en a décidé autrement. Et fait de nouveau claquer son torchon sur moi. Dans un réflexe, j'attrape celui-ci et le lui retire promptement des mains avant de le balancer sur le comptoir.

— Mêle-toi de tes affaires Anton !

Un rictus apparaît sur son visage.

— C'est qui cette femme ?

— Personne qui ne te concerne !

Je n'ai aucune envie qu'il se mêle de mes histoires, ça ne le regarde en rien !

Les hommes sur la piste commencent à porter une attention un peu trop particulière à Lena et je ne le supporte plus ! Je m'avance vers elle jusqu'à me positionner dans son dos. J'effleure sa nuque de mes lèvres alors qu'un frisson la parcourt. J'attrape ses cheveux pour lui faire pencher la tête et elle se laisse faire pour mon plus grand plaisir. Ma main libre se pose sur sa taille pour l'attirer contre mon corps. Mon érection entre en contact avec ses fesses tentatrices et je ne pense plus qu'à la voir nue ! Elle continue d'onduler à un rythme lent alors que je me frotte contre elle ostensiblement. Ma main descend au fur et à mesure vers son intimité. Je suis surpris qu'elle ne fasse rien pour m'arrêter. C'est beaucoup trop simple, elle aurait dû stopper ma main, me dire d'aller me faire voir ou que sais-je. Je remonte sur son ventre et passe mes doigts à la lisière de son pantalon. Je la sens se raidir, mais continue jusqu'à passer sous sa culotte. Elle arrête de bouger alors que je sens son cœur battre à toute allure.

— Continue de danser ! lui ordonné-je tout contre son oreille.

Mes doigts effleurent son clitoris et tout son corps se met à trembler.

— Arrête s'il te plaît ! crie-t-elle au-dessus de la musique en attrapant mon poignet.

Elle tente de se dégager sauf qu'il est trop tard pour ça ! Les gens autour ne nous prêtent aucune attention, ils se sont détournés dès lors que j'ai posé mes mains sur elle. Tout son être est à moi et je compte bien le revendiquer. Je glisse mes doigts sur sa peau douce et lisse. Elle est tendue contre moi et essaie de se dérober alors je la pénètre d'un doigt pour la calmer. Elle prend une grande inspiration tandis que je jubile de la découvrir humide. Elle s'agrippe à mon bras, mais cette fois ce n'est plus pour m'en empêcher, bien au contraire...

Mes va-et-vient la transporte petit à petit dans un monde de plaisir alors que moi-même je suis au bord de l'explosion. La savoir au milieu de cette salle pleine, sous le regard de curieux qui doivent nous mater, m'excite au plus haut point !

Soudain, je la sens se resserrer autour de mon doigt et tout son corps se met à trembler. Je la maintiens contre moi, car ses jambes se dérobent. Une fois qu'elle a repris ses esprits, je retire ma main et lorsque Lena se tourne vers moi, je suce mon doigt comme s'il était la meilleure des friandises. Elle a l'air totalement désorientée et se rend soudain compte de ce qui vient de se passer. Elle a joui au milieu du club bondé de monde.

Elle passe une main fébrile sur son visage avant de traverser la salle jusqu'à la sortie. Elle croit vraiment pouvoir m'échapper maintenant ? Je n'ai pas encore pu me perdre dans son corps, mais ce n'est qu'une question de temps. D'ici quelques heures, elle sera à moi définitivement !

Je réajuste mon jean tendu par une bosse que je vais devoir calmer. Je fais un signe à Nico pour qu'il aille récupérer Lena avant de fixer Anton. J'ai vu ce dernier nous regarder quand je lui donnais du plaisir, j'espère que le spectacle lui a plu et qu'il a compris qu'elle était chasse gardée. Je n'ai pas apprécié son petit manège avec elle et il ne faut pas trop qu'il me cherche.

Nico revient en tenant Lena contre lui. Je lui montre mon bureau et il ne tarde pas à l'y emmener. Nous avons deux trois trucs à régler avant que je ne puisse profiter d'elle.

J'avance vers le bar où j'attrape une bouteille pour me servir un verre, ça me détendra. Mon ami continue son service sans me prêter attention, mais avant de rejoindre Lena, je passe derrière lui pour lui souffler :

— Elle est à moi !

Il secoue la tête avant de sourire.

— Il suffisait de me le dire Sam, pas besoin de te donner en spectacle.

— C'est plus percutant ! lui lancé-je avant de monter à l'étage.

Je remercie Nico qui garde la porte avant de la franchir.

Lena est assise sur ma chaise, les bras croisés, le visage fermé.

Je m'avance jusqu'à m'asseoir sur le bord de mon bureau, devant elle. Ses yeux me sondent, mais je ne comprends pas ce qu'elle y cherche.

— Pourquoi as-tu fait ça ? Pour qui me prends-tu ?

Je lève un sourcil, la question serait plutôt : qu'attend-elle réellement de moi ?

— Pourquoi es-tu ici Lena ? Tu as pourtant retrouvé ton petit mari, il ne te suffit pas ? (Elle pince la bouche, mais il va falloir qu'elle parle et vite, car ma patience est déjà épuisée.) Tu as trente secondes pour me dire ce que tu viens faire dans mon club !

— Ou sinon quoi Sam ? Tu vas me planter un couteau dans le ventre ?

Malgré moi ma bouche se soulève dans un sourire. Si elle veut la jouer comme ça, pas de souci !

Je me redresse et fais lentement le tour de la chaise jusqu'à me positionner derrière elle. Je passe une main sur ses cheveux avant d'en attraper une touffe et de tirer sa tête sur le côté. Elle se met à hurler et me griffer. Je reviens devant elle sans la lâcher et la force à se mettre à genoux devant moi.

— J'attends ! On ne joue pas dans la même catégorie chérie, tu vas apprendre à ne pas me contrarier ! Pour la dernière fois, que fais-tu ici ?

Elle lève les yeux larmoyants vers moi pour chuchoter :

— Je te veux.

Je jubile intérieurement, ce que je voulais est en train de se réaliser... Elle a besoin de moi ! Je la lâche pour ouvrir la braguette de mon jean et sortir mon sexe tendu depuis bien trop longtemps.

— Alors, suce-moi !

Ses yeux s'écarquillent alors que ses mains se mettent à trembler. Ce petit test me prouvera ses dires... Elle reste figée de longues secondes avant de sûrement le comprendre, car elle finit par s'avancer lentement vers moi. L'anticipation me rend fébrile, je rêve de sa bouche autour de mon membre depuis le premier jour !

Lorsqu'un de ses doigts se pose sur mon sexe, je retiens mon souffle, les sensations sont folles ! Elle me caresse lentement sur toute la longueur avant d'approcher son visage. Elle n'est pas du tout à l'aise, c'est même plutôt l'inverse, mais tant qu'elle ne m'aura pas prouvé sa motivation, je ne peux pas prendre le risque de l'emmener chez moi. Sa poitrine se soulève rapidement et après plusieurs longues inspirations, sa bouche s'ouvre pour venir entourer mon gland. Je pousse un long soupir, j'ai vraiment besoin de la prendre ! Sa bouche est extraordinaire, mais je sais que ça ne me suffira pas ! Sa langue vient me taquiner alors qu'elle entame de lents va-et-vient. Ses yeux restent rivés sur les miens alors que j'attrape de nouveau ses cheveux pour lui imposer mon rythme. J'accélère nettement la cadence, elle ne se plaint pas. Lena se plie à ma demande, comme une bonne petite soumise que je sais pertinemment qu'elle n'est pas. Les choses se passent trop facilement, j'aimerais qu'elle se rebelle, qu'elle tente de m'échapper... Je la pousse à me prendre plus loin jusqu'à ce qu'elle frappe ma jambe. C'est sûrement un signal pour me dire que c'est trop, sauf que je ne suis pas les consignes et n'obéis à personne alors je lui demande encore plus. Des larmes perlent autour de ses yeux fabuleux quand je sens enfin la jouissance pointer son nez. Je continue de la marteler férocement jusqu'à enfin me déverser dans sa gorge. La délivrance est bienfaitrice, mais j'ai besoin de tellement plus...

Je me recule alors qu'elle s'effondre au sol en sanglot. Je l'observe en me rhabillant et la voir en détresse me réchauffe le cœur. Cette souffrance est tout ce que je recherche.

— Relève-toi, on va chez moi !

Elle redresse la tête, mais évite mon regard. Tant mieux, elle doit me craindre ! Sans ça, elle se croira tout permis alors qu'elle ne représente qu'une distraction temporaire !

Elle se redresse après de longues secondes et me toise.

— Je suis prête !

La rage dans son regard me réconforte, il faut qu'elle se batte, c'est tout l'attrait qu'elle représente pour moi. Je n'aime pas les choses simples ! Élise était comme elle… Mais je ne veux pas qu'elle lui ressemble ! Je ne supporterai pas qu'une femme bousille ma vie une seconde fois… J'attrape sa main pour la tirer à ma suite.

Je passe par le bar et signale à Anton que je dois partir. Il ne fait aucun commentaire, mais le regard qu'il pose sur Lena ne me plaît pas. C'est une femme magnifique sauf qu'elle est à moi, il ferait mieux de le comprendre !

Chapitre 18

Eléonore

Je rentre dans la maison totalement abasourdie. Lena est venue ! Que veut-elle ? Sam va la tuer j'en suis intimement persuadée, ce n'est qu'une question de temps… Je dois tout faire pour qu'elle ouvre les yeux, elle est tellement naïve !

Le physique de cet homme est avantageux, je ne vais pas mentir, mais ce n'est qu'une façade sous laquelle se cache un être abject. Je ne peux pas le laisser continuer à semer la mort autour de lui. Il a déjà fait assez de mal pour toute sa vie !

Je rejoins la cuisine pour prendre un verre d'eau, je vais devoir tout précipiter. Kayden est réveillé, je dois agir avant qu'il ne rentre et que je sois de nouveau constamment surveillée. En plus de Lena qui, pour je ne sais quelle raison, se précipite dans les bras de la pire ordure de la Terre. Suis-je la seule à avoir réellement conscience que cet homme est mauvais ?

Le bruit de la porte qui s'ouvre me coupe dans mes réflexions et je m'avance dans le couloir. Cette maison est pire qu'un moulin !

Je m'arrête net en voyant ma sœur accompagnée de Phil. Elle m'a terriblement manquée. C'est moi qui l'ai éloignée, mais je le supporte mal. Ma cicatrice me fait encore souffrir, mais j'ai besoin de la serrer contre moi alors je fonce sur elle pour la prendre dans mes bras. Elle accueille mon câlin de la même manière. Nous n'avons pas l'habitude d'être séparées et cette distance, malgré qu'elle soit nécessaire, est difficile.

Phil nous observe, mais son regard est différent de d'habitude. Je ne m'y attarde pas, trop heureuse de revoir Judith.

— Tu m'as manqué ma puce…, souffle-t-elle en se reculant pour me détailler. Phil m'a donné de tes nouvelles chaque jour, mais je suis contente de pouvoir constater par moi-même que tu te portes bien.

— Oui, ça va… Ce n'est pas encore fini, mais je m'accroche.

Je l'entraîne vers le canapé pour que nous soyons plus à l'aise alors que Phil nous signale qu'il a des choses à faire. Il lance un dernier regard tendre à ma sœur avant de disparaître dans le couloir. Je ne comprends pas vraiment leur relation et m'inquiète. Je ne le veux pas dans sa vie, pas après que je me sois rendu compte que rien n'a d'importance en dehors de ses frères. Je ne veux pas d'un homme comme ça pour ma sœur. Elle mérite le meilleur et je ne pense pas qu'il le soit !

— Il faut que je te parle de quelque chose Elé…, commence soudain Judith.

Je me redresse pour la fixer et ce que j'y vois ne me dit rien qui vaille. Je fronce les sourcils devant son air contrit.

J'attrape sa main parce qu'elle a l'air d'hésiter. C'est bien la première fois que ma sœur est aussi calme…

— Bon autant te le dire directement, je ne trouve pas de bonne manière… Je suis enceinte !

Ma bouche s'ouvre pour chercher de l'air alors que je lâche sa main comme si elle m'avait brûlée. Elle plaisante ! Comment est-ce possible ? Je me lève, ne pouvant plus soutenir son regard. Mes mains tremblantes attrapent mes cheveux, je dois réfléchir, je dois agir !

— Il est de qui ?

— Il n'y a eu qu'un homme dans ma vie depuis des semaines, souffle-t-elle d'une petite voix.

C'est donc bien Phil le père ! Dans quel monde suis-je tombée? Ça ne peut pas être possible !

— Phil ! hurlé-je.

Ma poitrine se soulève à vive allure alors que ma respiration se fait difficile. Je ne peux y croire, elle n'a pas pu se laisser aller à ce point ! Il a dû la piéger, c'est la seule solution !

— Eléonore, calme-toi, tout va bien se passer…, tente-t-elle de me rassurer.

— Tu comptes le garder ? lui craché-je en me tournant vers elle.

Elle se lève, le visage fermé pour me rejoindre.

— Bien sûr… Je… Je ne peux pas me faire avorter. Il est en moi, il grandit, c'est impensable.

Une rage se propage en moi, je me sens totalement dépassée par mes émotions. Je la contourne pour me poster devant la fenêtre alors que Phil débarque.

— Qu'est-ce qui se passe ? demande-t-il essoufflé. J'ai cru que vous aviez un problème !

Judith a les bras croisés, les larmes aux yeux et je me sens mal de la voir comme ça. Mon crâne pulse, m'envoyant des décharges désagréables. Je ne peux pas supporter cette nouvelle !

— C'est de ta faute ! crié-je alors que les deux me regardent fébriles. Pourquoi ? Pourquoi lui as-tu fait ça ? Vous vouliez être certains que je sois à vos ordres ? C'est encore pour me faire du mal ?

— Eléonore, qu'est-ce que tu racontes ? demande ma sœur, totalement ignorante.

Si elle savait tout ce que j'endure, elle serait moins heureuse de porter son gosse ! Je vais les faire payer, ils ne me connaissent pas ! Moi aussi je peux leur faire du mal.

— C'est un accident Elé, je n'ai jamais prévu d'avoir un enfant.

Il peut bien dire ce qu'il veut, le fait est qu'il est là et que ma sœur sera bloquée toute sa vie avec lui ! À moins que... À moins que je trouve un moyen pour qu'elle le perde... Un médicament invisible dans l'eau...

Une main se pose sur mon épaule et je me dégage vivement. Je perds la tête, que suis-je en train de penser ! Faire du mal à ma sœur est inimaginable ! Je tombe à genoux rien que pour avoir imaginé une seconde, m'en prendre à elle. Je prends ma tête entre mes mains et tente de faire sortir toutes ces idées, que m'arrive-t-il ? Je deviens aussi horrible que les personnes qui m'entourent !

Ma sœur s'accroupit devant moi et me serre de force contre elle.

— Je ne voulais pas que tu le prennes comme ça, souffle-t-elle. C'est une bonne nouvelle, tu seras une tata géniale ! Je n'y ai pas cru au départ, mais c'est pourtant bien vrai, je vais être maman… J'aurais tellement voulu que nos parents soient présents.

Un sanglot m'échappe et la culpabilité se déverse dans tout mon corps. Je me mets à frapper le sol aussi fort que possible alors que mes larmes me brouillent la vue. Trop de sentiments contradictoires se fracassent en moi et je n'arrive plus à les supporter. Je suis stressée et tendue depuis des semaines, je commence à craquer, j'atteins ma limite.

La main de ma sœur qui masse doucement mon dos est apaisante, mais pas assez pour tout ce qui m'est arrivé, pas assez pour me remettre en état. Dans une pulsion venue de je ne sais où, je la pousse brutalement, elle ne comprend pas ce qui lui arrive alors que je me jette sur elle. Une rage folle s'empare de moi et je commence à arracher son tee-shirt avant de lancer mon poing tremblant contre son ventre.

Je ne peux rien faire de plus avant d'être violemment tirée en arrière, une main autour de ma gorge et une jambe en travers des miennes, me bloquant de tous mouvements.

— Je vais vous tuer ! Tous ! Vous allez payer ! m'entends-je vaguement crier, mais c'est comme si mon corps ne m'appartenait plus, comme si j'étais possédée.

Je me débats de toutes mes forces sauf que Phil me maintient bien trop fort.

— Judith, ça va ? demande-t-il en levant la tête derrière moi. OK, alors rentre chez toi, appelle un taxi et rentre, je m'occupe d'Eléonore.

— Je… Tu… Je ne comprends pas, dit-elle difficilement.

— Pars, je t'appelle.

Des pas se précipitent vers la porte avant que celle-ci ne claque. Phil reporte son attention sur moi et me dévisage.

— Tu as terminé tes conneries ? Qu'est-ce qui te prend bordel ? Tu es folle ?

Je tente de calmer les battements frénétiques de mon cœur, mais c'est difficile, ma tête me fait un mal terrible et la haine qui me consume a du mal à redescendre. Je ne peux plus supporter ce qu'ils font de moi et maintenant ma sœur… Ils n'ont pas le droit !

Phil détache sa main de ma gorge et je reste immobile, j'ai perdu mon sang froid, je n'arrive même pas à comprendre ce qu'il s'est réellement passé. Ma sœur, que j'aime plus que tout…

Je suis libérée alors que Phil rejoint la porte pour la fermer à clé avant de se positionner au-dessus de mon corps tétanisé.

— Tu veux t'en prendre à quelqu'un, et bien vas-y, je suis là ! me dit-il en ouvrant les bras. Mais tu regretterais de faire quoi que ce soit à ta sœur. Elle ne mérite pas que tu t'en prennes à elle ! Cet enfant, je n'en veux pas non plus, mais je respecte son choix et tu devrais en faire autant. Si elle le désire, elle l'aura que tu sois d'accord ou non, et j'y veillerai.

Il a raison, je n'ai pas à décider pour elle mais comment vont réagir Sam et Kay en apprenant la nouvelle ? Ils ne vont pas l'accepter et je n'ai aucune envie qu'elle finisse sur ce bûcher qui brûle quasiment chaque jour... Je me sens tellement mal ! Qu'ai-je fait ? La scène se rejoue dans ma tête encore et encore et je n'arrive pas à comprendre ce qui m'a pris !

Je pleure des minutes qui me paraissent des heures, je ne me reconnais plus, j'ai été beaucoup trop loin avec Judith. Jamais elle ne me pardonnera !

Phil se penche vers moi, attrape mes bras et me soulève avec une facilité déconcertante.

— Tu devrais te reposer, entre ta maladie et Kay dans le coma, ça t'a fatiguée.

On dirait que mon état est normal pour lui alors que je sais que non. Mon agressivité n'a jamais atteint ces extrêmes, je m'en rends compte. Je lui ai sauté dessus sans réfléchir, mes membres ne m'obéissaient plus...

Il me tire jusqu'à la chambre où il me force à m'allonger. Jamais je ne pourrai dormir avec tout ce qui trotte dans ma tête, toutes mes actions qui me viennent encore et encore à l'esprit. Je m'en veux, c'est tout ce dont je sois certaine.

Phil sort de la pièce avant de revenir avec un verre d'eau et un sandwich.

— Tiens, avale ça, me dit-il en me tendant un comprimé blanc.

Je suis trop épuisée pour contester et si ça pouvait soulager un peu du poids de la culpabilité qui m'écrase, je ne peux que l'en remercier. Je l'avale avec un peu d'eau et mange un morceau de mon repas.

Phil reste posté contre la porte, à m'observer, pendant tout ce temps.

— Tu veux en parler ? me demande-t-il alors que je soulève la couverture du lit.

— Je n'ai rien à te dire.

Je ne sais pas expliquer mon geste alors à quoi bon ?

— OK, je te laisse alors, je ferme la porte, je ne voudrais pas que tu fasses d'autres choses stupides.

Je le fusille du regard, me voilà de nouveau emprisonnée dans cette pièce... C'est comme la roue d'un hamster, je tourne en rond. Au lieu d'évoluer, ma situation retourne toujours au point de départ.

Je m'allonge et ferme les yeux. Il faut que je me repose, je suis extrêmement fatiguée, l'inquiétude m'a rongée durant les nuits précédentes. Ne pas avoir Kay auprès de moi est une torture supplémentaire. J'ai besoin de lui, il me canalise, me donne un but, il est ma vie.

Une main sur mon visage me fait ouvrir les yeux. Je suis surprise de trouver ma sœur en face de moi. Elle est si belle... Son visage est illuminé par un grand sourire.

— Alors marmotte, il faut se lever !

Je frotte mes yeux alors que le soleil entre dans la chambre. Je me redresse malgré que ma tête tourne légèrement, comme si j'avais bu.

— Tu me manques ma puce, ça te dit de passer la journée avec moi ? Tu dois avoir tellement de choses à me raconter et moi aussi d'ailleurs !

Elle est toute joyeuse, comme à son habitude, mais lorsqu'elle se relève, mon sang se glace. Son ventre est énorme ! J'observe toute la pièce, mais ne reconnais pas l'endroit où je me trouve.

— Que se passe-t-il Elé ?

— Où sommes-nous ?

Un rire sinistre fend l'air et ma tête se tourne d'un coup pour voir Sam avec son masque sur le visage qui tient une hache entre les mains et qui la fait danser dans l'air.

Je sors du lit et découvre par la même occasion que je suis nue. Je n'y prête pas attention pour me positionner devant ma sœur qui n'a pas l'air de comprendre le danger.

Sam me lorgne sans vergogne, mais je m'en fous, tout ce que je veux, c'est défendre ma sœur contre cet homme mauvais et dangereux.

— Ce gosse ne verra pas le jour ! ricane-t-il.

Mes membres tremblent tellement qu'ils me font mal, je dois tout tenter. Je m'avance lentement vers lui alors qu'il reste à l'affût du moindre geste déplacé.

— Que veux-tu en échange ? soufflé-je tant bien que mal.

— Toi, à quatre pattes, tes fesses tendues vers moi.

Je prie pour qu'il éclate de rire, qu'il se foute de moi sauf que ça n'arrive pas. Je ne peux pas faire ça, je suis mariée à Kay ! L'homme de ma vie...

— Obéis mon lys ! dit soudain une voix derrière moi.

Je me retourne aussitôt pour tomber sur les yeux pénétrants de Kay qui a un pistolet braqué sur le ventre de ma sœur. Celle-ci, au lieu d'être pétrifiée, garde le sourire, comme si tout était normal !

Elle mérite que je la sauve, elle mérite le meilleur et après tout, j'ai déjà souffert alors un peu plus ou un peu moins...

Mes larmes déferlent sur mes joues, mais vaincue, je tombe à genoux. Mon mari me donne à son frère, il passera toujours avant moi ! Malgré tous mes espoirs, je suis perdue alors à quoi bon vivre ?

Je pose mes mains au sol et attends, soumise, que la douleur arrive...

Un cri de femme perce à travers la porte et un brouillard envahit la pièce. Je cligne des yeux encore et encore jusqu'à ce que je comprenne que c'était un cauchemar. Ma respiration est difficile, c'était tellement réel ! Un nouveau cri se fait entendre et malgré mes jambes en coton, je m'avance vers la porte pour y coller mon oreille.

Des bruits d'objets qui tombent me parviennent avant que quelque chose vienne se fracasser sur ma porte, me faisant sursauter et tomber sur les fesses. Je me redresse rapidement et attrape la poignée sauf que je me rappelle à cet instant que je suis bloquée et ne peux rien faire. Les bruits cessent et tout redevient calme et silencieux, comme si ça aussi je l'avais rêvé. Je ne sais plus très bien quelle est la réalité et m'assois contre la porte, épuisée. Mes yeux se ferment malgré moi. Je tente par tous les moyens de les garder ouverts de toutes mes forces, mais rien n'y fait.

Chapitre 19

Lena

Nous sortons du club alors que je suis totalement ailleurs, mes jambes avancent malgré mon envie de m'effondrer. J'ai fait ce qu'il voulait ! Je l'ai laissé prendre une partie de moi. Je lui ai donné le droit de faire de moi ce que bon lui semble. J'ai envie de courir loin, de m'enfuir, de disparaître, mais maintenant, je sais que ce n'est plus une option. Je suis allée trop loin pour tout laisser tomber, trop loin avec Sam, pour le lâcher.

Cette mission devient une épreuve que je ne suis pas sûre de pouvoir surmonter. Comment vais-je supporter de me retrouver cloîtrée avec cet homme ? J'ai peur qu'il m'enferme je ne sais où et que je ne puisse plus communiquer avec quiconque.

Il me tire à sa suite jusqu'au parking avant de se poster devant ma voiture.

— Tu me suis, m'ordonne-t-il avant de rejoindre la sienne sans attendre de réponse de ma part.

Je récupère fébrilement mes clés dans mon sac. Mes mains tremblent, je suis dépassée par les événements. Je m'attendais bien sûr à ce que ce ne soit pas simple avec cet homme, mais j'ai dû faire des choses qui me dépassent et mettre de côté ma raison. Je suis définitivement passée du côté des femmes infidèles et ça me ronge de l'intérieur. Malgré tout ce qu'il s'est passé avec Drake, l'amour qui nous a liés reste au fond de moi, je ne peux cesser d'y penser.

Je m'installe derrière le volant et mes larmes se mettent à couler si fort que je ne vois plus rien. Je frappe mon volant, comment vais-je supporter de me donner à Sam ? Une fois chez lui, il exigera mon corps tout entier et je ne suis pas certaine d'en être capable...

J'essuie rageusement mes yeux et souffle profondément, je n'ai pas le choix... Sam démarre alors j'en fais de même et prends la route vers ma nouvelle prison, la tanière du diable. Je n'ai plus qu'à espérer que quelqu'un vienne à mon secours... Si mes collègues n'ont plus de nouvelles de moi, ils débarqueront, mais il sera déjà peut-être trop tard pour moi.

Je me souviens parfaitement du jour où j'ai vu Sam pour la première fois. Tout le monde était à cran après le meurtre d'un de nos collègues, on n'a trouvé aucun indice, aucun témoin, rien ! Jusqu'à ce qu'une anonyme nous donne un nom : Samuel Jourdain. Il n'avait aucun casier, mais il y avait un fichier à son nom. Il y a quelques mois, nous avons reçu une lettre qui dénonçait les trois frères dans une affaire de disparition. Cette information a été vaguement vérifiée, car nous en recevons un certain nombre, majoritairement fausses... D'autant plus qu'en façade, cette famille n'avait rien à se reprocher.

Kayden était un informaticien, son entreprise fonctionnait moyennement, il avait un appartement et semblait avoir une vie calme. Sam était un chef d'entreprise qui réussissait malgré le décès de sa femme. Son club était renommé et d'après nos sources, celui-ci ne faisait pas tourner de drogue ou autres substances illégales. Phil lui, était employé par Kayden et était domicilié au même endroit que Sam, une petite maison au milieu l'un des quartiers défavorisés de la ville. C'étaient des personnes lambda... Du moins, c'est ce que nous pensions...

Sam venait de se faire arrêter lorsqu'on m'a chargée de cette affaire et je me suis dépêchée de me rendre au commissariat pour assister à son interrogatoire. Cachée derrière la glace sans tain, j'ai pu assister au dernier. Cet homme était sombre et il cachait des choses, il n'y avait pas de doute, sauf que nous n'avions aucune preuve de sa culpabilité. À un moment, son regard s'est longuement fixé sur la vitre derrière laquelle je me trouvais, comme s'il pouvait voir à travers, c'était décontenançant. Il était très intéressé par ma collègue et son comportement me dérangeait. Il était trop charmeur et avait un charisme qui ne laissait personne insensible que ce soit en bien ou en mal. J'ai senti le danger, mais ne pouvais l'expliquer.

Juste avant qu'il ne soit libéré, j'ai reçu un appel de l'infirmière qui s'occupe de Drake et j'ai dû partir en urgence à l'hôpital. Mon mari a fait un malaise à cause de sa température trop élevée et qu'elle ne fût pas ma surprise, quand j'ai découvert ce Samuel face à moi. Je pense avoir réussi à masquer ma surprise mais c'était une pure coïncidence. L'avoir aussi proche de moi m'a chamboulée en plus de cette attraction qui m'attirait à lui plus qu'elle ne l'aurait dû... Son baiser fût le début de ma perte.

Nous avions un autre plan pour l'approcher, je devais me rendre à son club et tenter de le séduire, mais je n'ai pas eu besoin de ça. Je me suis renseignée le plus discrètement possible auprès des infirmières qui m'ont signalé que sa belle-sœur était malade et qu'elle allait encore rester plusieurs jours à l'hôpital. C'était ma chance, d'autant que je ne le laissais apparemment pas indifférent. J'avoue avoir emmené Drake plus que nécessaire à l'hôpital, mais ça m'a permis petit à petit de me faufiler dans son esprit.

Sam est un être complexe et voyant la situation dans laquelle je me trouve aujourd'hui, je suis certaine que je n'étais pas totalement maîtresse de la situation. Je pensais jouer avec lui alors qu'en fait, c'est lui qui tenait les cartes. Je ne sais simplement pas de quelle manière la partie va se terminer.

Nous arrivons à la bâtisse devant laquelle nous nous garons. Je ne devrais pas descendre et partir tant qu'il est encore temps, mais Sam se dresse déjà devant ma voiture. Cet air ombrageux qu'il a constamment est si attirant... Mes sentiments à son égard sont si troubles que je ne saurais les expliquer. Je le hais autant que j'ai besoin de le toucher.

J'ouvre finalement la portière, je ne peux pas rester éternellement cachée dans ma voiture.

À peine en descends-je, que Sam tend la main pour m'ordonner :

— Donne-moi les clés.

Je le fixe ne voulant pas lui céder si facilement, ce n'est pas parce que je suis venue ici qu'il a tous les droits !

— S'il faut que je vienne les chercher Lena, ne te plains pas des conséquences !

Il parle calmement, mais je n'ai pas franchement envie de le tester alors je dépose sagement mes clés dans sa main.

Il se retourne aussitôt pour monter les marches qui mènent à l'entrée. J'ai déjà eu un aperçu de l'endroit et une boule d'angoisse monte en moi en repensant à la raison qui m'a amenée ici la première fois ; il venait de me poignarder ! Et je suis assez folle pour y revenir de mon plein gré... Des frissons me traversent alors que je le suis.

Il me laisse passer avant de refermer bruyamment la porte, scellant en quelque sorte mon sort. Je ne sais pas quand je reverrai la lumière du jour !

— Tu veux boire quelque chose ?

Je reste un instant interloquée par sa question. Suis-je une simple invitée ? Pourquoi me demander mes clés dans ce cas ?

— Oui, soufflé-je finalement.

Après tout, autant profiter de sa gentillesse... Et gagner du temps !

Il rejoint la cuisine avant d'en ressortir avec un verre qu'il me tend. Mes doigts touchent accidentellement les siens et mon corps frémit. Pour éviter de trop penser, je bois une gorgée et me retiens tout juste de recracher ; c'est de la vodka pure.

La brûlure dans ma gorge est désagréable et j'ai bien envie de lui jeter le verre à la figure, mais ça me rappelle trop un homme qui prend plaisir à me l'infliger. Un homme que je ne suis pas sûre de revoir un jour… D'ailleurs, je n'en ai pas forcément envie malgré la promesse solennelle que je lui ai faite.

Une main sur mon visage efface celui de Drake de mon esprit et me rappelle la réalité. Sam m'observe attentivement, les yeux braqués dans les miens alors que ses doigts caressent ma joue.

— Tu réfléchis trop chérie…

Avant de pouvoir lui répondre, ses lèvres se posent doucement sur les miennes. C'est léger, mais fait disjoncter mon cerveau. J'en veux plus, tellement plus !

Il se recule et attrape ma main libre pour me tirer dans le couloir, sauf qu'il ne prend pas la direction de sa chambre, mais s'arrête devant la porte qui je le sais, mène au sous-sol lugubre. Je m'arrête net alors qu'il continue de tirer sur ma main.

— Lena ! gronde-t-il.

— Dans ta chambre s'il te plaît …, tenté-je désespérée.

Je sais qu'il va vouloir coucher avec moi, mais je ne veux pas me rappeler cette sensation de plaisir mêlée à celle de l'horreur d'être attachée, sans défense.

Un ricanement lui échappe et sans plus de réflexion, je me libère de sa poigne. Je me mets à courir espérant rejoindre le salon sauf qu'il réussit à attraper mon bras et à me pousser contre une porte. Le verre me tombe des mains et s'éclate en un million de particules.

Je m'effondre au sol et suis sonnée quelques secondes. Je me redresse rapidement, je ne veux pas lui laisser le temps de prendre le dessus, même si je sais pertinemment que je ne fais pas le poids contre lui. Nous nous fixons en silence avant que je n'effectue un mouvement sur le côté. Évidemment, il ne me laisse pas faire et passe un bras autour de ma taille pour me ramener à lui. Je lui jette des coups de pieds, sauf qu'il se méfie et les évite habilement.

— Lâche-moi ! crié-je même si je sais qu'il n'en fera rien.

— Débats-toi Lena, tu m'excites encore plus ! susurre-t-il près de mon oreille. On va bien s'amuser tous les deux...

Je crie de plus belle et frappe tout ce qui est à ma portée, mais il réussit à ouvrir la porte du sous-sol et commence à descendre l'escalier. Je me débats autant que je le peux sauf qu'il me tient trop fermement. Je manque à plusieurs reprises de tomber dans les marches, mais nous arrivons en bas sans encombre.

Il avance vers la pièce où je me suis réveillée la dernière fois et tout me revient en mémoire, toute la douleur et la peur de ne pas savoir quel sort il me réservait. Il ferme la porte derrière lui et tire une clé de sa poche pour la fermer avant de me lâcher. Je me rue dessus sachant pertinemment que c'est inutile, mais il me laisse me fatiguer.

— Quand tu auras fini, tu te déshabilleras entièrement et tu t'allongeras à plat ventre sur la table, dit-il avant d'aller s'asseoir sur une chaise.

Mon cœur bat si fort dans ma poitrine que je ne suis pas sûre de le supporter encore longtemps. Je ne peux pas faire ce qu'il me demande ! J'ai presque envie de rire devant ma naïveté. Je pensais vraiment qu'il me prendrait vite fait bien fait dans sa chambre et qu'on n'en parlerait plus. Sam n'est pas de ce genre, il veut me montrer toute l'étendue de ses talents et son petit jeu dans son bureau était uniquement pour tester mes limites…

Je suis coincée, je le sais, mais faire ce qu'il demande c'est me rabaisser. Si je lui obéis cette fois, jusqu'où ira-t-il ensuite ?

Je ferme les yeux et prends de profondes inspirations, je dois me calmer. Ça ne peut que servir ma mission, je le fais uniquement pour trouver des preuves et le faire payer !

Forte de cette conviction, je fais passer mon tee-shirt au-dessus de ma tête et déboutonne mon jean qui tombe à mes pieds.

Sam s'est redressé sur sa chaise et me fixe intensément. Ses yeux détaillent chaque partie de mon corps, me mettant mal à l'aise. Je ferme les miens alors que mes mains dégrafent mon soutien-gorge et font descendre ma culotte le long de mes jambes.

Une fois nue, je me tourne et rejoins la table alors que des larmes coulent sur mes joues. Comment en suis-je arrivée là ? À quel moment ma vie a-t-elle basculé ?

Le froid de la table me fait frissonner, jusqu'à ce que je sente la main de Sam sur ma cheville. Je serre les jambes par réflexe et il ne fait aucun commentaire, mais continue de monter jusqu'à ma cuisse. Sa main se crispe alors et quitte soudain mon corps. Je tourne la tête pour tenter de le voir, mais j'aurais mieux fait de m'abstenir. Sam attrape des cordes et malgré mon envie de m'enfuir, je reste statique, attendant sagement de connaître mon sort.

— Mets tes mains devant toi.

Je fais ce qu'il demande avant qu'il ne passe une corde autour de chacun de mes poignets. Il les accroche à des boucles en fer installées au sol de part et d'autre de la table, que je n'avais pas remarquées jusqu'à maintenant. Il m'attache fermement avant d'écarter brutalement mes jambes pour les attacher de la même façon. Je suis bloquée de tout mouvement et entièrement à sa disposition. Mon corps est pris de tremblements incontrôlables, je ne peux pas le laisser faire ! Je suis folle d'avoir accepté de me soumettre à lui.

— Maintenant, tu es à moi, souffle-t-il, satisfait. Tu ne pourras plus rien faire pour t'échapper ma belle Lena !

J'essaie de tirer sur mes liens et effectivement, je ne peux pas effectuer le moindre mouvement, je ne fais plus qu'un avec la table.

Soudain, quelque chose de froid tombe sur mes fesses et le doigt de Sam se positionne à cette entrée encore inexplorée. Je tente de bouger, je ne veux pas qu'il me touche à cet endroit, mais rien n'y fait. Je tente de bloquer son intrusion sauf que son doigt s'y glisse sans problème.

— Détends-toi Lena sinon tu souffriras pour rien !

— Je t'en supplie Sam !

Il s'enfonce encore plus profondément me faisant hurler de douleur.

— Si tu continues, je te bâillonne, à toi de choisir !

J'essaie de me calmer alors que son doigt s'est immobilisé en moi. Il le retire lentement avant de revenir et je dois avouer que je ne ressens plus autant de souffrance, mais ça reste désagréable. Il fait plusieurs va-et-vient alors que je serre les dents autant que possible.

Il finit par se retirer et s'écarter de moi. J'entends de l'eau couler avant qu'il ne revienne et titille mon clitoris. Je n'ai pas le temps d'en ressentir le plaisir qu'il pénètre violemment mon intimité de ses doigts. Je souffle un grand coup alors qu'il quitte mon sexe pour y revenir encore plus fort, me faisant crier malgré moi. Ses mouvements font malgré tout monter lentement mon excitation. Je ne l'aurais jamais cru possible, mais il réussit à me faire du bien malgré sa brusquerie.

J'entends sa braguette s'ouvrir avant qu'il arrête sa torture et vienne détacher à la hâte mes poignets. J'ai à peine le temps de le voir nu qu'il disparaît de nouveau derrière moi et tire sur mes hanches pour que je me mette à quatre pattes. Sans plus de cérémonie, son membre dur et imposant force le passage à l'intérieur de mon sexe. La brûlure est difficile à supporter, ça fait des années que je n'ai pas eu de rapport et c'est douloureux. Mes larmes débordent alors que je mords mes lèvres pour ne pas me plaindre. Une fois qu'il bute contre mes fesses, j'entends un grognement près de mon oreille.

— Si serrée, si parfaite !

Il n'attend pas plus longtemps pour me pilonner avec violence, m'arrachant des cris que je ne peux retenir. La douleur se mélange à un plaisir qui malgré moi, monte. Je sens la chaleur qui s'empare de mon corps, les petites décharges qui me picotent. Comment fait-il ça ?

Il quitte soudain mon humidité pour se positionner au-dessus, entre mes fesses. J'essaie de me dérober, mais une claque cuisante sur la cuisse stoppe mes mouvements. Il en profite pour commencer à s'introduire en moi. La pression qu'il exerce est à peine supportable, mais je le laisse continuer, de toute manière, je ne pourrai pas lui échapper... Ses mouvements sont lents et il avance en douceur, progressivement, comme s'il me laissait m'habituer à cette intrusion. Je le remercie silencieusement même si je sens qu'il va de plus en plus loin. Tout à coup, ses doigts se faufilent jusqu'à mon clitoris qu'il se met à masser.

Ma tête tombe entre mes bras, je suis perdue, le plaisir monte inexorablement alors qu'il entame ses va-et-vient. Malgré ma réticence, je sens mon orgasme arriver peu à peu. Il me pénètre de plus en plus vite au même rythme que ses caresses et je me laisse aller. Mon corps s'enflamme et l'orgasme qui explose en moi est hallucinant, tellement que je peine à rester sur les genoux, Sam doit me retenir pour ne pas m'effondrer sous ce plaisir intense et inattendu.

Je le sens se tendre derrière moi et un grondement emplit la pièce alors que je le sens se déverser en moi. Son souffle saccadé rejoint le mien et il finit par se retirer en même temps qu'il me lâche. Il détache mes liens et me porte pour descendre de la table. Mes jambes sont en coton, je dois faire un effort pour rester droite alors qu'il attrape mes vêtements et me les fourre dans les mains sans plus de cérémonie. Je suis assez décontenancée, mais tente de ne rien laisser paraître, je n'ai aucune envie de le contrarier. Il a la mâchoire serrée et il dégage une animosité indéniable.

Je me dépêche de me rhabiller alors qu'il en fait de même avant qu'il n'ouvre la porte et en sorte. Suis-je libre de le suivre ? Va-t-il m'enfermer dans cette pièce ?

Je n'attends pas d'avoir de réponse pour le suivre. Il monte l'escalier alors j'en fais de même. Une fois en haut, je me statufie. Phil est devant nous, les bras croisés et écarquille les yeux en me voyant apparaître. Il me détaille longuement avant de souffler :

— Je ne savais pas qu'on avait une invitée…

Il n'a pas l'air franchement enchanté et je peux le comprendre, je m'incruste dans leurs vies.

— Lena, tu vas dans ma chambre et tu y restes, je te rejoins quand je peux.

Je reporte mon attention sur Sam avant de faire ce qu'il me dit, ça me laissera un peu de temps pour reprendre mes idées et également pour continuer à fouiller…

Je baisse la tête en passant devant les deux frères qui se toisent et cours presque jusqu'à la chambre.

Je claque la porte et m'y affale, mes jambes ne me soutenant plus. J'attrape ma tête entre mes mains, dans quel monde suis-je tombée ? J'ai laissé Sam me prendre, me donner du plaisir ! J'ai joui sous ses mains !

Je me relève d'un coup et entre dans la salle de bain avant de me mettre sous la douche tout habillée. Je ne peux pas supporter une seconde de plus son odeur sur moi !

J'arrache mes vêtements alors que l'eau chaude envahit la cabine de douche. Mes membres sont douloureux, mais je tiens bon jusqu'à ce que chaque parcelle de mon corps soit lavée.

Je m'enroule dans une serviette alors que mes forces me quittent. Je ne me regarde même pas dans le miroir, car je suis certaine de détester le reflet que j'y verrai et pars directement m'allonger sur le lit. Toutes ces émotions ont raison de moi, je me roule en boule et la fatigue finit par m'emporter.

Chapitre 20

Samuel

Phil me fusille du regard alors que Lena referme la porte derrière elle. Je n'ai pas pour habitude de ramener quiconque chez nous, mais cette femme… Elle est différente ! C'était tellement bon de me trouver en elle. Les voix se sont tues ! Durant tout le temps où je la possédais, je n'ai rien entendu et le plaisir que j'ai ressenti en jouissant au fond d'elle était hallucinant ! J'étais repu, pour la première fois depuis des années, j'étais satisfait ! Je ne comprends pas comment elle fait ça et pourquoi c'est différent avec elle ! Qu'a-t-elle de plus que les autres ? J'ai beau me creuser la tête, je n'arrive pas à l'expliquer…

— On doit parler, Sam…

Je me souviens soudain des paroles de Kay concernant son accident et il est clair que nous avons à discuter ! Quelqu'un nous veut du mal et je ne peux pas rester sans réagir ! La personne responsable de ça, va passer un mauvais quart d'heure, il est hors de question qu'on s'en prenne à mon frère !

Je remonte le couloir pour rejoindre le salon. Je m'assieds dans le canapé attendant que mon frère me rejoigne.

— Kay m'a dit que le camion qui lui est rentré dedans, ce n'était pas un accident…

— Je m'en doutais ! souffle-t-il en faisant les cent pas. Mais qui pourrait s'en prendre à nous ? Tu crois que c'est en rapport avec le trafic ? De la jalousie ?

Je me suis posé la question. Nous avons des concurrents, mais n'avons reçu aucune menace particulière jusqu'à présent. Qui que ce soit, ils étaient bien préparés. Comment savaient-ils que Kay se trouvait là ? Depuis quand préparent-ils leurs coups ?

— Faut voir si tu peux trouver quelque chose sur les vidéos de surveillance de la ville. Le chauffeur s'est barré, tu peux peut-être trouver vers où il est parti, si quelqu'un l'a récupéré ou autre…, suggéré-je.

— Je m'en occupe, mais en attendant, il va falloir la jouer discret. J'ai vu les mails qui commencent à s'accumuler, mais avec tout ce qui se passe dans nos vies, il serait peut-être temps de faire une pause…

Mettre notre activité de côté pendant un temps serait sûrement une bonne chose effectivement même si ça me coûte. J'ai besoin de cet exutoire, mais il faut être réaliste, avec Kay à l'hôpital, les choses sont plus complexes à mettre en place. De plus, Anton va finir par me lâcher si je ne m'occupe pas un peu plus du club…

— Dès que Kay rentre, on reprend tout !

Phil hoche la tête avant d'ancrer ses yeux dans les miens.

— Alors toi et Lena... Vous êtes ensemble ou c'est juste un de tes jeux pervers ?

Son visage est fermé, je sais qu'il désapprouve sauf qu'il n'est pas mon père, je fais ce que je veux quand je le veux. Si ça ne lui plaît pas de voir Lena, tant pis pour lui ! On m'a bien imposé la présence d'Eléonore sans me demander mon avis...

— Elle va rester ici quelque temps.

Phil écarquille les yeux avant de se redresser, mais son air contrarié me gonfle, je n'ai pas besoin de sermon. Je fais ce que je veux de ma vie comme il fait ce qu'il veut de la sienne. Lena n'est pas comme les autres mais je ne peux pas le dire, ça serait trop réel et j'ai peur de ce que ça impliquerait...

— On pourrait au moins en discuter avant... Je ne la connais même pas...

— Il n'y a rien à dire, ce n'était pas une question ! lui rappelé-je.

Je me lève et rejoins la cuisine pour préparer un semblant de repas avant qu'il ne réponde. Je me dépêche de tout mettre sur un plateau avant de rejoindre ma chambre.

J'ouvre lentement la porte et remarque Lena allongée sur les draps, une serviette qui l'enveloppe. Je la trouve incroyablement belle... Je pose mon festin sur la table de nuit et vais m'accroupir près d'elle. Elle a les yeux fermés et malgré moi, ma main passe doucement sur son sublime visage. Quelque chose en elle m'attire, me donne envie de prendre soin d'elle, comme une petite chose fragile… Tellement de sensations que j'avais oubliées !

Elle ouvre doucement les yeux et sa respiration s'accélère quand elle les pose dans les miens. Malgré que je l'aie prise il y a peu de temps, mon sexe est encore droit comme un bâton et prêt à l'action. Elle a un effet sur moi, bien au-dessus de ce qu'on put me faire ressentir les femmes qui ont défilé entre mes bras depuis plusieurs années.

— Je t'ai apporté de quoi manger…

Elle a l'air surprise, mais continue de me fixer. Un sentiment que je ne veux pas ressentir commence à monter en moi alors j'attrape le plateau, pour fuir son regard. Il est hors de question qu'elle ait une quelconque importance pour moi, je dois mettre des limites !

Elle se redresse en tentant de rester couverte avec sa minuscule serviette sauf que le haut de sa poitrine se dévoile, laissant libre cours à mon imagination débordante. Je la veux ! Encore !

Je pose le plateau sur ses jambes étendues alors qu'elle m'observe, l'air perplexe. Elle se demande sûrement pourquoi je suis aussi gentil avec elle, mais comme je me pose la même question, je ne pourrais pas lui répondre !

— Mange, il te faut des forces, en plus tu es toute maigre, ça ne te fera pas de mal.

J'aime son physique tel qu'il est, mais on voit bien qu'elle doit souvent faire l'impasse sur un bon repas…

Ne se faisant pas prier plus longtemps, elle attrape une assiette qu'elle dévore et j'en fais de même.

Nous mangeons en silence alors qu'elle n'arrête pas de m'observer. J'aime qu'on me regarde, attirer l'attention, mais avec elle... depuis le départ c'est différent. C'est comme si elle cherchait à entrer dans ma tête, à me comprendre...

— Il faut que tu saches que tu n'es pas prisonnière ici. Tu es venue de ton plein gré et si mes actions ne te plaisent pas, tu sais où se trouve la porte, soufflé-je. Tu es venue me chercher et non l'inverse...

Elle lève les yeux de son assiette avant de faire le tour de la pièce du regard. J'aimerais entrer dans sa tête pour savoir ce qu'elle est en train de penser. Bien sûr que jamais je ne la laisserai partir aussi facilement, mais elle n'est pas obligée de le savoir...

— Alors, pourquoi avoir pris mes clés de voiture ?

— Parce que je voulais te baiser au moins une fois ! (Sa bouche s'ouvre, mais rien n'en sort.) Si tu les veux, elles sont dans le bol posé sur le meuble de l'entrée. Tu veux déjà partir ?

Elle secoue faiblement la tête avant de poser sa fourchette. Elle doit se poser des questions sur mes intentions, mais je ne les connais pas moi-même. Elle chamboule mon univers et me fait prendre des risques que je n'aurais jamais pris avec personne.

— Merci pour ce repas..., souffle-t-elle.

Je reprends le plateau pour le poser par terre près de la porte. Il faut que j'en sache plus sur elle. Les choses se sont enchaînées tellement vite que je la connais à peine.

—Tu as un boulot ?

— Oui... Je... J'ai un travail à Nancy...

Je fais tranquillement passer mon tee-shirt au-dessus de ma tête et commence à enlever mon jean.

— Le seul endroit où je refuse que tu te rendes est chez ton mari. Tu es avec moi maintenant et uniquement moi ! Il est hors de question que je te partage avec quiconque, on est bien clair ?

Elle baisse les yeux sur les draps qu'elle triture. Jamais je ne la laisserai retourner auprès de son mari, elle doit l'oublier. Il ne faut pas se leurrer, je ne la traiterai pas mieux que lui, mais elle m'appartient à présent ! Son corps et son âme me sont dévoués.

— Oui, chuchote-t-elle.

Je fais descendre mon boxer sous ses yeux inquisiteurs avant de rejoindre la salle de bain pour prendre une douche rapide.

Je pourrais m'astiquer seul, mais j'ai trop envie d'elle ! Lena est dans la pièce d'à côté, je ne peux pas résister à mes envies.

Je m'essuie vaguement avant de retourner dans la chambre. Elle me détaille longuement alors que le rose lui monte aux joues. Je sais que ce que je lui ai fait lui a plu. Elle a joui si fort que je n'ai pas pu me retenir.

Je m'allonge sur le lit et me tourne vers elle. Mes doigts s'avancent lentement vers sa jambe et passent sous sa serviette pour caresser sa cuisse. Elle avale bruyamment sa salive alors que sa respiration s'accélère.

— Tu as envie de moi ?

Elle ne répond pas, mais fixe mes doigts qui s'approchent de plus en plus de son intimité. Je fais de petits cercles et lorsque j'effleure son clitoris, elle attrape les draps, comme pour s'y accrocher. Je laisse tomber ce petit jeu et lui arrache sa serviette. Ses seins sont dressés vers moi, comme s'ils m'appelaient. J'enjambe le corps de Lena pour me retrouver au-dessus d'elle et attrape sa poitrine généreuse pour commencer à la lécher. Je suis généralement assez égoïste dans mes relations intimes, mais son corps est un appel à la luxure que je ne peux ignorer. Mon sexe se place à l'entrée du sien, je n'ai qu'un mouvement à faire pour la pénétrer, mais je me redresse pour ouvrir le tiroir de ma table de nuit et sortir un préservatif.

— Dis-moi que tu me veux Lena !

Elle secoue la tête, elle tente de me résister, mais je vois la résignation dans son regard lorsqu'elle me voit enfiler la capote.

— Oui, je te veux en moi Sam…, chuchote-t-elle.

J'écarte ses jambes et d'une poussée, je la pénètre jusqu'à la garde. Ses bras s'enroulent autour de mon cou alors qu'elle gémit bruyamment.

Son corps est fait pour le mien. Je tire sur ses cheveux pour qu'elle baisse la tête et m'empare de sa bouche que je possède aussi vivement que son intimité. Je la pilonne vite et fort alors que ma langue tournoie. Ce ballet est une danse qui me consume, qui me fait perdre pied, qui m'électrise. Je la lâche pour poser mes mains sur la tête de lit en bois et m'y accroche pour la pilonner si fort qu'elle crie sous mes assauts brutaux. Son vagin se resserre sur mon membre alors qu'elle hurle sa jouissance, me faisant partir dans un monde de plaisir que j'avais oublié. Je continue mes va-et-vient jusqu'à ce qu'elle s'apaise et que je redescende sur terre.

Je me retire de son corps et m'effondre sur le lit, satisfait et en paix. Une petite main se pose sur mon torse et je ne peux m'empêcher de l'entourer de la mienne. Son odeur est partout, elle m'a envoûté ! Je ne me reconnais plus ! Elle me fait redevenir comme j'étais avant... Mais je ne veux pas y penser maintenant, ce n'est pas le moment, je veux profiter de ce calme.

Je tourne la tête et remarque que Lena a les yeux fermés, elle doit être épuisée…

Je reste quelques minutes dans cette position, mais finis par me lever. Je fais un brin de toilette avant de sortir doucement de la chambre.

Je rapporte le plateau dans la cuisine alors que Phil est assis autour de la table, son ordinateur devant lui.

Son air désapprobateur commence à m'insupporter. Je sais que garder Lena ici est une mauvaise idée, elle a une influence sur moi qui ne me convient pas, mais je ne sais pas comment faire autrement. Je la veux dans ma vie, au moins pour l'instant alors il devra s'en accommoder !

— Pour Lena, ce n'est pas une bonne idée…, finit-il par souffler.

— J'en ai rien à foutre que ça te plaise ou non ! commencé-je à m'emporter.

— Ce n'est pas le problème Sam ! Eléonore commence à péter un câble… Elle a voulu faire du mal à sa sœur alors il va falloir la surveiller. Je doute qu'une autre femme dans cette maison soit une bonne chose. Je ne sais pas quelle réaction elle peut avoir, elle est imprévisible, je ne la reconnais pas ! (Je frotte mon visage, il manquait plus qu'elle disjoncte ! Quand je disais qu'on aurait dû s'en débarrasser depuis longtemps…) Je l'ai enfermée dans sa chambre pour être sûr qu'elle ne fasse pas d'autres conneries.

— Pour quelle raison voudrait-elle s'en prendre à Judith ? Elle a tout fait pour la protéger jusqu'à présent, pourquoi ce revirement ?

Si un jour je devais m'en prendre à l'un de mes frères, il y aurait une bonne raison, ça ne serait pas gratuit. Elle aime sa sœur, ça saute aux yeux…

Phil se lève et va se poster près de la fenêtre, il est vraiment bizarre aujourd'hui.

— Judith est enceinte, balance-t-il face à la vitre, me tournant le dos.

Je reste un instant abasourdi par la nouvelle. C'est tellement précipité, ils se connaissent à peine ! Un enfant ! Le frère que je pensais le plus réfléchi s'est fait piéger aussi facilement ! C'est surréaliste !

— Tu plaisantes ? demandé-je calmement.

C'est la seule possibilité, il me fait une farce !

— J'aurais préféré... Je ne sais pas quoi faire ! Elle veut cet enfant, mais je ne suis pas prêt pour ça !

Les nerfs me montent petit à petit tandis que je réalise que c'est réel. Mes poings se serrent à m'en faire mal. Je n'aurais jamais pensé avoir quoi que ce soit en commun avec Eléonore et pourtant...

Des images s'impriment dans mon esprit, que je ne peux supporter ! Cette nuit affreuse où j'ai tout perdu... Cette femme que je croyais mienne, mais qui ne l'était finalement pas et cet enfant... J'aurais tout donné pour eux, sauf qu'Élise a tout détruit. En un instant, tout ce qui comptait pour moi a disparu sous mes yeux. Je revois ses mains sur son ventre, tellement heureux... J'aurais chéri ce bébé, je l'aurais aimé plus que tout au monde...

C'est de ta faute ! Tu ne la satisfaisais pas, elle n'avait pas d'autre choix...

Je frappe mon crâne, les voix ne peuvent pas revenir !

— Sam ! souffle mon frère, mais c'est trop.

Le sang qui coule entre les jambes de ma femme... Des aiguilles à tricoter à ses pieds... Ses larmes, son visage déformé par la douleur... La fin d'une vie... Moi qui suis tétanisé par la scène... Ses aveux...

Je me lève, tel un automate et malgré les appels de mon frère, je m'avance en titubant dans le couloir, me tenant au mur pour ne pas m'effondrer à chaque pas. Je ne peux plus voir ces images, elles sont insupportables !

J'ouvre la porte de ma chambre avec fracas et entends des pas derrière moi sauf que je n'ai qu'un objectif : oublier ! Je dois arrêter de penser, stopper les voix qui me font disjoncter.

Je m'avance vers mon lit où une femme est allongée. Je tire les draps qui la couvrent et la trouve entièrement nue.

Fais-lui mal, elles sont toutes pareilles, ce sont des démons ! Elle va te faire souffrir ! Tue-la !

Je grimpe sur elle et attrape son visage pour le secouer. Elle doit se réveiller et me regarder. Elle doit voir le mal qu'elle me fait ! Elle me perturbe et ce n'est pas bon pour moi !

Ses yeux papillonnent avant de se poser sur moi. Ils s'écarquillent d'horreur en me voyant et elle attrape ma main qui la sert fort.

— Sam, qu'est-ce que tu fous ? demande Phil dans mon dos.

Je ne peux pas le laisser m'arrêter ! Je dois aller jusqu'au bout, je dois me venger de la souffrance qu'on m'a infligée ! Je pose ma deuxième main autour de la gorge de Lena qui commence à se tortiller pour tenter de m'échapper.

Je bloque sa trachée et malgré sa bouche grande ouverte, l'air lui manque.

— Sam bordel ! crie mon frère.

Je suis soudain arraché à ma proie qui se met à tousser bruyamment et tombe du lit pour se recroqueviller contre le mur. Une petite souris qui tente de m'échapper, mais ce n'est pas fini !

Je me dégage des bras de mon frère et lui balance mon poing dans la figure. Il ne doit pas m'interrompre ! Je dois finir ce que j'ai commencé, la briser ! Elle doit payer ! Elle est comme toutes les autres femmes, c'est une manipulatrice ! Les femmes sont les pires êtres au monde.

Je commence à m'avancer vers elle quand un coup dans le dos me stoppe net. Je me retourne malgré la douleur et ne vois pas arriver le poing de mon frère qui percute violemment ma pommette. Du sang coule dans ma bouche, que je crache au sol. Ma rage augmente d'un cran et je me jette sur lui. Il a beau être plus mince que nous, Phil est un très bon combattant et les coups qu'il me donne me sonnent. Je le frappe tout autant jusqu'à ce que quelque chose se fracasse sur mon crâne. J'ai à peine le temps de voir Lena au-dessus de moi, une planche de l'armoire entre les mains, que tout s'assombrit.

Chapitre 21

Lena

Que vient-il de se passer ? Je n'ai pas eu le temps de comprendre ce qui m'arrivait. Sam était tendre avec moi, il a pris son temps pour me faire du bien, il était différent et là, je me réveille en sursaut alors qu'il essaie de m'étrangler ! Il est passé d'un extrême à un autre en un temps record et je suis totalement déconcertée.

Voyant les deux frères se battre, j'ai viré tous les vêtements d'une de ses étagères qui par chance n'était que posée dans l'armoire. J'ai hésité mais je devais agir alors je l'ai fracassée sur son crâne. Sam gît maintenant au sol, à côté de Phil, essoufflé.

Je lâche la planche qui chute sur la moquette alors que je tombe à genoux. Je ne vais pas supporter des émotions aussi fortes pendant encore très longtemps.

Ce moment passé avec Sam dans son lit m'a fait réaliser qu'il comptait plus que je ne me l'avouais, qu'il a un pouvoir sur moi qui me contraint à rester à ses côtés. Ma mission reste ancrée dans un coin de ma tête, mais je peux me leurrer autant que je veux, Sam est en train de se frayer un passage là où je n'aurais jamais pensé. Il est en train d'atteindre mon cœur...

Je culpabilise tellement par rapport à Drake, mais il est temps d'admettre que mon amour pour lui s'est évaporé au fil des mois et qu'à présent, je n'en suis plus amoureuse. Cette constatation est douloureuse, je me suis mariée avec lui pour vieillir ensemble et finir notre vie côte à côte sauf qu'il me trompait. Il est clair que je n'aurais jamais dû agir comme je l'ai fait, mais je ne peux plus supporter cet homme. Si j'ai quitté mon domicile pour rejoindre Sam, c'est qu'inconsciemment, je l'avais compris. Il me manquait juste un déclic pour m'en rendre compte et cette relation si intime que nous avons eue, il y a tout juste quelques heures, fut ma révélation.

Phil se redresse tant bien que mal et analyse la situation. Sam est toujours inconscient alors que je suis nue, à genoux devant lui. Le tableau est assez pathétique, mais je suis comme tétanisée. J'ai vu tellement de haine dans ses yeux... Je suis certaine qu'il comptait me tuer. Si Phil n'était pas intervenu, je ne serais plus de ce monde.

Ce dernier se lève, attrape le drap et le passe autour de mon corps glacé.

— M... Merci..., réussis-je à articuler.

Il me fait un signe de tête avant de se poster devant son frère. Il pose ses doigts sur son poignet et a l'air soulagé. Je ne l'ai pas tué, je n'ai pas tapé si fort ! Je n'ai même pas pensé aux dégâts que ça pouvait engendrer, je n'ai pas réfléchi.

— Je vais l'emmener ailleurs, recouche-toi, je vais le surveiller.

Mon cœur se sert, je n'ai pas envie qu'il l'éloigne de moi, je veux m'assurer qu'il aille bien !

— Non, s'il te plaît ! (Phil fixe ses yeux sur moi, ne comprenant sûrement pas ce que je lui demande.) Mets-le sur le lit, il était si triste…

— Il va te faire du mal Lena ! C'est toujours ce qu'il fait ! Si je n'avais pas été là, où crois-tu que tu serais à cet instant ?

Mes larmes coulent le long de mes joues. Je le sais pertinemment, mais tant pis, je prends le risque !

— S'il te plaît, insisté-je.

Phil passe une main dans ses cheveux avant d'attraper son frère et de le poser sur le lit.

— Quand il se réveille, préviens-moi. Du moins si tu en as le temps…

Sur cette phrase, il quitte la chambre en claquant la porte. J'attends quelques secondes que mes tremblements se calment avant de me relever lentement en enroulant le drap autour de moi. Je ferais tellement mieux de me rhabiller et de partir de cet endroit ! Il n'y a rien de bon pour moi ici... Ni nulle part ailleurs...

Sam a l'air si paisible comme ça. Il faut que je comprenne ce qui le rend aussi agressif, aussi déboussolé. Je ne sais pas ce qui en est la cause, mais quelque chose au fond de moi me dit que je peux essayer de le changer, l'apaiser... C'est totalement idiot et je risque ma vie, mais il m'est impossible de le laisser dans cet état.

Je m'avance vers la porte que j'entrouvre et inspecte le couloir avant de m'y faufiler. Même si Sam m'a dit que j'étais libre, j'ai de gros doutes sur ce fait. C'est trop simple…

J'observe le couloir et les différentes portes qui me narguent. Je n'ai pour l'instant aucune preuve qu'il se passe quoi que ce soit d'étrange ici en dehors de son comportement. Je n'ai rien vu qui soit lié aux dénonciations que nous avons reçues sur cette famille.

J'atteins le salon, qui est vide et attrape mes clés de voiture, à la place indiquée avant de sortir de la maison. Le froid me fait frissonner, mais je me dépêche d'ouvrir le coffre et d'attraper mon sac.

Le soleil se lève à peine et donne un air étrange à la forêt. Le bon sens me hurle de monter dans la voiture et de déguerpir sauf que je reste bloquée, mon sac à la main. Si je pars, c'est la prison qui m'attend et les flics en prison ne sont pas les personnes les mieux traitées... Si je reste, je devrai supporter le comportement psychotique de Sam et ne suis pas sûre d'en ressortir indemne. La seule possibilité qui pourrait être à mon avantage est de partir en cavale... Sauf que je n'ai pas envie de fuir. De le fuir…

Sam me donne envie de rester et d'apprendre à le connaître. Je sais que je ne devrais pas désirer une telle chose, que ça ne m'apportera que des soucis supplémentaires, mais comment pourrais-je faire autrement ? Mon cœur revit lorsque je suis près de lui. Il échauffe mes sens rien que par sa présence, je suis foutue.

Je ferme mon coffre et retourne dans la maison d'un pas décidé. Il veut que je lui appartienne, très bien, mais lui aussi sera mien.

Un bruit derrière une porte me fait stopper net. Des coups, faibles cognent à un rythme régulier. J'observe le couloir avant de m'en approcher. J'essaie de l'ouvrir, mais la poignée me résiste.

— Il y a quelqu'un ? demandé-je doucement.

Le bruit s'arrête alors je colle mon oreille quand soudain, je tombe en arrière, sur les fesses. Mon cœur bat à une vitesse folle, c'est comme si un animal enragé se trouvait de l'autre côté et tente de démolir la porte. J'ai eu une peur bleue. Qu'est-ce que c'est que ce bordel ?! Je tente de reprendre une respiration normale quand Phil débarque dans le couloir.

Il reste un instant interloqué par la scène avant de donner un coup dans la porte.

— Tu te calmes !

— Je vais vous tuer, laisse-moi sortir ! hurle une femme.

Suis-je en train d'halluciner ? Que se passe-t-il ? Qui est-elle et pourquoi la garde-t-il prisonnière ?

— Lena, tu ferais mieux de ne pas traîner ici.

Je cligne des yeux pour reprendre contenance et me redresse tant bien que mal en essayant de garder mon corps caché par le drap.

Je n'ai plus de voix alors je fais simplement ce qu'il me dit et me dépêche de refermer la porte de la chambre de Sam derrière moi. Il va falloir que je trouve des réponses ! Est-elle ici de son plein gré ? Et si c'était une des femmes qu'ils ont prétendument enlevées ?

Je pose mon sac au sol et commence à m'avancer vers le lit lorsque je me rends compte que celui-ci est vide. Je parcours rapidement la pièce des yeux, mais elle est vide. Est-il sorti ? Dans le doute, j'ouvre la porte qui mène dans la salle de bain et tombe sur Sam, les mains posées sur le lavabo. Il relève lentement la tête pour croiser mon regard dans le miroir qui lui fait face. Il est indéchirable et je n'ose faire le moindre mouvement. Je ne sais pas si la crise est passée ou s'il tient toujours à m'étrangler alors je reste sur mes gardes.

— Sam..., soufflé-je faiblement.

Il ne fait aucun mouvement, comme statufié. J'observe son visage, si beau, mais si dur. Ses traits sont tirés et ses yeux un peu hagards, j'ai tellement envie de le serrer contre moi... Il y avait tant de souffrances en lui que je ne peux imaginer à quoi il pensait. J'aimerais en savoir plus sur lui. Il est mystérieux, mais il faut qu'il me laisse au moins entrevoir une petite partie de son âme.

La tension émane de son corps, mais je décide tout de même de m'avancer vers lui. Je tente le diable, sauf que je ne peux plus le voir aussi malheureux, je veux effacer ce qu'il a en tête, le faire penser à autre chose...

Il continue de me fixer alors que je fais un pas après l'autre jusqu'à me trouver tout près de lui.

Je pose une main dans son dos et je sens sa respiration s'accélérer nettement. Un éclair traverse ses prunelles et il se tourne soudain pour me plaquer contre la paroi en verre qui délimite la douche italienne. Le choc me coupe le souffle alors que sa main est posée sur ma gorge. Il ne serre pas ses doigts, mais me garde ainsi prisonnière.

— Pourquoi n'es-tu pas partie ? Tu aurais mieux fait…, susurre-t-il contre mes lèvres.

Il pose doucement sa bouche sur la mienne et mon cœur chavire. Je ne dois pas flancher, je dois garder le contrôle de mes sentiments, de mes actes, mais il me perturbe comme personne ne l'a jamais fait. Heureusement il ne s'attarde pas et descend dans mon cou. Ses lèvres enflamment ma peau sur son passage, réveillant mon intimité qui palpite.

— Tu sens si bon…, souffle-t-il avant de reposer ses yeux dans les miens.

Sa poigne se fait plus ferme et la panique commence à me gagner, cette fois je suis seule. Phil ne viendra certainement pas me sauver une deuxième fois.

— Raconte-moi ! tenté-je de le distraire. Explique-moi ce qui te met dans cet état.

Il cligne les yeux et je ne suis pas certaine qu'il me voit vraiment, c'est comme s'il était ailleurs. Il se crispe de plus en plus, j'ai peur d'avoir été trop loin, d'avoir dépassé les limites. Pourquoi a-t-il fallu que j'ouvre ma bouche ? Comme il l'a dit, j'aurais mieux fait de m'enfuir de cette maison de malheur !

— Le sang qui coule… Trop…

Sa prise sur ma gorge se relâche et il recule jusqu'à se cogner contre le lavabo. Ses yeux emplis d'horreur, me font mal au cœur. Il fixe ses mains devant lui, je me sens si impuissante face à sa soudaine détresse…

— Ma femme est morte…

Sur cette déclaration, Sam quitte la pièce alors que je reste abasourdie. Je savais déjà qu'il était veuf, mais le voir dans cet état est insupportable.

Quand je pense à Drake, mon mari, à qui j'ai failli prendre la vie… Serais-je dans le même état que Sam si je l'avais perdu ? Je n'en suis pas certaine… Son amour pour elle est encore palpable, il n'a pas fait son deuil et cette constatation est un poids supplémentaire que je dois porter.

Je ne sais pas si je dois rejoindre Sam cette fois-ci, je ne sais pas jusqu'où il est prêt à se confier à moi. J'ai peur de trop en demander et de le braquer. Néanmoins, je ne vais pas rester cloîtrée dans la salle de bain alors je passe la porte.

Sam est assis au bord du lit, ses coudes sur ses genoux, la tête entre ses mains. Je tente d'être la plus discrète pour rejoindre la porte lorsqu'il souffle :

— Elle était enceinte d'un autre. Elle me trompait depuis des mois ou des années je n'en sais rien ! (La rage transpire dans sa voix). Elle m'a fait tellement de mal… Je ne voulais pas y croire, j'avais tellement confiance en elle que j'ai été aveugle ! Je l'aimais plus que tout au monde, j'aurais donné ma vie pour elle… Quel abruti !

Je n'ose pas bouger, ce qu'il me dit est terrible ! Je ne peux pas imaginer comment il a dû se sentir en apprenant ça... Je me sens mal pour lui. Moi aussi j'ai été trompée et j'ai failli commettre l'irréparable. Enfin, j'ai commis quelque chose d'horrible qui me hante chaque jour, mais par chance, je n'ai pas la mort de Drake sur la conscience.

— Tu ferais mieux de partir, j'ai des images dans ma tête qui refusent de s'en aller et je ne suis pas sûr de ne pas disjoncter une nouvelle fois.

— Non ! m'empressé-je de répondre.

Je n'ai nulle part où aller et je ne veux pas le laisser comme ça. Il se redresse et malgré l'orage qui gronde dans ses prunelles, je reste figée devant la porte. Je ne sortirai pas sauf s'il me met lui-même dehors.

— Tu cherches quoi Lena ? Pourquoi restes-tu avec moi ? Tu veux te prouver que tu peux être utile pour quelqu'un ? Que tu peux me... sauver ou je ne sais quelle connerie ? (Ses paroles se répercutent en moi telles des lames qui m'entaillent un peu plus à chaque phrase). Je n'ai pas besoin de toi ! Tu es si insignifiante... (Sam se lève pour me rejoindre alors que je suis chamboulée. Il attrape mon menton pour me forcer à le fixer). Je ne sais pas ce que tu attends de moi, mais si tu ne passes pas cette porte tout de suite, prépare-toi à souffrir parce que c'est tout ce que j'ai à donner.

Il me lâche pour aller s'allonger. Je suis pétrifiée et désorientée. Il est blessé au plus profond de lui et quoiqu'il en dise, il a besoin d'aide, autant que moi... Nous faisons un duo pitoyable, mais je ne peux pas partir maintenant. J'ai tout quitté pour lui et pour ma mission, me rappelle ma raison. Je ne peux pas tout faire foirer, des gens comptent sur moi.

Je force mes jambes à avancer jusqu'au lit où je m'assieds. Sam se met soudain à rire alors que je tourne la tête vers lui.

— Ton obstination est soit admirable, soit incroyablement stupide…

Je fais comme s'il n'avait rien dit lorsqu'un hurlement dans le couloir envoie des frissons dans tout mon corps.

— C'est qui ? ne puis-je m'empêcher de demander.

— Eléonore, tu l'as déjà rencontrée… Elle est encore plus timbrée que nous tous réunis.

La femme de son frère… Que lui arrive-t-il ? Elle était pourtant plutôt tranquille lorsque je l'ai vue. Elle représentait pour moi, la seule porte de sortie, la seule qui pouvait m'aider… J'ai fait quelques recherches sur elle et j'ai découvert des choses assez louches. Elle était une journaliste admirée par ses pairs et adulée par son patron. Du jour au lendemain, elle a disparu de son travail, sa sœur est même venue déclarer sa disparition. Cette dernière est venue nous dire il y a peu qu'Eléonore était revenue sans aucune explication. Elle ne s'est pas représentée à son travail et une autre de ses collègues n'a plus donné signe de vie. Nous voulions l'interroger pour en savoir plus sauf que nous n'avions aucune information sur l'endroit où elle se trouvait. Sa sœur n'avait aucune adresse à nous fournir, juste le nom de son mari : Kayden Vallon.

Depuis que je suis sur cette affaire, nous surveillons l'appartement en ville qui lui appartient sauf que plus personne n'y a mis les pieds. Nous n'avions pas l'adresse de cette maison jusqu'à ce que Sam m'y emmène. J'ai gardé cette information pour moi, je sais que c'est une grosse erreur, mais je voulais d'abord avoir plus de renseignements avant de donner des détails sur cette famille.

— Viens te coucher Lena, vu que tu tiens tant à rester dans cette maison de fous.

— Il fait jour..., lui indiqué-je alors que les rayons du soleil tentent de passer à travers le rideau qui se trouve devant la fenêtre.

— Ce n'était pas une question !

Ne voulant pas qu'il change d'avis et me jette dehors, je m'allonge à côté de lui. C'est étrange de me trouver sur un lit avec un autre homme que mon mari. J'ai toujours été à Drake et à cet instant, je ne le suis plus. Même si c'est déjà le cas depuis que j'ai laissé Sam prendre possession de mon corps, cette fois, c'est plus intime.

Sa main se pose sur ma joue avant de repousser une mèche de cheveux. Je me souviens de ses doigts qui caressent mon corps, qui m'ont fait ressentir des choses que j'avais oubliées... Mon cœur se met à palpiter alors que des picotements me parcourent jusqu'à mon intimité. Toutes ces sensations sont incroyables, j'ai honte qu'un autre homme me fasse ressentir tout ça !

Sam enlève sa main de ma peau et le manque est immédiat, mais je n'ose pas m'en plaindre. Il ne doit pas comprendre que mes sentiments se développent pour lui, que je suis en train de me perdre...

Ses yeux se ferment alors que je suis en ébullition. Comment vais-je pouvoir continuer cette mission alors que je désire l'objet de mon enquête à un point inimaginable ? Je suis dans une merde pas possible et je continue de m'y prélasser un peu plus à chaque instant passé auprès de lui.

Chapitre 22

Samuel

Deux ans plus tôt

Je suis marié ! Je n'arrive pas encore à réaliser. Je lève ma main devant moi pour voir briller mon alliance, j'ai tellement de chance ! Je reporte mon attention sur ma femme qui danse au milieu de la piste au bras de Phil, elle est tellement magnifique... Si parfaite pour moi ! Elle a toutes les qualités que je pouvais souhaiter chez une compagne. Elle est attentionnée, douce... Je l'aime tellement que je ne trouve pas de mot adéquat. Je donnerais ma vie pour Élise.

Elle est joyeuse au milieu de la foule et je l'observe qui s'arrête un instant pour poser la main son ventre encore plat. J'ai encore du mal à réaliser qu'elle est enceinte ! Elle m'a toujours dit qu'elle ne voulait pas d'enfant, qu'elle voulait avant tout réussir professionnellement et pourtant, j'ai vu ses yeux pétiller en me l'annonçant. Moi, un papa ! Ça m'effraie, mais je sais que j'ai la bonne personne à mes côtés pour m'épauler.

Ma femme lève les yeux et tombe sur les miens qui ne peuvent pas la quitter et un petit sourire coquin vient aussitôt illuminé son visage. Notre couple n'a pas toujours été au beau fixe et pourtant, à l'heure d'aujourd'hui, je suis le plus heureux des hommes. J'ai tout ce que je désire...

— Alors, ça fait quoi d'être enchaîné à la même personne pour toute ta vie ? me demande Kay en me tendant une coupe de champagne.

— C'est le paradis...

Mon frère n'exprime que rarement ses sentiments, mais pour une fois, il n'a pas besoin de le faire, car dans ses yeux, je vois qu'il est content pour moi.

Élise ne me quitte pas du regard et commence à se trémousser sensuellement, je ne me contrôle plus.

— Tu peux nous couvrir ? J'ai besoin d'un moment avec ma femme...

Kay ricane et me fait signe de la rejoindre. Je n'attends pas plus longtemps pour me faufiler à travers les corps en mouvement et atteindre ma proie.

Sans lui laisser le temps de réagir, j'attrape son visage et pose délicatement mes lèvres sur sa jolie bouche. Elle s'agrippe à mes cheveux et sort sa langue pour venir me titiller. Je lui ouvre le passage qu'elle demande et tout le reste autour de nous disparaît. Je ne peux que me concentrer sur elle, dès que nos peaux se touchent, c'est comme si nous entrions en fusion, plus rien ne peut nous séparer.

Je ne sais pas combien de temps dure ce moment et même si je n'ai aucune envie d'arrêter, mon membre me démange sérieusement. Je me recule, attrape sa main et la tire derrière moi. J'ouvre les portes une à une pour trouver un endroit tranquille jusqu'à ce que nous arrivions dans un petit salon. Le canapé fera parfaitement l'affaire !

Nous ne sommes pas pudiques et nous moquons bien de qui pourrait nous surprendre, au contraire, ça rajoute un brin d'excitation. Je la déshabille lentement en faisant glisser mes doigts partout sur la peau en feu jusqu'à ce qu'elle se retrouve en corset et porte-jarretelles. Je me recule le souffle coupé, elle est sublime et elle est mienne ! Quelle chance j'ai !

En tant que femme parfaite, elle a omis de mettre une culotte et je l'en remercie, car je ne peux plus tenir une seconde sans être en elle !

Je me déshabille le plus rapidement possible et m'assois sur le canapé où elle vient me chevaucher. Elle attrape mon sexe dans sa main et s'assoit lentement sur moi. Elle est si étroite que je pourrais jouir instantanément. Je me concentre et dégage sa poitrine pour pouvoir la lécher. Ses gémissements emplissent la pièce alors qu'elle monte et descend à son rythme sur mon membre érigé uniquement pour elle. Elle soulève mon visage pour m'embrasser à en perdre haleine. Son sexe se ressert alors autour du mien et je ne tiens plus, je m'abandonne à la douce volupté du plaisir.

— Je t'aime Sam, chuchote-t-elle contre mon oreille alors qu'elle reprend peu à peu sa respiration.

Ses paroles sont les plus belles que j'ai jamais entendues. Je suis fou d'elle, elle est mon univers, ma vie.

Elle se relève pour tenter de remettre en place sa robe alors que je me rhabille. Mon portable tombe de ma poche lorsque j'attrape mon pantalon. Par réflexe, je vérifie mes messages et découvre un appel d'un numéro que je ne connais pas.

Je finis de m'habiller pour écouter le message.

« Tu ne me connais pas, mais moi si, demande à ta femme qui est le père de son gosse ! »

Je ne reconnais pas cette voix masculine, elle est comme camouflée par quelque chose. Je réécoute le message plusieurs fois pour être certain des paroles qu'il prononce et malheureusement, elles ne changent pas.

Une main se pose sur mon ventre alors qu'Élise se colle à mon dos.

— Tu es tendu, quelque chose ne va pas ? demande-t-elle insouciante.

Ce doit être une blague de mauvais goût.

Je me retourne vers elle et l'emprisonne entre mes bras. Je dépose un baiser dans son cou avant de tout de même lui demander :

— Tu as parlé de ta grossesse à quelqu'un ?

— Non, je voulais que tu sois le premier...

Je me fige, comment cette personne pourrait-elle être au courant ? Je n'ai pas envie d'inquiéter Élise, mais je dois lui demander si elle connaît ce type. Avec le trafic que nous faisons mes frères et moi, je suis toujours inquiet pour sa sécurité et encore plus maintenant qu'un petit être grandit en elle.

Je décide de monter dans la chambre que nous avons louée pour la nuit afin d'être plus au calme. Elle doit commencer à être fatiguée et j'ai envie de profiter d'elle pleinement même si ce message passe et repasse dans mon esprit. Je n'ai pas envie de l'alarmer, mais je vais bien devoir obtenir des explications...

J'attrape sa main pour la guider jusqu'à l'étage et l'arrête avant de passer la porte. Avec un grand sourire, je la fais basculer dans mes bras alors qu'elle s'accroche à mon cou.

— Ce n'est pas pour passer la porte de notre maison que tu dois me porter ? éclate-t-elle de rire.

— Tout est bon pour t'avoir contre moi...

Elle rit de plus belle. Ce son est merveilleux, cette femme égaie ma vie.

Je la pose sur le lit alors qu'elle pose ses yeux sur mon corps avant de s'attarder sur mon visage.

— Il y a un souci Sam ?

Elle est têtue et je sais qu'elle ne laissera pas tomber, alors j'attrape mon portable pour rappeler ma messagerie avant de passer le téléphone à Élise, surprise. Elle écoute et blêmit au fur et à mesure.

— Tu le connais ? m'inquiété-je en voyant le visage inquiet de ma femme.

Elle me redonne le téléphone et secoue la tête l'air ailleurs. Avant que j'aie pu dire quoi que ce soit, elle court dans la salle de bain et s'y enferme.

Je la suis et tape plusieurs fois à la porte, que lui arrive-t-il ? Je ne comprends pas sa réaction.

— Élise, mon amour, tout va bien ?

— J'ai la nausée, je te rejoins dans cinq minutes…

Je pourrais peut-être lui laisser un peu d'air. Tout le monde est sur son dos depuis ce matin et même si je m'inquiète toujours pour elle, j'imagine qu'elle n'a pas envie que je la voie malade…

Je décide de descendre prévenir mes frères de ce message et également que je n'ai plus envie de faire la fête. Je veux juste m'occuper d'Élise alors je les laisse se débrouiller avec les invités.

Je remonte dans la chambre après quelques minutes. Mes frères ont été surpris par la nouvelle de la grossesse, mais heureux pour moi. Ils constituent ma famille, mon point d'ancrage qui s'est agrandi aujourd'hui avec Élise et qui le sera d'autant plus avec le bébé. J'ai donné le numéro de téléphone de la personne qui m'a appelé à Phil pour voir ce qu'il peut trouver. J'ai bien vu que Kay avait des doutes sur Élise, mais je l'ai rassuré sur ce point, elle m'est fidèle, c'est une certitude !

J'ouvre la porte et découvre la robe blanche au sol.

— Élise ? Tu as besoin de quelque chose ? demandé-je en m'avançant vers la salle de bain.

Je toque sauf que la porte s'ouvre doucement sous mon poing. Je passe la tête par l'entrebâillement et ne vois personne. J'ouvre la porte en grand, découvrant la salle de bain vide !

Je me retourne vivement et remarque son sac retourné sur le lit. Que s'est-il passé ? Lui est-il arrivé quelque chose ? Mon cœur pulse à vive allure alors que je sors de la chambre en courant. Je dévale les escaliers et bouscule Kay dans le hall. Il tente de me retenir, mais je n'ai qu'une seule pensée : ma femme !

J'observe les alentours, mais elle n'est pas là ! Kay attrape mon bras pour me tourner vers lui. Je me dégage brutalement, je dois la retrouver !

— Sam, qu'est-ce qui se passe bordel ?

— Élise… Elle a disparu…

Il fronce les sourcils et je vois qu'il réfléchit alors que j'en suis incapable. Je revois son beau visage et commence à imaginer tout un tas de scénarios plus violents les uns que les autres. Elle est ma femme, mon tout, je ne suis rien sans elle !

— Calme-toi, elle a peut-être eu besoin de rentrer… Va chez toi, je reste ici pour la chercher avec Phil.

Je ne perds pas une seconde et fonce jusqu'à ma voiture.

Le trajet jusqu'à notre appartement se passe dans un brouillard le plus total, j'ai du mal à respirer même si j'essaie de me rassurer. Mon frère a sûrement raison, je suis en train de me faire des films pour rien, elle va bien !

Je saute quasiment de la voiture et grimpe les étages jusqu'à chez nous. Je teste la poignée qui ne me résiste pas et je suis soulagé, elle est rentrée…

Je m'avance dans le couloir et dois allumer car il n'y a aucune lumière.

— Mon amour ? soufflé-je en avançant jusqu'au salon.

Un gémissement me fait tourner la tête et je me précipite jusqu'à notre chambre, elle aussi plongée dans le noir.

J'appuie sur l'interrupteur et reste tétanisé, incapable de comprendre la scène qui se joue devant moi.

Élise est debout, entièrement nue, les mains en sang alors qu'une flaque rouge se forme à ses pieds. Ses aiguilles à tricoter, elles aussi ensanglantées se trouvent au sol. Je cligne plusieurs fois des yeux, suis-je en train d'halluciner ? C'est forcément ça !

— Je t'aime Sam, tu es l'homme de ma vie, je suis tellement désolée ! Je ne voulais pas tomber enceinte !

Ses larmes dévalent ses joues, je ne comprends rien ! De quoi me parle-t-elle ? Qu'a-t-elle fait ?

Mes membres sont tétanisés, mon cœur s'affole dans ma poitrine, mais je n'arrive pas à réaliser ce qui se passe.

— Je m'en suis débarrassée, je veux un bébé avec toi et personne d'autre ! sanglote-t-elle. Pardonne-moi je t'en supplie !

Ma tête tourne, ce n'est pas vrai ! Est-elle folle ? Une douleur insupportable parcourt mon corps, je pose une main sur le mur pour me soutenir, car mes jambes tremblent et je menace de m'effondrer.

Mes yeux sont comme hypnotisés par le sang qui coule le long d'une jambe de celle que j'ai épousée aujourd'hui même, celle qui attend mon enfant !

— Tu as tué mon bébé ? réussis-je à chuchoter.

— Ce n'était pas le tien…, crie-t-elle avant de soudain se plier en deux en hurlant de douleur.

Je dois la rejoindre, elle raconte n'importe quoi, que me dit-elle ? Elle délire complètement !

Je m'avance lentement vers elle, en titubant comme si j'avais bu des litres d'alcool. Elle ne peut pas m'avoir trompé ! C'est impossible, je l'aurais su !

Lorsque j'arrive jusqu'à elle, elle s'effondre au sol, telle une poupée de chiffon. Je m'agenouille à ses côtés et essaie de trouver son pouls. Je sens des battements faibles. Je dois la sauver, nous devons retrouver notre bonheur, il est hors de question que tout se termine de cette façon !

D'une main tremblante, je tire mon portable de la poche de mon pantalon et appelle le SAMU.

Je suis totalement désemparé et ne sais comment expliquer la situation ayant moi-même du mal à comprendre ce qu'il s'est passé.

La personne au téléphone essaie de me rassurer le temps qu'ils arrivent, mais c'est peine perdue, ma femme se vide de son sang et je ne peux rien faire pour l'aider, je suis totalement désespéré.

Lorsque les médecins arrivent, je suis à genoux à côté d'elle et baigne dans ce liquide rouge qui entoure le corps d'Élise. Quelqu'un me tire en arrière, mais je ne veux pas la lâcher, je l'aime plus que tout, je n'ai pas le droit de l'abandonner, elle est ma vie ! Sans elle je suis mort !

Je finis par être arraché à sa main tandis que les urgentistes s'activent autour d'elle. Je ne peux pas quitter son visage des yeux, cette beauté irréelle qui est de plus en plus blanche. Soudain, c'est comme si un poignard remue mes tripes encore et encore tant la souffrance qui m'envahit est infernale. Je sais à cet instant précis que sa vie s'est éteinte. Les médecins se taisent alors que je hurle. Je hurle parce que je veux la rejoindre, hurle parce que je ne comprends pas pourquoi on me l'arrache comme ça, hurle parce que sans elle, je ne peux pas vivre !

Je me dirige aussitôt vers la cuisine alors qu'on tente de me calmer, de me retenir, mais je frappe tout ce qui m'entoure. Je ne peux plus supporter cette souffrance. J'attrape le premier couteau que je trouve et m'apprête à l'enfoncer dans mon cœur quand quelqu'un retient mon poignet. Je lève les yeux et découvre Kay, l'air sombre. Je ne peux plus respirer. Je crie encore et encore tout en tentant de me dégager de sa poigne sauf qu'il a soudain une force surhumaine et à bout, je lâche mon arme de fortune.

Kay me prend dans ses bras et je m'effondre, je suis une loque que plus rien ni personne ne peut réparer. Comment puis-je survivre à ce qui m'arrive ? En un claquement de doigts, j'ai tout perdu ! J'avais tout le bonheur que je souhaitais et tout s'est effondré comme un château de cartes.

Mon frère reste silencieux, il me sert contre lui jusqu'à ce que mon regard se pose sur Élise. Les médecins sont en train de la recouvrir d'un drap et je ne peux pas les laisser faire ! Je me redresse et malgré le flou que provoquent mes larmes, je pousse Kay pour rejoindre ma femme. Je n'ai pas le droit de l'abandonner, je ne peux pas me résoudre à la laisser tomber ! J'attrape sa main malgré les miennes qui tremblent affreusement, je l'aime, c'est la seule chose qui compte.

Phil arrive peu de temps après et il m'arrache à Élise de force. Je ne fais pas le poids face à mes frères et dois regarder le corps sans vie de ma femme quitter l'appartement où nous avons vécu heureux. Je ne peux pas rester ici ! Je veux être seul, je veux pouvoir faire ce que je veux et la rejoindre !

Kay prépare une valise, il a dû comprendre que je ne veux plus jamais remettre les pieds ici alors que je m'effondre contre le mur ; mes jambes ne me soutiennent plus. J'ai les yeux bloqués sur la tache de sang au sol, comme si ça allait faire réapparaître la seule femme qui compte pour moi. Sauf que j'ai beau fixer cet endroit, je n'arrive toujours pas à comprendre ce qui m'arrive, c'est un cauchemar !

En un rien de temps, je suis dehors, soutenu par Phil. Il me fait monter dans sa voiture et je le laisse faire, je n'ai plus aucune force, je suis vidé.

Le trajet jusqu'à la maison est silencieux, je vois bien qu'ils ne savent pas quoi dire, ni comment réagir. Ils sont aussi abasourdis que moi.

Je vois encore le sourire d'Élise sur la piste de danse, j'entends ses gémissements quand je lui ai donné du plaisir, je sens son parfum qui exalte mes sens... Si magnifique avec ses longs cheveux blonds et ses grands yeux bleus... J'ai son image gravée devant mes yeux et rien ne peut l'y déloger.

Les jours suivants sont identiques. Je reste prostré pendant des heures et des heures assis sur le lit, les yeux rivés sur la porte, attendant un signe de la part de ma femme. J'attends désespérément qu'elle passe cette foutue porte et me dise que c'était une blague, que tout ce que j'ai cru vivre n'était pas réel, sauf qu'elle ne vient jamais.

C'est le jour de ses obsèques que je réalise que plus rien ne sera comme avant, que c'est définitif... La voir allongée dans ce cercueil sera la dernière image que j'aurai d'elle jusqu'à la fin de ma vie et c'est aussi à ce moment que ses dernières paroles percent le brouillard qui encombre mon cerveau.

L'enfant d'un autre... Ses regrets... Sa décision de mettre un terme à sa grossesse...

Tout se mélange dans ma tête et soudain au milieu du cimetière, une voix perce, aussi claire que si quelqu'un me parlait.

« Elle ne t'a jamais aimé. Elle t'a trompé et tu n'as rien vu, tu mérites ce qui t'arrive !»

De nos jours.

Je me réveille en sursaut après avoir de nouveau fait ce cauchemar qui finalement n'en est pas un... Ça faisait pourtant des mois que je ne l'avais plus fait, je ne comprends pas pourquoi il revient maintenant !

Je me tourne et tombe nez à nez avec Lena. Elle a les yeux fermés et respire doucement, elle dort. Je ne peux pas rester là, mes mains me démangent, il faut que je bouge avant de lui faire du mal. Cette femme me perturbe et me fait beaucoup trop penser à Élise. Je ne pourrai jamais l'oublier, mais je commençais à ne plus voir son visage s'imprimer constamment devant mes yeux et c'était agréable.

Je me lève pour rejoindre la salle de bain et m'asperge le visage d'eau fraîche.

J'ai passé des mois à chercher des indices sur cet homme qui aurait partagé la vie de ma femme, mais je n'ai jamais rien trouvé, comme s'il était invisible. Phil a fait de longues recherches en vain alors un jour, je me suis résigné... J'en suis même venu à me demander si ce n'était pas une invention d'Élise pour justifier sa folie. Elle s'est enfoncée deux aiguilles à tricoter dans le vagin, beaucoup trop loin et s'est provoquée une grave hémorragie. Lorsque les médecins sont arrivés, son cœur s'est arrêté et il n'est jamais reparti...

Je n'aurai sûrement jamais de réponses aux questions que je me pose alors il faut que je les mette de côté et me concentre sur autre chose... Comme la fille qui se trouve dans mon lit...

Je regagne la chambre quand un coup léger est donné à la porte. Je sors de la chambre et trouve Phil posé contre le mur d'en face.

— J'ai trouvé des choses qui peuvent être inquiétantes..., me dit-il d'emblée.

Je referme la porte et remonte le couloir jusqu'au salon et m'installe sur le canapé.

— Vas-y, balance.

Il a le visage fermé et ça ne me dit rien qui vaille.

— J'ai réussi à retrouver le camion qui a heurté la voiture de Kay et j'ai pu remonter assez loin... Il a été suivi à partir de la station essence devant laquelle nous passons à trois kilomètres...

Je ne sais que répondre à ça, cette personne sait où nous trouver et nous suit ! Comment avons-nous fait pour ne rien remarquer ?

— Tu as pu voir le conducteur ?

— Vu la carrure, je dirais un homme, mais il portait une cagoule... (Je serre les poings, personne ne joue avec nous, ce type va le regretter !) Il faut qu'on fasse sortir Kay de l'hôpital, il n'est pas en sécurité et les flics vont venir poser des questions... Il vaudrait mieux qu'il disparaisse avant.

Je hoche la tête, nous sommes d'accord. Nous ne savons rien de notre ennemi et on ne peut pas prendre de risque !

— Je me prépare et on y va, dis-je à Phil en me levant.

J'ouvre la porte de ma chambre et j'ai soudain une envie irrépressible de rejoindre Lena qui est toujours allongée. Cette femme me déboussole, ce n'est pas une bonne chose. Mes sentiments à son égard sont embrouillés, mais je ne veux pas encore m'en séparer, elle réussit à faire taire les voix... C'est un exploit qui mérite d'être souligné et j'ai envie d'en profiter encore un peu...

Chapitre 23

Lena

Une main caresse doucement ma joue. Je suis déjà réveillée depuis de longues minutes, mais n'ose pas bouger. Je ne sais pas quels sont les projets de Sam me concernant, que veut-il que je fasse de mes journées ? Je ne peux pas rester ici à l'attendre, je vais devenir folle…

— Lena, souffle-t-il avant de poser ses lèvres avides sur les miennes.

Je ne peux pas lui résister. Malgré toute ma volonté, il est entré dans mon cœur et s'en est emparé. Sa langue glisse dans ma bouche pour l'explorer, comme s'il pouvait atteindre mon âme. Son baiser est passionnel et j'ouvre les yeux lorsqu'il empoigne ma poitrine à pleine main. Ses doigts frottent mes tétons qui se dressent instantanément, alors que mon intimité palpite sous les petites décharges qu'il reçoit.

Son regard noir me fixe et soudain, je sens son membre se frotter contre ma hanche et tout explose dans ma tête, j'ai besoin de son corps emboîté dans le mien.

Je commence à tirer sur son tee-shirt qui m'empêche d'admirer son torse musclé. Il se soulève pour le retirer et en profite pour se déshabiller entièrement. J'ouvre de grands yeux en découvrant son corps totalement nu devant moi, il est tellement sexy…

— Je vais prendre une douche, me dit-il alors que je reste immobile.

Il ne va pas me laisser comme ça ?! Il n'a pas le droit de partir alors que je suis tout excitée !

Un petit sourire en coin, il rejoint la salle de bain, alors que je désespère de le sentir au plus profond de moi.

J'entends l'eau qui coule et ne résiste pas longtemps à me faufiler à sa suite. Il se trouve face à moi, une main autour de son membre dressé et ce spectacle me rend folle.

Je m'avance et sans m'en rendre compte, j'entre dans la douche pour poser ma main sur la sienne. Je n'ai pas le temps de comprendre ce qu'il se passe qu'il me plaque face au mur, tire mon bassin vers lui et d'un coup, me pénètre profondément. Je crie sous cet assaut qui écarte ma chair. Son membre imposant va-et-vient en moi sans répit, ses coups de boutoir m'amènent peu à peu vers la jouissance que je souhaite, que je désire. Ses doigts caressent mon clitoris, en rythme, me faisant exploser en éclats. Mon orgasme est dévastateur et me conforte dans mes sentiments pour lui, il est clair que je suis foutue, je suis définitivement amoureuse de cet homme !

Il se retire de mon intimité et suis trop étourdie pour comprendre ce qu'il fait avant que je l'entende grogner et sente sa semence couler sur mes fesses. Je mets de longues secondes à calmer ma respiration et à reprendre assez de force pour me tourner vers Sam.

Il est posté contre la vitre et m'observe, le visage fermé. Ai-je fait quelque chose de mal ? Je ne comprends son attitude distante.

J'ouvre la bouche pour lui demander ce qui ne va pas, mais il ne m'en laisse pas le temps et se plante sous le pommeau de douche pour se laver. Je n'arrive pas à le cerner... Il peut être aussi doux que menaçant et l'alternance des deux me donne la migraine.

Une fois propre, il sort de la douche sans un regard pour moi, alors je prends sa place. L'eau chaude apaise mon corps douloureux, mais ne peut rien faire pour mon âme.

Je sors à mon tour et m'entoure dans une serviette qui traîne sur le lavabo.

Lorsque je rejoins la chambre, Sam est habillé.

— J'ai des choses à faire et je ne veux pas que tu restes ici alors tu t'habilles pour que je te dépose au club. Je n'ai pas envie que tu restes seule avec Éléonore. Là-bas, il y aura mon ami Anton, tu resteras avec lui.

J'aurais pu en profiter pour faire le tour de la maison en étant seule, mais je ne peux évidemment pas lui dire ça... Je me dépêche de sortir des vêtements de mon sac et de m'habiller, alors qu'il ne me quitte pas des yeux. J'attrape mon sac avant de le suivre dans le couloir.

Nous sortons de la maison alors que Phil est assis sur le capot de la voiture de Sam. Le soleil entame sa descente, la nuit ne va pas tarder à faire son apparition…

— C'est pas trop tôt ! souffle-t-il en fusillant son frère du regard.

Sam attrape mon bras pour me faire monter sans répondre à son frère et je sens une tension entre eux que je n'avais pas remarquée jusqu'à maintenant. S'est-il passé quelque chose ? Je reste silencieuse et fais ce qu'on me dit sans discuter, je ne dois pas me rebeller contre qui que ce soit si je veux pouvoir obtenir des informations.

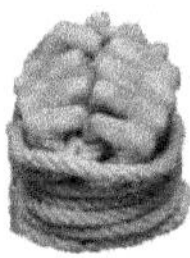

Sam me tire par la main pour entrer dans le club silencieux. Voir ce dernier de jour est très différent du soir. Je découvre le bar et la piste sous un autre angle, les couleurs sont différentes dues à l'éclairage, mais ce lieu reste classe et grandiose.

— Anton ! appelle mon compagnon.

Nous avançons jusqu'au comptoir lorsqu'un homme apparaît derrière une porte. Il est très charmant, plus fin que Sam et porte un piercing à l'arcade et à la lèvre. Il m'offre un grand sourire alors que je me souviens l'avoir croisé lors de ma venue l'autre soir, c'est le barman.

Sam me tire à lui alors que mes yeux s'attardent un peu trop sur Anton.

— Tu es sage, je viens te chercher dès que possible. En attendant, tu restes avec lui, compris ?

Même si ça ne me plaît guère, j'acquiesce. Je ne pense pas qu'il accepte que je refuse d'avoir un baby-sitter.

Il passe une main dans mes cheveux pour déposer un baiser rapide sur mes lèvres avant de me lâcher et de demander à son ami de le suivre un peu plus loin. Je n'entends pas ce qu'ils se disent, mais je suppose que Sam doit le briefer à mon sujet…

Je me tourne vers les tabourets devant le comptoir et m'y assois sagement en attendant que les deux hommes aient fini leur discussion.

Un mur de bouteilles s'étale devant mes yeux, c'est impressionnant. Je sursaute lorsqu'une vibration se fait sentir dans mon sac. Je jette un œil à Sam qui se dirige vers la sortie alors qu'Anton passe de l'autre côté du comptoir pour me faire face. Il va falloir que je me dérobe cinq minutes pour pouvoir lire le message que j'ai reçu…

— Tu fais quoi comme boulot ? me demande-t-il soudain.

Prise de court, je mets quelques secondes à réagir.

— Secrétaire.

Il hoche la tête avant de sortir deux verres et de les remplir d'un liquide orange qui se trouve dans une bouteille en verre.

Il m'en tend un, mais je préfère le sentir avant pour savoir à quoi m'attendre. Il explose de rire alors que je porte mon verre à mon nez.

— C'est juste du jus d'orange ! Je n'ai pas envie que tu sois bourrée lorsque Sam reviendra, je tiens à ma tête !

Il avale le contenu de son verre et j'en fais de même.

— Est-ce qu'à la place de te faire chier pendant des heures, tu veux aider au service ? Il nous manque une serveuse...

Je suis surprise par sa demande, mais après tout, le temps passerait plus vite.

— D'accord... réponds-je en regardant le fond du verre. Tu connais Sam depuis longtemps ?

— Un an et demi à peu près... Peu de temps après le décès de sa femme.

Je relève les yeux vers lui, une tristesse passe dans son regard. D'après le rapport des enquêteurs, ce fût une histoire tragique. Elle aurait trouvé la mort après avoir elle-même provoqué son avortement. Ce dut être traumatisant comme épreuve... Je ne peux imaginer la douleur qu'a dû ressentir Sam.

— Hello la compagnie ! me coupe une voix féminine dans mon dos.

— Salut ! dit simplement Anton en levant à peine la tête.

La femme se poste à côté de moi et me détaille des pieds à la tête. Elle est grande, les cheveux noirs attachés en chignon et porte une tenue très classe. Son visage en revanche est tartiné de maquillage avec ses lèvres rouges pétantes.

— C'est une nouvelle serveuse ? demande-t-elle avec dédain.

Ses yeux sont tels des mitraillettes, je ne comprends pas son agressivité envers moi. Je ne la connais pas et il en est de même pour elle !

— Tu la laisses tranquille Béa !

Elle soulève un sourcil en continuant de me dévisager.

— Quoi Anton ? Il serait temps que quelqu'un remplace la dernière qui a disparu, comme les autres avant d'ailleurs. On se demande bien ce que le patron fout avec toutes ces filles…

Plusieurs disparitions ? Cette femme titille ma curiosité, serait-ce une coïncidence ? C'est le but de mon enquête, serait-ce une première preuve ? Je devrais lui poser des questions, vouloir en savoir plus, mais j'ai peur des réponses, peur que Sam soit vraiment coupable d'enlèvements…

— Je vais aux toilettes…, dis-je à Anton en me dépêchant de parcourir la salle vers le panneau lumineux qui en indique l'emplacement.

Je pousse la porte avant de m'enfermer dans ce petit espace. Je n'ai pas beaucoup de temps avant que quelqu'un vienne me chercher, alors je tire rapidement mon portable de mon sac pour lire le message.

« Si nous n'avons pas de tes nouvelles dans les 24h, nous ferons une descente à l'endroit où ton téléphone est localisé. »

Je m'empresse de donner un signe de vie et de leur dire que j'ai peut-être enfin une piste. Je ne sais pas si j'irai au bout, mais ils me laisseront un peu plus de liberté. Je sais que je dois creuser cette piste même si mon cœur se serre rien que d'y penser. Et s'il était réellement coupable ? S'il enlevait et faisait disparaître des femmes, que ferais-je ?

Je range mon portable et me passe de l'eau sur le visage pour tenter de me calmer. Je ne suis pas certaine de pouvoir le dénoncer si je trouve des preuves alors que c'est mon boulot ! Je risque la prison si je ne respecte pas le pacte que j'ai fait avec les renseignements... Je suis perdue !

Un coup à la porte me ramène à la réalité, il faut que je prenne sur moi, je n'ai pas d'autre choix pour le moment.

J'ouvre le battant pour tomber nez à nez avec la fameuse Béa.

— Anton s'inquiète... J'aimerais bien savoir qui tu es pour avoir autant d'importance à ses yeux !

Elle semble jalouse, c'est mignon...

— Je ne cherche l'attention de personne et s'il te plaît tant, tu n'as qu'à le lui dire !

Je commence à m'avancer dans le couloir quand elle attrape mon bras et y plante ses ongles pointus.

— Pour qui tu te prends petite salope ? Tu viens à peine de débarquer et il te prête déjà plus d'attention qu'à moi ! Il est hors de question que je te laisse faire !

— Lâche-moi tout de suite ! soufflé-je calmement.

— Sinon quoi ? Tu te crois maligne, mais tu n'es rien ! Tu entends ? Je vais te piétiner salope !

Je me tourne vers elle et sans lui laisser le temps de riposter, j'attrape son bras qui me tient et la projette contre le mur. Ses doigts me relâchent instantanément alors qu'elle s'effondre au sol. Elle est légère, c'était trop facile…

Se reprenant rapidement, elle se relève en me toisant, les yeux humides.

— Tu es timbrée ! hurle-t-elle. Je vais t'arracher la tête !

Elle se jette sur moi, mais Anton que je n'ai pas vu arriver, s'interpose et me fait passer derrière lui.

— Mais qu'est-ce qui te prend bordel ? Elle est avec Sam, merde ! S'il apprend ça, tu es virée Béa !

Elle a soudain l'air de réaliser et blêmit d'un coup. Elle se rattrape au mur et se met à sangloter. Elle me fait pitié, mais elle n'avait pas à m'agresser de la sorte alors que je ne lui ai rien fait !

Anton se tourne vers moi, les mains sur mes bras, comme pour vérifier que je suis en un seul morceau.

— Ça va ? demande-t-il inquiet. (Il me détaille des pieds à la tête avant de soulever mon poignet qui saigne à cause des griffes de cette vipère.) Putain ! Il va me tuer ! (Il fixe ses yeux dans les miens.) Tu ne me quittes plus d'une semelle.

Je serre les dents, ce n'est pas ce que j'ai voulu, mais peut-être que je peux en profiter pour lui poser des questions… Après tout, je suis dans l'antre du diable, autant en profiter !

Ça fait près d'une heure que je suis assise sur un tabouret à côté d'Anton qui a ouvert le club et commence à servir des boissons même si c'est encore calme. Il me jette un regard toutes les deux minutes pour s'assurer que je n'ai pas disparu et c'est insupportable !

Béa ne m'a plus ni regardée ni adressée la parole depuis notre altercation et ce n'est pas plus mal, bien qu'elle aurait pu m'être utile pour mon enquête…

Anton a soigné mes petites plaies et m'a bandé le poignet, un vrai papa poule !

— Tu veux boire un truc ? me propose-t-il, mais je refuse d'un geste de la main, je m'ennuie profondément !

Il fait deux cocktails et pose tout pour s'approcher de moi.

— Qu'est-ce qui se passe ?

Je souffle, pourquoi est-il aussi attentionné avec moi ? Il ne me connaît pas, je devrais même être un boulet dont il doit s'occuper mais il a l'air d'apprécier, je ne comprends pas.

— J'ai envie de danser ! tenté-je, avec un peu de chance, il aura pitié de moi.

— Je ne peux pas te laisser aller au milieu de la foule sans surveillance. Je t'ai laissée aller aux toilettes cinq minutes et tu es revenue écorchée !

Je ne peux pas dire le contraire alors je pince juste les lèvres, je suis une grande fille et sais me débrouiller toute seule ! Ai-je l'air si innocente ? S'il savait que j'ai poussé mon mari sous une voiture, il aurait peut-être une autre opinion de moi.

Les serveuses sont effectivement débordées et en en voyant une passer presque en courant je lui demande :

— Pourquoi Béa a dit que les anciennes serveuses ont disparu ?

Il fronce les sourcils en tournant la tête vers cette dernière.

— Elle ouvre trop sa bouche c'est tout ! Je ne devrais pas te le dire, mais quelque chose chez toi me dit que tu mérites mieux. (Il passe une main dans ses cheveux avant de me regarder.) Sam couche avec les serveuses et au bout d'un moment, il les vire. Après ça, plus personne n'a de leurs nouvelles…

C'est comme si je recevais un coup de poing dans l'estomac. Bien sûr que Sam est loin d'être un sain, mais avec moi aussi son comportement est étrange, va-t-il me jeter après un certain nombre d'utilisations ? Nous n'avons pas vraiment discuté de nos relations et de ce que nous attendions l'un de l'autre… À quoi m'attendais-je ? Qu'il soit l'homme qui prenne la place de Drake ? Finalement, je suis vraiment naïve !

— Je n'aurais pas dû t'en parler… Surtout, ne dis rien à Sam, il va déjà me passer un savon pour ton poignet, je n'ai pas envie qu'il me fracasse encore plus !

Je remue la tête, voilà un point de départ à exploiter… Je dois prévenir ma hiérarchie, qu'ils creusent du côté de ses anciennes employées, mais je ne peux pas le faire ici, sous le nez d'Anton.

Ce dernier repart vers le comptoir pour prendre les commandes qui sont de plus en plus nombreuses. Les gens arrivent par petit groupe et le club sera bientôt plein, c'est ma chance ! Je n'ai plus qu'à attendre qu'il soit trop débordé pour me faufiler à travers la foule.

Un groupe d'une vingtaine de personnes débarque et je tente le coup. Je me lève lentement en faisant comme si je me dégourdissais les jambes. Il ne fait pas attention à moi alors je tente de me faire toute petite et marche le plus vite possible pour rejoindre la piste de danse. Je tente de m'éloigner et emprunte un couloir privé, désert où je pourrai être tranquille. Je m'avance le plus possible au cas où quelqu'un me chercherait ici et finis par tomber devant une porte munie d'un pavé numérique au-dessus duquel se trouve, un plus petit qui a la forme d'un pouce. À quoi peut bien servir un local aussi sécurisé ?

Je ne perds pas plus de temps et envoie un message rapide à mon patron. Je n'attends pas sa réponse pour remettre en place mon téléphone dans mon sac.

À peine relevé-je la tête qu'un homme se tient devant moi. Sa stature est impressionnante dans ce petit espace. Je ne l'ai pas entendu arriver ! Son regard noir me toise et soudain, il se penche sur moi. J'ai envie qu'il pose ses lèvres sur ma bouche sauf qu'il garde une distance bien trop grande jusqu'à ce que je sente la porte bouger dans mon dos. Il l'a ouverte et me force à entrer.

Je me retourne précipitamment pour voir ce qui se trouve dans cette pièce et reste bouche bée, tétanisée. Du sang sur le sol me glace les os alors que le souffle de Sam dans mon cou me fait frissonner.

— Fini de jouer chérie, passons aux choses sérieuses !

Chapitre 24

Kayden

J'ouvre les yeux lorsque j'entends la porte s'ouvrir, j'en ai marre des infirmières qui ne font que venir vérifier mon état ! La seule personne que je veux voir, c'est ma femme !

Je souffle pour montrer mon agacement sauf que je suis surpris de voir apparaître mes frères. Phil a l'air d'observer le couloir alors que Sam rejoint mon lit.

Je fronce les sourcils, ça sens le coup fourré. Je connais mes frères et sens une certaine fébrilité les entourer.

— Comment te sens-tu ? me demande Sam en se postant à côté de moi.

Que puis-je lui dire ? Je suis loin d'être au meilleur de ma forme même si mes douleurs commencent à être plus supportables, je marche encore au ralenti.

— Ça va...

Il ne fait pas cas de ma réponse et ouvre l'armoire avant d'attraper mon sac et d'enfoncer tous mes vêtements à l'intérieur. Que fait-il ? J'observe la scène que je ne comprends pas lorsque Phil entre avec un fauteuil roulant. Que sont-ils en train de préparer ?

— Vous pouvez m'expliquer, parce que soit mes médicaments me font sacrément halluciner, soit je ne comprends rien !

Sam ferme le sac et va le poser à côté de la porte avant de revenir vers moi.

— Allez, debout frérot, tu rentres à la maison !

Je n'ai pas l'habitude qu'on me dise ce que je dois faire, mais j'avoue que cette fois, je ne rechigne pas. Retrouver ma femme est primordiale pour moi donc je suis soulagé de savoir que bientôt, je pourrai profiter d'elle à volonté.

Étant encore faible, je vais avoir besoin d'eux pour me mettre dans le fauteuil. Phil devant s'en douter, m'aide à me redresser et à me mettre au bord du lit. Je respire profondément et heureusement que je suis bourré de cachets qui calment les douleurs sinon je ne pense pas que je tiendrais. Mes frères se postent de chaque côté et me soutiennent jusqu'à ce que mes fesses se posent enfin dans le siège.

Phil me pousse alors que Sam récupère mon sac, il fait un dernier tour de la chambre pour vérifier que rien ne traîne. J'ai vraiment hâte de retrouver mon chez-moi.

Nous traversons le couloir jusqu'à l'ascenseur et attendons patiemment qu'il s'arrête à notre étage.

Lorsque les portes s'ouvrent, une infirmière nous détaille avant de sortir de la cabine.

— Où allez-vous ? me demande-t-elle perplexe.

— J'ai besoin de prendre l'air...

Elle acquiesce de la tête avant de me prévenir que les visites sont presque finies, que je ne dois pas tarder. Si elle savait...

Nous descendons jusqu'au hall dans un silence qui devient pesant. Phil fait une tête d'enterrement alors que Sam a l'air pressé de me ramener. Ces deux-là me cachent des choses, j'en suis certain. Ils m'ont épargné pendant tout le temps que je suis resté ici, mais ça va devoir changer.

Ils m'aident à m'installer dans la voiture en laissant le fauteuil au milieu de parking.

Lorsque la voiture démarre, je me décide à briser ce silence.

— Allez-vous me dire ce qui cloche ?

Les deux se regardent et c'est comme si chacun disait à l'autre de parler le premier. C'est quoi ce petit manège, depuis quand a-t-on des secrets ?

Phil s'éclaircit finalement la gorge.

— J'ai fait des recherches sur le camion qui t'a percuté et j'ai découvert qu'il t'a presque suivi depuis la maison... Il sait où nous habitons ! Mais je n'ai pas réussi à voir un visage net.

Mon cerveau vrille, ma femme où se trouve-t-elle ? Si elle est à la maison, elle est en danger !

— Eléonore ! Elle…est là-bas toute seule ?

Ils se lancent un nouveau regard avant de hocher la tête.

— Nous ne sommes pas partis longtemps et s'il en a après nous, il nous aura suivis, tente de me rassurer Sam.

Il faut se dépêcher, s'il lui arrive quoi que ce soit, je déclencherai une guerre.

Nous arrivons, heureusement, rapidement sur le chemin de terre qui mène à la bâtisse.

Malgré ma faiblesse, je sors de la voiture et commence à m'avancer vers la porte. Sam vient aussitôt me soutenir alors que Phil déverrouille la porte. J'ai tellement besoin d'être rassuré, de la voir, de la serrer contre moi...

Le calme règne tandis que je rejoins ma chambre. Je sens Sam se crisper et un frisson m'envahit. J'ai une désagréable impression, mais active la poignée qui se bloque, la porte est fermée !

Je me tourne vers Phil, pourquoi l'ont-ils enfermée ? Je ne leur ai jamais dit de faire une chose pareille ! A-t-elle encore fait des siennes et que personne n'ose me le dire ?

Mon frère ouvre la porte alors que je reste un instant pétrifié. La chambre est retournée, comme si un ouragan avait tout balayé sur son passage.

— Mon lys, soufflé-je en la cherchant des yeux.

J'entre dans le capharnaüm et zigzague entre les objets éparpillés jusqu'à m'arrêter net.

Eléonore est assise au sol contre le lit, les bras autour des jambes et se balance doucement. Sentant sûrement ma présence, elle lève les yeux vers moi et une rage pure se met à couler dans mes veines. Que lui ont-ils fait ? Elle a le visage crispé, les cheveux emmêlés et les yeux rouges. Elle est méconnaissable et j'ai besoin de sang, besoin de trouver le responsable de son malheur.

Mes frères reculent, comprenant que je vais les buter. Ils avaient une seule chose à faire : prendre soin de ma femme. Et ils ne l'ont pas respectée !

Je m'avance lentement vers elle alors que ses yeux s'agrandissent, elle n'a pas l'air de croire à ma présence. Elle tend la main et lorsque sa peau touche la mienne, un sanglot sort de sa bouche alors que ses larmes se déversent sur ses joues.

— Kay..., chuchote-t-elle.

Sa petite voix serre mon cœur. J'ai trop besoin d'elle, je m'assois sur le lit car mes jambes sont encore faibles et lui tends la main pour qu'elle me rejoigne.

Elle hésite, mais elle finit par se relever et me sauter au cou. Elle me serre fort contre elle, comme si elle n'y croyait pas.

Je tourne la tête lorsque j'entends la porte se fermer. Mes frères sont des fuyards, pensent-ils réellement que je vais laisser passer ça ?

Un baiser sur ma joue me distrait momentanément. Son geste si doux, si tendre, me fait chavirer. J'ai beau tout faire pour me voiler la face, sans cette femme je ne suis rien ! Je l'attire contre moi pour la faire asseoir sur mes genoux. Je pose mes lèvres dans son cou et renifle longuement son odeur. Je dois l'avouer, elle m'a vraiment manqué. Cette sensation ne se produit qu'avec elle, elle est ma drogue, la seule et unique chose sur cette terre qui me fait me sentir vivant.

— Tu es vraiment là mon amour..., souffle-t-elle incertaine.

— Toujours, je serai toujours là pour toi mon lys.

Je la fais basculer pour qu'elle s'allonge sur le lit, elle a l'air épuisée. Je veux qu'elle se repose tranquillement, moi j'ai des choses à régler !

Je me redresse doucement et attends quelques minutes qu'elle ferme les yeux. Son état m'inquiète, elle a vraiment l'air mal en point et je ne comprends pas ce qui a bien pu se passer !

Je me lève le plus silencieusement possible pour prendre des vêtements et virer la blouse de l'hôpital avant de sortir de la chambre.

J'entends des voix venir du salon alors je me faufile dans la chambre de mon frère. Malgré le fait que je m'épuise vite, je fouille son armoire avant de trouver ce que je désire.

Je referme la porte et avance jusqu'au salon. Je fais sauter la sécurité de l'arme qui se trouve dans ma main et la brandis devant moi.

Me voyant arriver, mes frères se lèvent d'un coup.

— Kay ! Qu'est-ce que tu fous ? demande Phil en avançant vers moi. On n'avait pas d'autre choix que de l'enfermer, elle est devenue folle ! Elle s'en est prise à Judith !

Ces mots me frappent, mais je ne baisse pas ma garde pour autant.

— Il y a bien quelque chose qui a déclenché son état ! crié-je.

— Dis-lui, bordel ! souffle Sam.

Je fixe Phil qui passe une main sur son visage avant de souffler :

— Judith est enceinte...

Je suis décontenancé et ai du mal à percuter. Elle attend un gosse et alors ? En quoi ça ferait disjoncter Eléonore ? Au contraire elle devrait être contente pour elle...

— C'est moi le père... Et Elé pense que j'ai fait exprès pour m'emparer de Judith, comme tu t'es emparé d'elle...

Mon frère va avoir un enfant ! La fatigue commence à avoir raison de moi, je ne sais plus quoi faire, comment réagir face à cette nouvelle.

— Vous devriez peut-être partir quelques jours, tous les deux, souffle Phil. Tu pourrais lui remettre les idées en place... Je n'ai pas spécialement envie qu'elle revoie sa sœur tant qu'elle est dans cet état... Elle lui a frappé le ventre Kay ! Elle aurait pu perdre le bébé... (J'ai du mal à imaginer ma femme violente avec sa sœur, la seule personne qu'elle défend bec et ongle...) Je pense qu'Eléonore est en train de réaliser tout ce qu'elle a vécu et qu'elle n'arrive pas à le gérer sauf que je dois prendre soin de Judith maintenant. J'aimerais la faire venir ici le temps qu'on trouve la personne qui en a après nous. Elle n'est pas en sécurité chez elle et je n'ai pas envie de risquer sa vie.

— Je comprends mieux pourquoi tu l'as choisie, elle est aussi folle que toi en fait ! ricane Sam.

J'actionne le pistolet et la balle fuse juste à côté de sa tête pour venir se planter dans le mur.

Mon frère fait un bon sur le côté avant de s'avancer vers moi. Il se positionne devant moi, avec l'arme contre son cœur.

— Vas-y tue moi, tu meurs d'envie de voir du sang, fais-toi plaisir !

— Tu ne parles plus de ma femme ! Jamais ! lui craché-je.

Il se recule en riant alors que mon poing se fracasse sur sa mâchoire. Il grogne en me faisant face.

— Tu veux vraiment te battre Kay ? me demande-t-il en levant un sourcil.

Il est clair que dans mon état, il ne mettrait pas longtemps à me massacrer, mais je ne peux pas rester là sans réagir!

— Pourquoi cherches-tu toujours la merde Sam ?

— Parce que j'aime te voir en rogne ! lance-t-il avant de rejoindre la porte d'entrée. Amusez-vous bien, moi j'ai autre chose à foutre que de vous écouter vous plaindre. Vous avez choisi de baiser avec ces deux-là alors démerdez-vous avec !

J'ai envie de lui tirer dessus car il a raison, j'ai besoin de sang, besoin de violence pour endiguer le feu qui coule en moi. Je tire une nouvelle fois sur le mur, incapable de tuer mon frère. Quelque chose me retient. Depuis que je suis avec Eléonore, c'est comme si je devenais plus...humain !

La porte claque alors que Phil se rassoit sur le canapé. J'ai besoin de retrouver ma femme, de passer du temps avec elle. Depuis notre mariage, nous ne nous voyons que par intermittence alors je la veux tout entière pendant des jours et des jours.

— Tu as raison, je vais partir quelques jours pour essayer de la calmer, sa chimio ne commence que dans une semaine... Mais du coup, je ne serai pas présent si quelqu'un décide de nous attaquer...

— C'est peut-être mieux vu ton état. Tu ne serais concentré que sur ta femme qui peut péter un plomb à tout moment, tu ne servirais à rien...

Je sais qu'il a raison, mais l'entendre m'énerve ! Me sentir aussi faible est la pire sensation que je puisse ressentir, j'ai besoin de contrôler les choses. Je baisse enfin mon arme qui m'est inutile.

— Il faut que je me repose, mais demain matin, je pars dans un petit hôtel pas très loin avec ma femme. S'il y a quoi que ce soit, tu m'appelles et on revient aussitôt. Ce type s'en est pris à moi, je veux pouvoir lui régler son compte !

Phil hoche la tête, je ne suis pas bon confident, mais je vois bien qu'il n'est pas comme d'habitude.

— Tu ne veux pas de cet enfant ?

Il relève la tête pour pouvoir ancrer ses yeux dans les miens.

— Tu veux un gosse toi ?

Bien sûr que non ! Je secoue la tête alors que ses épaules s'affaissent.

— Je gère tout depuis toujours et je crois que j'arrive à saturation. J'ai essayé de vous préserver, d'être toujours présent en toutes circonstances et au final, c'est moi qui ai fait une connerie ! Coucher avec Judith sans capote fut ma pire erreur. Je l'assumerai parce que cet enfant n'a rien demandé, mais honnêtement, ça m'emmerde…

Si j'étais dans sa situation, il est clair que je péterais un plomb, mais Phil est toujours de bonne humeur, toujours là pour nous apaiser alors le voir comme ça, me fait bizarre.

— Je vais me coucher, tu devrais en faire de même, lui conseillé-je.

Il me fait un signe de la main alors que je rejoins Eléonore après voir remis l'arme de Sam à sa place.

J'ouvre la porte et la vois, si paisible… Que se passe-t-il dans ta jolie tête ?

Soudain ses yeux s'ouvrent et elle parcourt la pièce des yeux, affolée jusqu'à ce qu'elle tombe sur moi.

Elle se lève aussitôt et court jusqu'à moi avant de s'effondrer à mes pieds. Elle entoure mes jambes de ses bras et je suis totalement paumé. Je ne comprends plus ses réactions ! Je me penche vers elle pour la relever et la ramène sur le lit.

Je passe une main sur son front pour dégager ses cheveux.

— Que t'arrive-t-il mon lys ?

Ses yeux sont fuyants alors que des larmes perlent au coin de ses yeux.

— J'ai fait du mal à ma sœur ! Je m'en veux tellement ! Je ne comprends pas ce qu'il m'a pris… J'avais tellement besoin de toi, que tu sois là pour me dire comment agir… J'étais perdue sans toi ! Ne me quitte plus Kay, je ne le supporterai pas !

Je l'entoure de mes bras et dépose un doux baiser sur son front. Elle m'est totalement dévouée, tout ce que j'ai toujours voulu… C'est la femme parfaite !

Je la repousse sur le matelas et picore son cou. Je commence à être très faible alors je m'allonge et l'attrape pour qu'elle me chevauche. Sa bouche trouve la mienne, qu'elle explore avec attention. J'ai besoin de la sentir, de sentir cette connexion qui nous lie. Elle ouvre ma braguette pour sortir mon sexe déjà dur pour elle. Elle le caresse lentement alors que je m'étire pour attraper un préservatif dans le tiroir de la table de nuit. Je n'ai aucune envie de me retrouver dans la situation de mon frère même si avec le traitement qu'elle va subir, il y a très peu de chance que ça arrive… Je préfère prévenir toute éventualité. Je le lui mets dans les mains et elle me l'enfile avant de soulever sa chemise de nuit et de s'asseoir sur moi. Son intimité m'aspire comme si elle n'attendait que ça. Elle se soulève pour retomber sur moi et commence un va-et-vient qui me fait frémir. J'avais besoin de sa peau contre la mienne, de nos sexes intimement emboîtés, c'est le paradis. Elle accélère ses mouvements alors qu'un cri lui échappe et que des spasmes parcourent son corps. Je me laisse alors aller au plaisir qu'elle me procure.

Nous sommes enfin réunis et rien ni personne ne pourra nous séparer, à deux, nous sommes invincibles... Nous allons nous retrouver pendant quelques jours, le temps pour moi de reprendre des forces. Elle a enfin compris qu'à présent je gérais sa vie, c'est un grand pas que je dois continuer à entretenir...

Chapitre 25

Samuel

Je rejoins le club sur les nerfs. Kay me gonfle sérieusement avec sa femme par-ci, sa femme par-là, il faut juste la faire interner !

J'ouvre brutalement la porte de service avant de traverser le couloir pour m'avancer dans la salle pleine. Mon regard se dirige aussitôt vers le comptoir où Anton sert des verres. J'ai beau chercher, je ne vois Lena nulle part et mon sang commence à bouillir. Je m'avance vers lui et me plante devant le bar, les deux mains sur le comptoir, prêt à massacrer mon ami.

Il a un mouvement de recul, dès qu'il pose ses yeux dans les miens et il a de quoi avoir peur ! On ne joue pas avec moi et surtout, on suit mes ordres ! Je lui avais dit de ne pas la quitter d'un œil, quoiqu'il doive faire pour ça !

Je fais le tour pour pouvoir lui parler face à face et éventuellement lui démonter la tête... Plus j'avance, plus il tente de se faire petit.

— Dis-moi que tu sais où se trouve Lena !

— Bien sûr, elle ne tient pas en place ! Il faut toujours être derrière son cul sauf que j'ai un boulot, je te signale. C'est pour ça que j'ai demandé à Nico de la surveiller en douce...

Le chef de mes agents de sécurité est le meilleur pour les filatures discrètes, Anton a bien joué sur ce coup-là, même si ce n'est pas ce que je lui avais demandé. Je devrais lui faire comprendre mon mécontentement, sauf que j'ai besoin de la voir.

— Et donc, où est-elle passée ?

— Dans le couloir qui mène à ta pièce..., souffle-t-il.

Il déglutit et observe mes réactions, j'aime provoquer la peur. Néanmoins, je laisse passer pour cette fois, car j'ai plus urgent à faire et j'ai besoin de lui pour gérer cet établissement.

Je le laisse en plan et m'arrête à l'entrée du couloir où Nico doit veiller à ce que Lena reste ici. Je le remercie chaleureusement avec un petit billet avant de rejoindre ma chambre secrète.

Lorsque Lena se rend compte de ma présence, tout son corps se crispe, mais c'est trop tard pour elle... La curiosité est un vilain défaut, elle va l'apprendre à ses dépens !

Je pose mon pouce sur le pavé pour ouvrir la porte avant de la pousser à l'intérieur malgré sa résistance. Je m'empresse de refermer derrière moi pour être sûr qu'elle ne pourra plus en sortir. Je lui ai laissé suffisamment de temps, maintenant c'est terminé ! Je suis certain de ses sentiments à mon égard, mais ne suis pas sûr que ça suffise pour qu'elle me soit dévouée...

Elle est tétanisée et regarde les taches de sang qui parsèment le sol comme hypnotisée. Tout un tas d'émotions passe sur son visage, c'est jouissif, elle ne sait pas encore où elle est tombée... Elle relève peu à peu les yeux pour observer le reste de la pièce, son affolement devient palpable.

Je m'approche d'elle par-derrière et la bloque entre mes bras.

— On doit discuter toi et moi... Tu pensais vraiment pouvoir me mentir ? Te jouer de moi ? On m'a déjà fait le coup une fois Lena, ça n'arrivera plus jamais !

Les battements de son cœur s'affolent, elle réalise que le piège qu'elle comptait me tendre se referme sur elle...

— De quoi parles-tu ? demande-t-elle la voix tremblotante.

Elle tente de se dégager sauf que je suis bien plus fort.

— Tu oses poser la question, madame l'agent infiltré ?

Sa respiration se coupe, elle ne s'attendait pas à ce que je sois au courant, c'est une bonne chose, elle n'a pas eu le temps de trouver de parade !

— Il faut que je te dise... Je me renseigne sur toutes les personnes que je fais entrer dans ma vie, chérie.

— Je peux t'expliquer Sam, je t'en supplie...

Elle se débat, ne faisant que m'exciter davantage.

— Je ne sais pas pour qui tu me prends Lena, mais je suis le diable et je vais te faire souffrir.

Ses membres se mettent à trembler et ça nourrit la bête qui sommeille en moi, j'ai besoin de sa peur pour continuer.

— S'il te plaît Sam, laisse-moi partir. Ils ne sont au courant de rien !

Je me penche dans son cou pour souffler dans son oreille :

— Ce n'est pas joli joli de mentir Lena... Ton téléphone est sur surveillance depuis que j'ai exploré ta chambre et sache qu'il y a une caméra dans la mienne... J'ai pu t'admirer fouiller mon placard et je pourrai revoir nos derniers ébats en boucle, voir à quel point je te fais jouir ou même envoyer une copie à ton mari... Ou tes patrons si tu préfères…

Je sens sa respiration s'accélérer contre ma paume, elle a bien raison de paniquer...

— Tu ne peux pas faire ça ! Tu n'as pas le droit Sam ! Je te jure qu'ils ne savent rien ! Je ne leur ai rien dit !

— Effectivement, parce que tu ne sais rien ! Tu crois vraiment que je vais tout te servir sur un plateau ? Mais rassure-toi, tu vas vite découvrir ce que je suis capable de faire...

Je la pousse, la faisant trébucher et s'étaler sur le lit. Elle se redresse très vite, mais je suis un félin avec la rapidité qui va avec. Je me poste au-dessus d'elle et bloque ses poignets à côté de sa tête. Le bandage sous mes doigts me stoppe net.

— C'est quoi ça ? D'où ça sort ?

— Rien ! s'étrangle-t-elle.

Je ricane. En me disant ça, elle vient de me confirmer qu'il y a une histoire derrière.

— Dépêche-toi Lena sinon je vais devoir aller chercher la réponse et je te punirai pour m'avoir fait attendre...

Ses bras tremblent, mais je sens qu'elle résiste, elle essaie d'être forte et de ne pas se laisser dominer par la peur sauf que je suis certain qu'elle a compris que j'étais loin de plaisanter...

— C'est Béa qui m'a griffée...

Je me redresse pour planter mes yeux dans les siens. Cette garce est jalouse des autres filles qui sont passées dans mon lit, mais je pensais qu'elle s'était rabattue sur Anton depuis un moment... Elle s'en est cette fois, prise à la mauvaise personne ! Le corps de Lena m'appartient tout entier, s'il doit contenir une blessure, c'est que je l'aurai décidé. En attendant, personne n'a le droit de la toucher !

Je me relève et me dirige vers la commode. J'entends le lit craquer, ma prisonnière doit vouloir s'enfuir... Je tire des morceaux de cordes alors que Lena frappe la porte en vain.

— Viens ici ! (Elle se fige, mais reste face à la porte, comme si elle pouvait s'y mouler.) Je ne me répéterai pas !

Elle finit par se retourner et revenir tête baissée vers moi. A-t-elle enfin compris ? Il serait temps...

Elle arrive tout près de moi lorsqu'elle balance son genou dans mes parties. La douleur est bien présente, je ne l'ai pas vu venir, mais je l'attrape par les cheveux malgré ses hurlements et l'oblige se mettre à genoux. Pour qui se prend-elle ? Je lui donne une gifle pour qu'elle ferme sa bouche. Sa voix dépasse celles qui hurlent dans ma tête et c'est absolument insupportable !

— Si tu retentes quoi que ce soit, ne viens pas pleurer des conséquences, c'est la dernière fois que je te préviens ! Maintenant, tu vas sagement t'allonger sur le dos et me laisser faire ! Tu as compris ?

Elle hoche la tête en baissant les yeux.

— Tu vas me tuer ? demande-t-elle timidement.

Bien sûr qu'elle va mourir, mais je vais prendre tout mon temps. Elle a voulu jouer avec moi, et bien jouons !

Je la relâche sans répondre et lui indique le lit de la main.

Elle se relève avant de sagement s'allonger. J'attache ses bras et jambes en croix aux barreaux à chaque extrémité du lit. J'aime la voir comme ça, impuissante...

Une fois mon œuvre accomplie, je ne peux m'empêcher de la regarder, elle est sublime...

Je me penche sur elle, attrape son tee-shirt et le déchire pour laisser apparaître son soutif un peu trop encombrant ! Elle frémit sous mes doigts qui caressent le renflement de ses seins. Son souffle s'accélère alors que je passe sous le tissu pour pincer ses tétons qui se dressent sous mes doigts.

— Je t'excite !

Elle pince les lèvres mais je sais qu'elle aime ce que je lui fais… Je quitte sa poitrine pour ouvrir son jean. Elle se tortille, mais je réussis à passer ma main sous sa culotte pour toucher son sexe humide, j'avais raison ! Je frotte son clitoris et entends un gémissement étouffé. Elle peut se retenir autant qu'elle veut, elle jouira si je le décide ! Je masse son intimité encore et encore avant de la pénétrer d'un doigt. Elle tente de refermer les jambes alors que je vais et viens dans cette chaude humidité, sauf que c'est impossible dans sa position. Elle respire plus fort et je sens soudain son vagin se resserrer alors qu'un fort gémissement sort de sa bouche.

Je me retire de son antre pour l'observer, rougie par l'orgasme. Des larmes coulent le long de ses joues alors que je ne lui ai pourtant fait que du bien !

J'essuie mon doigt sur mon jean avant de m'avancer vers la porte.

— Je reviens, tu restes sage !

Un grognement me répond, mais je n'ai pas de temps à perdre alors je me dépêche de traverser le couloir jusqu'au bar et cherche la personne dont j'ai besoin. Ne la trouvant pas, j'interpelle Anton qui me la montre du doigt. Il a compris que quelque chose se trame et vient à ma rencontre avant que j'aille la chercher.

Il attrape mon bras pour me stopper dans mon élan.

— Casse-toi Anton !

— Qu'est-ce que tu vas lui faire ?

Ses yeux ne quittent pas les miens alors je serre mes poings à m'en faire mal pour ne pas m'emporter contre lui au milieu de la foule. Je ne sais pas ce qui lui prend ce soir mais il ne va pas falloir qu'il continue à se mettre en travers de ma route. La patience n'est pas une de mes qualités...

— Que crois-tu que je vais lui faire ? Tu penses que je vais la tuer et la foutre dans la poubelle ? lui demandé-je le plus sérieusement possible.

Il cligne des yeux et finit par secouer la tête, l'air vaincu. Il ne me croit pas capable de telles choses alors que j'ai fait bien pire que ça !

Il relâche mon bras et je reprends ma route jusqu'à elle. Elle sert un client et sursaute lorsqu'elle se retourne.

Je me penche vers elle pour qu'elle m'entende bien.

— Tu ramènes ton plateau et tu viens avec moi, tout de suite.

Elle se recule, effrayée telle une biche prise dans les phares d'une voiture. Elle va regretter ses actes, je peux le certifier !

Elle fait ce que je lui demande presque à reculons, mais finit par me suivre dans le couloir. J'ouvre la porte, attrape son bras et la force à me suivre. Lorsqu'elle voit Lena attachée au lit, elle écarquille les yeux et tente tout pour m'échapper sauf que j'ai le temps de verrouiller la seule sortie de la pièce.

Lena se tortille mais je me suis entraîné et je sais que ses liens ne s'enlèveront pas aussi facilement.

Béa me griffe les mains et devient hystérique, elle remue dans tous les sens et n'ayant pas que ça à faire, je pousse sa tête qui vient percuter le mur.

Lena hurle alors qu'elle s'effondre au sol.

— Qu'est-ce que tu fais ? Mais pourquoi l'as-tu emmenée ici ? Qu'est-ce que tu vas lui faire ?

Je ne réponds pas, j'ouvre un tiroir, prends un chiffon et le fourre dans la bouche de Lena que je scotche sur sa peau pour éviter qu'elle le recrache. J'en ai marre de l'entendre, elle me déconcentre !

Je profite que Béa est momentanément assommée pour attacher ses poignets avec du ruban. J'attrape ses cheveux pour la redresser et lui gifle brutalement la joue . La marque de mes doigts s'y imprime, me ravissant.

Elle cligne des paupières avant qu'elle ne se réveille complètement et se rappelle l'horreur de la situation.

J'attrape ses joues dans une de mes mains pour qu'elle me regarde.

— Tu t'es permise de faire mal à une personne qui m'appartient et c'est intolérable ! Personne ne touche à mes propriétés sans mon consentement !

— Je suis désolée, sanglote-t-elle.

Elle blêmit alors que je jubile. Tout en gardant ses cheveux dans ma poigne, je la fais se mettre à genoux devant moi. Elle essaie de m'échapper sauf qu'elle n'a nulle part où se réfugier... Je descends ma fermeture éclair et j'entends Lena se débattre sur le lit alors que je sors mon membre érigé devant les yeux exorbités de Béa.

— Tu me voulais dans ton lit, et bien c'est ton jour de chance ! Maintenant, tu ouvres la bouche et si tu tentes quoi que ce soit pour me faire mal, sache que je manie plutôt bien le couteau !

Elle tremble comme une feuille mais fait sagement ce que je lui demande.

Sa bouche prend mon sexe et je la force à m'avaler encore plus loin. Elle respire vite et ferme les yeux, mais accepte chacun de mes va-et-vient. Je la pénètre de plus en plus rapidement et suis obligé de poser les yeux sur Lena pour sentir le plaisir monter en moi. Cette dernière pleure en voyant ce que je suis en train de faire, mais elle mérite de souffrir, elle a voulu m'entuber ! Tout ça, c'est de sa faute ! Si elle n'était pas entrée dans ma vie, je ne serais pas dans cette situation inextricable !

Je me concentre sur son corps et me rappelle toutes les émotions qui me parcourent quand je suis en elle, quand je la pilonne et la fais jouir. Mon orgasme me surprend et je me vide au fond de la gorge de Béa. Elle ne proteste pas et lorsque je me recule, elle s'effondre au sol, en larme.

Je me rhabille, tire un couteau de ma poche et me baisse pour dégager les cheveux qui couvrent la nuque de Béa. Je lui caresse la joue alors qu'elle continue de sangloter. Je pose mon couteau sur sa peau blanche et d'un coup sec, tranche sa gorge. Elle s'effondre au sol et veut porter ses mains à sa gorge par réflexe, sauf qu'elles sont attachées dans son dos. Le liquide rouge coule et forme rapidement une flaque autour de sa tête, telle une auréole de sang.

Lena s'agite et hurle à travers son bâillon, elle me découvre enfin tel que je suis, elle doit comprendre où elle a mis les pieds !

Je me relève, laissant Béa finir de se vider de son sang pour m'avancer vers le lit.

— Tu m'appartiens Lena pour une durée que je suis seul à décider. Tu vois ce que je viens de faire, ce n'est qu'une petite partie de mes talents. J'ai tué un certain de nombre de gens et j'en tuerai sûrement encore. À partir de maintenant, tu assisteras à chacun d'eux pour que tu n'oublies pas qui je suis !

Je me penche sur elle afin d'arracher son bâillon. Elle ferme aussitôt la bouche en gémissant.

— Si tu ne veux pas assister en direct au massacre de ton mari, tu vas te tenir tranquille et obéir à mes ordres jusqu'à ce que je me lasse de toi !

— Et à ce moment-là que feras-tu ?

Je lui lance un sourire, elle crèvera comme toutes les autres, sauf qu'avant, je prendrais un plaisir phénoménal en jouissant de son corps.

— Devine ! soufflé-je près de son visage.

— Tu me dégoûtes ! crache-t-elle en tournant la tête de l'autre côté.

J'éclate de rire avant de poser mes lèvres dans son cou et de la lécher lentement.

— Au contraire chérie, tu es amoureuse de moi, je m'en suis assuré !

Chapitre 26

Lena

Que je suis stupide ! Comment ai-je pu penser que j'étais capable de tromper cet homme ? Il est intelligent, même un peu trop. Je ne me suis pas doutée une seconde qu'il pouvait m'avoir démasquée !

Je n'ose plus faire le moindre mouvement de peur que ça ne lui déplaise, je n'ai pas particulièrement envie de finir comme Béa... Elle ne méritait pas ça, personne ne mérite de finir ainsi. Sam n'a eu aucune hésitation pour l'exécuter froidement. Cette part sombre, je l'ai remarquée depuis le début, mais j'étais loin, très loin d'imaginer que sa folie pouvait aller jusque-là.

Je voulais me persuader qu'il était innocent... Qu'il avait simplement des excès de colère plus importants que la normale, mais ce qu'il vient de me montrer est totalement différent ! C'est un meurtrier, je ne peux plus avoir de doute sur ce fait. Il était si sûr de lui qu'il est clair que ce n'était pas la première personne qu'il tuait.

Il affiche un air prétentieux lorsqu'il affirme que je l'aime, qui me donne envie de le gifler. Il dit ça comme si c'était une évidence alors que moi je viens tout juste de le réaliser... Comment puis-je m'être laissée avoir de cette façon ? J'ai trompé mon mari, j'ai tout laissé derrière moi et l'ai protégé pour quoi ? Pour me retrouver prisonnière de cet homme qui me tuera au moindre écart ou lorsqu'il se lassera de moi... Je m'en veux tellement !

Sam pose sa main sur ma gorge, me sortant de mes pensées. J'essaie de lui échapper, je ne peux plus supporter son contact, ses mains avec lesquelles il a exécuté cette femme devant mes yeux ! Malheureusement, je ne peux pas aller bien loin avec les liens qui bloquent mes bras et mes jambes. Il dessine le tracé de la lame qu'il a enfoncé dans le corps de son employée, me coupant le souffle. Je retiens les larmes qui me montent aux yeux, je ne dois pas lui montrer à quel point ça me touche. J'ai vu des morts dans mon métier, mais je n'ai jamais vu une exécution en direct ! Ses yeux quittent ses doigts pour me fixer. Je n'arrive pas à lire dans son regard, il est tellement indéchiffrable...

— Notre première rencontre à l'hôpital, était calculée ? me demande-t-il soudain. (Je secoue la tête alors que sa main descend sur ma poitrine). C'est à partir de ce jour-là que tu es devenue mon obsession... Te toucher... Je ne peux pas t'expliquer pourquoi, ça me calme.

Ses doigts descendent sur mon corps, laissant une traînée glacée derrière eux. Je dois haïr cet homme de toutes mes forces... Alors pourquoi malgré tout, m'excite-t-il ?

Ses mains ne s'arrêtent pas jusqu'à arriver à mes chevilles qu'il détache. Je suis surprise mais soulagée, j'ai horreur de me sentir aussi vulnérable devant lui. Je pourrais tenter de le frapper mais à quoi ça servirait ? Il m'a déjà prouvé sa force et j'ai bien compris qu'il n'a aucune pitié. La seule chose qui peut l'arrêter c'est la mort et je ne suis pas prête à la donner. Je ne peux pas tuer quelqu'un comme lui l'a fait, c'est impossible !

Il attrape mon jean et tire d'un coup sec dessus, le faisant descendre à mes pieds. Que fait-il ? Je pensais qu'il me libérait ! Il attrape une de mes chevilles et enlève ma chaussure. Je me débats, comprenant où il veut en venir et tente de le frapper jusqu'à ce qu'une claque sur ma cuisse me stoppe. La douleur irradie dans ma jambe et le temps que ça passe, il a eu le temps de me déshabiller.

— Tu peux faire ce que tu veux chérie, je vais te baiser quoique tu en penses.

Il se retrouve nu en un rien de temps et enfile un préservatif alors que je cherche désespérément comment me libérer. Je sais que la porte est verrouillée, mais si je tape assez fort, peut-être que quelqu'un m'entendra… Sauf que je suis en train de rêver si je pense pouvoir me dérober à l'homme qui est en train de monter sur le lit. Il attrape fermement mes genoux et les écarte sans plus de cérémonie. Il passe ses doigts sous mon string et tire d'un coup sec, le réduisant en morceaux avant de se positionner au-dessus de moi. Je serre les dents lorsque son sexe me pénètre profondément. J'ai l'impression de le laisser faire, d'accepter ses conditions, d'être soumise alors que je ne le suis pas d'ordinaire. Sam me fait devenir quelqu'un d'autre, quelqu'un que je ne veux pas être !

Sa bouche se pose dans mon cou alors qu'il va-et-vient en moi lentement, me laissant m'adapter. Je tente de repousser le plaisir, je ne veux pas qu'il gagne cette fois, mais lorsque sa langue force ma bouche, c'est comme si tout s'effaçait. Il m'explore longuement alors que ses mains parcourent mes bras, jusqu'à les entrecroiser aux miennes.

C'est comme s'il s'accrochait à moi, comme s'il avait besoin de moi. Ses mouvements s'amplifient alors que le gouffre s'ouvre, me laissant entrevoir le plaisir. Il est brutal, passionné, avide et j'en veux plus. Il est toxique pour moi, mais à cet instant, je le veux, lui !

L'extase me prend par surprise et je hurle son nom. Il braque ses yeux dans les miens alors que la jouissance l'emporte à son tour.

Je ne lui ai pas résisté comme je l'aurais dû, je le sais, mais comme il l'a dit, je suis irrémédiablement amoureuse de lui...

Sam se détache de mon corps et se relève avant d'enlever les liens qui meurtrissent mes poignets. Je suis toute courbaturée et ne sais pas quoi faire à présent. Comment dois-je me conduire avec lui ? Je m'assieds et mes yeux tombent directement sur Béa, au sol, me rappelant d'un coup ce qui s'est passé.

Sam se rhabille avant de jeter vers moi, un tee-shirt noir ainsi que mon jean. Je les attrape et me dépêche de les enfiler. Une fois plus présentable, je me tourne vers lui et remarque son regard intense posé sur moi.

— Tu as intérêt à te tenir tranquille, je te laisse ton portable pour ne pas éveiller les soupçons, mais sache qu'avec deux frères informaticiens, j'ai quelques notions de piratage. J'ai déjà lu tous les messages que tu as envoyés sauf qu'à partir de maintenant, c'est moi qui te les dicterai. Tu sais ce que j'ai sur toi et ce que je n'hésiterai pas à faire si tu oses te rebeller contre moi...

Je hoche la tête, il a gagné la partie pour cette fois, mais je ne m'avoue pas vaincue pour autant. Je n'ai pas envie qu'il finisse ses jours en prison, mais c'est ce qui est le plus raisonnable pour tout le monde. Cet homme est dangereux. Je l'aime, mais je ne peux pas accepter ce qu'il fait...

— Tu vas rentrer chez toi et quitter définitivement ton mari. Tu vas demander le divorce, je ne veux plus jamais entendre parler de lui. En même temps, tu récupéreras le reste de tes affaires car tu vas habiter avec moi. Je ne te garde pas enfermée, pour le moment, mais tu dois me rendre compte de chaque endroit où tu te rends. Si jamais tu oses me mentir, la punition sera à la hauteur sois en sûre...

Je ne prends pas ses propos à la légère, mais je n'ai aucune envie de retourner chez moi. Drake doit être de nouveau déboussolé par ma soudaine absence et lui dire que je veux divorcer... C'est trop dur pour moi !

— Je l'ai déjà quitté, je suis partie, ça ne te suffit pas ?

Un rictus fend ses lèvres.

— Non, je veux qu'il comprenne que tu as décidé de l'éjecter, que tu ne veux plus de lui et dis-lui que tu as rencontré quelqu'un d'autre.

— Je ne peux pas faire ça ! réponds-je pétrifiée rien que d'y penser.

Un éclair traverse les yeux de Sam alors qu'il s'avance vers moi.

— Parce que tu trouves qu'il te respecte ? Il t'a trompée bordel ! Tu penses avoir réagi de façon excessive ? (Il se met à rire en attrapant mon visage). Et lui, quand il te balance des trucs à la gueule et te parle comme à un chien, ça te plaît ? Il a baisé une autre femme pendant des mois, voire des années, est-ce ce genre d'hommes que tu aimes ?

Je ne peux plus retenir mes larmes, il va trop loin ! Il ne sait absolument rien de notre vie, il ne nous connaît pas, de quel droit peut-il nous juger ? Lui avec ses belles paroles, il s'est bien fait sucer devant moi ! C'est comme si un coup de poing me frappait l'estomac, je suis jalouse... Jalouse d'une morte !

Je vacille, je me dégoûte, il a réussi à retourner mon cerveau si facilement...

— Dans tous les cas tu le feras Lena, si tu veux rester vivante, tu feras tout ce que je t'ordonne !

Tiens-je assez à ma vie pour lui obéir au doigt et à l'œil ? Je ne sais plus... Ne serait-il pas préférable de quitter cette terre avant de souffrir ? Car je suis certaine qu'à ses côtés, je finirai anéantie...

Sam attrape ma main et me tire à sa suite. Je retiens le haut-le-cœur qui monte dans la gorge lorsque je passe à côté du corps sans vie de Béa. La flaque de sang s'étend tout autour d'elle, c'est insupportable de la voir dans cet état. Il ne me laisse pas m'appesantir et me force à sortir de la pièce qu'il prend grand soin de refermer.

Nous remontons le couloir jusqu'au club où la musique a diminué de volume et où la foule s'en est allée. Nous passons près du bar lorsqu'Anton se plante devant Sam. J'ai envie de lui hurler de partir, qu'il ne sait pas qui il a en face de lui, mais je pince les lèvres, je n'ai pas envie de risquer la vie d'un autre innocent.

— Où est passée Béa ?

— Elle est partie, je l'ai virée, répond Sam sans se démonter le moins du monde, le mensonge est une seconde nature pour lui…

Moi en revanche, qui devrais être aussi aguerrie que lui, sens mon visage se vider de son sang. Je m'empresse de fixer le sol.

— Tu ne pouvais pas t'en empêcher ! On va faire comment avec deux serveuses en moins ?

— Une seule, rectifie Sam. En voilà déjà une nouvelle ! me montre-t-il de la main.

Je cligne plusieurs fois des yeux, il veut me faire travailler pour lui en plus ! C'est la meilleure !

Anton passe une main nerveuse dans ses cheveux, l'air de réfléchir.

— Bon, OK, mais il va falloir recruter parce qu'on ne peut pas continuer avec si peu de serveuses.

— Je compte sur toi, mets une annonce et prends celle que tu veux.

Anton écarquille les yeux, mais finit par acquiescer.

— Je pensais que tu étais le seul responsable des employés.

— Les choses changent, je n'en ai pas le temps en ce moment.

Sam n'attend pas que son ami réponde pour me tirer jusqu'à la porte de service qui rejoint le parking privé.

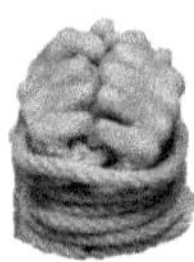

Le trajet jusque chez moi fut silencieux, je ne sais pas quoi lui dire, ce retournement de situation m'est difficile à assimiler.

Sam gare la voiture devant chez moi alors que mon cœur s'emballe. Drake va me crier dessus, il ne va pas comprendre... Je sais que mon amour pour lui s'est envolé, mais j'y reste attachée. Il a fait partie de ma vie durant de longues années, je l'ai épousé et aimé de tout mon cœur...

— Je n'ai pas toute la soirée, dépêche-toi !

Alors qu'un frisson me parcourt, je sors de la voiture et d'un pas lent, parcours le chemin qui mène à la porte d'entrée.

J'entre doucement dans la maison silencieuse. Tout est toujours à la même place, j'observe mon reflet dans le miroir qui me fait face et ne me reconnais pas. J'ai les yeux rougis d'avoir pleuré alors que mes cheveux ne ressemblent plus à rien. Comment Sam peut-il être attiré par moi ? C'est un mystère !

Je continue mon avancée jusqu'à arriver devant la porte de la chambre de Drake. Il doit dormir à cette heure-ci, il va s'énerver que je le réveille tout ça pour lui dire que je vais demander le divorce… En même temps, je n'ai pas vraiment d'autre choix, je n'ai pas envie de savoir ce que me ferait Sam si je désobéissais.

J'ouvre lentement la porte et laisse le temps à mes yeux de s'adapter à l'obscurité. Il est allongé sur son lit. Je fais le tour et manque de tomber. Du liquide est répandu sur le sol, il a encore dû jeter un verre sauf que je n'étais pas là pour nettoyer…

Je m'approche au plus près pour pouvoir distinguer son visage malgré la faible luminosité et l'observe endormi, il a l'air si doux comme ça… Il était si parfait à notre rencontre, si gentil et attentionné, j'ai eu un coup de foudre.

Je caresse sa joue avant de secouer son épaule.

— Drake, soufflé-je en le secouant un peu plus.

Il n'est pas du genre à dormir profondément, c'est étrange. Je secoue encore et encore alors qu'un sentiment étrange monte en moi.

Un bruit sourd venant de l'étage me fait sursauter. Je me précipite vers la porte et m'apprête à monter l'escalier quand une personne déboule, une cagoule sur la tête. L'obscurité ne me permet pas d'en distinguer plus et je ne vois pas arriver le coup que je reçois sur la tête. Je tombe en arrière et m'effondre au sol alors que tout s'éteint autour de moi.

Je papillonne des yeux alors que ma tête est douloureuse. La lumière est désagréable.

— Lena ! Putain réveille-toi !

Sam me secoue dans tous les sens en criant, me donnant encore plus mal au crâne. Il me lâche et se recule dès qu'il remarque mes yeux ouverts. Je porte une main sur mes cheveux et en la portant devant moi, je remarque une trace rouge sur mes doigts.

Sam fait les cent pas devant moi en serrant et desserrant les poings.

— Je vais le massacrer, je ne sais pas qui c'est, mais je vais le démembrer !

Il revient vers moi et s'accroupit pour prendre mon visage entre ses mains.

— Comment tu te sens ?

— J'ai mal à la tête…

Ses sourcils se froncent alors qu'il serre les dents. Son regard meurtrier me fait peur.

— Drake…, soufflé-je.

Il se recule d'un coup avant que son poing s'écrase contre le mur. Il reste statique quelques secondes qui me paraissent interminables, je n'ose même plus respirer, trop effrayer de subir sa colère.

— Tu n'as qu'à aller le voir ! crache-t-il.

Je m'assieds et tente de me relever sauf que tout tourne autour de moi. Je dois me rattraper au mur pour me stabiliser. Je ferme les yeux un instant et souffle longuement. Je finis par me mettre en marche pour rejoindre la chambre. J'allume la lumière et un hurlement d'horreur m'échappe. Du sang s'étale sur le sol alors que sur le lit, la vision est insupportable !

Je m'effondre au sol et vomis tout ce qui se trouve dans mon estomac. Je ne peux pas regarder cette scène, comment un être humain a-t-il pu faire une chose pareille ? Il faut que ce soit un monstre !

Je ferme les yeux sauf que le corps, nu et lacéré de mon mari s'imprime en détail dans mon esprit. Tous ces traits rouges qui s'étalent sur son corps... Il a souffert j'en suis certaine. Un sanglot passe mes lèvres et c'est un déferlement de sentiments qui s'empare de moi. Je ne peux pas supporter ce qui m'arrive.

Malgré la douleur qui parcourt mon corps, je réussis à me relever, je dois le rejoindre, je n'ai pas le droit de l'abandonner sauf que je suis coupée dans mon élan par un bras autour de ma taille. Je lance mes coudes en arrière et tente de me dégager, mais je finis vite par m'épuiser toute seule.

— Chut, Lena, ça va aller..., tente de m'apaiser Sam, mais je sais pertinemment qu'au contraire, le pire est à venir.

Drake ne méritait pas une mort aussi atroce, qui a pu faire ça ? Et pour quelle raison ? Je ne comprends rien !

Je laisse Sam m'emporter dehors, mais c'est trop tard, cette image ne me quittera plus, je le sais.

Une voiture se gare juste à côté de la sienne et son frère en sort, affolé.

— Qu'est-ce qui s'est passé ?

— J'en sais rien bordel ! J'ai vu quelqu'un sortir de la maison en courant, il a sauté dans un jardin et je l'ai perdu de vue, tout ce à quoi je pensais c'était que Lena était à l'intérieur. Elle était inconsciente et a mis plusieurs secondes à reprendre connaissance, lui explique Sam.

Ce dernier me fait tourner pour que je me trouve face à lui. Il pose une main délicate sur ma joue et pose doucement sa bouche sur la mienne. Je le déteste de faire ça, le déteste de me faire ressentir des choses, de me rappeler qu'il est l'homme que j'aime !

Je frappe son torse parce que je veux le haïr alors que je n'y arrive pas ! Ce n'est pas juste, je ne devrais pas éprouver ce genre de chose pour lui !

Mes larmes brouillent ma vue alors qu'il continue de m'embrasser, il me perturbe, me déboussole.

— Je suis avec toi Lena, dit-il contre mes lèvres. Maintenant, tu vas monter dans la voiture de mon frère et me laisser gérer.

Il dépose un dernier baiser sur mes lèvres avant de me montrer la voiture.

Je fais ce qu'il me dit et m'y dirige. Une femme que je n'ai jamais vue se trouve déjà à l'avant, elle me rappelle vaguement Eléonore…

J'ouvre la portière et m'assieds sur le siège arrière. La femme tourne la tête vers moi, l'air inquiet.

— Je m'appelle Judith…

— Lena.

Elle n'insiste pas alors que mes larmes coulent en continu.

Les deux frères sont en grande discussion jusqu'à ce que Phil s'avance vers nous. Il reprend sa place derrière le volant et me lance un regard compatissant dans le rétroviseur. Il ne sait pas à quel point je me sens mal !

Il allume le moteur sauf qu'une panique m'envahit quand je prends conscience que Sam ne vient pas avec nous. Je me mets à crier et tente d'ouvrir la portière sauf que celle-ci est bloquée. Il est hors de question que je perde quelqu'un d'autre aujourd'hui !

— Lena ! Calme-toi ! Il nous rejoint au club ! tente de m'apaiser Phil. (Je tente de reprendre ma respiration, ma tête tourne alors je me rassois sagement). Je sais que les choses sont difficiles, mais nous allons régler ça…

Je le fixe, il a l'air si sûr de lui que je décide de lui faire confiance même si je suis inquiète et terrorisée.

Chapitre 27
Samuel

Que s'est-il passé ici, bordel ? Quand j'ai vu cette personne sortir de chez Lena, mon cœur a eu quelques secondes d'arrêt. J'ai tout de suite pensé au pire. Malgré son statut de flic, Lena ne fait pas le poids face à un agresseur entraîné...

Par chance, on l'a juste assommée, mais le coup a été violent au vu du sang qui coule dans ses cheveux, et j'ai eu peur qu'elle ne se réveille pas... Pourquoi me fais-je autant de soucis pour elle ? Elle aussi m'a menti et a tenté de me manipuler ! Alors pourquoi les voix ne me disent pas de m'en prendre à elle ? Depuis que je la connais, elles se sont calmées, elles ne viennent à moi que par petits épisodes et c'est étrange de retrouver un certain calme... Elle ne peut pas être mon remède, c'est impossible ! Personne ne peut me guérir, ce qui me ronge est trop profond.

Je retourne dans la maison après l'avoir laissé partir, je dois comprendre ce qu'il s'est passé, pourquoi s'en prendre à son mari ? Cette personne était cagoulée comme celle qui nous suit, serait-ce une coïncidence ou les deux sont-ils liés ?

Je monte directement à l'étage pour faire le tour complet de la maison. Une fois en haut, j'avise la chambre de Lena qui est un véritable foutoir. Serait-ce un cambriolage qui aurait mal tourné ? Mais pourquoi tuer Drake sachant qu'il est handicapé et ne risque pas de leur courir après ?

J'avance et remarque une enveloppe déposée sur le lit. Je l'attrape et l'ouvre pour en sortir une carte de tarot : le fou. Je la retourne et découvre un petit message.

"Ce n'est que le début, tu vas payer."

Je ne comprends rien et n'ai pas le temps de m'y pencher. Je m'empresse de la ranger dans ma poche et de continuer mon inspection. Toutes les affaires de Lena sont éparpillées sur le sol, je préfère ne rien toucher et redescendre.

Le rez-de-chaussée quant à lui est nickel, tout est rangé, ordonné alors je rejoins la chambre où se trouve Drake.

Je voulais le tuer, le faire souffrir pour toute la culpabilité qu'il a fait ressentir à Lena et suis déçu de ne pas avoir pu lui infliger quoi que ce soit avant sa mort. Dans tous les cas, sa vie n'aurait pas duré beaucoup plus longtemps.

J'observe méticuleusement le tracer de la lame et je peux assurer que ce n'est pas un débutant qui a fait ça. Cette personne a voulu le faire souffrir avant de lui planter un couteau dans le cœur. Il est vrai que sa mort est une bonne nouvelle pour moi, Lena ne retournera plus jamais vers lui ! Je ne devrais pas ressentir ce petit soulagement qui m'étreint, et pourtant, il est bien présent. Cette femme chamboule mes certitudes, détruit mes habitudes pour tenter de me conquérir sauf que je ne dois pas la laisser faire ! Il est hors de question que je redonne ma confiance à quiconque, la blessure qui en découle est trop grande, je ne le supporterai pas !

Pour me sortir de ces idées grotesques, je fais le tour du lit et remarque des traces de pas dans le sang étalé au sol. Je ne sais pas de qui ils sont, mais je doute que ce soit le meurtrier... Il a l'air méticuleux et ne ferait certainement pas une erreur aussi grosse. C'est peut-être Lena... Les flics vont se poser des questions, il va falloir qu'elle ait un bon alibi, en espérant que personne ne l'a vue entrer...

Après une dernière inspection pour m'assurer qu'il n'y ait pas d'autres enveloppes qui traînent, je retourne à ma voiture. Nous sommes au beau milieu de la nuit, mais je guette tout de même les environs pour m'assurer que personne ne m'observe.

J'allume le moteur et rejoins le club en prenant garde aux voitures qui m'entourent. Avec Phil, nous préférons nous regrouper dans mon établissement plutôt qu'en pleine campagne au milieu de nulle part. J'ai des caméras de surveillance qui scrutent chaque recoin, je m'en suis assuré, donc si quelqu'un cherche à nous attaquer, il sera bien reçu...

J'entre par la porte de derrière et remonte le couloir. À peine posé-je un pied dans la salle qu'une sublime blonde se jette sur moi.

— J'ai eu si peur ! souffle-t-elle alors que des larmes strient ses joues.

Je ressens cette envie irrépressible de la toucher, de la garder contre moi, mais je ne peux pas ! Je ne peux pas lui donner tout ça, c'est au-dessus de mes forces. Elle représente tout ce que j'ai toujours désiré, mais je ne sais pas si c'est réel, si ses sentiments ne sont pas uniquement conditionnés par la peur que je lui inspire. Le but que je m'étais donné est atteint, elle m'aime, sauf que cette constatation n'a pas la saveur que j'espérais. Je voulais que ses sentiments soient vrais, qu'elle ne veuille que moi pour toujours, mais j'ai été déçu de constater qu'elle ne souhaitait pas divorcer. Sans chantage, jamais elle n'aurait accepté et ça me bouffe. Je ne sais pas pour quelle raison, j'ai besoin qu'elle tienne à moi plus qu'à quiconque. Je sais que mon esprit ne va pas dans la bonne direction, je ne devrais pas la désirer autant. Elle va me détruire, j'en ai la conviction depuis que mes yeux ont croisé les siens. Elle est celle qui me délivrera du mal qui m'habite, j'en ai la certitude.

J'encercle son corps pour la presser un peu plus contre moi et respire longuement son odeur. Elle m'apaise, elle est à l'origine d'un miracle que je n'aurais jamais cru possible et pourtant, elle me calme.

Je me recule, attrape sa main et rejoins mon frère, Judith à ses côtés. Cette femme pose un problème supplémentaire, il va falloir la surveiller alors qu'on ne peut rien lui dire.

— Vous pouvez dormir sur les canapés du coin VIP, je vais chercher des couvertures, leur signalé-je en lâchant Lena avant d'emprunter le couloir qui mène à la chambre.

Je passe devant le cadavre, dont il va falloir que je me débarrasse rapidement pour attraper ce qu'il me faut dans le placard.

— Putain, mais c'est quoi ça ? gronde mon frère.

Je me fige et fais volte-face, il ne connaît pas cette pièce car je savais qu'il ne comprendrait pas...

— Mon jardin secret.

Il écarquille les yeux avant d'observer cette femme qui a inondé le sol de son sang.

— Vous allez me tuer avant l'heure avec vos conneries ! Il faut la dégager d'ici...

— Je ne suis pas sûr que Judith apprécie la vue, j'attendrai que tout le monde dorme.

Il attrape les couvertures qui se trouvent entre mes mains.

— Je pensais qu'on n'avait pas de secrets entre nous..., souffle-t-il avant de passer la porte.

Je ne sais pas ce qu'il cherche à faire, mais s'il veut me faire culpabiliser, c'est raté. Je n'ai de comptes à rendre à personne, je suis assez grand pour me gérer seul. Il est clair qu'il a joué le rôle de parent pendant des années, mais ce temps-là est terminé. Il devrait plutôt penser à faire sa vie au lieu de s'occuper des nôtres !

J'attrape deux couvertures de plus avant de refermer la porte et de rejoindre le petit groupe. Lena est assise au bar et discute avec Judith. Je ne sais pas ce qu'a bien pu lui dire mon frère pour que cette dernière accepte de venir se terrer ici, ce n'est pas très anodin de se planquer dans un club...

Je pose mon barda sur le comptoir et en fais le tour pour leur donner des bouteilles d'eau.

— Ce n'est que le début, mais je sens mon corps changer malgré tout.

Judith a les yeux qui pétillent alors que Lena l'écoute avec attention. Je n'ai pas particulièrement envie d'entendre parler de bébé, ça me rappelle trop de souvenirs douloureux. J'aurais aimé ce petit être chaque seconde de ma vie, mais Élise m'a tout enlevé.

Le regard de Lena se pose sur moi et je n'aime pas ce que j'y vois : un espoir qu'un jour ça lui arrive. La tristesse ne l'a pas quittée, je dois lui changer les idées et lui rappeler à qui elle appartient maintenant ! Son mari est mort, elle doit l'accepter.

Je lui fais un signe de tête pour qu'elle me suive avant de me diriger vers la salle du personnel. Elle me rejoint quelques secondes plus tard et je ne lui laisse pas le temps de réagir. Je l'attire contre moi pour m'emparer de sa bouche. Elle ne me résiste pas, me laisse prendre ce dont j'ai envie. J'explore minutieusement sa bouche avant d'attraper ses jambes pour les entourer autour de mes hanches et de l'emmener dans la douche attenante. Je la plaque contre le mur et d'une main, pétris sa poitrine généreuse. Elle a des seins superbes, idéalement proportionnés pour mes mains.

Je me recule pour pouvoir l'admirer lorsque je remarque ses larmes qui coulent doucement. J'ai horreur de la voir dans cet état, je refuse de la voir triste pour un type qui ne l'a jamais méritée !

Je soulève son tee-shirt et un frisson la parcourt, faisant se dresser ses tétons. Je la veux, tout de suite !

Je la repose au sol et lui défais promptement son jean qui finit avec le tee-shirt, plus loin sur le sol de la petite salle de bain. Je me déshabille à mon tour, trop pressé alors qu'elle reste statique contre le mur et attend que j'agisse. Ça devrait me contenter, mais ça n'est pas le cas. Il faut qu'elle me veuille, qu'elle ne désire que moi !

Je m'approche d'elle et pose une main sur sa nuque.

— Que veux-tu Lena ?

Elle relève ses yeux clairs sur moi, surprise par ma question. Je n'ai pas envie de la laisser réfléchir, mais je veux qu'elle réalise que je suis le seul à pouvoir la contenter. J'attrape un préservatif que j'enfile à la hâte et en me redressant, elle souffle :

— Fais-moi tout oublier...

Je la reprends dans mes bras alors qu'elle entoure ma taille de ses jambes et la fais glisser le long de mon corps jusqu'à sentir son sexe s'ouvrir pour le mien. Je la pénètre doucement, en prenant tout mon temps alors qu'elle pousse un gémissement contre mon cou. Mon corps s'emboîte dans le sien à la perfection... Sa chaleur qui m'entoure fait totalement vriller mon cerveau. J'attrape ses fesses pour la soulever et la ramener brutalement contre moi. Ses ongles labourent mes épaules alors que je la fais aller et venir de plus en plus vite. Trop d'émotions me traversent, je la veux encore et encore, je ne suis pas certain de me rassasier d'elle un jour et tout ça m'effraie. J'ai tout fait pour éviter d'en arriver à un tel stade avec une femme et me voilà aujourd'hui, avec elle et des sentiments que je refuse de ressentir ! Je ne veux plus donner mon âme à quiconque et pourtant, je sens qu'elle la grappille un peu plus à chaque fois. Je devrais tout arrêter, me débarrasser d'elle une bonne fois pour toutes…mais j'en suis incapable !

J'attrape ses cheveux pour tirer sa tête en arrière et m'emparer de ses lèvres alors que son orgasme explose, provocant le mien. Je veux la marquer, la faire mienne à tout jamais !

Je n'ai aucune envie d'atterrir et de réaliser tout ce qu'elle représente pour moi. Je la repose malgré tout par terre et quitte son fourreau étroit.

Je me penche pour allumer l'eau, lui arrachant un cri de surprise. Elle est d'une beauté folle, c'est surréaliste ! Je lui donne du gel douche pour qu'elle se lave avant d'en faire de même. Son regard a du mal à me quitter et je peux y lire tous ses sentiments. C'est ce que j'attendais d'elle, mais elle transpire d'amour pour moi et ça me terrifie. Je ne veux pas encore perdre une femme à laquelle je tiens alors je ne dois pas m'attacher !

Je sors de la douche et m'essuie rapidement avant de m'habiller. Je dois sortir de cette pièce avant de faire la pire erreur de ma vie. Il faut que je mette de l'espace entre nous !

Je rejoins la salle où le silence règne, ils ont dû trouver un coin pour dormir…

J'avance vers le bar quand soudain, je suis poussé contre le mur de bouteilles. Du verre s'éclate tout autour de moi alors que je relève les yeux sur l'homme en face de moi.

— Tu nous mets tous en danger avec tes conneries ! Je les ai tolérées parce que tu vivais des choses difficiles, mais maintenant que tu as Lena, je ne comprends pas ce qui te pousse à agir de la sorte ! Si les flics débarquent ici, tu vas leur dire quoi à propos du corps ? Ils t'ont à l'œil bordel, tu crois que c'est un jeu ? Si tu continues, tu vas finir en taule et ce sera bien fait pour toi ! En attendant, je n'ai pas envie de laisser Judith et mon enfant au milieu de tout ça ! Demain, je chercherai un endroit sûr pour nous, je n'ai pas envie qu'ils paient pour tes fautes !

Phil me relâche et je me contiens pour ne pas lui sauter à la gorge. De quel droit me parle-t-il de la sorte ? Il en a rien à foutre de cette femme et ne veut pas de ce gosse, qu'il arrête de faire le bon père de famille, il est une caricature ambulante !

J'attrape un verre et la première bouteille que je trouve pour me servir un verre. Lena sort de la salle du personnel, les cheveux trempés et la mine toujours aussi triste. Je préfère me noyer dans mon verre que lui prêter attention sauf qu'elle s'avance vers moi. Elle prend un verre et le pose à côté du mien. Je ne me fais pas prier pour la servir.

Nous buvons en silence jusqu'à ce qu'elle se mette à bâiller.

— J'ai un canapé dans mon bureau, viens.

Je n'attends pas qu'elle me réponde pour la tirer à ma suite.

Une fois en haut, je m'allonge et lui dis de se mettre devant moi. Elle s'exécute alors que mes mains entourent son corps. La sentir contre moi me fait du bien…

Son odeur qui m'entoure est comme un médicament qui m'apaise, le seul qui réussisse à me détendre. Je ferme les yeux et m'endors en la serrant entre mes bras.

Chapitre 28

Lena

Je me réveille en sursaut en entendant du bruit. J'ouvre grand les yeux et suis surprise de voir Anton à la porte, qui nous observe.

J'essaie de bouger, mais je suis bloquée par la poigne ferme de Sam qui me serre contre lui. Je frotte son bras pour tenter de le réveiller et il grogne en posant sa bouche dans mon cou.

— Sam ! m'exclamé-je alors que je sens sa langue commencer à me lécher.

Il se recule légèrement et je le sens bouger dans mon dos.

— Qu'est-ce que tu veux Anton ? Quelle heure est-il ?

Son ami hausse un sourcil, un air contrarié sur le visage.

— L'heure de la livraison !

Je me redresse pour m'asseoir alors que Sam en fait de même. Il frotte son visage avant de me jeter un coup d'œil.

— Je te rejoins en bas dans cinq minutes.

Anton se décolle de la porte et la referme derrière lui.

— On ne peut pas rester ici Sam, il nous faut de l'intimité, je n'ai pas envie de me réveiller tous les matins ici…

Il s'étire avant de se lever et d'aller se poser contre son bureau.

— Dis-moi, tu as subitement cru que tu pouvais décider de quoi que ce soit, pendant la nuit ? (J'écarquille les yeux, oui, je pensais naïvement que je pouvais m'exprimer…) Si tu me redonnes un ordre chérie, les choses vont mal se passer ! Maintenant tu peux aller faire ta toilette, j'ai quelque chose à faire et interdiction de sortir du club.

Il passe la porte avant que je n'aie pu ouvrir la bouche et dans un sens, c'est préférable pour moi. Je n'ai aucune envie de me le mettre à dos.

Je me dépêche de descendre alors qu'Anton et Phil sont près du comptoir. J'ai entendu ce dernier s'énerver hier. Je ne le pensais pas comme ça, il a l'air plutôt calme…

— Bonjour, soufflé-je en passant devant eux.

Phil me sourit en me répondant, mais j'ai besoin de me rafraîchir alors je traverse un couloir pour rejoindre la salle de bain où nous nous sommes douchés hier. Je revois sa peau contre la mienne, je sens son sexe qui me transporte toujours plus vers le plaisir et l'extase de la jouissance…

J'ouvre la porte et me retrouve en face de Judith, enroulée dans une serviette.

— Oh pardon ! m'excusé-je, mais elle retient la porte avant que je ne la referme.

— Entre, on est entre filles…

Je suis pudique et ne suis pas franchement à l'aise de la voir si peu vêtue, mais après tout, je me sentirais peut-être moins seule si je pouvais discuter avec quelqu'un. Je pourrais aussi en profiter pour en savoir plus sur sa sœur…

J'entre alors qu'elle récupère ses vêtements et commence à les enfiler. Je garde les yeux fixés sur le pommeau de douche en attendant qu'elle ait fini.

— Tu connais Sam depuis longtemps ? me demande-t-elle soudain.

— Non et toi Phil ?

Elle s'avance devant le miroir pour attacher ses cheveux.

— Quelques semaines, mais nous ne sommes plus ensemble… L'annonce de ma grossesse fût une bombe pour lui comme pour moi et il a préféré me quitter. Je l'aime beaucoup, mais ce n'est pas l'homme de ma vie. Les choses sont allées très vite entre nous, mais elles sont retombées comme un soufflet. Je n'ai pas vraiment compris pourquoi il m'a emmenée ici, il avait l'air inquiet et me disait que j'étais en danger, que je devais le suivre. Tu en sais plus toi ?

Je secoue la tête, Phil la protège sauf qu'elle n'a pas conscience du monde dans lequel elle est tombée…

— En tout cas, Anton est sacrement mignon ! Dommage que Phil soit là, j'en ferais bien mon quatre heures, ricane-t-elle.

Elle est toute joyeuse, c'est rafraîchissant et ça fait du bien.

— Il a peut-être une petite amie…, suggéré-je.

Après tout, je ne le connais pas plus que ça, il est resté assez discret avec moi.

— Pas grave, je ne suis pas jalouse, un petit coup vite fait, ça n'engage à rien… Du moins en théorie vu que le dernier en date m'a foutue enceinte !

J'aime bien cette femme, elle est sans filtre et a l'air plutôt agréable à vivre.

— Tu peux te foutre à poil, je ne vais pas te manger, on est toutes pareilles, me lance-t-elle avec un clin d'œil.

Je ne sais quoi lui répondre, sa sœur m'avait dit la même chose sauf que le contexte était totalement différent… Je souffle un grand coup et finis par prendre sur moi. J'ôte mes vêtements un par un alors qu'elle ne me prête aucune attention, trop concentrée sur son maquillage.

Je prends une douche rapide avant d'attraper la serviette que ma nouvelle amie me tend. Je m'y enroule, moins à l'aise qu'elle, et me dépêche de me rhabiller.

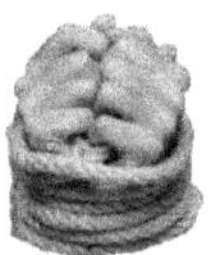

Nous sortons de longues minutes plus tard, elle m'a persuadée de la laisser me maquiller. Je ne suis pas déçue, ça reste assez naturel, tout en soulignant mes yeux clairs, je dois dire que j'adore et cette petite pause entre filles était très sympa. Évidemment, rien ne peut remonter mon moral en berne, car Drake est toujours dans un coin de ma tête. J'avais besoin de m'évader au moins quelques minutes...

Nous sommes surprises par Anton qui traverse le couloir jusqu'à une porte de l'autre côté.

— Alors les filles, on s'amuse bien ? nous demande-t-il en haussant un sourcil.

Judith se met à glousser en attrapant mon bras pour nous ramener dans la salle.

— Opération séduction engagée, je vais le faire craquer tu vas voir ! me chuchote-t-elle

Je ne peux m'empêcher de sourire, cette fille est très sympa.

Mon regard est happé par celui de Sam qui m'observe attentivement.

Nous les rejoignons alors que l'ambiance n'a pas l'air des plus guillerettes. Sam et Phil sont chacun de leur côté et ont l'air de s'éviter.

Je m'assieds sur un tabouret à côté de Sam et il me tend une tasse fumante.

— J'espère que tu n'as rien dit de compromettant à Judith…, me souffle-t-il doucement.

— Pour qui me prends-tu ?

Il touille sa tasse avant de la porter à ses lèvres.

— Tu ne m'as pas franchement montré de quoi tu es capable Lena. Je t'ai grillée tout de suite donc permets-moi de douter de tes talents…

Je serre les dents, je ne sais pas ce qu'il a aujourd'hui, mais sa mauvaise humeur est contagieuse. Il était tellement doux avec moi hier, j'ai du mal à le comprendre.

— J'ai fait quelque chose de mal ? demandé-je, pour essayer de savoir ce qu'il se passe dans sa tête.

Il frotte son visage avant d'attraper ma main et de monter à l'étage.

Il me lâche avant de refermer la porte et d'aller s'asseoir dans son fauteuil. Il tire une carte de sa poche et me le tend.

— J'ai trouvé ça sur ton lit…

Je la retourne fébrilement, j'ai peur de la lire, ne sachant pas à quoi m'attendre.

Je lis et relis sans vraiment comprendre le sens de cette phrase. S'adresse-t-elle à moi ? Qu'ai-je fait pour qu'on veuille me faire payer ?

Ma tête tourne et je préfère m'asseoir sur le canapé, car mes jambes flageolent.

— Je ne comprends pas…

— Je ne sais pas si c'est pour toi ou pour moi. Nous sommes suivis, mes frères et moi, c'est pour ça que je ne veux pas que tu bouges d'ici. Je sais que tu es en sécurité dans le club et tant que je n'ai pas trouvé la personne qui essaie de s'en prendre à nous, je ne veux pas que tu en sortes. Pour tes supérieurs, trouve une excuse et envoie-leur un message qui peut couvrir ta soudaine disparition.

Tout ce qu'il me raconte est de la folie, s'en est-on pris à Drake à cause de lui ? Parce que je me suis rapprochée de cet homme et de sa famille ? Mes mains se mettent à trembler et la carte m'échappe.

Tout est de ma faute ! Mes larmes repartent alors que j'avais réussi à les calmer, toute ma tristesse remonte d'un coup. Si je n'avais pas accepté cette mission, il serait encore en vie ! C'est à cause de moi qu'il est mort ! J'ai de plus en plus de mal à respirer, tout se brouille autour de moi et seule l'image de Drake sur son lit, mort, reste dans mon esprit. Sa vie aurait été tellement plus simple sans moi ! Il n'aurait jamais eu d'accident et serait sûrement heureux avec une femme et des enfants !

Une main sur mon visage qui me caresse, me sort doucement de ma panique. Je reprends peu à peu une respiration normale alors que mes yeux s'accrochent au regard sombre de l'homme qui fait vibrer mon cœur.

— Je te fais confiance Lena, je t'ai tout dit pour que tu restes sur tes gardes, mais tu n'en parles à personne ! Si j'ai le moindre écho, tu sais déjà à quoi t'attendre… Je ne serai pas tendre…

Je comprends parfaitement et de toute façon, je suis liée à lui, je l'aime et ne veux pas lui nuire. Il essaie de me garder en sécurité, c'est la preuve qu'il tient à moi. Il ne me dira certainement jamais qu'il éprouve des choses à mon égard, mais il me le prouve à cet instant.

— Je dois récupérer des affaires à la maison, mais Phil reste ici. (Je fronce les sourcils, je n'aime pas l'idée qu'il sorte seul alors que quelqu'un cherche à lui nuire.) Je n'en ai pas pour longtemps, je compte sur toi pour être sage…

Il pose délicatement ses lèvres sur les miennes avant de se reculer et de passer la porte.

Je reste quelques secondes inerte, le temps de reprendre mes esprits avant de rejoindre les autres.

Anton est en train de nettoyer le sol près du mur de bouteilles alors que Judith et Phil sont assis sur un canapé. Je ne sais pas quoi faire, je me sens inutile.

Je m'avance vers Anton car après tout, Sam voulait que je remplace la serveuse, alors autant m'occuper.

— Tu as besoin d'aide ? demandé-je alors qu'il relève la tête.

Il me détaille des pieds à la tête avant de me fixer.

— Je peux me débrouiller, mais si tu t'emmerdes, tu peux nettoyer les tables.

Anton se baisse avant de poser un chiffon et du produit devant moi. Je les attrape et pendant la demi-heure qui suit, je frotte les tables.

— Fais une pause ! Je suis fatiguée rien que de te regarder ! m'interrompt Judith.

Être occupée, empêche mon cerveau de réfléchir, mais je peux faire une petite pause. Je laisse tout sur la table avant de la suivre jusqu'au canapé.

Phil m'observe alors que je m'assieds.

— On n'a pas eu l'occasion de vraiment se parler, mais je suis content que mon frère soit avec toi…

Je suis surprise par ses paroles. Je sais qu'il ne me dit pas tout à cause de Judith qui, comme elle me l'a dit elle-même, ne sait rien, mais je sens de la reconnaissance qui réchauffe mon cœur. Je m'accroche à Sam et j'espère réussir à lui faire prendre conscience que je ne suis pas sa femme, que je ne le tromperai pas comme elle l'a fait. Certes, je lui ai caché des choses à cause de ma mission, mais je n'avais pas le choix. Et maintenant que j'ai accepté mes sentiments, je ne vois pas comment je serais capable de le dénoncer…

— Merci, soufflé-je.

— J'ai envie de chocolat ! nous coupe Judith, qui a l'air surexcitée. S'il te plaît Phil ! Tu en as pour cinq minutes…

Il hésite, il ne veut pas nous laisser seules, Sam a dû le briefer… Mais que risquons-nous dans le club ? Anton est présent et je sais me défendre, il n'en a pas pour longtemps, j'ai repéré un magasin juste en face.

— J'irai quand mon frère sera revenu !

— Allez, sinon j'y vais moi-même, je meurs de faim et il n'y a que des cacahuètes ici !

Il se lève et me regarde longuement, je comprends qu'il veut que je veille sur elle et il peut se rassurer, je ne la lâcherai pas d'une semelle !

Je lui fais un rapide signe de tête qu'il comprend. Il nous fait promettre de rester tranquillement ici le temps de sa course avant de se diriger vers la sortie en soufflant.

— Viens, on va voir le beau gosse !

Je lève les yeux au ciel, on dirait presque une adolescente avec les hormones en ébullition. Je la suis malgré tout jusqu'au bar où Anton lance des bouteilles en l'air. Judith a les yeux qui pétillent en le regardant faire.

— Tu peux aller chercher le carton blanc qui est à côté de la porte dans la réserve s'il te plaît Lena, me demande-t-il en reposant ses bouteilles sur le comptoir. Je monte deux minutes dans le bureau faire une commande.

Je hoche la tête et il n'attend pas plus longtemps pour grimper l'escalier.

— Tu viens avec moi Judith ?

Elle secoue la tête mais j'insiste tellement qu'elle finit par abdiquer. Je n'ai pas envie de la quitter des yeux, j'ai promis à Phil de la surveiller…

J'appuie sur l'interrupteur qui n'illumine que faiblement la pièce et me tourne une seconde pour chercher le carton qui se trouve un peu plus loin. Je m'avance dans la réserve alors que Judith me tient la porte.

— J'aime trop ses piercings, c'est tellement sexy !

— Il est quand même très différent de Phil...

Elle claque la langue.

— Je n'ai pas de genre en particulier, j'aime les hommes en général. Je ne dirais pas non à Sam non plus... (Je me redresse pour la fixer, les yeux écarquillés.) Range tes crocs, j'ai bien vu la manière dont il te regarde et je sais que je n'ai aucune chance alors je te le laisse.

C'est très aimable de sa part, sauf que si elle le connaissait un peu plus, elle ne serait peut-être plus autant intéressée. Je l'aime, mais il est très difficile à comprendre, il est violent et d'humeur changeante. Il sait aussi se montrer doux et aimant... C'est peut-être ce contraste qui me plaît...

Je me baisse pour prendre le carton lorsqu'un bruit sourd me fait vivement relever la tête. Mon cœur s'emballe alors que je vois Judith vaciller et s'effondrer au sol. Le carton m'échappe et un bruit de bouteilles qui s'écrase au sol brise le silence qui règne soudain. Je me précipite sur elle, ne réfléchissant pas, ayant peur qu'elle ait un malaise à cause du bébé sauf que je ne vois pas arriver le coup sur ma tête. La douleur traverse mon crâne et mes jambes se dérobent alors que l'obscurité m'emporte malgré tous mes efforts pour rester consciente.

Chapitre 29

Samuel

J'entre dans la maison en prenant tout de même garde à ce qui m'entoure, on ne sait jamais…

Je rejoins aussitôt le bureau pour retirer le disque dur de l'ordinateur et récupérer les enregistrements des caméras de surveillance. Je n'ai pas envie que ça tombe dans d'autres mains que les nôtres !

Je vais ensuite dans ma chambre pour prendre quelques affaires et surtout, le flingue qui se trouve sur mon étagère. Je le recharge, car Kay s'est amusé avec et a vidé une partie du chargeur.

Je pose tout dans la voiture lorsque mon portable se met à sonner. Je le tire de ma poche pour répondre.

— Qu'est-ce qui se passe ? demandé-je.

— Il faut qu'on discute toi et moi, me répond Anton.

Je ferme mon coffre, prêt à revenir au club.

— J'arrive, tout va bien ?

Un ricanement me répond alors que je me fige, que lui arrive-t-il ?

— Je ne serai pas là quand tu reviendras ! J'ai été ton larbin assez longtemps comme ça, maintenant c'est terminé ! (Je ne comprends rien de ce qu'il me raconte, il a fumé ou quoi ?) Il y a deux ans, la femme que j'aimais est morte… Par ta faute !

Je pose ma main sur la voiture pour me retenir n'ayant pas envie de comprendre ce qu'il est en train de dire.

— Qu'est-ce que tu racontes ? demandé-je à bout de souffle.

— Élise attendait mon enfant ! crache-t-il dans le téléphone. C'était mon bébé et elle l'a tué pour toi ! Parce que soi-disant, elle t'aimait et ne voulait pas te voir souffrir… Et moi alors ! Elle s'en foutait, je suis toujours passé après toi ! (Ma respiration s'emballe alors que mes souvenirs se percutent dans ma tête.) Je la voyais tous les jours au boulot et je la voulais ! Elle était si belle, si attirante, pourquoi n'aurais-je pas eu le droit de la baiser moi aussi ? (La rage qui coule dans mes veines surpasse celle qui m'habite continuellement, j'ai envie de démolir, de détruire tout ce qui se trouve à ma portée). J'ai mis de la drogue dans son mug de café lors du stage à Paris et elle s'est laissée faire ! Elle a aimé, tu l'aurais vue, si belle, qui gémissait sous mes assauts… Elle a fait semblant de ne pas se souvenir sauf que j'ai fait une petite vidéo, pour qu'elle n'oublie jamais !

Je me souviens très bien de ce stage, je ne voulais pas qu'elle s'y rende, nous ne nous séparions jamais et elle devait y rester deux semaines. Lorsqu'elle est revenue, je l'avais trouvé changé… Elle s'était fait couper les cheveux et avait perdu quelques kilos alors je n'ai pas cherché plus loin…

— Elle t'a épousé ! Je devais réagir, je devais te prévenir qu'elle m'aimait moi ! Sauf que cette pute s'est enfoncée des aiguilles dans le ventre ! Elle a tué mon enfant par ta faute, alors tu mérites de payer ! J'ai attendu longtemps mais ça valait le coup ! Devine qui se trouve à mes côtés ? Allez parle ma puce, il t'entend !

— Sam…, chuchote Lena à travers le combiné avant qu'elle ne se mette à crier.

— Lena ! ne puis-je m'empêcher de hurler. Je vais te buter espèce de connard !

Un rire me répond alors que je me mets à faire les cent pas, de plus en plus remonté.

— Maintenant, on va la jouer à ma façon. J'ai Lena et Judith… Pour les récupérer, il va falloir obéir à mes ordres ! Au fait, j'espère que Kayden va bien ? Tu m'excuseras auprès de lui, je l'ai raté. Il n'aurait pas dû survivre, mais il est plus résistant que je ne l'aurais cru. Ne t'en fais pas, la prochaine fois sera la bonne !

Les voix dans ma tête sont déchaînées et tout mon corps tremble de rage. Je n'attends qu'une occasion pour le démembrer. Je me suis tellement fait avoir !

— Je te rappellerai quand j'aurai besoin de toi, en attendant, je vais m'amuser avec mes prisonnières.

La ligne se coupe alors que ma main serre mon téléphone si fort que je suis surpris qu'il ne soit pas en miettes.

Je grimpe dans ma voiture et parcours les kilomètres qui me séparent du club, si vite que ça ne doit pas prendre plus de cinq minutes.

J'entre en espérant au fond de moi que ce ne soit qu'un cauchemar, que ça n'est pas réellement arrivé sauf que tout est vide ! Je ne sais pas où est passé mon frère, l'a-t-il aussi emmené ? Ça me paraît compliqué, il ne se serait pas laissé faire sauf que tout est en ordre !

Tout en moi me fait souffrir, j'ai si mal ! J'attrape une chaise et la fracasse sauf que c'est trop peu, rien ne peut m'apaiser, je veux du sang, de la douleur, la mort !

Je casse tout, réduis en cendre chaque objet qui croise ma route, il m'a tout enlevé ! Élise s'est fait violer par un type à qui je faisais confiance ! Un type qui a partagé ma vie pendant plus d'un an et demi ! Il croit me détruire, mais au contraire il renforce ma folie. Mes limites n'existent plus, il a réveillé la bête, qui s'était calmée grâce à Lena. Elle s'est emparée de mon âme sans vraiment m'en rendre compte, elle m'a fait sien ! Sauf que je dois tout mettre de côté et réveiller mes plus bas instincts. Je vais réduire la ville en miettes tant qu'elle ne me sera pas rendue !

Le diable part à la chasse !

Épilogue

Phil

J'entre dans le supermarché, je n'aurais pas dû céder à Judith, je le sais. Mais je dois avouer que dans le club, il y a plus à boire qu'à manger et je ne peux pas la laisser crever de faim !

Il n'y a pas grand monde, je vais aller vite…

Je passe en revue les rayons jusqu'à trouver celui qui m'intéresse. Il y a tellement de sortes de chocolats que je reste un instant perplexe.

Soudain, un grand vacarme se fait entendre et je ne peux m'empêcher d'aller voir ce qu'il se passe.

Une superbe femme a l'air catastrophée, une pile de boîtes de conserve est répandue sur le sol et l'une d'entre elles roule jusqu'à mes pieds.

Elle lève la tête et ses yeux dorés se fixent dans les miens. Elle dégage une mèche de ses cheveux bruns avant de me lancer un sourire contrit.

— Je suis vraiment trop maladroite !

— Ça arrive à tout le monde…, lui soufflé-je.

Elle se penche pour commencer à ramasser les boîtes et je ne peux décemment pas faire comme si je n'avais rien vu, alors je l'aide à tout remettre en place.

— Je suis désolée de vous faire perdre votre temps...

Je lui fais un signe de la main pour la rassurer. Je suis pressé c'est vrai, mais ce n'est pas parce que je perds dix minutes que ce sera la fin du monde.

J'observe cette femme sublime qui ne fait que me sourire, quelque chose chez elle, m'attire...

— Je m'en veux, je n'ai pas fait attention. Je marchais vers le rayon des boissons sauf que j'ai reçu un message sur mon téléphone et j'ai accroché une des boîtes. C'était comme des dominos qui tombaient au fur à mesure, impossible de les arrêter !

Une fois que la pile a l'air complète, je me redresse pour lui faire face.

— Merci beaucoup pour votre aide, je ne sais pas comment je peux vous remercier...

— Ce n'est rien, j'aurais pu faire la même chose.

— Laissez-moi au moins vous offrir un café !

Je secoue la tête, je n'ai malheureusement pas le temps pour ça, il faut vraiment que je retourne au club. Si Sam revient et que je ne suis pas là, il va me faire un scandale.

— Je suis désolé, je dois y aller.

— Bon alors peut-être la prochaine fois… Je suis souvent dans le coin et je serais heureuse de partager un peu de temps avec vous.

Je rêve ou elle me drague ? En temps normal, je n'aurais pas hésité, mais ma situation est loin d'être simple et rajouter une femme dans l'équation, ce n'est pas du tout raisonnable.

— Peut-être…, éludé-je. Il faut que je parte, mais j'ai été ravi de faire votre connaissance.

Elle s'avance soudain vers moi et tend sa main.

— Je suis vraiment mal polie, je ne me suis même pas présentée ! Moi c'est Alya !

Tout à coup, des sirènes dans la rue retiennent toute mon attention. À travers les grandes vitres du magasin, je peux pleinement observer un nombre impressionnant de voitures de police se garer devant le club.

Remerciements

Merci infiniment à vous qui venez de lire mon livre. J'espère que mon univers vous aura plu ! Je me suis éclatée à entrer dans la tête de ce psychopathe et croise les doigts pour que vous ayez pris du plaisir en lisant.

L'aventure n'est pas finie. J'ai encore plein de choses à leurs faire vivre !

Je remercie chaque personne qui me suit, qui parle de mes livres, qui vient me parler. Sans vous je n'en serais peut-être pas là alors merci !

Je remercie ma Julie d'être toujours présente malgré le temps qui passe. Je t'aime fort.

Je remercie mon Adeline, ma fabuleuse dessinatrice. Je te demande des trucs farfelus et tu arrives toujours à me dessiner des choses fabuleuses ! Tu as un talent fou et bien plus.

Tu es une personne incroyable et tu sais à quel point tu comptes pour moi.

Merci à ma cocotte, mon Audrey. Je sais que tu t'arraches les cheveux avec moi. Tu as une patience à toute épreuve ! Merci pour ton million de relectures, tu es la meilleure. Merci pour tout le reste aussi. Nos fous rires, nos recherches improbables, tes petits jeux, tu es au top ! Tu sais déjà tout alors je voulais juste te dire que je t'aime fort ma cocotte.

Merci à Aurore, fiouf que dire… Tu es mon double, presque ma jumelle. On passe nos journées ensemble alors tu sais déjà ce que je pense. Depuis que nous nous sommes rencontrées, on ne se quitte plus et j'espère que ça continuera encore et encore. Merci d'être aussi présente et pour tout…

Merci à ma Ju, merci pour tous tes délires, tes avis et ta présence. Ton soutien m'apporte beaucoup, tu ne peux pas savoir comme ça me motive.

Je remercie Aurélie d'être toujours présente. La plus discrète, mais sur laquelle je sais que je peux toujours compter. Merci ma belle !

Merci à ma Nadia, nous nous sommes rencontrées pour de vrai et malgré mon stress absolu, ce fût une rencontre en or. Merci pour ton aide et ton précieux soutien.

Merci à Sandrine, pour tout. Tu es folle et tu veux absolument que je tue Sam, mais je t'aime quand même. Un conseil par contre : fais gaffe aux cochons !

Merci infiniment à mes bêtas lectrices, Élisabeth, Émilie, Anna, Nathalie, Bettina et Cindy pour le soutien, les avis et les délires. J'ai passé de super moments avec vous !

Merci à Ange Filli, tu as eu de super idées que je n'ai pas forcément exploitées dans ce tome parce que ça ne s'y prêtait pas, mais merci infiniment pour la longue discussion et pour ton soutien.

Merci aux chroniqueuses qui font des super chroniques et qui me donnent des avis constructifs, merci pour votre aide.

Merci à mon mari. Merci d'être là pour me soutenir. Je t'aime mon cœur.

Merci à ma maman d'être toujours présente pour me soutenir et de t'intéresser à mes histoires. Je t'aime très fort.

Et enfin, merci à mon bébé, mon chien. Il fait partie de ma vie et parfois écrit même des choses sur mes textes, il aime particulièrement activer la majuscule !

Si vous souhaitez venir me donner votre avis, n'hésitez pas à me contacter sur ma page Facebook à mon nom ou par mail : thaniaodyne@gmail.com.

Pensez aussi à mettre un petit commentaire sur le site où vous l'avez acheté. Bon ou mauvais, tout avis est bon à prendre.

Le prochain tome arrive !

Le prochain tome, vous vous en doutez sera centré sur Phil. Vous allez totalement le découvrir, car il est resté plutôt discret. J'espère qu'après cette lecture vous n'en aurez pas assez de mes psychopathes☺.

CreateSpace Independent Publishing Platform
ISBN : 979-10-96798-15-5
Dépôt légal : Janvier 2018

www.ingramcontent.com/pod-product-compliance
Lightning Source LLC
Chambersburg PA
CBHW050312160726
48002CB00001B/7